Ca … pretutindeni
într-o colecție a celor mai îndrăgite bestselleruri.

Lectură plăcută
Veronika

A. G.

Franz Kafka, *Amerika*

Foto copertă: Al Ravenna, 1952, Biblioteca Congresului SUA

Lucrare apărută cu acordul COPYRO – Societate de Gestiune Colectivă a Drepturilor de Autor

www.polirom.ro

Editura POLIROM
Iași, B-dul Carol I nr. 4; P.O. BOX 266, 700506
București, Splaiul Unirii nr. 6, bl. B3A, sc. 1, et. 1, sector 4, 040031, O.P. 53, C.P. 15-728

Descrierea CIP a Bibliotecii Naționale a României:

KAFKA, FRANZ

America / Franz Kafka; trad. din lb. germ. de Pop Simion și Erika Voiculescu. – Iași: Polirom, 2013

ISBN print: 978-973-46-4048-5
ISBN ePub: 978-973-46-4274-8
ISBN PDF: 978-973-46-4275-5

I. Simion, Pop (trad.)
II. Voiculescu, Erika (trad.)

821.112.2(437)-31=135.1

Printed in ROMANIA

FRANZ KAFKA

America

Traducere din limba germană
de Pop Simion și Erika Voiculescu

POLIROM
2013

FRANZ KAFKA s-a născut în 1883 la Praga, într-o familie evreiască. A urmat Gimnaziul Umanist German Național, apoi s-a înscris la Facultatea de Drept a Universității Ferdinand-Karls, obținând doctoratul în 1906. A lucrat ca avocat la o companie de asigurări, scriind noaptea, în secret, povestiri pe care le publică în 1913, la insistențele prietenului său, poetul Max Brod, într-o colecție ce se va bucura de succes. A întreținut o bogată corespondență și a ținut mai multe jurnale de-a lungul vieții. În 1914 Kafka începe să scrie romanul *Procesul* și povestirea *Colonia penitenciară*, iar un an mai târziu publică nuvela *Metamorfoza*. Kafka nu a terminat nici unul dintre cele trei romane – *Procesul* (1925), *Castelul* (1926) și *America* (1927) – și și-a distrus mare parte din scrieri. Max Brod a adunat și a publicat postum tot ce a lăsat Kafka după moartea lui prematură, în 3 iunie 1924, ignorând instrucțiunile autorului, care dorea ca opera să-i fie arsă. Viziunea grotescă, halucinantă, impregnată de anxietate a lui Kafka a influențat puternic mulți scriitori, de la existențialiștii francezi la Salinger sau Saramago.

Fochistul

De pe vasul care intra în portul New York cu motoarele încetinite, tânărul Karl Rossmann, în vârstă de șaisprezece ani, expediat în America de sărmanii lui părinți pentru că fusese sedus de o servitoare care îi făcuse un copil, privea cu încântare statuia zeiței Libertății, zărită încă din larg, dar care se ivea acum parcă dintr-o lumină solară devenită brusc eruptivă. Brațul cu spada se înălța drept, de parcă atunci ar fi fost ridicat, în timp ce în jurul corpului statuar adia vântul.

„Ce înaltă e!" își zise el, și, cum nu se mai urnea din loc, valul tot mai gros al hamalilor îl împinse treptat până lângă bordaj.

Un tânăr, pe care îl cunoscuse fugitiv în timpul călătoriei, îl întrebă în treacăt: „Nu ai chef să cobori?". „Cum să nu, sunt gata!" răspunse Karl surâzând și, ca să pară cât mai grozav, fiindcă era un băiat puternic, își aruncă geamantanul pe umăr. Cu ochii la cunoscutul său, care dispărea în forfota pasagerilor cu un ușor legănat de baston, Karl își dădu seama, cu spaimă, că își uitase umbrela jos, în cabină. Se grăbi să-l roage pe acel cunoscut să aibă amabilitatea să-i păzească o clipă geamantanul, ceea ce pe respectivul nu-l încântă deloc, își roti privirea spre a ști unde să revină, după care o luă la fugă. Avu ghinionul ca ușa unui culoar, care i-ar fi scurtat considerabil drumul, să fie pentru prima oară încuiată, probabil din rațiuni privind ordinea debarcării pasagerilor; fu deci nevoit să coboare un șir nesfârșit de trepte, să parcurgă culoare care coteau într-una, să treacă printr-o încăpere pustie, cu un birou la care nu ședea nimeni, până se rătăci de-a binelea pe acest drum pe care circulase doar în grup, cel mult de două ori în timpul călătoriei sale. Cum nu întâlnea pe nimeni, dar deasupra sa puntea bubuia sub tropotul miilor de pasageri și îi ajungeau în auz, ca un zvon depărtat, ultimele bătăi ale mașinilor, gata să fie oprite, Karl nu mai stătu pe gânduri, bătu în prima ușă care se ivi în cale.

„E deschisă!" strigă cineva din interior și Karl, răsuflând ușurat, împinse ușa. „Ce bați ca nebunul?!" îl luă în primire un ins cu statură de uriaș, abia aruncându-și privirile asupra lui. O lumină obosită pătrundea prin hublou în cabina mizeră, unde se aflau, înghesuite ca într-o magazie, un pat, un dulap, un scaun și omul acela. „M-am rătăcit, spuse Karl; în timpul călătoriei nici n-am băgat de seamă – dar vaporul e grozav de mare". „Asta cam așa e", recunoscu omul cu oarecare mândrie, tot încercând să încuie un mic cufăr, pe care îl apăsa cu amândouă mâinile, ca să audă broasca închizându-se. „Dar intră odată, mai spuse omul, doar n-o să rămâi afară!" „Nu deranjez?" întrebă Karl. „Pe dracu!" „Sunteți german?" căută băiatul să se asigure, căci auzise multe, despre primejdiile care îi pândesc pe noii sosiți în America, îndeosebi din partea irlandezilor. „Sigur că sunt", confirmă celălalt. Karl încă mai ezita. Atunci omul apucă pe neașteptate clanța și îl trase pe băiat înlăuntru, închizând ușa dintr-o mișcare. „Îmi sare țandăra când cineva se uită de pe culoar în cabina mea, vorbi omul, văzându-și mai departe de cufărul său. Toţi au treabă pe aici, toţi se holbează înlăuntru; naiba mai poate suporta așa ceva!" „Dar pe culoar nu-i absolut nimeni", zise Karl, strivit în rama patului, într-o poziţie de loc comodă. „Ei, Ida, n-o fi acum", bombăni individul. „Doar despre acum vorbim, își zise Karl. Cu omul ăsta greu te poţi înţelege". „Hai, urcă-te în pat. Acolo ai loc mai mult", spuse omul. Karl se căţără cum putu și râse cu hohote de neiscusinţa sa de a-și face vânt, dintr-o singură mișcare, spre a ajunge în patul înalt. Abia ajuns acolo, exclamă: „Doamne, am uitat cu totul de geamantanul meu!". „Dar unde e?" „Sus, pe punte; l-am lăsat în grija unui cunoscut de al meu. Cum l-o fi chemând oare? și scoase o carte de vizită din buzunarul secret pe care maică-sa i-l cususe, anume pentru călătorie, în căptușeala hainei: Butterbaum, Franz Butterbaum" „Ai neapărată nevoie de geamantanul acela?" „Desigur" „Atunci de ce l-ai lăsat în grija unui străin?" „Îmi uitasem umbrela jos și, trebuind să alerg după ea, m-am gândit să nu car și geamantanul după mine. Pe urmă m-am și rătăcit" „Ești singur? Nu te însoţește nimeni?" „Da, sunt singur." „Poate ar fi mai nimerit să mă ţin de omul acesta, îi dădu prin minte lui Karl. Unde să găsești, cât ai bate din palme, un prieten mai bun?" „Și, colac peste pupăză, ţi-ai pierdut și geamantanul. Ce să mai vorbim ele umbrelă?" Omul se așeză pe scaun, ca și cum buclucul lui Karl i-ar fi trezit un oarecare interes. „Cred, totuși, că geamantanul meu nu este încă pierdut" „Cu credinţa ajungi în rai, zise omul și prinse a se scărpina cu putere în creștetul năpădit de un păr scurt, negru și des. Pe vas moravurile se schimbă o dată cu porturile. La Hamburg, hai să zicem că Butterbaum al dumitale ar fi întârziat lângă un geamantan. Aici însă lucrurile se schimbă; aproape sigur că au dispărut și el și geamantanul" „E de datoria mea totuși să mă duc chiar acuma sus, să mă conving", spuse Karl, uitându-se pe unde ar putea să iasă. „Stai locului", îl opri omul și, înșfăcându-l de piept, îl trânti de-a dreptul brutal înapoi pe pat. „Dar de ce?" întrebă Karl supărat. „Pentru că e în zadar, i-o reteză omul. Peste puțină vreme ies și eu, așa că vom merge împreună. Geamantanul ori a fost furat, caz în care nu mai e nimic de făcut, ori a fost lăsat în părăsire de persoana aceea, deci va fi mai ușor de găsit după ce vaporul va fi gol. La fel și cu umbrela" „Vă orientați ușor pe vas?" se interesă Karl neîncrezător; ideea de a-și găsi lucrurile pe vaporul golit de lume părea convingătoare dar, la fel de bine, putea ascunde un vicleșug. „Las' pe mine. Sunt fochist", spuse omul. „Sunteți fochist! exclamă Karl bucuros; i se păru că faptul depășește toate așteptările sale și, rezemat într-un colț, îl studie pe celălalt în amănunțime. Din cabina mea, unde dormeam cu slovacul, puteam privi printr-un hublou chiar în sala mașinilor." „Exact. Acolo am lucrat eu", spuse fochistul. „Tehnica m-a atras din totdeauna, mărturisi Karl, urmându-și firul gândurilor. Nu încape îndoială că aș fi ajuns odată și odată inginer dacă n-ar fi trebuit să vin în America" „Dar de ce a trebuit să-ți iei lumea în cap?" „Eh!" făcu Karl evaziv și, privindu-l mai departe surâzător pe fochist, schiță cu mâna un gest de plictis, părând a-i cere înțelegere chiar și pentru ceea ce nu-i mărturisise. „Neîndoios, există un motiv", zise fochistul, și nu știai bine dacă îl îndeamnă astfel pe celălalt să-i explice cazul sau, dimpotrivă, îl invită la tăcere. „Acum m-aș putea face și eu fochist, zise Karl. Părinților mei puțin le pasă de ce mă apuc în viață" „Locul meu se eliberează", spuse fochistul și, foarte pătruns de importanța acestui fapt, își vârî mâinile în buzunare, lungindu-și pe pat picioarele îmbrăcate în niște pantalon boțiți, de culoare gris-fer, din imitație de piele. Karl fu nevoit să se ghemuiască și mai mult lângă perete.

„Părăsiți vasul?" „Exact, azi spăl patina." „Dar pentru care motiv? Nu vă mai place?" „Astea sunt împrejurările; nu e totdeauna hotărâtor dacă îți place sau nu ceva. De fapt, să știi că ai dreptate – nici nu-mi mai place. Bănuiesc că intenția dumitale de a deveni fochist nu-i ceva serios, deși tocmai în astfel de cazuri riști să devii așa ceva. În ce mă privește, te sfătuiesc categoric s-o lași baltă. Dacă ai avut de gând să studiezi în Europa, de ce n-ai face același lucru aici? Universitățile americane sunt incomparabil mai bune decât cele din Europa." „Se poate, admise Karl, însă eu nu prea am bani pentru studii. Am citit cândva despre cineva care lucra ziua într-un magazin și noaptea studia, ajungând în felul acesta medic, ba, mi se pare, chiar medic primar. Dar pentru asta îți trebuie multă perseverență, nu-i așa? Și mă tem că e tocmai ceea ce îmi lipsește mie. Unde mai pui că nici n-am fost cine știe ce elev sârguincios și mi-a fost cât se poate de ușor să mă despart de școală. Cele de aici sunt, probabil, și mai severe. Nu știu aproape de loc engleza. La urma urmelor, cred că străinii nu sunt bine văzuți în această țară." „O știi și pe asta? Atunci e bine. Înseamnă că ești omul meu. Ia ascultă la mine. Suntem noi pe un vapor german? Aparține el liniei Hamburg-America? Întrebarea e: de ce n-am putea fi oare numai între germani? De ce mașinistul-șef este un român? Îl cheamă Șubal. Să vezi și să nu crezi. Și canalia asta scoate untul din noi, care suntem nemți, pe un vas nemțesc! Să nu-ți închipui – de furie se înecă și făcu un gest agitat cu mâna – să nu-ți închipui că mă plâng de florile mărului. Știu că n-ai nici un fel de trecere pe nicăieri, și că nu ești decât o biată secătură. Mie însă mi-a ajuns cuțitul la os! Și fochistul izbi de câteva ori în masă cu pumnul, fără să slăbească din ochi pe celălalt. Și doar am lucrat pe nenumărate vapoare – înșiră vreo douăzeci dintr-o răsuflare, încât îl năuci pe Karl – și m-am făcut remarcat, am fost felicitat, am fost un lucrător pe care te poți bizui, comandanții mei au fost mulțumiți, ba chiar am petrecut câțiva ani pe același velier de comerț – țâșni în picioare dând a înțelege că acolo a fost apogeul vieții lui – în timp ce aici, pe această troacă, unde totul merge de la sine și unde meseria nu-ți cere cine știe ce, aici, tocmai aici, cică nu fac două parale, stau mereu în drumul lui Șubal, lenevesc, trebuie să fiu dat afară pentru că aș lua – auzi? – leafa de pomană. Poți înțelege ceva din toate astea? Eu unul nu!" „Trebuie să vă apărați într-un fel oarecare!" exclamă Karl cu înflăcărare. Uită că se afla în spațiul nesigur al unui vas, acostat la țărmul unui continent necunoscut, într-atât se simțea ca la el acasă pe patul fochistului. „V-ați înfățișat căpitanului? I-ați cerut să vă facă dreptate?" „Dreptate? Ia cară-te mai bine de aici, șterge-o! Să nu te mai văd! N-apuci să asculți bine ce ți se spune și te și apuci să dai sfaturi. Cum aș putea eu să mă înfățișez căpitanului?!" Și, epuizat, fochistul se așeză din nou, proptindu-și capul în mâini.

„Un sfat mai bun nu pot să-i dau", medită Karl. Își zise apoi că ar fi mai nimerit să se ducă să-și ia geamantanul, decât să împartă sfaturi care, oricum, sunt socotite proaste. Atunci când tatăl său îi pusese în mâini geamantanul, îl întrebase în glumă: „Cât timp îl vei păstra oare?". Și uite că geamantanul acela trainic pare că s-a și pierdut pentru totdeauna. Se consolă cu gândul că tatăl său, orice ar fi întreprins, n-ar fi putut afla nimic despre situația lui în momentul acela. Societatea de navigație i-ar putea cel mult confirma sosirea la New York. Karl se întristă la gândul că nici nu apucase a se folosi cât de cât de lucrurile din geamantan; ar fi avut de mult nevoie, de pildă, să-și schimbe cămașa. Făcuse, prin urmare, o economie nelalocul ei; tocmai acum, la început de carieră, când ar fi fost normal să fie îngrijit îmbrăcat, va trebui să se arate într-o cămașă jegoasă. Altminteri pierderea geamantanului n-avea prea mare importanță, deoarece hainele de pe el erau mai bune decât cele din geamantan, care erau de rezervă, și fusese nevoie ca maică-sa să le cârpească în ajunul plecării. Își aduse aminte că mai avea acolo o bucată de salam veronez, pe care maică-sa i-l pusese ca trufanda și din care gustase foarte puțin, pentru că în timpul călătoriei îi pierise pofta de mâncare, așa că supa care se servea pe puntea intermediară îi era prea de ajuns. Acum i-ar fi fost de mare folos salamul acela pentru a-l cinsti pe fochist. Pe astfel de oameni îi câștigi ușor dacă le strecori un fleac oarecare; știa asta din spusele tatălui său, care câștiga bunăvoința funcționarilor mărunți cu care avea afaceri dându-le țigări. Acum Karl n-avea altceva asupra sa decât banii, de care – deocamdată – nu voia să se atingă, mai ales că geamantanul îi era ca și pierdut. Gândurile îi fugiră iar la geamantan; nu putea înțelege de ce îl veghease cu atâta zel tot timpul călătoriei, renunțând la somn, de vreme ce acum se împăca atât de ușor cu dispariția lui. Își aduse aminte de cele cinci nopți în care nu-l pierduse o clipă din ochi pe slovacul mic de statură ce dormea la distanță de două paturi, în stânga sa. Îl bănuia că a pus ochii pe lucrurile lui. Slovacul acela nu pândea, se pare, decât clipa când Karl, răpus de istoveală, ar fi ațipit nițel, pentru a înhăța geamantanul cu ajutorul unui drug lung, încârligat, cu care se juca sau exersa cât era ziua de lungă. În timpul zilei, slovacul avea un aer destul de nevinovat, însă la venirea nopții se tot ridica în capul oaselor și se uita cu jind spre geamantanul lui Karl. Băiatului îi era ușor să-și dea seama de acest lucru ori de câte ori vreunul dintre pasagerii cuprinși de neliniștea emigrării ignora regulamentul vasului și aprindea vreo lumânărică, spre a descifra încâlcitele prospecte ale agențiilor de emigrare. Când apărea câte o astfel de lumină mai în preajma sa, Karl își permitea luxul să ațipească puțin; când aceasta era însă mai îndepărtată, ori stăruia întunericul compact, el veghea cu ochii deschiși. Această veghe neîntreruptă îl epuizase și iată eforturile sale duse pe apa sâmbetei! Dacă ar mai da cumva, undeva, de acest Butterbaum!

În liniștea deplină de până acum, îi răzbi în auz zgomotul îndepărtat, foarte îndepărtat, al unor bătăi slabe și sacadate; ai fi zis că sunt pași de copii care se amplifică pe măsură ce se apropie. Se adeveri, în cele din urmă, că sunt pași liniștiți bărbătești. Cei de afară mergeau, evident, în șir indian, cum e și normal pe un astfel de culoar îngust; se auzea și un soi de zăngănit, ca de arme. Lungit pe pat, eliberat de grija geamantanului și a slovacului, Karl era pe punctul de a ațipi în dulce pace, când zgomotul acelei coloane, ajunsă, pare-se, în dreptul ușii, îl făcu să tresară; înspăimântat, dădu un ghiont fochistului, spre a-i atrage într-un fel atenția.

„Este orchestra vasului, zise acesta. A cântat pe covertă și acum se întorc oamenii să-și strângă lucrurile. Acu' totul e gata. Putem pleca. Vino!“ Îl apucă de mână pe Karl, scoase în ultima clipă de pe perete o iconiță înrămată a Maicii Domnului, care atârnase deasupra patului său, o vârî în buzunarul bluzei, își înhăță cufărul și părăsi repede cabina, însoțit de Karl.

„Acum mă duc la birou; le voi spune acestor domni ce părere am despre ei. Nu mai există picior de pasager pe aici, deci nu mai trebuie să țin seama de nimic.“ Fochistul repetă aceste spuse în fel și chip, în vreme ce – cu o mișcare laterală a piciorului – vru să strivească un șobolan care tocmai îi ieșise în cale, dar nu reuși să-i dea decât un șut, proiectându-l astfel mai repede în gaura la care animalul apucase să ajungă la timp. Mișcările fochistului erau în general încete; avea, ce-i drept, picioare lungi, însă erau prea greoaie.

Traversară un colț al bucătăriei unde un grup de fete cu șorțuri murdare – păreau că se stropesc dinadins – spălau vase în niște putini mari. Fochistul o strigă pe o oarecare Line și, cuprinzând-o de mijloc, o purtă cu sine câțiva pași, timp în care aceasta nu încetă să se lipească cu cochetărie de brațul lui. „Se dă leafa, vorbi el. Vii cu mine?“ „De ce să mă deranjez? Adu-mi banii încoace“, i-o întoarse aceasta și, abilă, se strecură pe sub brațul lui și fugi. „Unde l-ai pescuit pe băiatul ăsta frumos?“ mai strigă ea fără să aștepte răspunsul. Fetele, care își întrerupseseră lucrul, izbucniră în râs.

Ei își văzură însă de drum și ajunseră în fața unei uși care avea un fronton susținut de mici cariatide aurite. Pentru interiorul unui vapor, asta părea curată risipă. Karl își dădu seama că nu călcase pe aici în timpul călătoriei;

nu încăpea îndoială că erau locuri rezervate pasagerilor de clasa întâi și a doua. Acum ușile despărțitoare erau demontate pentru a se face curățenie generală. De altfel, în drumul lor întâlniseră oameni de serviciu cu mături pe umăr, care îl salutaseră pe fochist. Karl fu copleșit de ceea ce vedea în jurul său, dar de la nivelul punții intermediare nu putuse observa mare lucru. De-a lungul culoarelor șerpuiau firele instalației electrice și undeva țârâia neîntrerupt o sonerie.

Fochistul bătu grijuliu în ușă, auzi strigându-i-se: „Intră!“, și îi făcu semn cu mâna lui Karl să pătrundă fără teamă. Karl făcu întocmai, dar se opri undeva lângă ușă. Prin cele trei hublouri ale cabinei se zărea oceanul învălurat și, uitându-se la mișcarea aceea veselă, inima începu să-i bată puternic, de parcă de-a lungul celor cinci zile cât durase călătoria n-ar fi privit neîntrerupt oceanul. Nave mari își încrucișau drumurile și valurile le asaltau numai cât le îngăduia greutatea. Dacă îți închideai ochii pe jumătate, clătinatul acela continuu al vapoarelor părea a fi opera propriei lor încărcături. În vârful catargelor fluturau pavilioane lungi și înguste, pe care viteza le ținea întinse, fâlfâindu-le ușor din când în când. Se auzeau salve de salut trase, probabil, de pe bordul unor nave de război. Țevile tunurilor de pe o asemenea navă ce trecea prin apropiere te orbeau prin strălucirea lor de oțel; nava aluneca lin pe linia apei, antrenată în această plutire sigură, însă ușor vibrată, pe linia orizontului. De lângă ușa unde se oprise Karl, nu se putea zări puzderia de vapoare și bărci ce intrau în port masate în spațiile dintre marile nave. În profunzime, ca pe un fundal, trona New Yorkul, care îl privea pe Karl cu sutele de mii de ferestre ale zgârie-norilor săi. Da, de aici avea o perspectivă limpede a locului.

În jurul unei mese rotunde ședeau trei domni: un ofițer de marină în uniformă albastră și doi funcționari ai direcției portuare purtând uniforme negre americane. Documente diverse se aflau îngrămădite pe masă; ofițerul le parcurgea cu tocul în mână și le trecea pe rând celorlalți. Aceștia le citeau, făceau extrase, le vârau în serviete, în caz că unul dintre ei, acela care stârnea un sâsâit continuu, nu trebuia să-i dicteze colegului un proces-verbal.

La alt birou, lângă fereastră, se afla un ins mărunt, așezat cu spatele spre ușă; mânuia niște dosare mari, rânduite într-un raft masiv situat în fața lui, la nivelul capului. Lângă el se găsea o casă de bani deschisă, care părea goală la prima vedere.

A doua fereastră era liberă și peisajul putea fi văzut în toată mărimea lui. În dreptul celei de a treia ferestre vorbeau pe un ton scăzut doi domni. Unul dintre ei, purtând uniformă de marinar, stătea rezemat de fereastră și se juca cu mânerul sabiei sale. Interlocutorul său, aflat cu fața spre fereastră, se tot plimba încoace și încolo, lăsând vederii când o parte, când alta din șirul de decorații aliniate pe pieptul celuilalt. Bastonul subțire de bambus al civilului părea de asemenea o sabie, pentru că îl ținea cumva înclinat, cu mâna proptită în șold.

Karl trebui să-și întrerupă contemplările; intră un om de serviciu care se îndreptă spre noii veniți și îl întrebă pe fochist ce caută acolo, privindu-l ca pe unul nimerit anapoda. Fochistul îi spuse tot pe șoptite, cum fusese întrebat, că dorește să vorbească cu casierul-șef. Omul de serviciu făcu, fără să stea pe gânduri, un gest negativ cu mâna; se îndreptă totuși spre omul cu dosare, umblând în vârful picioarelor, și ocolind de departe masa rotundă. Domnul în cauză – acest lucru se vedea limpede – era de-a dreptul uimit de cuvintele omului de serviciu; spre a evita orice discuție, își agită mâinile neiertător spre fochist și, pentru orice eventualitate, făcu același gest înspre omul de serviciu. Acesta reveni la fochist și îi spuse pe un ton scăzut, ca și cum i-ar fi încredințat un secret: „Șterge-o imediat de aici!".

Auzind asta, fochistul își coborî privirile spre Karl, ca și cum acesta ar fi fost inimă din inima lui, adică unul în fața căruia merită să-ți verși, pe tăcute, amarul. Fără a sta pe gânduri, Karl zvâcni înainte, străbătu încăperea, atinse din mers scaunul ofițerului și se duse glonț la casierul-șef, în masa căruia își înfipse bine brațele; nu dorea cu nici un chip să fie îndepărtat de omul de serviciu care alerga după dânsul încoace și încolo, umblând aplecat și cu brațele deschise, urmărindu-l ca pe o insectă.

Se înțelege că încăperea se animă deodată. Ofițerul de marină care șezuse la masă sări în picioare, funcționarii direcției portului priveau calmi, dar interesați; cei doi de la fereastră, vădit preocupați, se apropiară unul de altul, în timp ce omul de serviciu, văzând pe înalții domni abordând chestiunea, socoti prezența sa de prisos și se retrase. De lângă ușă, fochistul urmărea încordat scena, pândind clipa când să sară în ajutor. În sfârșit, casierul-șef se răsuci în fotoliul său rotitor, printr-o largă mișcare spre dreapta.

Fără a se jena de cei prezenți, Karl scotoci în buzunarul său secret de unde scoase pașaportul și, fără nici o introducere, îl puse deschis pe masă. Nedându-i vreo importanță, casierul luă pașaportul cu două degete și îl azvârli mai încolo; considerând formalitățile încheiate, Karl și-l luă înapoi.

„Îmi permit să vă aduc la cunoștință, începu el, că acestui domn fochist i s-a făcut, după părerea mea, o nedreptate. Există aici un oarecare Șubal care se ține de capul lui. Domnul fochist a lucrat cu rezultatele cele mai bune pe numeroase vapoare, pe care vi le poate enumera; este un om harnic, devotat muncii sale și este într-adevăr de neînțeles cum de e socotit a nu fi la înălțime tocmai pe acest vas, unde serviciul nu-i din cale afară de greu, spre deosebire, să zicem, de o navă comercială. Nu poate fi vorba decât de intrigi care îi îngreunează cariera și, în consecință, îl lipsesc de recunoașterea meritelor sale. Eu v-am înfățișat chestiunea doar în linii generale; plângerile în amănunt vi le va prezenta cel în cauză.“ Karl se adresase astfel tuturor celor de față care îl ascultară sperând că va găsi în atâta lume un om drept, însă excluzând din capul locului eventualitatea că acela ar putea fi casierul-șef. Mai mult, Karl trecuse cu dinadinsul sub tăcere faptul că pe fochist abia îl cunoscuse. De altfel, ar fi vorbit mult mai degajat, de n-ar fi fost la un moment dat intimidat de fața roșie a domnului cu bastonul de bambus, pe care abia acum îl băgase în seamă.

„Ăsta-i adevărul gol-goluț“, declară fochistul înainte ca cineva să-i fi adresat vreun cuvânt, ba chiar înainte ca cineva să-l fi privit măcar. Această grabă a fochistului ar fi trebuit considerată o mare greșeală dacă domnul cu decorații – în care Karl abia acum îl recunoscu pe căpitan – nu s-ar fi arătat gata să-l asculte pe fochist. Întinse mâna și strigă cu o voce puternică, precum o lovitură de ciocan: „Vino încoace!“.

„Totul depinde acum de comportarea fochistului“, își zise Karl, deși n-avea vreo îndoială cu privire la dreptatea cauzei acestuia.

Din fericire, fochistul arătă o purtare corectă, dobândită în lungile sale călătorii prin lume. Cu un calm exemplar, el scoase cu mână sigură din cufărașul său un teanc de acte, un carnet de notițe și, trecând peste persoana casierului-șef, merse cu ele drept la căpitan, etalându-și documentele pe pervazul ferestrei. Casierul-șef fu deci nevoit să se ducă acolo. „Omul ăsta este un scandalagiu în toată legea, informă el. Își face veacul mai mult pe la casierie decât în sala mașinilor. Pe Șubal, care e pâinea lui Dumnezeu, a reușit să-l scoată din sărite. Bagă de seamă (se adresă el fochistului), îndrăzneala dumitale întrece orice închipuire! De câte ori n-ai fost dat pe ușă afară la plata salariilor din pricina pretențiilor dumitale întotdeauna nejustificate! De câte ori nu te-ai dus să ne reclami la Casieria centrală! Cât m-am muncit să-ți explic că Șubal este superiorul dumitale direct, pe care trebuie să-i asculți, în calitate de subordonat! Și acum, poftim! Se află aici domnul căpitan și ai obraz să-l deranjezi! Unde mai pui că ești și destul de neîntreg la minte dacă îți aduci drept aliat pentru acuzațiile dumitale infame pe acest băiețaș, căruia cine știe ce i-ai vârât în cap și pe care îl văd pentru prima oară pe vas!"

Karl se stăpâni cu greu să sară de la locul său. Căpitanul era însă acolo și spuse: „Să-l ascultăm totuși pe omul acesta; Șubal a cam început să-și ia nasul la purtare în vremea din urmă – ceea ce nu înseamnă că ți-am și dat dreptate". Aceste din urmă cuvinte fuseseră adresate fochistului, evident, spre a nu-i da de loc câștig de cauză, însă lucrurile intraseră pe făgaș normal. Dovedind stăpânire de sine, fochistul începu să vorbească, numindu-și inamicul „domnul Șubal". Karl fu atât de bucuros, încât se distră jucându-se cu talerul unui mic cântar pentru scrisori aflat pe biroul părăsit al casierului; îl plimba sus-jos, pe deplin satisfăcut. Domnul Șubal este nedrept! Domnul Șubal protejează pe străini! Domnul Șubal l-a dat afară din sala mașinilor, punându-l să curețe closetele, treabă care, desigur, nu intră în sarcina unui fochist! Apoi, venind vorba de priceperea lui Șubal, care-i mai degrabă închipuită decât reală, îl făcu ageamiu. La această afirmație, Karl îl privi pe căpitan cu înțeles, cumva familiar, invitându-l parcă pe acesta să nu se lase derutat de expresii, de modul acela stângaci de a se exprima al fochistului. Din vorbele încâlcite ale acestuia nu se mai putea desluși nimic precis. Deși căpitanul nu încetase a-l privi pe cel care vorbea, de unde puteai înțelege că era gata să-l asculte până la capăt, ceilalți își pierduseră răbdarea, vocea fochistului nu mai era singura din încăpere și situația era pe cale să devină îngrijorătoare. Primul care își arătă nerăbdarea fu domnul în haine civile, care lovi ușor parchetul cu bastonul lui de bambus. Ceilalți schimbară și ei priviri cu înțeles. Domnii de la direcția portului deveniră grăbiți, se aplecară iar asupra actelor, pe care le răsfoiau acum cu un aer oarecum distrat. Ofițerul de marină se așeză la birou, iar casierul-șef, crezându-se călare pe situație, scoase un oftat adânc. Singur omul de serviciu, străin de toată situația care părea să devină ridicolă, se simți chemat să facă ceva; clătină din cap cu tristețe spre Karl, arătând astfel înțelegere și milă față de obiditul ajuns în fața superiorilor lui.

Dincolo de hublourile încăperii, viața portului își urma cursul obișnuit. Un remorcher încărcat cu un munte de butoaie (splendid stivuite de vreme ce nu se clinteau de la locul lor) evolua prin dreptul hublourilor, întunecând aproape complet încăperea. Niște bărci cu motor, pe care Karl, dacă ar fi avut răgaz, le-ar fi putut observa în cele mai mici amănunte, goneau vuitor, în linie dreaptă, dirijate fiecare cu gesturi nervoase de către insul care stătea înfipt ca un stâlp în fața cârmei. Felurite corpuri plutitoare cu forme bizare apăreau din când în când din valurile agitate, ca să dispară în clipa următoare, înghițite de apă, sub ochii mirați ai privitorilor. Mânate de bătăile viguroase ale vâslașilor, se apropiau de țărm bărcile transatlanticelor înțesate până la refuz de pasageri care își așteptau cu încordare sosirea; unii dintre ei, neputându-și stăpâni curiozitatea, întorceau capul în toate părțile, spre a nu pierde nimic din decorul mereu schimbător. O mișcare neîntreruptă, agitație generată de zbuciumul apei, se răsfrângea asupra bietei ființe umane și asupra trudei acesteia.

Totul cerea grabă, claritate și preciziune; dar cum se comporta oare fochistul? Nădușind de încordare, acesta vorbea fără șir, nemaiputându-și stăpâni tremurul mâinilor, cu care-și etala hârtiile pe pervazul ferestrei. Din nenumăratele plângeri contra lui Șubal, care îl asaltau parcă de pretutindeni, oricare luată separat ar fi fost, după părerea sa, de-ajuns ca să-l răpună. Dar ceea ce reușea acum fochistul să-i înșire căpitanului nu era decât un jalnic talmeș-balmeș. Între timp, domnul cu bastonul de bambus se plictisi, șuieră încetișor privind în tavan; domnii de la direcția portului se întrețineau cu ofițerul, pe care îl rețineau, fără șanse de scăpare, la masa lor. Numai atitudinea binevoitoare a căpitanului: îl oprea pe casierul-șef să intervină furtunos, în timp ce omul de serviciu aștepta în poziție de drepți momentul în care căpitanul i-ar ordona să pună mâna pe fochist.

Asta fiind situația, Karl nu mai putea rămâne deoparte. Se apropie încet de grup, chibzuind însă repede asupra a ceea ce avea mai bun de făcut în momentul acela. Era într-adevăr o șansă unică; dintr-o clipă într-alta, amândoi puteau fi dați pe ușă afară. Oricît de îngăduitor ar fi fost căpitanul și oricît ar fi voit acesta să apară ca un comandant drept într-o situație de acest fel, era totuși de neîngăduit, i se păru lui Karl, ca fochistul, orbit de indignare, să-și dea drumul la gură, spunând vrute și nevrute.

În consecință, Karl îi spuse fochistului: „Trebuie să povestiți totul mai clar. Domnul căpitan nu poate aprecia plângerea dumneavoastră sub forma în care o prezentați. De unde să cunoască dumnealui numele și chiar pronumele tuturor mașiniștilor și ajutoarelor acestora ca să poată ști la cine vă referiți. Căutați să faceți o regulă în aceste plângeri, expunându-le în ordinea însemnătății lor; în acest mod poate că nici nu va mai fi nevoie să pomeniți o bună parte din ele. Mie mi le-ați înfățișat întotdeauna cu atâta claritate". „De vreme ce în America se poate fura un geamantan, de ce nu s-ar putea plasa, din când în când, și câte o minciună?!" își zise Karl drept scuză.

Numai de-ar mai fi fost de folos la ceva asemenea sfaturi! Nu veneau, oare, prea târziu? Fochistul tăcu imediat ce auzi vocea cunoscută, însă ochii înlăcrimați ai acestui om ofensat în demnitatea sa, chinuit de cele mai groaznice amintiri și de mizeria cumplită în care se zbătea, nu mai erau în stare să-l recunoască pe Karl. Acesta înțelese că fochistul, căruia îi pierise glasul de-a binelea, nu și-ar mai putea schimba dintr-odată felul de a vorbi, mai ales că – pe de o parte – el avea impresia că a spus totul, iar pe de alta, că n-a spus nimic; iar domnii aceștia nici măcar nu sunt obligați să-l asculte, la urma urmelor. Și uite că tocmai acum vine Karl, unicul său aliat, care îi dădea, ce-i drept, sfaturi bune, dar îi arăta în același timp că totul era pierdut.

„Decât să mă fi holbat pe fereastră, mai bine interveneam la timp", se mustră Karl; făcu din cap un semn că se dă bătut, jucându-și palmele pe cusătura nădragilor într-un gest de neputință.

Dar fochistul îl înțelese greșit pe Karl, crezu că-i aduce reproșuri ascunse și – culmea! – din buna pornire a celuilalt de a da lămuriri, s-a ajuns la o ciorovăială de toată frumusețea. În timpul acesta, pe bună dreptate, domnii de la masa rotundă continuau să fie indignați de gălăgia inutilă care-i deranja din treburile lor importante. Casierul-șef, neînțelegând în ruptul capului atitudinea calmă a căpitanului, era gata să-și iasă din fire, în vreme ce omul de serviciu, redevenit cerber al stăpânilor lui, îl fulgeră cu priviri sălbatice pe fochist. Domnul cu bastonul de bambus, pe care însuși căpitanul îl onora cu câte o privire amabilă, era total dezinteresat de prezența fochistului; scârbit de comportamentul acestuia, scoase din buzunar un carnețel și dând impresia că-l preocupă cu totul altceva decât ceea ce se întâmplă, se uită când pe filele pe care le avea la îndemână, când spre Karl.

„Știu că aveți dreptate, absolută dreptate și nu m-am îndoit o clipă de aceasta", spuse Karl, apărându-se cu greu de avalanșa de vorbe a fochistului, păstrând însă, chiar în focul disputei, un surâs prietenesc. De teamă de a nu fi lovit, ar fi voit să imobilizeze mâinile fochistului, care gesticulau exagerat, ba chiar l-ar fi împins într-un colț, spre a-i spune la ureche, ferit de toți, câteva cuvinte care să-l potolească. Fochistul însă își pierduse mințile. Karl se amuză puțin la gândul că, în disperare de cauză, fochistul s-ar putea năpusti peste toți cei șapte care se aflau acolo. Dar biroul era prevăzut – se vedea bine asta – cu o instalație având un număr mare de butoane electrice și, la o simplă apăsare, s-ar fi putut alarma întregul vas, și toate culoarele acelea s-ar întesa îndată de oameni dușmănoși.

În acest timp, domnul cu bastonul de bambus, care se arătase până atunci atât de absent, se apropie de Karl și, foarte la locul lui, vorbind totuși destul de energic pentru a domina gălăgia fochistului, întrebă: „Dar cum vă numiți?". Se auziră însă bătăi în ușă, ca și cum cel de dindărătul ei ar fi așteptat dinadins ca lucrurile să ajungă aci. Omul de serviciu se uită la căpitan care dădu aprobând din cap. Omul de serviciu merse așadar și deschise ușa. Apăru în prag un om de statură mijlocie, îmbrăcat într-o veche tunică militară; după înfățișare, nu părea să aibă vreo legătură cu mașinile și totuși acesta nu era altul decât Șubal. Dacă tânărul Karl n-ar fi fost ispitit să observe brusca mulțumire care se ivi în ochii tuturor, inclusiv în ai căpitanului, s-ar fi înspăimântat, desigur, văzând ceea ce se întâmpla cu fochistul; acesta își încordase brațele și își făcu pumnii tari, părând că nu are nimic mai scump decât forța lui musculară, cu ajutorul căreia era gata să-și sacrifice totul, însăși viața. În pumnii aceia strânși se adunase toată puterea ființei lui, chiar și acele ultime resurse care-l mai țineau în picioare.

Așadar, dușmanul său era acolo, sprinten și degajat, îmbrăcat cu îngrijire, purtând sub braț un registru, probabil statul de salarii și situația despre activitatea fochistului; îi scrută cu atenție pe cei prezenți căutând fără pic de stânjeneală, să citească din priviri starea de spirit a fiecăruia. Toți cei șapte aveau aerul de a fi devenit prietenii acestuia; căpitanul, care-i adusese inițial unele obiecțiuni, poate numai de ochii lumii, în urma neplăcerilor pricinuite de fochist, nu mai părea dispus să-i reproșeze absolut nimic lui Șubal. Împotriva unui subaltern de teapa fochistului, nici o măsură nu părea prea severă și tot ce i s-ar fi putut reproșa lui Șubal era că acesta n-a știut să frângă la timp spiritul de împotrivire al fochistului care, poftim!, mai avea și îndrăzneala să apară în fața căpitanului.

Se mai putea presupune, eventual, că o confruntare a celor doi în prezența mai-marilor lor nu va întârzia să aducă o oarecare lumină și că asistența va trage învățămintele de rigoare; în ceea ce îl privește pe Șubal, oricât de bine s-ar preface, acesta nu va putea totuși rezista până la capăt. Cel mai neînsemnat licăr de răutate din partea lui va fi lesne observat de înalții domni și tocmai un asemenea lucru dorea să provoace Karl; stând un timp oarecare în acel birou, el se familiarizase întrucâtva cu agerimea de minte, slăbiciunile și capriciile fiecăruia în parte. Ce bine ar fi fost dată fochistul s-ar fi menținut în limitele bunei-cuviințe! Ajunsese în situația când părea cu totul incapabil de luptă. Dacă cineva i l-ar fi adus aproape pe Șubal, nu încape îndoială că fochistul, mistuit de nepotolita sa ură, i-ar fi crăpat căpățâna cu lovituri de pumn; altminteri, însă, nu avea vlagă să facă nici măcar câțiva pași până la inamicul său. Cum de n-a prevăzut Karl ceea ce nu era de fel complicat, și anume că Șubal tot trebuia să apară odată și odată, dacă nu din proprie inițiativă, poate chemat de căpitan?! Cum de nu i-a dat prin minte ca, venind cu fochistul încoace, să ticluiască împreună un plan de bătaie precis, și să nu dea buzna la prima ușă, prezentându-se complet nepregătiți, așa cum au făcut de altfel?! Mai putea oare fochistul să îngaime, în cel mai fericit caz, un „da“ sau „nu“ într-o eventuală confruntare? Adăsta cu picioarele depărtate și genunchii nesiguri, cu capul ușor ridicat și gura întredeschisă, ca vițelul la poarta nouă, părând că n-are plămâni să respire.

Karl dimpotrivă, se simțea mai puternic și mai iute la minte decât fusese vreodată la el acasă. Ce n-ar fi dat să-i fi fost de față părinții! L-ar fi văzut într-o țară străină, de față cu distinse personalități, luptând în numele unei cauze drepte; chiar dacă nu obținuse încă victoria finală, era pe deplin pregătit să dea ultimul asalt! În atare împrejurări și-ar fi schimbat oare părinții părerea despre el? L-ar fi rechemat oare în preajma lor, copleșindu-l cu laude? L-ar fi privit ei măcar o dată în luminile ochilor pe atât de devotatul lor fiu? Erau întrebări nelalocul lor, ele n-aveau ce căuta atunci și acolo.

„Am venit bănuind că fochistul mă acuză de oarecare înșelătorii. O fată de la bucătărie mi-a spus că l-a văzut venind încoace. Domnule căpitan și dumneavoastră, domnii mei, mă declar gata să resping orice acuzație, bazându-mă pe documentele pe care le am la îndemână și, la nevoie, pe declarațiile unor martori obiectivi, neinfluențați, care așteaptă în fața ușii.“ Astfel vorbi Șubal. Acestea au fost cuvintele clare ale unuia care, judecând după fețele celor prezenți, părea că aduce în încăperea aceea, după o lungă absență, sunetele unei voci omenești. Evident, cei de față nu băgaseră de seamă că vorbele spuse atât de îngrijit erau totuși găunoase. De ce tocmai cuvântul „înșelătorii“ a fost primul care i-a venit în minte acelui om? N-ar fi fost oare mai nimerit ca acuzația care i se aducea lui Șubal să pornească de la acest aspect și nu de la discriminările sale naționale? Cum de a ghicit acesta totul dintr-o afirmație oarecare a fetei de la bucătărie? Oare nu conștiința propriei sale vinovății îi dădea o asemenea ascuțime de minte? Cum de și-a adus imediat martori pe care se grăbește să-i declare ca fiind „obiectivi și neinfluențați“? Totul era o pungășie și nimic altceva. Cum de suportau domnii această situație? Oare considerau asemenea comportare ca fiind corectă? De ce și-a luat Șubal un răgaz atât de mare între clipa când îi vorbise fata de la bucătărie și momentul intrării sale aici? Nu poate fi alt motiv decât acela de a-l sili pe fochist să-i obosească peste măsură, pe acești domni fapt care duce, inevitabil, la o scădere treptată a puterilor de judecată; claritatea era lucrul de care Șubal trebuia să se teamă cel mai mult. Oare nu și-a amânat el dinadins bătaia în ușă până când unul dintre domni, punând întrebarea aceea fără însemnătate, l-a făcut să spere că fochistul apără o cauză pierdută?

Totul devenise clar ca bună ziua; reieșea asta chiar din iresponsabila intervenție a lui Șubal. Dar acestor domni trebuia să li se servească fapte concrete, trebuiau treziți din înțepenirea lor. În sfârșit, dragă Karl, hai, profită măcar de puținul răgaz ce ți-a mai rămas până la intrarea martorilor, care ar putea da totul peste cap!

Tocmai în acel moment căpitanul îi făcu semn lui Șubal să se îndepărteze. Bănuind că problema aflată în discuție se amână deocamdată, Șubal se dădu mai la o parte, începu a șușoti cu omul de serviciu, care îl flancase îndată, aruncând priviri piezișe spre mașinistul-șef și spre Karl și agitându-și semnificativ brațele.

După toate aparențele, Șubal se pregătea pentru un nou discurs.

„Doriți cumva să-i puneți unele întrebări acestui tânăr?“ vorbi căpitanul în mijlocul tăcerii generale, adresându-se domnului cu bastonul de bambus.

„Desigur“, zise acesta și mulțumi pentru atenție cu o ușoară înclinare a capului; se adresă apoi lui Karl: „De fapt, cum vă numiți?“.

Karl socoti că este în interesul importantei cauze aflate în dezbatere să pună repede capăt acestei intervenții întâmplătoare; interlocutorului său inoportun îi vorbi sec, rostindu-și pur și simplu numele, renunțând la gestul, atât de intrat în obișnuință, de a-și prezenta pașaportul, scop în care ar fi trebuit pe deasupra și căutat. „Karl Rossmann“. „Cum ai zis!“ exclamă cel căruia i se spusese domnul Jakob; până una alta, el se îndepărtă cu un surâs de ușoară neîncredere. Căpitanul, casierul-șef, ofițerul și chiar omul de serviciu tresăriră mirați auzind numele tânărului. Doar domnii de la direcția portului se arătau, asemeni lui Șubal, nepăsători de ceea ce se întâmplă. „Cum ai zis?! repetă domnul Jakob, apropiindu-se țanțoș de Karl Rossmann. Înseamnă că eu sunt unchiul tău, iar tu ești iubitul meu nepot! Tocmai îmi încolțise un asemenea gând“, îi mărturisi căpitanului înainte de a-l îmbrățișa și a-l săruta pe Karl, care accepta totul în tăcere.

„Dar cum vă numiți?“ se interesă la rândul său Karl, desigur, foarte politicos, însă fără pic de emoție. Scăpat de îmbrățișări, se strădui să prevadă urmările pe care acest eveniment le-ar fi putut avea asupra afacerii cu fochistul; în orice caz, nimic nu-i spunea că Șubal ar trage ceva foloase din această situație.

„Trebuie să fii conștient de norocul dumitale, tinere“, interveni căpitanul, găsind întrebarea lui Karl de natură să lezeze demnitatea domnului Jakob; acesta se trase lângă fereastră, spre a-și sustrage de la privirile curioase chipul pe care stăruia emoția, fața pe care o tampona mereu cu o batistă. „Cel ce ți-a spus că este unchiul dumitale nu-i altcineva decât senatorul Edward Jakob. Te așteaptă, tinere, o carieră strălucită. Fă un efort să înțelegi acest lucru, mă rog, în măsura în care acest prim moment îți îngăduie, și vino-ți în fire."

„Da, într-adevăr am un unchi Jakob în America, vorbi Karl adresându-se căpitanului. După câte am înțeles, Jakob este numele de familie al domnului senator."

„Exact", confirmă căpitanul, curios de ce-o să se mai întâmple.

„Dar unchiul meu Jakob, care e fratele mamei mele, are prenumele de Jakob; numele său ar trebui să fie Bendelmayer, ca acela ai mamei mele înainte de căsătorie."

„Permiteți-mi, domnilor!" strigă senatorul, edificat de cele spuse de Karl și revenind de unde se retrăsese. Toți izbucniră în râs, afară de funcționarii portuari; unii parcă de emoție, alții din motive pe care nu le trădau.

„Nu mi se pare nimic ridicol în cele ce am spus", gândi Karl.

„Domnilor, reveni senatorul, fără voia dumneavoastră și a mea asistați la o mică scenă de familie și, neavând încotro, trebuie să vă dau unele lămuriri. Am impresia că doar domnul căpitan este în deplină cunoștință de cauză"; la această precizare, cei doi se înclinară într-un gest de amabilitate reciprocă.

„Acum trebuie să fiu foarte atent la ceea ce îmi iese din gură", își zise Karl și, uitându-se cu coada ochiului spre fochist, se bucură văzând cum acesta se iluminează la față.

„Eu trăiesc, după o îndelungată ședere în America – o, dar cuvântul *ședere* nu mi se pare cel potrivit mie, care mă consider un atât de zelos cetățean american – trăiesc, cum vă spuneam, complet rupt de rudele mele din Europa, din motive care, înainte de toate, nu sunt de natură a fi arătate aici și, în al doilea rând, aș fi prea afectat povestindu-le. Frică mi-i chiar de clipa în care voi fi obligat să le înfățișez scumpului meu nepot, prilej cu care nu voi putea evita să exprim o părere sinceră despre părinții săi și rudele acestora."

„Este unchiul meu, nu încape îndoială, își dădu seama Karl, ascultându-l. Cu siguranță că și-a schimbat numele".

„Iubitul meu nepot a fost... trebuie să rostesc, singurul cuvânt care califică realmente un asemenea procedeu... a fost pur și simplu înlăturat de părinții săi, așa cum înlături o pisică jigărită care te deranjează. Nu vreau să înfrumusețez cu nimic faptele pentru care nepotul meu este astfel tratat; dar vina sa este de așa natură încât doar simpla ei enunțare înseamnă o scuză cât se poate de solidă".

„Așa mai merge, fu de acord Karl, însă nu mi-ar conveni să povestească în amănunt. De altfel, nici nu are de unde să cunoască toată tărășenia".

„Vorba e că tânărul... urmă unchiul, punctându-și cuvintele cu mici arcuiri ale corpului și tot atâtea arcuiri ale bastonului său de bambus pe care și-l implântă drept în față, spre a rea astfel o atmosferă mai degajată – vorba e că tânărul a fost sedus de o servitoare în vârstă de treizeci și cinci de ani, pe nume Johanna Brummer. N-am cea mai mică intenție să-l jignesc pe nepotul meu rostind cuvântul *sedus*, dar nu găsesc ceva mai potrivit în clipa asta."

Karl, care se apropiase de unchiul său, se răsuci să vadă fețele celor prezenți; voia să-și dea seama de impresia pe care o stârnesc cele relatate. Nimeni nu râdea, toți ascultau răbdători și gravi. De altfel nici nu-ți era la îndemână să râzi de nepotul unui senator, la prima ocazie care ți se oferă. Nu același lucru se putea spune despre fochist, care-i surâdea lui Karl; faptul era, desigur, îmbucurător, era un semn de reîntoarcere la viață și, oricum, întru totul scuzabil, pentru că jos, în cabină, Karl făcuse un mare secret din întâmplarea care era acum public dezbătută.

„Această Brummer, continuă unchiul, i-a făcut nepotului meu un copil, un băiat zdravăn, pe care l-a botezat cu numele de Jakob, probabil după umila-mi persoană, despre care fata aceea – putem presupune – avea știre doar din vagile aluzii ale nepotului meu, aluzii care, pesemne – adaug eu acum – au impresionat-o profund. Spre a nu plăti pensia alimentară și a evita orice fel de scandal în care să fie ei înșiși implicați – subliniez că nu cunosc nici legile de acolo, nici situația părinților – pentru a evita, așadar, plata pensiei respective și scandalul, părinții îl expediară pe fiul lor, pe iubitul meu nepot, în America și – după cum bine vedeți – cât se poate de prost echipat. Fără un semn sau o minune, care doar în Lumea Nouă mai pot avea loc, acest tânăr, rămas singur, nesprijinit de nimeni, ar fi decăzut cât se poate de repede, devenind o pușlama de port, în vreo stradelă din apropiere; așa s-ar fi întâmplat dacă servitoarea aceea n-ar fi așternut pe hârtie toată povestea – scrisoarea mi-a parvenit, după multe întârzieri, alaltăieri – dându-mi semnalmentele nepotului meu și, din fericire, și numele vasului pe care s-a îmbarcat. Dacă mi-ar trece prin cap să vă amuz, domnilor, v-aș citi unele părți din această scrisoare, mărturisi senatorul și scoase din buzunar două enorme coli de hârtie acoperite cu un scris mărunt. Sunt sigur că această scrisoare v-ar impresiona, căci este ticluită destul de primitiv, deși cu o șiretenie bine intenționată și dovedind foarte multă dragoste pentru tatăl copilului. Dar nu am intenția nici să vă distrez mai mult decât o cere însăși înțelegerea situației și nici n-aș voi, tocmai la prima întrevedere, să lezez pe nepotul meu în sentimentele pe care eventual le-ar mai nutri. El va fi liber să parcurgă scrisoarea, dacă va crede de cuviință, în tihna camerei sale, care îl așteaptă".

Karl nu mai avea nici un fel de sentiment pentru această fată. Învăluită de ceața unui trecut care se îndepărta mereu, el o vedea șezând în bucătărie, sprijinită cu coatele pe bufet; de câte ori intra acolo, fie pentru a lua un pahar cu apă cerut de tatăl său, fie pentru a transmite o dispoziție a mamei sale, fata îl privea. Tolănită pe bufet, ea scria uneori o scrisoare și îl privea pe Karl galeș, spre a se inspira. Alteori își acoperea ochii cu mâinile, nevoind să știe de nimeni și nimic. Câteodată îngenunchea în strâmta ei cămăruță de lângă bucătărie și se ruga în fața unui crucifix de lemn. Karl nu se uita la ea decât rareori și cu timiditate, prin ușa întredeschisă. Uneori, fata fugea hai-hui prin bucătărie și o zbughea cu un râs de vrăjitoare atunci când Karl îi ieșea în drum. Alteori, după ce apărea el, fata închidea ușa de la bucătărie, bloca zăvorul, până ce Karl o ruga să-l lase să plece. Câteodată îi aducea lucruri pe care el nu le ceruse și nu le dorea și pe care ea i le punea în brațe fără să scoată o vorbă. Într-o bună zi însă, fata strigă: „Karl", și oftând, făcând grimase – el amuțise în fața acestui familiarism – îl conduse în cămăruța ei, pe care o încuie cu cheia. Îi încolăci gâtul, gata să-l sugrume și, în timp ce îl tot ruga s-o dezbrace, îl dezbrăcă ea pe el, și îl culcă în patul ei; ai fi zis că vrea să-l păstreze de acum încolo numai și numai pentru ea, spre a-l mângâia și a-l îngriji până în vecii vecilor. „Karl, o, Karl al meu!" țipa, ca și cum totul ar fi fost firesc, ca și cum l-ar fi posedat prin simplul fapt că el se afla acolo, că era lângă ea; Karl, în schimb, nu vedea mare lucru și era foarte incomodat de mormanul de așternuturi calde, pe care îl îngrămădise – după cât își da seama – anume pentru el. Ea se lungi alături, căutând să-i afle unele secrete; cum Karl n-avea taine, fata se supără și, mai în glumă, mai în serios, îl zgâlțâi, îi ascultă bătăile inimii, își oferi, la rându-i, pieptul ca să-i asculte și el bătăile inimii, ceea ce pe Karl nu-l interesa deloc. Își lipi de el burta dezgolită, îi umblă cu mâna peste trup, cu un gest atât de scârbos încât Karl își smuci capul de pe pernă, încordându-și gâtul, în vreme ce ea îl izbi de câteva ori în șir cu pântecele; veni momentul când puteai crede că femeia face parte din trupul lui și, foarte probabil, din această pricină, Karl simți o cumplită nevoie de ajutor. În cele din urmă se întoarse plângând în patul lui, după miile de rugăminți ale fetei de a-l revedea. Asta a fost tot; unchiul reuși totuși să întrevadă întreaga poveste. Dar dacă unchiul fusese avizat de sosirea lui, înseamnă că bucătăreasa se gândise la el. Era un gest frumos din partea ei, care merita răsplătit o dată și o dată.

„Ei! strigă senatorul, spune-mi deschis, sunt sau nu unchiul tău?"

„Ești unchiul meu, răspunse Karl și îi sărută mâna, gest pentru care fu răsplătit pe loc cu un sărut pe frunte. Sunt foarte fericit că te-am întâlnit, dar să știi că greșești crezând că părinții mei nu spun decât lucruri urâte despre dumneata. Afară de aceasta, în relatarea dumitale s-au strecurat și unele inexactități, cu alte cuvinte vreau să spun că nu toate s-au petrecut întocmai. E de înțeles că de la o asemenea depărtare e greu să judeci lucrurile fără greș; la urma urmei, nu-i nici o nenorocire dacă domnii au fost informați într-un mod mai puțin exact asupra unor detalii cărora cred că nu le acordă prea multă importanță."

„Ai dreptate, fu de acord senatorul; îl conduse pe Karl spre căpitan, care vădea interes și simpatie, întrebându-l: Așa-i că am un nepot extraordinar?!"

„Sunt fericit să-l cunosc pe nepotul dumneavoastră, zise căpitanul și se înclină într-o manieră proprie oamenilor care au făcut militărie. Este o cinste deosebită ca vasul meu să fie locul unei asemenea întâlniri. În schimb, călătoria pe puntea intermediară a fost, îmi închipui, cât se poate de neplăcută; niciodată nu poți prevedea anturajul. Noi însă facem tot ce ne stă în putință să ușurăm voiajul pasagerilor de pe puntea mijlocie, cu mult mai mult decât o fac, de pildă, cei de pe vasele aparținând liniilor americane de transport maritim. E adevărat, n-am reușit să transformăm această călătorie într-una de agrement."

„Nu m-a incomodat cu nimic", zise Karl.

„Nu l-a incomodat cu nimic!" repetă senatorul râzând cu poftă.

„Teamă mi-i, în schimb, că mi-am pierdut geamantanul... și tânărul își aduse astfel aminte de tot ce a pătimit, gândindu-se totodată la ceea ce avea de făcut de acum încolo; întorcându-se, îi văzu pe cei prezenți cum stau la locurile lor și îl scrutează – erau muți de respect și uimire. Numai pe fețele funcționarilor portuari puteai citi – în măsura în care severitatea și expresia lor ștearsă permitea acest lucru – regretul de a se fi înfățișat pe vas la timp nepotrivit; interesul lor era mai degrabă atras de ceasul de buzunar pe care și-l puseseră în față și nu de ceea ce avusese loc sau putea, eventual, să urmeze.

Primul care dădu glas sentimentelor de simpatie, după căpitan, fu – în mod cu totul ciudat – fochistul. „Te felicit din toată inima" spuse acesta, scuturând zdravăn mâna lui Karl; îi da astfel a înțelege că îi este cumva și recunoscător. Când fu pe punctul să se adreseze în chip similar senatorului, acesta din urmă se dădu un pas înapoi, semn că fochistul întrecuse limitele. El înțelese și renunță pe loc.

Cu totul altfel se comportară toți ceilalți, care îi înconjurară pe Karl și pe senator cu o veselie exuberantă. Așa se trezi Karl mulțumindu-i lui Șubal pentru felicitările pe care i le prezentase. Funcționarii portuari se apropiară ultimii, când calmul se mai restabili, și spuseră două vorbe în englezește, făcând astfel o impresie ridicolă.

Senatorul era dispus să-și savureze plăcerea până la capăt și aduse vorba despre niște fleacuri ce nu meritau nici o atenție; fleacurile acestea au fost nu numai suportate, dar și urmărite atent de întreaga asistență. Aminti astfel că în carnetul său sunt notate principalele semnalmente ale lui Karl extrase din scrisoarea bucătăresei, spre a le avea la îndemână, pentru orice eventualitate. Mai spuse că în timp ce fochistul își desfășura insuportabila pălăvrăgeală, își scosese carnețelul cu unicul gând de a-și mai goni urâtul, amuzându-se în a pune față în față descrierile cam primitive ale bucătăresei cu trăsăturile lui Karl. „Iată, așadar, pe ce cale își poate găsi cineva nepotul", sfârși senatorul pe un ton care parcă invita să fie reînnoite felicitările.

„Dar ce se va întâmpla cu fochistul?" se interesă Karl după aceste istorisiri ale unchiului. Avea credința că noua lui situație îi permite să spună exact ceea ce gândește.

„Cu fochistul se va întâmpla ceea ce trebuie să se întâmple, adică ceea ce va găsi de cuviință domnul căpitan, vorbi senatorul. Suntem sătui până peste cap de acest fochist și nu mă îndoiesc că toți domnii aci de față gândesc la fel."

„Acest lucru nu poate fi decisiv într-o chestiune de dreptate, obiectă Karl"; aflându-se între unchiul său și căpitan, se credea chemat să influențeze jocul balanței, socotind că soarta celuilalt se află în mâinile lui.

Fochistul, în schimb, părea că nu mai speră nimic. Mâinile și le vârâse pe jumătate pe după cureaua nădragilor, o bucată a cămășii bălțate îi spânzura în afară, scăpată din cingătoare, în timp ce gesticulase agitat. Lui însă puțin îi păsa de toate astea; își vărsase năduful, așa că n-aveau decât să se holbeze la cele câteva zdrențe de pe el și apoi să-l scoată de acolo. Fochistul îi și vedea pe omul de serviciu și pe Șubal, cei mai mărunți în rang, împlinind această ultimă însărcinare. După asta Șubal va trăi în liniște, nu-și va mai ieși din fire, așa cum spusese casierul-șef. Căpitanul va putea angaja în voie numai și numai români, peste tot se va vorbi românește și toate vor fi la locul lor. Nu va mai exista un fochist care să pălăvrăgească în biroul casieriei centrale, oamenii vor păstra o amintire destul de plăcută despre ultima lui pălăvrăgeală care, așa cum a afirmat senatorul, i-a înlesnit acestuia să-și descopere nepotul. De fapt, acest nepot voise să-i sară în ajutor în câteva rânduri, răscumpărând astfel cu prisosință și anticipație întâmplarea de a fi nimerit în brațele unchiului său. Fochistului nici nu-i trecea prin minte să-i mai ceară băiatului ceva. Cât ar fi fost el de nepot de senator, tot nu putea clinti, nici măcar cu gândul puterea unui căpitan; la urma urmei, tot din gura căpitanului trebuia să iasă cuvântul hotărâtor. Conducându-se după propriile sentimente, fochistul socoti că ar putea să-l scutească pe Karl de orice fel de privire nelalocul ei: din păcate însă, nu era nici un locșor în încăperea aceea plină de dușmani unde să-și fi putut odihni privirile.

„Să nu înțelegi greșit situația, îl avertiză senatorul pe Karl. Se prea poate să fie o chestiune de dreptate, însă în același timp este o chestiune de disciplină. Ambele, și în special ultima, țin de decizia domnului căpitan."

„Ei, asta-i situația", bombăni fochistul. Cei până la care ajungea acest dialog zâmbeau oarecum nedumeriți.

„De altminteri, l-am deranjat și așa prea mult pe domnul căpitan de la chestiunile sale de serviciu care, desigur, sporesc în chip considerabil o dată cu intrarea în portul New York. E deci tocmai timpul să părăsim vasul, spre a nu împinge lucrurile prea departe; o intervenție inoportună riscă să transforme meschina ceartă a doi mașiniști într-un eveniment. Înțeleg prea bine atitudinea ta, dragă nepoate, și tocmai asta mă face să te iau cât mai repede de aici."

„Voi da dispoziție să vi se pregătească imediat o barcă", spuse căpitanul care, spre surprinderea lui Karl, nu avu nici cea mai mică obiecție față de atitudinea unchiului; cuvintele acestuia trebuiau apreciate ca fiind, în orice caz, umilitoare. Casierul-șef se repezi la biroul său și transmise boss-ului prin telefon ordinul căpitanului.

„Nu mai e nimic de făcut; un deget nu pot mișca fără a-i jigni pe toți cei de față, își făcu Karl socoteala. Dar nici nu-i pot întoarce spatele unchiului meu, tocmai acum când m-a regăsit. Căpitanul este, presupun, un om politicos, dar atâta tot. Când e vorba de disciplină, s-a isprăvit și cu politețea lui, iar vorbele unchiului parcă le-a rostit însuși căpitanul. Cu Șubal n-am ce discuta, ba îmi pare rău că i-am întins mâna. Restul celor de aici sunt un fel de pleavă."

Absorbit de aceste gânduri, se apropie de fochist, îi scoase acestuia mâna dreaptă de după curea și o luă într-a lui, jucându-se cu ea.

„Dar de ce nu vorbești o dată? întrebă el. De ce înghiți toate mizeriile astea?"

Fochistul se mulțumi să-și încrețească fruntea, de parcă s-ar fi gândit intens la ceea ce avea de spus; în cele din urmă, privirea lui coborî asupra mâinilor lor care își luau adio.

„Ți s-a făcut o nedreptate cum nu s-a făcut nimănui pe acest vapor, asta o știu prea bine." Karl mângâia degetele fochistului, în vreme ce acesta privea în jur cu ochi lucitori, de parcă ar fi dat peste el o fericire pe care nimeni nu i-o putea răpi.

„Trebuie să te aperi, să spui *da* sau *nu*, altminteri oamenii nu au de unde să cunoască adevărul adevărat. Promite-mi că ai să-mi asculți sfatul, pentru că – spre marele meu regret – presupun că de acum încolo n-am să te mai pot ajuta." Karl începu să plângă; își lipi de obraz mâna crăpată, aproape inertă a fochistului, și o acoperi cu sărutări, ca pe o comoară de care, iată, se despărțea. Senatorul se apropie de cei doi și, cu un gest de îngăduință, îl trase deoparte pe nepot.

„Fochistul ăsta pare să te fi vrăjit, zise el, uitându-se nu atât la Karl, cât la căpitan, căruia îi făcu cu ochiul. Erai singur și părăsit când ai dat peste acest om, căruia – lucru foarte lăudabil – îi arăți recunoștința ta. Rogu-te însă, de dragul meu, nu exagera și caută să-ți înțelegi poziția socială."

La ușă se iscă o gălăgie infernală; se auzeau țipete și se părea că cineva este izbit cu brutalitate în ușă. Își făcu apariția un marinar, într-o ținută cam neglijentă, având prins la brâu un șorț de femeie. „Sunt o mulțime de oameni afară!" strigă el, făcând o mișcare largă cu cotul, croindu-și parcă în continuare drum prin mulțime. În cele din urmă își veni în fire și fu tocmai pe punctul de a-l saluta pe căpitan, când băgă de seamă în ce hal era; își smulse de la brâu șorțul, îl azvârli la pământ și se plânse de mama focului: „E de-a dreptul dezgustător; mi-au legat un șorț de fată!". Bătu imediat călcâiele puternic și salută. Careva schiță un zâmbet, însă căpitanul interveni grav: „Așa da, înțeleg și eu să comanzi. Dar cine sunt cei de afară?".

„Sunt martorii mei, spuse Șubal, apropiindu-se. Rog respectuos să scuzați purtarea lor necorespunzătoare. O dată voiajul pe mare terminat, în oameni parcă intră necuratul."

„Cheamă-i imediat aici, ordonă căpitanul și, întorcându-se apoi spre senator, îi vorbi cu politețe, dar fără a pierde timp de prisos: Rog să aveți amabilitatea de a-l urma pe acest matelot, împreună cu nepotul dumneavoastră; el vă va conduce la barcă. E de prisos să mai spun ce plăcere și ce onoare a fost pentru mine să vă cunosc personal, domnule senator. Abia aștept să se ivească o nouă ocazie care să-mi permită să reiau în compania dumneavoastră discuția privind starea flotei americane; atunci – cine știe? – s-ar putea să fim iarăși întrerupți într-un mod tot atât de plăcut ca și astăzi.“

„Mi-e de ajuns deocamdată acest unic nepot, zise unchiul râzând. Ei, și-acum, primiți, vă rog, din partea mea cele mai calde mulțumiri pentru amabilitatea dumneavoastră, la revedere. Pe Karl îl cuprinse cu un gest ocrotitor, după care adăugă – N-ar fi exclus să petrecem timp mai îndelungat împreună cu ocazia viitoarei noastre călătorii în Europa.“

„M-ar bucura sincer“, mărturisi căpitanul. Cei doi domni își strânseră mâinile cu putere. Karl nu mai avu cum să-i adreseze vreun cuvânt căpitanului, iar mâna i-o dădu doar în treacăt; căpitanul fu împresurat de vreo cincisprezece inși care, deși păreau a fi cu musca pe căciulă, intrară destul de gălăgioși, conduși de Șubal. Matelotul ceru senatorului permisiunea să o ia înainte; croi astfel loc pentru senator și pentru Karl, încât cei doi se strecurau cu ușurință printre oamenii care salutau, înclinându-se. Aveai senzația că oamenii aceștia, de altfel destul de simpatici, vedeau în disputa dintre Șubal și fochist o distracție oarecare, al cărei ridicol nu se putea stinge nici în fața căpitanului. Printre ei, Karl o zări și pe Line, fata de la bucătărie; era veselă, făcea semne cu mâna, după care își puse la brâu șorțul azvârlit de marinar; era al ei.

Cei doi îl urmară pe matelot; părăsiră biroul, parcurseră un mic culoar cotit și, după numai câtiva pași, ajunseră în dreptul unei ușițe de unde cobora o scară marinărească până la barca ce fusese pregătită pentru ei. Matelotul ajunse dintr-un salt în barca mânuită de cei câțiva cărora le era șef; imediat aceștia se ridicară în picioare și salutară. Senatorul tocmai îl sfătuia pe Karl să coboare atent când, chiar de pe prima treaptă, acesta izbucni în plâns. Senatorul întinse brațul drept și-l luă de bărbie, îl strânse spre sine, apoi îl mângâie cu mâna stângă, în felul acesta coborâră, treaptă cu treaptă, strâns lipiți, până ajunseră în barcă, unde unchiul ochise un loc potrivit pentru Karl, undeva în fața lui. La un semn al senatorului, matrozii începură să tragă la rame și se desprinseră imediat de vapor. După numai câțiva metri, Karl descoperi pe neașteptate că înaintau tocmai pe partea înspre care dădeau ferestrele casieriei centrale. Toate cele trei ferestre erau înțesate de martorii lui Șubal, care salutau făcând fel de fel de semne amicale; chiar senatorul în persoană le mulțumi, iar unul dintre matrozi, fără a-și părăsi truda, reuși – printr-o mișcare abilă – să trimită o bezea spre vas. În atmosfera asta toți uitaseră de fochist. Karl, care ședea genunchi în genunchi cu unchiul său, îl privi pe acesta drept în ochi și se îndoi că omul din fața lui va fi vreodată în stare să-l smulgă din inima sa pe fochist și să-i ia locul. Unchiul îi ocoli privirile, preferând să urmărească valurile legănate din jurul băncii.

Unchiul

În casa unchiului său, Karl se obișnui repede cu noua lui situație. Nu e mai puțin adevărat că unchiul căuta să-i îndeplinească și cele mai neînsemnate dorințe; Karl era astfel scutit de a se întâlni cu tristele experiențe care îți dau, în genere, atâta bătaie de cap, când ajungi să te stabilești pe meleaguri străine.

Camera lui Karl era situată la cel de-al șaselea etaj al imobilului; celelalte cinci etaje inferioare, plus alte trei sub nivelul solului erau în întregime ocupate de întreprinderea unchiului. Karl era mereu uimit că, ieșind dimineața din micul său dormitor, se pomenea în această cameră inundată de lumină, ce pătrundea prin două ferestre și o ușă care da într-un balcon. Pe unde-ar fi fost el nevoit să se acuieze oare dacă ar fi debarcat ca un imigrant oarecare? Foarte probabil că nici n-ar fi fost primit în Statele Unite – era, de altfel, și opinia unchiului său, care cunoștea legile privind imigrația – și cine știe dacă n-ar fi fost expediat înapoi, în patrie, fără a se ține seama că, la urma urmei, el nu mai avea o patrie. Aici nu puteai conta pe mila nimănui; ceea ce aflase Karl din lecturi despre America se adeverea, astfel, pe deplin. După cum putea să observe, aici numai cei avuți își puteau gusta din plin bucuria în mijlocul atâtor chipuri indiferente.

Un balcon îngust mărginea camera lui Karl pe toată lungimea; în orașul său natal aceasta ar fi fost, nu încape îndoială, cel mai înalt punct de observație, pe când aici nu-ți oferea decât priveliștea unei străzi drepte, care trecea printre două rânduri de clădiri retezate parcă din acoperișuri, dispărând undeva departe, în plină ceață, unde se iveau contururile unei grandioase catedrale. Strada oferea dimineața spectacolul unei circulații febrile, care însă continua până seara și în viziunile nocturne ale tânărului; privită de sus, strada asta apărea ca o scurgere haotică, mereu alta, cu siluete omenești deformate, vehicule cu acoperișuri multicolore care emanau, la rândul lor, un amalgam de zgomote, prăfărie și mirosuri tari. Totul era copleșit de o lumină violentă, pe care vârtejul lucrurilor o răscolea, reverberând-o când departe, când aproape, înșelând ochiul și dându-ți senzația că te afli în fața unui clopot de sticlă care se prăbușește cu mare putere, clipă de clipă, asupra străzii.

Grijuliu, ca în toate împrejurările, unchiul îl sfătui pe Karl să nu se oprească deocamdată în mod serios la vreo ocupație; să le cerceteze mai întâi pe toate, fără a se lăsa prins de vreuna anume. Îi mai spuse că primele zile pe care le trăiește orice european în America sunt comparabile cu o a doua naștere; deși n-ar fi voit să-i trezească lui Karl temeri inutile, unchiul îi atrase atenția că și dacă te-ai adapta, hai să zicem, mai iute decât unul care a picat din lună, tot trebuie să ții cont că întâile păreri sunt totdeauna șubrede și, ca atare, îți poți încurca principiile după care ai voi să-ți organizezi viața pe pământul american. Unchiul cunoscuse câțiva nouveniți care, ignorând asemenea învățăminte, își pierdeau zile în șir adăstând în balcon și urmărind, cu priviri de oi rătăcite, agitația străzii; erau de-a dreptul năuciți. Turistul își poate permite luxul – ba într-o măsură i se recomandă chiar – să contemple, solitar, trepidația zilei newyorkeze; dar pentru cel sortit să rămână aici, asta înseamnă curată sinucidere – cuvântul, deși poate cam tare, e cât se poate de potrivit pentru o atare situație. Pe fața unchiului se putea citi o vădită nemulțumire când apărea zilnic să-l viziteze, la cele mai diferite ore, și-l găsea pe Karl în balcon. Observând acest lucru, Karl se văzu nevoit să renunțe cât de cât la această plăcere.

De altfel asta nu era singura lui plăcere. În cameră se afla un birou american de toată frumusețea, așa cum își dorise ani de-a rândul tatăl său; acesta încercase chiar să și-l procure la diferite licitații, pentru un preț accesibil, însă cu mijloacele lui modeste nu reușise în nici un chip. Dar biroul lui Karl nici nu putea fi comparat cu așa-zisele „birouri americane", peste care dădeai pe la licitațiile europene. Biroul său avea, de exemplu, în jumătatea de sus, o sută de sertare de mărimi diferite, încât chiar președintele Statelor Unite și-ar fi putut găsi aici loc potrivit pentru toate hârtiile lui oficiale; unde mai pui că biroul avea pe una din laturi un dispozitiv mecanic, încât prin simpla întoarcere a unei manete puteai obține cele mai variate modificări și readaptări ale sertarelor, care se aranjau după gusturi și necesități. Niște pereți laterali, mici și foarte subțiri, coborau lin, devenind fie baza, fie capacul unor sertare noi ivite din te miri ce. După întâia mișcare a manetei, jumătatea de sus a biroului căpăta, cât ai bate din palme, o cu totul altă înfățișare; modificările surveneau în funcție de viteza cu oare acționai mecanismul – încet de tot, ori cu o repeziciune aproape drăcească. Invenția era de dată recentă, dar lui Karl îi amintea de vechiul „joc al magilor", pe care bâlciurile de Crăciun din țara sa îl desfășurau dinaintea ochilor uimiți ai copiilor. De câte ori nu întârziase Karl înfofolit în haine groase în fața moșneagului care, printr-o simplă învârtire de manivelă, schimba pe loc scena. Îi făcea pe cei trei crai să înainteze în mers sacadat, aprindea steaua strălucitoare, dădea viață acelui sărac interior unde se năștea Iisus în iesle. Ori de câte ori bănuia că mama aflată în spatele său nu prea urmărește jocul, el o făcea atentă, trăgând-o de mână, se lipea de dânsa și însoțea, cu nereținute exclamații, cele mai mici detalii ale câte unei scene – iepurașul care sta ascuns în iarbă, de unde se ridica în două lăbuțe, gata s-o ia din nou la fugă – încât mama era nevoită să-l facă să tacă, acoperindu-i gura cu palma, spre a urmări apoi spectacolul cu indiferența ei de totdeauna. Se înțelege că biroul, așa cum era alcătuit, nu putea trezi numai asemenea amintiri; dar lungul șir al invențiilor omenești se înlănțuie, pare-se, prin fel de fel de legături, cum se întâmplă și cu amintirile lui Karl. Deși Karl trăia într-o încântare, unchiului nu-i prea era pe plac biroul nepotului. Dar ce era să faci? Orice birou mai de doamne-ajută, cu care l-ar fi putut înzestra pe nepot, are în ziua de azi un astfel de dispozitiv, ca la nevoie să poată fi adaptat fără multă cheltuială și la birouri de tip mai vechi. Oricum, unchiul nu uită să-i atragă atenția lui Karl că e bine să mânuiască dispozitivul cât mai rar și, dacă se poate, deloc. Spre a fi cât mai convingător, îi spuse că mecanismul e foarte sensibil, se defectează ușor, iar repararea lui este extrem de costisitoare. Nu era însă greu să-ți dai seama că toate astea sunt doar pretexte, mai ales că se vedea cât de colo că mecanismul avea și o siguranță cu ajutorul căreia putea fi blocat ușor, însă unchiul evita s-o întrebuințeze.

În primele zile, unchiul și nepotul aveau mereu a se pune de acord asupra câte unei chestiuni; cu un astfel de prilej Karl amintise în treacăt că acasă își satisfăcea uneori plăcerea de a cânta la pian, nu prea des, atât cât îi îngăduiau puținele lui cunoștințe dobândite alături de mama sa. Karl știa prea bine că a-i pomeni unchiului de așa ceva înseamnă, în fond, să-i ceri să cumpere un pian; o făcea totuși conștient, deoarece avusese timp să-și dea seama că unchiul nu-i dintre aceia care trebuie să facă economii. Pianul nu apăru totuși imediat, abia după vreo opt zile, când unchiul îl anunță pe un ton rece că pianul a fost achiziționat și că n-ar fi rău să supravegheze personal transportul. Nu era o treabă prea grea, oricum nu mai grea decât un transport oarecare, deoarece în clădire exista un ascensor special pentru mobilă în care încăpea ușor încărcătura unui camion; era tocmai ascensorul cu care noua pianină zbură înspre camera sa. Karl, la rândul său, ar fi putut să urce deodată cu pianina și cu oamenii care-o transportau, dar alături ascensorul de persoane era liber și îl prefera pe acesta. Urcând printre etaje, mânui astfel manivela ascensorului ca să se mențină tot timpul la nivelul celuilalt ascensor și nu se sătura să privească prin pereții de sticlă frumosul instrument care era acum proprietatea sa. După ce pianina ajunsese în cameră și fusese așezată la locul ei, Karl – aproape nebun de bucurie – își trecu degetele pe deasupra clapelor, stârnind primele sunete; părăsi exercițiul, țâșni în picioare, se depărtă puțin și, cu mâinile în șold, rămase într-o contemplare mută. Era încântat și de acustica excelentă a camerei sale; acest fapt îl eliberă dintr-odată de neplăcuta senzație pe care o avusese la început, anume că-i sortit să zacă închis într-un *building*. La drept vorbind, nimic din interiorul acelei camere nu amintea de fața exterioară a clădirii cu aspect de cușcă metalică; înlăuntru totul era confortabil și la locul său. La început, Karl își puse speranțe mari în posibilitățile sale muzicale; uneori, seara mai ales, înainte de a adormi, îi trecea prin minte gândul îndrăzneț și năstrușnic că îndeletnicirea sa muzicală ar putea influența direct modul de viață american. Sunau, e drept, destul de straniu acordurile melodiei lui, care se revărsau prin fereastra deschisă în strada copleșită de zgomote: era un vechi cântec soldățesc din patria sa, pe care și-l îngânau unii altora ostașii seara, stând rezemați în rama ferestrelor cazărmii, privind nostalgic piața peste care cădea întunericul. Degeaba se uita Karl jos, în strada dreaptă, pentru că acolo nu se schimba nimic, strada rămânea aceeași, părticică dintr-un imens angrenaj a cărui necontenită mișcare nu putea fi oprită în loc decât cunoscând, eventual, numeroasele forțe care o propulsau. Unchiul suportă fără obiecțiuni cântatul la pian, mai ales că și Karl obișnuia să-l cruțe, oferindu-și destul de rar această plăcere; se întâmplă ca într-o zi unchiul să-i aducă nepotului partiturile unor marșuri americane – fără a uita, bineînțeles, imnul național – însă era limpede că nu dragostea de pian îl îndemna la asta. De altfel, într-o altă zi, îl întrebă pe Karl într-un mod foarte serios dacă nu-i convine să studieze vioara și cornul.

Natural, prima și cea mai importantă ocupație a lui Karl rămânea totuși studiul limbii engleze. Un tânăr profesor de la o academie comercială venea în acest scop acasă la Karl, în fiecare dimineață, la ora șapte; îl găsea de obicei instalat la birou, în fața caietelor, ori plimbându-se prin cameră și memorând. Karl era convins de importanța însușirii rapide a limbii engleze și înțelese totodată că, progresând repede, îi face unchiului său cea mai mare bucurie. Reuși să depășească în scurt timp expresiile „bună ziua“, „la revedere“, micile saluturi la care se limitau la început convorbirile sale în englezește cu unchiul; ataca acum propoziții din ce în ce mai ample, încât se instală o atmosferă prielnică pentru a-și face unul altuia confidențe. Într-o seară, Karl reuși pentru prima dată să recite o poezie americană – era vorba de descrierea unui incendiu – și unchiul, pe deplin satisfăcut, îl ascultă cu o anumită solemnitate.

În cameră se găseau numai ei doi. Lângă fereastră stătea unchiul, care privea cerul în amurg și urmărea cadența versurilor bătând ușor tactul cu palma; la doi pași de el, Karl se străduia să treacă peste dificultățile exprimării poetice, ținându-se bățos și privind undeva într-un punct fix.

Cu cât cunoștințele de engleză ale lui Karl se lărgeau, sporea și plăcerea unchiului de a-l prezenta prietenilor săi, păstrând însă, pentru orice eventualitate, profesorul de engleză în apropierea lui Karl. Prima cunoștință o făcu într-o dimineață în persoana unui tânăr zvelt și extraordinar de suplu, pe care unchiul îl elogie în fel și chip pe când îl introducea în camera lui Karl. Dintr-o ochire recunoșteai în el un fiu de milionar, ca atâția alții. Judecat cu ochi de părinte, nu putea fi decât un trântor care trăia pe picior mare; era de ajuns să cunoști o singură zi din viața lui spre a te dezgusta de tot. Părea că știe ori că bănuiește toate acestea și, pentru a le preîntâmpina, tânărul milionar avea în ochi și pe buze un zâmbet de extaz continuu, pe care și-l adresa sieși, celui cu care vorbea, întregii lumi.

În compania acestui tânăr, un oarecare Mack, avea să iasă la plimbare călare, fapt pus la cale cu asentimentul cert al unchiului; plimbarea era fixată pentru orele cinci și jumătate în zori și avea să aibă loc în manejul școlii de călărie sau în aer liber. La început Karl ezită să accepte, niciodată nu se urcase pe un cal și, înainte de a întreprinde ceva, ar fi voit să se familiarizeze cât de cât cu călăria; atât unchiul cât și Mack aduseră destule argumente, ziceau că a călări nu înseamnă nicidecum să stăpânești cine știe ce artă, călăria-i un simplu agrement, un exercițiu sănătos – susțineau ei – și Karl consimți în cele din urmă. Trebui așadar să se scoale la orele patru și jumătate, fapt care-i pricinui nu o dată destule necazuri; aici ar fi tot dormit, obosit probabil de încordata lui atenție de peste zi. Noroc că necazul acesta i se risipea îndată ce intra în baie. Era acolo un duș, cu o sită mare ce acoperea cada în lung și-n lat. Care dintre colegii lui de școală, fie chiar și os boieresc, s-ar fi putut lăuda cu asemenea baie, și încă aparținându-i în exclusivitate?! Întârzia deci lungit în cadă, cu brațele date în lături, lăsându-se mângâiat de potopul de apă călduță, apoi caldă, apoi din nou călduță și, în sfârșit, rece ca gheața, după pofta inimii; se lăsa biciuit de apă fie în întregime, fie doar pe o parte a corpului. Gusta din plin aceste clipe, căci erau pentru el un fel de prelungire a somnului; îi plăcea să stea culcat, cu ochii închiși, să simtă cum i se preling pe obraji, spărgându-se, ultimele picături răzlețe. La manejul școlii de călărie, de cum cobora din impunătorul automobil al unchiului său, îl întâmpina profesorul de engleză. Mack întârzia întotdeauna; și-o permitea fără să-i pese, pentru că adevăratul antrenament nu începea în absența lui. Pe cine altul dacă nu pe el îl așteptau caii aceia gata să-și risipească ei înșiși somnolența și să se ridice, ageri, în două picioare?! Nu șuiera oare mai tare biciul imediat ce apărea Mack în menaj? Nu se iveau deodată, în potcoava tribunelor, o mulțime de spectatori – grăjdari, elevi ai școlii, fel de fel de vizitatori ocazionali?!... Karl nu voia să piardă timpul până la sosirea lui Mack; îl folosea învățând exerciții pregătitoare pentru un viitor călăreț. Exercițiile acestea, care durau zilnic cam un sfert de oră, le făcea cu un lungan care, printr-o simplă ridicare a brațului, bătea pe crupă cei mai înalți cai ai menajului.

Instructajele acestea nu-i prea aduseră succese lui Karl; atâta doar că avusese prilejul să-și însușească tot felul de palavre pe care, încă gâfâind de istoveală, îi plăcea să i le turuie profesorului său de engleză, care stătea veșnic rezemat într-un ușcior și moțăia. Toate sâcâielile fizice dispăreau însă odată cu sosirea lui Mack. Lunganul era expediat și în semiîntunericul care încă mai domnea în manej nu se auzea decât galopul cailor, nu se zărea decât brațul autoritar a lui Mack, înălțat undeva în fața lui Karl, pentru a da comenzi. Această distracție, risipită ca însuși somnul de dimineață, se încheia după exact o jumătate de oră. În caz că era într-adevăr mulțumit de lecție, la plecare, foarte grăbitul Mack îl bătea pe Karl încurajator cu palma peste obraz, după care dispărea; nu-l mai aștepta pe acesta nici cât să iasă împreună pe poartă. Karl urca în automobil însoțit de profesorul lui și pleca să-și facă lecția de engleză; spre a nu pierde timpul parcurgând vreo arteră aglomerată, de cele mai multe ori evitau drumul cel mai scurt dintre școala de călărie și casa unchiului. Nu trecu mult și Karl se simți vinovat că îl deranjează pe profesorul de engleză; îl rugă pe senator să-l scutească pe acest om obosit de a-l mai însoți la manej, acum nu-i era prea greu să se înțeleagă cu Mack. Unchiul chibzui un timp, apoi fu de acord.

Mai greu se hotărî unchiul să accepte ca nepotul să-și facă o idee despre afacerile sale, cu toate că nu o dată Karl îi ceru acest lucru. Întreprinderea unchiului era un fel de casă de comision și expediție; Karl nu mai întâlnise în Europa, după câte își amintea, ceva asemănător. Se făcea aici un soi de comerț intermediar, dar nu în sensul mișcării mărfurilor de la producători către consumatori sau, eventual, către negustori, ci se mijlocea livrarea de mărfuri și materii prime către marile carteluri industriale și se opera transportul lor între acestea din urmă. Era deci o întreprindere care se ocupa deopotrivă de achiziții, depozitări, transporturi și vânzări, de proporții gigantice și care trebuia să întrețină cu clienții săi legături telefonice și telegrafice neîntrerupte și foarte precise. Sala telegrafului nu era mai mică, ba chiar o întrecea pe aceea a Oficiului telegrafic din orașul său natal, în care pătrunsese cândva cu un coleg de școală spre a o vizita, ținându-se de mână. În sala telefoanelor nu vedeai altceva decât ușile cabinelor deschizându-se și închizându-se întruna, în timp ce soneriile țârâiau de pretutindeni amețitor. O dată, unchiul său deschise ușa primei cabine și sub potopul luminii electrice, Karl văzu dinaintea sa un funcționar total indiferent la ceea ce se întâmpla în jur; avea pe cap un cerc de oțel și urechile îi erau strivite sub ciupercile a două căști. Brațul drept și-l lăsase să zacă inert pe măsuța de dinaintea lui, ca și cum ar fi fost de plumb, în timp ce numai degetele în care avea creionul îi zvâcneau într-una cu o iuțeală uimitoare și egală, de mecanism. Era cât se poate de zgârcit în tot ce spunea la microfon acest om și se vedea că-i de-a dreptul pornit împotriva cuiva, și că îi pretindea acestuia oarecari precizări; însă înainte de a-i replica respectivului, funcționarul auzea în aparat niște cuvinte care îl interesau și care îl sileau să coboare ochii pe hârtie, să noteze. Unchiul îi explică lui Karl în șoaptă că omul acela nici nu ar fi trebuit să vorbească, la urma urmei, deoarece aceleași mesaje pe care funcționarul le primea la telefon erau recepționate concomitent de alți doi, spre a fi comparate și a se exclude orice greșeală.

Când unchiul trecu pragul ușii însoțit de Karl, tocmai se strecura înlăuntru un practicant, care luă imediat cu sine mesajul gata scris. De altfel, în toată încăperea aceea erau un du-te-vino continuu, oamenii goneau dintr-o parte în alta. Nu se salutau între ei, această formalitate era total desființată; fiecare umbla cu ochii în pământ, purtat de grija să înainteze cât mai iute pe urmele celui de dinaintea lui, examinând – eventual – din mers, ba cuvinte, ba numere izolate din hârtiile pe care le avea în mână și care fluturau, purtate de către funcționar în pas alergător.

„Ai înfăptuit într-adevăr ceva grandios", îi spuse Karl unchiului său în cursul unei vizite în respectiva întreprindere; *building*-ul acela era de necuprins și o trecere oricât de superficială de-a lungul multelor lui secții dura câteva zile.

„Unde mai pui că tot ce vezi am realizat singur. Acum treizeci de ani n-aveam decât o biată magazie în cartierul portului; dacă se descărcau acolo cinci lăzi pe zi era mult, iar eu mă întorceam acasă mândru, cu nasul pe sus. Astăzi, ei bine, astăzi antrepozitele mele din port ocupă locul al treilea ca mărime, iar vechea magazie am transformat-o în sală de mese și depozit de unelte pentru cea de a șaizeci și cincea echipă de docheri care lucrează pentru mine".

„E de-a dreptul fantastic!" exclamă Karl.

„Aici toate evoluează rapid", afirmă unchiul, încheind astfel discuția.

Într-o bună zi, unchiul veni la Karl pe la prânz, cu puțin înainte ca tânărul să se fi așezat la masă, singur, cum avea obiceiul. Îi ceru să-și îmbrace repede un costum negru, pentru că aveau să ia masa împreună, însoțiți de doi parteneri de afaceri. În vreme ce Karl își schimba hainele, unchiul se așeză la biroul din camera alăturată și parcurse tema lecției de engleză pe care Karl tocmai o terminase; izbi cu pumnul în masă și spuse cu toată gura: „Excelent, da, într-adevăr excelent!".

Auzindu-l, Karl se îmbrăcă, se-nțelege, mai bine dispus; la urma urmei, nici nu mai avea nevoie să i se confirme că izbutise să învețe mulțumitor limba engleză.

În sufragerie, care-i amintea mereu de seara sosirii, îi găsiră pe cei doi domni, care se ridicară pentru a saluta; erau înalți și grași, unul se numea Green, cel de-al doilea era un oarecare Pollunder. Reținu amănuntele astea mai târziu, în timpul conversației de la masă, pentru că unchiul nu se ostenea să-și prezinte cunoștințele. Îl lăsa pe Karl să descopere cu mijloace proprii ceea ce putea fi necesar ori interesant pentru el. În timpul mesei nu se abordară decât chestiuni de afaceri, ceea ce pentru Karl era o bună ocazie de a se familiariza cu termenii comerciali, dar să și mănânce în voie, așa cum se cuvine să facă un adolescent care, înainte de toate, trebuie să se hrănească; masa era pe terminate când domnul Green se aplecă înspre Karl și, alegându-și cu vădită grijă cuvintele spre a vorbi o engleză cât mai clară, îl întrebă care sunt primele lui impresii despre America. Se făcu o liniște de mormânt; Karl schimbă câteva priviri cu unchiul său, după care răspunse destul de amplu, căutând să se facă astfel agreabil. Ba, pentru a-și arăta într-un fel recunoștința că i se dă atenție, folosi un limbaj cu o oarecare tentă newyorkeză; una dintre expresiile lui stârni atâta râs printre comeseni, încât Karl crezu că a făcut cine știe ce greșeală grosolană. Dimpotrivă, spusese chiar ceva foarte nostim, după cum declară domnul

Pollunder. Acest domn Pollunder părea a-l simpatiza în chip vădit pe Karl; în timp ce unchiul își reîncepu convorbirea de afaceri cu domnul Green, domnul Pollunder îi îngădui lui Karl să-și apropie scaunul de-al lui. Îl întrebă, înainte de toate, cum îl cheamă, ce origine are, cum a decurs călătoria; după ce îi dădu răgaz să se odihnească un pic, începu el însuși să povestească. Vorbea precipitat, râzând și tușind, despre sine, despre fiica sa, împreună cu care locuia pe o mică proprietate la țară, unde nu-și putea îngădui să-și petreacă decât serile, pentru că era bancher și ocupațiile îl rețineau toată ziua la New York. Karl fu pe loc invitat călduros să vină la moșia lui, căci – așa cum susținea domnul Pollunder – un american proaspăt zămislit, cum era Karl, simțea fără doar și poate nevoia să mai evadeze uneori din New York, spre a se recrea. Karl ceru unchiului permisiunea de a primi invitația și acesta i-o acordă; părea chiar destul de încântat de idee, dar nu stabili vreo dată și nici nu mai aduse în discuție chestiunea, așa cum s-ar fi așteptat Karl, desigur, domnul Pollunder.

Nu mai târziu decât a doua zi, Karl fu chemat însă într-unul din birourile unchiului său (numai în imobilul acela el avea zece birouri diferite), unde îl găsi pe senator împreună cu Pollunder; ședeau comod în fotolii și păreau destul de tăcuți.

„Domnul Pollunder, începu unchiul și figura lui abia se distingea în lumina crepusculară care învăluia camera, domnul Pollunder a venit să te ia la moșie, după cum am discutat ieri."

„Nu știam că acest lucru se va întâmpla chiar azi, spuse Karl, altminteri aș fi fost gata pregătit."

„Păi, dacă nu ești pregătit, poate-i mai bine să amânăm vizita pentru altă dată", sugeră unchiul.

„Nici un fel de pregătire! strigă domnul Pollunder, un tânăr este întotdeauna pregătit pentru orice."

„Nu-i vorba atât de el, se adresă unchiul oaspetelui său. Mă gândesc că ar trebui totuși să tragă o fugă până în camera lui, ceea ce v-ar întârzia pe dumneavoastră."

„Am, slavă Domnului, timp suficient, spuse domnul Pollunder. Am prevăzut o asemenea întârziere, fapt pentru care mi-am încheiat treburile mai devreme."

„Poftim, ce neplăceri îi faci de pe acum cu vizita ta!", îl apostrofă unchiul pe Karl.

„Îmi pare rău, spuse acesta, dar să știți că nu întârzii, revin în câteva secunde", și vru s-o rupă la fugă.

„Nu-i nici o grabă, interveni domnul Pollunder, nu-mi pricinuiți nici un fel de neplăceri; dimpotrivă, vizita asta îmi oferă o deosebită satisfacție."

„Vezi că mâine pierzi ora de călărie. Ai contramandat-o?"

„Nu, zise Karl, și își dădu seama că vizita care îl bucurase atâta devenea pentru el o povară. N-am contramandat-o pentru că n-am știut..."

„Și totuși ești gata s-o pornești la drum?" întrebă unchiul cu vădit interes.

Îi sări în ajutor domnul Pollunder, acest om amabil, care-i spuse: „Vom trece cu mașina pe la școala de călărie și chestiunea se va aranja".

„Așa mai merge, păru să accepte unchiul, numai că Mack te va aștepta cu siguranță."

„De așteptat nu mă va aștepta, zise Karl, dar de bună seamă va fi acolo."

„Și atunci?" vorbi întrebător unchiul, ca și cum intervenția lui Karl n-ar fi lămurit de fel lucrurile.

Din nou Pollunder fu acela care rosti cuvântul decisiv: „Dar Klara - așa se numea fiica domnului Pollunder - Klara îl așteaptă astă seară și-mi place să cred că are totuși o oarecare întâietate asupra lui Mack".

„O, desigur, zise unchiul, apoi către Karl: fugi repede în camera ta!" și bătu de câteva ori mașinal în brațul fotoliului. Karl era în dreptul ușii când unchiul îl mai reținu zicând: „Îmi place să cred că mâine vei fi înapoi la lecția de engleză".

„Ei, asta-i! se impacientă domnul Pollunder, și, mirat, se foi în fotoliul său, cu mișcări scurte, atât cât îi îngăduia corpul său masiv. Și de ce să nu rămână și mâine toată ziua la țară? L-aș aduce înapoi poimâine dimineață."

„Imposibil", se opuse unchiul. „Nu pot să-i dau peste cap lecțiile. Mai târziu, când în viața lui se va fi profilat clar o profesie, nu zic nu; îi voi îngădui cu plăcere să accepte pentru un timp mai îndelungat amabila dumneavoastră invitație, care mă onorează."

„Iată-l cum se contrazice", gândi Karl.

„Păi, pentru o seară și o noapte, aproape că nu mai merită", se întristă domnul Pollunder.

„Asta a fost și părerea mea."

„Ei, trebuie să te mulțumești cu ce ți se dă, conchise Pollunder, amuzat. Așadar, aștept", îi strigă el lui Karl, care, văzând că unchiul său nu se mai opune, fugi în grabă.

Se întoarse repede, gata de drum; în birou îl găsi numai pe domnul Pollunder, unchiul plecase. Domnul Pollunder îl întâmpină cu nereținută satisfacție, îi luă ambele mâini în ale sale și i le scutură, nevenindu-i să creadă că tânărul îl însoțește într-adevăr. Încălzit de grabă și alergătură, Karl scutură și el mâinile domnului Pollunder, bucurându-se de această excursie.

„Plecarea asta nu l-a supărat oare pe unchiul meu?“

„Nici gând; nu trebuie luate în serios chiar toate cele spuse de el. Senatorul are la inimă educația dumneavoastră.“

„Oare v-a spus el însuși că adineaori a vorbit doar în glumă?“

„O, desigur!“ îl liniști domnul Pollunder pe un ton decis, sugerându-i astfel că ar fi exclusă orice interpretare echivocă.

„E ciudat totuși cât de anevoie mi-a dat încuviințarea. Și-i sunteți doar prieten.“

Deși n-o recunoștea fățiș, chiar domnul Pollunder nu-i putu explica situația; călătoreau prin amurgul cu zăpușeli și amândoi meditară ceva vreme asupra aceluiași subiect, în ciuda faptului că vorbeau mereu despre alte și alte lucruri.

Ședeau unul lângă celălalt ținându-se de mână, mai precis domnul Pollunder îi luase mâna lui Karl și o ținea între ale lui. Karl, la rândul său, dorea să afle cât mai multe amănunte despre Klara, ca și cum lungimea drumului i-ar fi hrănit nerăbdarea; cu istorisirile părea să ajungă mai repede acolo. Deși încă nu cunoscuse viața de seară a străzilor New Yorkului, cu vacarmul stârnit în vârtejuri peste trotuare și de-a lungul bulevardelor – aveai impresia că nu oamenii îl stârnesc, ci forțe exterioare acestui oraș! – Karl era numai ochi și urechi, atent să prindă exact sensul cuvintelor rostite de domnul Pollunder și nimic nu-l interesa în afară de vesta domnului Pollunder, de-a curmezișul căreia atârna cu nevinovăție un lanț de culoare închisă. Străbătură străzi de-a lungul cărora lumea se grăbea fie alergând, fie gonind în automobile, spre a nu întârzia la spectacole; trecură prin cartiere semicentrale și ajunseră în suburbii, unde polițiști călări le făceau semne ca mașina lor s-o ia mereu într-o altă direcție, pe străzi lăturalnice. Marile artere erau ocupate de lucrătorii din metalurgie aflați în grevă, care demonstrau, astfel încât la intersecții era posibilă numai circulația strict necesară a autovehiculelor. Când mașina scăpa din stradelele întunecoase, cu zgomote surde, și traversa unul dintre aceste bulevarde, aducând cu o piață în toată regula, apăreau de ambele părți, pe întinderi de necuprins cu privirea, trotuarele întesate de o masă compactă, ce se deplasa într-o cadență greu de priceput; însă cântecul pe care îl intona era perfect unitar, ca al unui singur om. Pe porțiunile carosabile menținute libere se zărea din când în când câte un polițai călare stând locului, apoi purtători de drapele și fâșii de pânză cu lozinci întinse de-a latul străzii, apoi câte un conducător grevist înconjurat de tovarășii lui, apoi ordonanțe, apoi câte un vagon de tramvai care n-avusese vreme să scape din zona primejdioasă și stătea imobilizat, gol și cuprins de întuneric, în vreme ce vatmanul și taxatorul tândăleau pe platformă. Mici grupuri de curioși căscau gura la o oarecare distanță de adevărații demonstranți și nu se urneau de acolo deși habar n-aveau ce se întâmplă în realitate. Karl însă, aflat într-o bună dispoziție, se lăsa cuprins de brațul domnului Pollunder, vrăjit de gândul că peste puțină vreme va ajunge la o vilă de țară bine iluminată, înconjurată de ziduri și păzită de câini, unde va fi întâmpinat cu toată ospitalitatea. Din cauza istovelii care-l cuprinsese, nu-și mai putea păstra atenția trează și nu reținea cu precizie tot ce zicea domnul Pollunder, încât tresărea din vreme în vreme, își freca pleoapele, încerca să afle în spațiul unei clipe dacă domnul Pollunder îi observase somnolența, lucru pe care nu l-ar fi vrut în ruptul capului.

O vilă în împrejurimile New Yorkului

„Am sosit", zise Pollunder, smulgându-l pe Karl din somnolență.

Mașina stopă în fața unei vile de țară, cum sunt cele ale bogătașilor în împrejurimile New Yorkului; era mai încăpătoare și mai înaltă decât avea nevoie o singură familie. Era luminată doar partea de jos a acelei clădiri, deci nu puteai ști până la ce înălțime urcau zidurile ei. O străjuiau castani foșnitori și un grilaj de fier – porțile erau date în lături – iar o scurtă alee ducea până la scara de la intrarea casei. Karl coborî și, după oboseala pe care o simțea în oase, își dădu seama că totuși călătoria durase cam mult. Undeva lângă el, în întunericul din aleea cu castani, auzi vocea unei fete: „În sfârșit, iată-l pe domnul Jakob!".

„Numele meu este Rossmann", se prezentă Karl, apucând mâna întinsă a fetei; silueta acesteia se deslușea acum.

„Este nepotul domnului Jakob, spuse domnul Pollunder. Numele lui este Karl Rossmann."

„Asta nu schimbă cu nimic bucuria de a-l avea în mijlocul nostru", zise fata, căreia puțin îi păsa ce nume poartă oaspetele.

Pe când se apropia de casă, flancat de domnul Pollunder și de fată, Karl întrebă: „Dumneavoastră sunteți domnișoara Klara?".

„Da, spuse aceasta, în timp ce o lumină slabă îi reliefa obrazul. Dar n-am vrut să mă prezint în plin întuneric."

„Ne-a așteptat oare în dosul grilajului?" se întrebă Karl, pe care mișcarea îl înviora.

„De altfel, mai avem un oaspete în seara asta", vesti Klara.

„Imposibil", strigă Pollunder supărat.

„Domnul Green", zise Klara.

„Când a venit?" se interesă Karl, cuprins parcă de o presimțire.

„Chiar acum. Credeam că i-ați observat mașina gonind în fața voastră."

Karl îl privi pe Pollunder să vadă cum reacționează; acesta ținea mâinile în buzunarele pantalonilor și, după toate aparențele, călca parcă mai apăsat.

„Nu-i de ajuns să locuiești în împrejurimile New Yorkului, spre a nu fi deranjat. Voi fi silit să mă mut undeva, mai departe, cu riscul să mă prindă miezul nopții până ajung acasă."

Se opriră lângă scara de la intrare.

„Dar domnul Green n-a mai fost de foarte multă vreme pe la noi", spuse Klara (împărtășea întru totul părerea tatălui său, însă dorea să-l liniștească).

„De ce să vină tocmai în seara asta?" se nedumeri domnul Pollunder, și cuvintele se rostogoleau cu ciudă peste buza lui de jos, o bucată de carne, flască și grea, care tremura puternic.

„Ai perfectă dreptate!" spuse Klara.

„Poate că nu va sta mult", își dădu părerea Karl, mirat el însuși cât de repede împărtășea părerea acestor persoane, întru totul străine, pe care ieri încă nici nu le cunoștea.

„O, nu, zise Klara. Pare să aibă o afacere importantă cu tata, cu care vrea să discute îndelung; m-a și amenințat în glumă că, dacă țin cu tot dinadinsul să fiu o gazdă politicoasă, va trebui să le suport discuțiile până dimineață."

„Ei, asta-i bună! Înseamnă că rămâne aici peste noapte! exclamă Pollunder, ca unul peste care a dat o mare belea. Tare aș mai avea chef – și la acest gând se lumină la față – tare aș mai avea chef să vă poftesc, domnule Karl, din nou în mașină și să vă conduc la unchiul dumneavoastră. Seara asta tot e ratată și, la urma urmelor, cine știe când vă va mai permite unchiul dumneavoastră să ne vizitați a doua oară. Ducându-vă însă înapoi încă în seara asta, s-ar putea presupune să nu vă refuze cu un alt prilej."

Îl și apucă pe Karl de mână, gata să facă ceea ce spusese. Tânărul însă nu se clinti și Klara îl rugă pe tatăl său să renunțe la acest gând, întrucât ea și tânărul vizitator nu pot fi cu nimic deranjați de prezența domnului Green; în cele din urmă își dădu seama și Pollunder că nu voința sa era cea decisivă. Pe de altă parte – și acesta a fost, pare-se, argumentul hotărâtor – se auzi deodată vocea domnului Green, care strigă din capul scării: „Dar unde ați rămas?".

„Haideți", îi îndemnă Pollunder pe cei doi și o coti spre scara de la intrare. Îl urmau Karl și Klara care se studiau reciproc în lumina care-i învăluia.

„Ce buze rumene are această Klara!" își zise Karl și în fața ochilor minții îi apărură instantaneu buzele domnului Pollunder; era de admirat ce sublim se schimbaseră acestea în cazul fiicei sale.

„După cină, anunță Klara, ne vom retrage imediat în apartamentul meu, dacă vă va face plăcere, ca măcar noi să scăpăm de acest domn Green; tata, oricum, tot trebuie să se ocupe de el. Veți avea, cred, amabilitatea să-mi cântați ceva la pian, pentru că tata mi-a și povestit cât de înzestrat sunteți; în ce mă privește pe mine, sunt total incapabilă să fac muzică și nici nu mă ating de pian, cu toate că ador muzica."

Karl acceptă întru totul propunerea Klarei, deși ar fi dorit ca și domnul Pollunder să se afle în mijlocul lor. Uitându-se la dimensiunile uriașe ale domnului Green, care se conturau tot mai bine în timp ce urca scările – cu statura lui Pollunder se familiarizase – Karl nu spera să-l poată scăpa pe domnul Pollunder de prezența acelui om.

Întâlnirea cu domnul Green s-a petrecut cam în fugă; ca și cum ar fi avut prea multe chestiuni de pus la punct, acesta apucă brațul domnului Pollunder, iar pe Karl și pe Klara îi împinse înaintea lui spre sufragerie. Florile de pe masă, ivite dintr-un mănunchi de frunze, dădeau un aer sărbătoresc încăperii, făcând și mai regretabilă prezența inoportunului domn Green. Karl se opri în dreptul mesei, așteptă să se așeze mai întâi ceilalți, și se bucură la gândul că ușa mare cu geam dinspre grădină va rămâne deschisă; prin ea pătrundea înlăuntru o mireasmă puternică, dându-ți senzația că ești ocrotit de o imensă boltă de verdeață. Domnul Green, însă, tocmai se repezi gâfâind să închidă ușa cu geam; se aplecă și puse zăvoarele din josul ușii, apoi se întinse spre cele de sus, făcând toate acestea cu atât de tinerească agilitate, încât servitorului, care sosi în grabă, nu-i mai rămase nimic de făcut. Din primele cuvinte pe care le rosti la masă, domnul Green își arătă uimirea că senatorul îi dăduse voie lui Karl să facă această vizită. Își sorbea supa, lingură după lingură, și se apleca ba în dreapta, înspre Klara, ba în stânga, înspre domnul Pollunder; le explică acestora motivul mirării lui, vorbi de grija cu care veghează unchiul asupra lui Karl, și cum dragostea acestui unchi pentru nepot era prea mare pentru a mai putea fi numită dragoste de unchi.

„Nu-i ajunge că a dat buzna aici în chip cu totul nepotrivit, dar se mai bagă și în relațiile dintre mine și unchiul meu", își zise Karl și nu mai avu chef să soarbă o singură înghițitură din supa aurie. Dar tocmai pentru a nu arăta cât de jenat se simte, începu – încremenit în muțenia lui – să-și leorpăie supa. Cina se desfășura încet, era un adevărat chin. Doar domnul Green și uneori Klara mai înviorau atmosfera, găseau ocazia să mai râdă din când în când. Domnul Pollunder intra rar în conversație, doar când domnul Green aducea vorba de afaceri. Isprăvea repede și cu acest subiect, încât domnul Green fu mereu silit să-l readucă, în felurite chipuri, la chestiunea în discuție. Ținea să precizeze, de altfel, că nu avusese de gând să facă această vizită inopinată. (Și aici, simțind parcă o primejdie, Karl ciuli urechile, încât Klara trebui să-l facă atent că are în față o friptură și că se află la cină). Nu avusese de gând să vină, spunea Green, în sensul că afacerea aceea, deși extrem de importantă, putea fi foarte bine discutată, în fondul ei, chiar în timpul zilei și în oraș, urmând ca amănuntele să se stabilească mâine ori mai târziu. De aceea l-a și căutat pe domnul Pollunder mult înaintea orei de închidere a biroului; împrejurările au făcut să nu-l găsească, deci a telefonat în cele din urmă acasă, a anunțat că pleacă din oraș, și iată-l ajuns aici.

„Înseamnă că trebuie să-mi cer scuze, zise Karl cu voce tare încă înainte ca cineva să fi putut scoate o vorbă. Din cauza mea și-a părăsit azi domnul Pollunder mai devreme biroul, lucru pe care îl regret nespus."

Domnul Pollunder își acoperi aproape toată fața cu șervetul, în timp ce Klara îi surâse lui Karl; nu era un surâs oarecare, de simpatie, voia să-l influențeze într-un fel anume.

„Scuzele mi se par de prisos, vorbi domnul Green, în timp ce tranșa cu meticulozitate un porumbel fript. Dimpotrivă, sunt fericit că am ocazia să-mi petrec seara într-o societate atât de plăcută; altminteri aș fi cinat acasă, de unul singur, servit de bătrâna mea menajeră. Este o ființă atât de bătrână, încât îi vine greu să se miște de la ușă până la masă; până face drumul din bucătărie, am timp să mă întind în spătarul scaunului și s-o tot studiez, odihnindu-mă. Abia în ultimul timp am reușit s-o conving ca servitorul să aducă mâncărurile până în ușa sufrageriei; de acolo însă – dacă rețin eu bine – alergătura îi aparține numai și numai ei."

„Doamne, câtă fidelitate!" exclamă Klara.

„Da, mai există ceva fidelitate pe lumea asta", spuse domnul Green și, ducându-și îmbucătura la gură, își scoase limba în așa fel, încât reuși să înfulece bucățica dintr-o mișcare, după cum putu să observe Karl, căruia i se făcu silă și se ridică de la masă. Aproape în același timp, domnul Pollunder și Klara îl opriră, apucându-l de mâini.

„Trebuie să rămâneți, zise Klara. După ce Karl se așeză la loc, îi șopti: Vom dispărea imediat. Aveți răbdare."

Domnul Green se ocupă nestingherit de mâncarea sa, ca și cum domnul Pollunder și Klara n-ar fi avut ceva mai bun de făcut decât să-l liniștească pe Karl ori de câte ori îi stârnea acestuia silă.

Cina se prelungi mai ales din pricina migalei cu care domnul Green își savura fiecare fel de mâncare, fiind însă mereu nesățios și gata să-l primească pe cel următor; se vedea clar că acestui domn i se cam acrise, la urma urmelor, de încetineala bătrânei sale menajere. Din când în când lăuda arta domnișoarei Klara în a conduce menajul, fapt care o tulbura pe fată în mod vizibil și Karl se simțea obligat s-o apere, ca și cum cineva ar fi dojenit-o. Domnul Green însă nu se mulțumi să se ocupe numai de ea; fără a-și ridica ochii din farfurie, îl compătimi pe Karl în repetate rânduri pentru că îi lipsea pofta de mâncare. Domnului Pollunder însă, din contră, i se păru că tânărul Karl mănâncă normal și cu plăcere, deși – dată fiind calitatea lui de gazdă – ar fi fost mai nimerit să-l îndemne pe Karl să mănânce. Sila pe care o simțise tot timpul cinei îl aduse pe Karl într-o asemenea stare de iritare încât, contrar obișnuințelor lui, socoti ca nepoliticoase cuvintele domnului Pollunder. Starea asta îl făcu, în cele din urmă, ba să mănânce necuviincios de repede și de hulpav, ba să-și arunce cu gesturi obosite cuțitul și furculița, fiind cel mai nesuferit dintre comeseni; servitorul care aducea bucatele se zăpăcise de-a binelea, nu știa cum să mai procedeze cu el.

„Chiar mâine îi voi povesti domnului senator cum ați jignit-o pe domnișoara Klara nemâncând nimic, spuse domnul Green și își jucă furculița prin aer, lăsând a se înțelege că vorbele lui pot fi luate și în glumă. Ei, poftim, s-a și supărat fata, continuă el și o apucă pe Klara de bărbie; ea nu se împotrivi și închise ochii. Drăguță fetișcană!“ exclamă el și, lăsându-se în spătarul scaunului, râse cu poftă, ca orice ghiftuit, până i se congestionă fața.

Karl nu-și putea explica atitudinea domnului Pollunder; acesta încremenise cu privirile în farfurie, ca și cum acolo s-ar fi petrecut ceva într-adevăr mai important. Nu schița nici cea mai mică intenție de a se apropia de Karl, iar când se întâmpla să zică ceva, se adresa tuturor, fără a avea să-i comunice acestuia nimic special. Suporta, în schimb, ca domnul Green, acest bătrân și înrăit holtei newyorkez, s-o ia pe Klara de bărbie fără pic de rușine și cu vădite intenții, ofensându-l astfel pe Karl, invitatul lui Pollunder, și tratându-l, la urma urmei, ca pe un copil oarecare; cine putea ști pentru ce deznodământ își aduna forțele domnul Green și ce alte atacuri plănuia?

Masa se isprăvi abia când Green, observând starea generală, se ridică primul, obligându-i astfel și pe ceilalți să facă la fel! Karl se apropie de una dintre ferestrele mari care dădeau pe terasă; geamul era străbătut de stinghii înguste albe și, abia când fu aproape, observă că acolo era o ușă în toată regula. Ce a mai rămas oare din mânia pe care Pollunder și fiica acestuia au arătat-o la început față de Green și pe care Karl nu o înțelesese din prima clipă?! Acum cei doi se aflau de partea lui Green și îl aprobau dând din cap. Trabucul pe care Pollunder i-l oferise lui Green avea niște dimensiuni ieșite din comun; despre ceva asemănător obișnuia să povestească uneori tatăl lui Karl, acasă, susținând că o astfel de țigară de foi ar exista pe undeva, deși, dacă ne gândim bine, el nu avusese vreodată ocazia să o vadă. Fapt e că trabucul ăsta al lui Green afuma cumplit, răspândea fumul în toată sufrageria și fumătorul se făcea astfel simțit până în cele mai îndepărtate colțuri și firide, unde în mod normal nu ar fi putut ajunge vreodată. Deși se afla la o depărtare apreciabilă, fumul îi da lui Karl o mâncărime de nas, iar purtarea acestui domn Grenn – pe care îl mai săgetă o dată cu privirea – i se părea de-a dreptul infamă. Nu părea deloc exclusă ipoteza ca unchiul său să nu fi fost de acord cu această vizită tocmai pentru că știa ce caracter slab are domnul Pollunder; chiar dacă n-ar fi prevăzut ceva jignitor pentru Karl, de la o împrejurare ca asta te puteai aștepta la orice, îi displăcea și tânăra americancă, deși nu se așteptase din capul locului la cine știe ce frumusețe. Însă din momentul în care domnul Green începuse să se ocupe de ea, Karl fu mirat de schimbările care se petrecură pe fața acesteia, fu mirat de frumusețea pe care o căpătară trăsăturile ei și, mai cu seamă, de strălucirea ochilor ei jucăuși. Și apoi, nu mai văzuse vreodată o fustă care să îmbrace atât de bine un trup; stofa delicată și plină cădea în cute mici, scoțând astfel în evidență marca țesăturii. Karl era însă nepăsător la tot și la toate; ar fi renunțat cu dragă inimă să fie condus în apartamentul fetei, preferând în schimb să deschidă ușa pe a cărei clanță și pusese, de altfel, mâna, spre a se îndrepta spre automobil, iar în cazul că l-ar fi găsit pe șofer dormind, s-o ia pe jos, făcând o plimbare de unul singur până la New York. Noaptea senină avea o lună plină care te privea de sus; era la îndemâna oricui, nemaivorbind de acest tânăr, să o ia la picior, fără pic de teamă, în spațiul noptatic. Pentru întâia oară se simți bine în această sufragerie, deoarece îi treceau prin minte fel de fel de lucruri; se și văzu că-i face o surpriză unchiului său, dimineața, pentru că umblând pe jos nici n-ar fi putut ajunge mai devreme. Deși nu intrase vreodată în dormitorul acestuia și nici nu știa în ce loc era situat, s-ar fi putut la urma urmei interesa. Ar fi bătut la ușă și îndată ce ar fi auzit vorba aceea gratuită „intră!", ar fi dat buzna în cameră, și unchiul său – pe care nu-l cunoscuse până acum decât într-o ținută îngrijită – ar fi apărut într-o cămașă de noapte, lungit în pat și privind cu uimire spre ușă. La drept vorbind, n-ar fi fost ceva ieșit din comun, însă trebuiau cântărite urmările pe care un asemenea fapt le-ar fi putut avea. Te pomenești că s-ar fi ivit imediat ocazia să ia – noutate – micul dejun împreună, unchiul șezând pe pat, iar el pe un taburet; bucatele ar fi fost așezate pe o măsuță între ei doi și poate că dejunul în comun ar fi putut deveni de acum încolo obișnuință, ceea ce înseamnă că și întâlnirile lor zilnice ar fi putut spori de la una singură, cum s-a întâmplat până acum, la mai multe. Ar ajunge astfel, fără doar și poate, să discute de la inimă la inimă. Faptul că ajunsese astăzi să fie cam neascultător sau, mai bine zis, încăpățânat față de unchiul său, se datora, de fapt, numai absenței acestor discuții intime. Și chiar dacă ar fi să petreacă noaptea în locul acesta, ceea ce, spre regretul său, părea de neevitat (deși fu lăsat să stea singur lângă fereastră, în plata Domnului, liber să se amuze cum poftește), este foarte posibil ca această vizită nefericită să fie un moment de bun augur în relațiile cu unchiul său; acesta, la rândul său, lungit acolo în dormitor, nutrea poate aceleași gânduri.

Cât de cât împăcat, Karl se întoarse; în fața lui se afla Klara, care i se adresă astfel: „Nu vă place la noi? De ce nu vă simțiți ca acasă? Veniți cu mine, să facem o ultimă încercare".

Traversând sufrageria, ea îl conduse până la ușă. Cei doi domni erau așezați la o masă mai retrasă în fața unor pahare înalte în care spumega ușor o băutură necunoscută lui Karl și din care acesta ar fi voit să guste. Domnul Green își sprijinise un cot pe masă și stătea obraz în obraz cu Pollunder; cine nu l-ar fi cunoscut pe domnul Pollunder ar fi putut crede lesne că acolo se discută despre ceva cu caracter criminal și nu despre o afacere. În timp ce domnul Pollunder îl urmărea pe tânăr cu o privire binevoitoare, lui Green nici nu-i păsa de Karl, deși firesc ar fi fost să imite cel puțin gestul celui cu care se întreținea; Karl văzu în această purtare semnul unei anume atitudini a domnului Green. Fiecare cu ale lui; Karl, pe de o parte, iar Green, pe de alta, aveau să-și pună în valoare aptitudinile, încât relațiile dintre ei urmau să fie stabilite în timp, prin victoria sau eșecul de care va avea parte fiecare.

„Dacă atâta îi poate capul, este un nebun, hotărî Karl. La o adică, nu-i cer nimica și vreau să mă lase și el în pace."

Ajuns pe coridor, își zise că se purtase probabil nepoliticos; fiind cu ochii ațintiți asupra lui Green, aproape că se lăsase târât din cameră de Klara. Asta-i sporea bucuria de a merge acum alături de fată. Străbătând coridoarele clădirii, nu-i veni să-și creadă ochilor că întâlnește la fiecare douăzeci de pași câte un servitor spilcuit, în livrea, având asupra lui câte un sfeșnic gros, care trebuia ținut cu ambele mâini.

„Noua instalație electrică n-a fost pusă la punct până acum decât în sufragerie, explică Klara. Casa am cumpărat-o de curând și am transformat-o complet, atât cât poate fi transformată ciudata arhitectură a unei clădiri atât de demodate."

„Există și în America clădiri vechi?" vru să știe Karl.

„Desigur, spuse Klara râzând și îl trase după ea mai departe. Aveți o imagine curioasă despre America."

„Să nu râdeți de mine", ceru Karl pe un ton supărat.

În definitiv, el cunoștea atât Europa cât și America, pe când ea nu văzuse decât America.

Klara întinse o mână și, din mers, deschise o ușă, zicând fără să se oprească: „Aici veți dormi".

Karl ar fi vrut desigur să vadă camera pe loc, însă Klara îi explică nerăbdătoare, aproape țipând, că are destul timp pentru asta și-i porunci s-o însoțească mai întâi pe ea. Se mai smuciră reciproc, câtva timp, încoace și încolo, după care Karl se gândi că n-are de ce să se țină de fusta fetei, ascultând-o orbește; se smulse așadar de lângă Klara și pătrunse în cameră. Întunecimea neobișnuită din fața ferestrei se datora unui arbore a cărui coroană se desfășura acolo în toată măreția ei. Se auzea cântecul păsărilor. Cum luna nu apucase încă să lumineze camera, aceasta nu-și arăta aproape de loc obiectele. Karl regretă că nu avea la el lanterna de buzunar pe care i-o făcuse unchiul cadou. Într-o asemenea casă, lanterna nu poate să lipsească; având la îndemână câteva lanterne, ai fi putut foarte bine trimite toți servitorii ăștia la culcare. Se așeză lângă rama ferestrei să privească în noapte și să asculte. O pasăre speriată părea a se furișa prin frunzișul bătrânului copac. În depărtări, se auzi șuieratul unui tren din suburbiile newyorkeze. În rest, liniștea se așternea deplină.

Asta nu dură mult, Klara intră imediat. Strigă, vădit supărată: „Ce înseamnă asta?!" și se plesni peste fustă. Karl se gândi să nu răspundă până când nu se va arăta mai politicoasă. Klara însă înainta cu pași mari spre el și strigă: „Vrei sau nu să vii cu mine? și, voit sau în focul enervării care o cuprinsese, îi dădu un brânci în piept; cu siguranță că ar fi căzut de la fereastră în gol dacă n-ar fi izbutit să-și arunce picioarele, în ultima clipă, pe dușumeaua camerei, alunecând astfel înăuntru.

„Era cât pe-aci să zbor afară", îi spuse el supărat.

„Păcat că nu s-a întâmplat. De ce ești atât de prost crescut? Îți mai dau un brânci."

Și chiar îl cuprinse cu brațele, iar corpul fetei, oțelit de sport, reuși să-l poarte pe Karl, pas cu pas, până la fereastră, în timp ce el uită să opună vreo rezistență. Își veni însă repede în fire și, printr-o răsucire din mijloc, se eliberă și o cuprinse, la rândul său, cu brațele.

„Au, mă doare!" se văită ea.

Karl însă nu era convins că trebuie să-i dea drumul. O slăbi din strânsoare cât să poată sta pe picioare, dar nu-i dădu drumul, căci prefera s-o studieze. Îi era lesne s-o țină în brațe, pentru că fata era îmbrăcată cu rochia acea strânsă pe corp.

„Dă-mi drumul", șopti ea, apropiindu-și obrazul înfierbântat de obrazul lui; era atât de aproape, încât Karl se osteni să o distanțeze puțin, ca s-o poate privi cât de cât. „Dă-mi drumul; îți voi oferi ceva frumos."

„De ce suspină așa? se întrebă Karl. N-are cum s-o doară căci nu o apăs deloc", și nu o eliberă. Curând însă, dintr-o neatenție de o clipă, forța tinerei fete se făcu iar simțită și se transmise în corpul lui; cu un gest abil, ea îi scăpă din strânsoare, după care se apără de gambele lui printr-o gardă a picioarelor, o tactică de luptă necunoscută de el. Îl sili astfel să pășească în fața ei, până la perete, timp în care ea respira adânc și cu o regularitate surprinzătoare. Acolo se afla o canapea; îl culcă pe Karl fără a se apleca prea mult asupra lui și îi zise: Acum mișcă dacă poți."

„Pisică, pisică turbată! mai putu să strige Karl în amestecul de stări – mânie și rușine – care îl stăpâneau. Ești într-adevăr nebună, pisică turbată ce ești!"

„Măsoară-ți cuvintele", avertiză ea și îi puse mâna în gât; începu să-l strângă atât de tare, încât lui Karl îi pieri toată vlaga. Respira greu, în timp ce ea își agita amenințător cealaltă mână deasupra obrazului său, dându-i a înțelege că oricând îl poate pălmui.

„Ce-ai zice, întrebă ea, dacă te-aș pedepsi pentru purtarea ta față de o doamnă, expediindu-te acasă pălmuit zdravăn?! Poate ți-ar folosi la ceva pentru viitor, chiar dacă nu ar fi o amintire prea plăcută. Dar mi-e milă de tine; ești un băiat destul de drăguț și, dacă ai fi învățat jiu-jitsu, m-ai fi bătut, la rândul tău, cu siguranță. Totuși, zău că mă simt tare tentată să te iau la palme, așa cum stai acum culcat. Dar s-ar putea să regret acest lucru – îți spun sincer – aș proceda aproape contra voinței mele. În cazul că aș face-o, fii sigur! N-o să mă mulțumesc să-ți trag o singură palmă; o să dau în stânga și în dreapta până o să-ți căptușesc bine obrajii. S-ar putea să fii un om a cărui onoare e mai presus de orice – uite că-s gata să cred un asemenea lucru – încât n-ai să suporți un asemenea afront și ai să te sinucizi. În definitiv, de ce ai fost atât de pornit contra mea? Poate că nu-ți plac. Oare nu merita să fi venit în camera mea? Bagă de seamă! Era cât pe ce să-ți aplic respectivul tratament. Dacă scapi astăzi numai cu atâta, caută să te porți altfel în viitor. Eu nu sunt unchiul tău, căruia îi poți face în ciudă. Trebuie să-ți atrag însă atenția că dându-ți drumul nepălmuit, onoarea ta nu trebuie să fie lezată ca în cazul unei chelfăneli zdravene. De ești de altă părere, aș preferea să te pălmuiesc în toată regula. Ce va spune oare Mack când îi voi relata toate cele petrecute?"

Cu gândul la Mack, îi dădu drumul lui Karl; în nebuloasa minte a acestuia, Mack apăru ca un salvator. Mai simți un timp mâna Klarei pe gât, se scutură nițel, apoi se liniști.

Ea îi spuse să se scoale, dar el nu răspunse și nu se mișcă. Fata aprinse undeva o lumânare și camera prinse viață; pe plafon se vedea un desen albastru în zig-zag, iar Karl stătea întins, cu capul sprijinit pe perna divanului, așa cum îl trântise Klara, fără să fi făcut cea mai mică mișcare. Klara umbla prin cameră și fusta îi juca foșnitor în jurul picioarelor; se opri undeva, probabil lângă fereastră.

„Ți-a trecut scrânteala?" veni întrebarea.

Lui Karl îi părea rău că nu se putea odihni în camera care îi fusese destinată de domnul Pollunder pentru respectiva noapte. Fata asta ba se plimba, ba se oprea locului, ba vorbea; o suporta cu o silă nesfârșită. Singura lui dorință era să doarmă puțin și apoi să plece din acest loc. N-avea de ce să se mai culce în pat, putea rămâne foarte bine pe această canapea. Abia aștepta să dispară fata, pentru a sări la ușă și a o zăvorî, ca să se lungească, în sfârșit, ca lumea, pe canapea.

Avea o dorință nebună să se întindă și să caște în toată regula, dar nu putea face așa ceva de față cu Klara. Stătea, deci, culcat pe spate, cu privirile fixate în tavan și își simțea fața tot mai încremenită, în timp ce o muscă i se rotea prin fața ochilor și el nu-și dădea seama ce poate fi.

Klara veni iar lângă el și se aplecă atât de mult asupra ochilor lui, încât, dacă nu ar fi avut stăpânire de sine, ar fi trebuit să se uite drept în pupilele ei.

„Acum plec, zise ea. Poate îți vine chef să mă cauți mai târziu. În încăperile mele dă cea de-a patra ușă, socotind de aici încolo și mergând pe aceeași parte a coridorului. Treci așadar pe lângă trei uși, după care ajungi în dreptul aceleia care dă în camera mea. Eu nu mai cobor în sufragerie, rămân în camera mea. Ai reușit într-adevăr să mă obosești. N-am să te aștept în mod special, dar dacă vrei să vii, vino. Nu uita că mi-ai promis să-mi cânți la pian. Foarte posibil că te-am vlăguit complet și nu mai poți face o singură mișcare; în cazul ăsta rămâi sănătos și dormi cât poftești. Tatii nu-i povestesc deocamdată nimic despre păruiala noastră, îți precizez pentru cazul că asta te-ar putea îngrijora." Spuse toate acestea după care părăsi camera din două salturi, în ciuda așa-zisei sale oboseli.

Karl se ridică în capul oaselor; nu mai suporta să stea întins. Ca să facă puțină mișcare, se duse până la ușă și se uită în lungul coridorului. Ce întunecime! Fu fericit să închidă ușa, s-o încuie și să stea din nou lângă masă, la lumina lumânării. Hotărî pe loc să nu mai rămână o clipă în această casă, să coboare la domnul Pollunder și să-i spună deschis cum fusese tratat de către Klara. Nu-i păsa că-și destăinuie astfel înfrângerea; cu prețul acestui argument, va cere permisiunea să plece acasă, eventual chiar străbătând drumul pe jos. În cazul că domnul Pollunder ar avea ceva de obiectat privitor la înapoierea sa neîntârziată acasă, Karl l-ar fi rugat să dea ordin ca unul dintre servitori să-l conducă până la cel mai apropiat hotel.

Desigur că nu se procedează astfel cu niște gazde amabile, dar e și mai neobișnuit ca cineva să te trateze în maniera în care l-a tratat pe el Klara. Și, poftim, îi face favoarea să nu-i pomenească deocamdată domnului Pollunder despre păruiala lor, socotind asta drept o amabilitate; e într-adevăr strigător la cer! El, Karl, a fost oare invitat să ia parte la o luptă atletică, ca să aibă rușinea de a fi învins de o fată? Nu cumva Klara și-a petrecut cea mai mare parte a vieții învățând trucuri sportive? Cine știe dacă nu a fost, la acest capitol, chiar eleva lui Mack. N-avea decât să-i povestească totul de-a fir a păr; Mack va fi, nu se îndoia Karl, destul de înțelegător, deși n-a avut ocazia să se convingă mai îndeaproape. Karl mai știa însă că dacă ar beneficia el însuși de instructajul lui Mack, ar fi capabil de progrese mult mai mari decât Klara; ar fi atunci în măsură să apară aici, într-o bună zi, desigur, neinvitat, ar examina întâi și întâi fața locului cu atenție – ăsta a fost, de fapt, marele avantaj al Klarei – după care ar înșfăca-o pe această Klara și ar scutura cu ea divanul ăsta pe care el însuși fusese răpus azi. Acum trebuia să găsească drumul spre sufragerie unde, distrat cum fusese din capul locului, își uitase probabil pălăria într-un loc nepotrivit. Se gândea să-și ia lumânarea cu sine, însă drumul și așa era greu de dibuit. Nu știa, de pildă, dacă odaia în care se găsea era situată la același nivel cu sufrageria ori în cu totul altă parte. Până să ajungă aici, Klara îl trăsese în așa hal după dânsa, încât îi fusese imposibil să se uite în jur. Nu se putuse gândi decât la domnul Green și la servitorii care purtau sfeșnice. Scurt, Karl nu mai știa de loc dacă a urcat o scară, dacă a urcat două, ori poate nici una. Judecând după tot ceea ce se putea zări în jur, era de presupus că această încăpere se afla la un nivel destul de ridicat, fapt care îi întărea bănuiala că a urcat un etaj; ținând însă cont că și la intrarea principală ajungeai urcând niște trepte, cine ar putea jura că această aripă a clădirii e situată undeva mai sus? Bine ar fi fost dacă s-ar fi strecurat pe coridor vreo rază de lumină scăpată pe după vreo ușă, ori dacă s-ar fi auzit de undeva, oricât de departe și de slab, o voce!

Ceasul său de buzunar, primit cadou de la unchiul său, arăta orele unsprezece; Karl apucă luminarea și ieși pe coridor. Lăsă ușa deschisă dinadins ca, în caz de nereușită, să-și regăsească cel puțin camera ori, la nevoie – caz într-adevăr extrem –, ușa Klarei. Spre a nu se închide singură ușa, așeză acolo un scaun. Trecând pe lângă camera Klarei pentru a o coti la stânga, avu ghinionul să întâlnească un curent de aer care, deși foarte slab, ar fi putut stinge lumânarea, deci Karl fu nevoit să protejeze flacăra cu mâna; fapt e că se opri de mai multe ori, ca flacăra tremurătoare să revină la normal. Înainta, deci, cât se poate de încet și drumul îi părea de două ori mai lung. Karl lăsă astfel în urmă mari porțiuni de ziduri cu desăvârșire lipsite de uși încât, pur și simplu, nu-ți puteai imagina ce se află în dosul lor. Se iviră apoi din nou ușă după ușă; încercă să deschidă câteva, însă erau încuiate și încăperile păreau evident nelocuite. Era o risipă de spațiu de neînchipuit și lui Karl îi veniră în minte cartierele din estul New Yorkului, unde îi promisese unchiul său că-l va duce într-o zi; se părea că locuiau acolo mai multe familii într-o singură cameră și că fiecare familie se cuibărea în câte un colț al camerei, în vreme ce copiii se buluceau în jurul părinților. Iar aici stăteau pustii atâtea odăi, care sunau a gol ori de câte ori i se năzărea cuiva să bată la uşă. Lui Karl i se păru că domnul Pollunder are prieteni nesinceri şi răusfătuitori sau că, la rândul-i, o iubeşte la nebunie pe fiica sa, deci este un om ca vai de lume. Unchiul îi judecase, desigur, drept şi numai ambiţia pe care şi-o impusese de a nu influenţa cu nimic părerile lui Karl cu privire la cei din jur îi aduse plocon această vizită şi goana pe coridoare. Karl era decis să-i povestească unchiului său toate acestea chiar a doua zi, fără ascunziş, întrucât lui – judecând după modul în care se comportase, trebuia să-i fie pe plac această spovedanie şi era de presupus că va asculta cu răbdare tot ce spune nepotul. Tocmai această deprindere a unchiului său de a asculta răbdător tot şi toate nu era pe placul lui Karl; dar la urma urmelor, nici nu era sigur dacă îi displăcea chiar atât de mult.

De o parte a coridorului zidul se isprăvi şi-i luă locul o balustradă de marmoră, rece ca de gheaţă. Karl puse jos lumânarea şi se înclină cu precauţie peste balustradă. Un hol larg îl întâmpină. Dacă acesta era holul principal al casei – raza lumânării îi arăta o porţiune boltită a plafonului – atunci de ce nu intraseră pe acolo? La ce putea servi oare această încăpere mare şi adâncă? Aici, sus, aveai impresia că te afli în strana unei biserici. Lui Karl aproape că îi părea rău că nu poate rămâne până a doua zi în această casă; condus de către domnul Pollunder, ar fi umblat peste tot, la lumină de zi, şi ar fi primit toate explicaţiile de rigoare.

Balustrada nu era lungă şi Karl ajunse iar în îngustimea coridorului. La o neaşteptată cotitură, intră cu toată puterea în zid şi numai felul său grijuliu de a purta lumânarea îl făcu să n-o scape din mâini şi să n-o stingă. Cum coridorul nu se mai sfârșea – o fereastră nu exista să dea viață locului – și cum nimic nu mișca de jur împrejur, atât pe sus cât și în adâncime, Karl avu impresia că străbate unul și același coridor umblând în cerc; ar fi voit să regăsească măcar ușa deschisă a camerei sale, însă aceasta nu mai apăru, cum nu apăru nici balustrada. Până acum Karl se abținuse să strige, nedorind să stârnească gălăgie într-o casă străină, la o oră atât de înaintată; acum însă n-avea încotro, socoti un atare lucru devenit normal în casa asta stăpânită de beznă și era cât pe-aci să strige „hallo" cu voce tare, înspre ambele capete ale coridorului, când tocmai observă o luminiță care se apropia din direcția de unde venise el. Abia acum își dădea seama de adevărata mărime a acelui coridor lung și drept; casa nu era o vilă, era o cetate, și Karl fu atât de bucuros de apariția acestei lumini salvatoare, încât uită de orice precauție și fugi către ea. La primele lui mișcări lumânarea i se stinse. Îi era totuna, nu mai avea nevoie de ea; în întâmpinarea lui venea un servitor bătrân, cu felinar și care, fără doar și poate, avea să-i spună încotro s-o ia.

„Cine sunteți dumneavoastră?" întrebă servitorul și lumină cu felinarul fața lui Karl, și în același timp pe a sa. Obrazul servitorului părea cumva încremenit din pricina unei bărbi albe, stufoase, care cădea în scutul pieptului, risipită în inele mătăsoase. „Trebuie să fie unul din servitorii credincioși, căruia i se permite să poarte o asemenea barbă", gândi Karl și-i studie cu ochii curioși barba, în lung și în lat, fără să se rușineze că celălalt îl observă la rândul său. De altfel îi și aduse imediat la cunoștință că este oaspetele domnului Pollunder și, ieșind din camera sa pentru a ajunge în sufragerie, nu nimerește drumul.

„O, da, vorbi servitorul; aici nu am instalat încă lumina electrică. Doriți cumva să vă aprindeți luminarea de la felinarul meu?" întrebă acesta.

„Vă rog", zise Karl și aprinse.

„Pe coridorul ăsta bate un curent grozav, continuă servitorul. Lumânarea se stinge cât ai clipi, motiv pentru care mă folosesc de un felinar."

„Da, un felinar e un lucru cât se poate de practic", spuse Karl.

„Haina dumneavoastră e toată picată cu ceară", observă servitorul și ținu felinarul în așa fel ca celălalt să vadă totul cu ușurință.

„Nici n-am observat", exclamă Karl. Îi păru foarte rău de cele întâmplate; era vorba de haina lui cea neagră despre care unchiul îi spunea că-i șade cel mai bine dintre toate. Se gândi apoi că nici încăierarea cu Klara nu-i prea scutise îmbrăcămintea. Servitorul părea destul de binevoitor, îi curăță haina, atât cât se putea face la repezeală; Karl se tot învârtea sub ochii lui, arătând ba ici, ba colo, câte o pată pe care servitorul o curăța supus.

„De ce-i atâta curent aici?" vru să știe Karl după ce o porniră împreună pe coridor.

„Aici mai trebuie construit mult, explică servitorul. De altfel reconstrucția a și început, dar, totul merge într-un ritm foarte lent. După cum știți, fac grevă și lucrătorii din construcții. O asemenea clădire îți dă multă bătaie de cap. S-au făcut câteva străpungeri mari pe care nimeni nu le mai zidește la loc și e curent în toată clădirea. Dacă n-aș avea urechile umplute cu vată cred că n-aș rezista."

„În cazul acesta ar trebui să vorbesc mai tare, nu-i așa?" întrebă Karl.

„Nu. Aveți o voce clară, zise servitorul. Dar să revin la discuția despre casă; mai ales aici în apropierea capelei, pe porțiunea care, de altfel, va fi separată de restul clădirii, curentul e într-adevăr insuportabil."

„Balustrada, de pe acest coridor duce care va să zică, la o capelă."

„Da."

„Mi-am închipuit că așa trebuie să fie", spuse Karl.

„E ceva care merită, într-adevăr, să fie văzut, spuse servitorul. Dacă n-ar fi existat capela, fără îndoială că domnului Mack nici nu i-ar fi trecut prin minte să fie cumpărată casa asta."

„Domnul Mack? întrebă Karl. Credeam că edificiul e al domnului Pollunder!"

„Desigur, așa este, vorbi servitorul. Însă domnul Mack și-a spus cuvântul hotărâtor în această afacere. Nu-l cunoașteți pe domnul Mack?"

„Îl cunosc, cum să nu, spuse Karl. Dar ce legătură are el cu domnul Pollunder?"

„Este logodnicul domnișoarei", zise servitorul.

„Ce e drept, pe asta n-o știam", spuse Karl și se opri locului.

„Acest lucru vă miră așa de tare?" întrebă servitorul.

„Voiam doar să nu trec cu ușurință peste acest amănunt. Când îți sunt necunoscute asemenea legături, ești în stare să faci cele mai mari gafe", explică la rândul său Karl.

„Ceea ce mă miră este că nu vi s-a adus la cunoștință în nici un fel acest lucru", zise servitorul.

„Da, într-adevăr", recunoscu Karl rușinat.

„Probabil au crezut că sunteți la curent cu această chestiune, vorbi servitorul, și că nu-i o noutate. De altfel, am și ajuns."

Deschise o ușă în spatele căreia se ivi o scară, coborând perpendicular, care făcea legătura cu o altă ușă din dosul sufrageriei; aici totul era iluminat din belșug, ca la sosirea lor.

Din sufragerie, vocile domnilor Pollunder și Green răsunau exact ca în urmă cu două ore; înainte de a pătrunde, servitorul zise: „Dacă doriți, vă aștept aici, ca să vă conduc apoi în camera dumneavoastră. Oricum, din prima seară este greu să vă orientați".

„Renunț să mă întorc în camera mea", anunță Karl și, în chip ciudat, se întristă la aceste vorbe.

„La urma urmei, nu-i nimic tragic în asta", spuse omul de serviciu și, surâzând cu oarecare subînțeles, îl bătu protector pe braț.

Desigur a înțeles din spusele lui Karl că are de gând să stea toată noaptea în sufragerie, spre a se întreține și a bea cu domnii. Karl nu era dispus să se întindă la vorbă, dar cum servitorul îi era dintre toți cel mai pe plac și cum acesta i-ar fi putut arăta drumul spre New York, îi zise: „Văd în faptul că vreți să mă așteptați o mare amabilitate pe care o primesc recunoscător. În tot cazul, mă întorc într-o clipă, și vă voi spune atunci ce am de gând să fac mai departe. Sunt sigur că voi mai avea nevoie de ajutorul dumneavoastră."

„Bine, zise servitorul și puse jos felinarul, iar el se așeză pe o banchetă scundă, rămasă acolo fără vreo întrebuințare anume; obiectul acesta avea legătură tot cu reconstrucția clădirii. Voi aștepta, deci, în acest loc. Puteți să lăsați lumânarea la mine", mai spuse servitorul, când Karl era gata să pătrundă în sufragerie, cu lumânarea aprinsă.

„Distrat mai sunt", se dojeni Karl, și îi întinse servitorului lumânarea; acesta îi mulțumi clătinându-și capul, însă nu puteai ști exact dacă o face anume ori, pur și simplu, își mângâia barba.

Karl deschise ușa, care hurui zgomotos; nu era însă el de vină, deoarece ușa era croită dintr-o singură foaie de sticlă, care vibra când puneai mâna pe clanță și o deschideai cu repeziciune. Karl îi dădu drumul cu spaimă, căci avusese intenția să intre acolo cât mai discret cu putință. Nu se întoarse din drum, însă băgă de seamă că servitorul, care coborâse probabil de unde se așezase, închise ușa în urma lui fără să facă cel mai mic zgomot.

„Iertați-mă că vă deranjez", se adresă Karl celor doi care îl priviră cu ochi mari și mirați. Cercetă cu o privire sufrageria în lung și-n lat, să-și descopere pe undeva pălăria. Dar nu o putea zări nicăieri, masa era strânsă și poate că pălăria îi fusese dusă undeva în bucătărie, ceea ce ar fi fost foarte neplăcut.

„Unde ai lăsat-o pe Klara?" întrebă domnul Pollunder, care nici nu părea prea supărat că fusese întrerupt; își schimbă imediat poziția în fotoliu, întorcându-se cu fața spre Karl. Domnul Green era indiferent; își scoase portofelul, un obiect de dimensiuni ciudate, mare și încăpător, pe care îl răscoli, părând a căuta un anume lucru prin multele despărțituri, însă citind fel de fel de hârtii care îi cădeau sub ochi.

„Aș avea o rugăminte pe care nu trebuie să o înțelegeți greșit", zise Karl și se apropie decis de domnul Pollunder; spre a fi cât mai în vecinătatea acestuia, puse mâna pe brațul fotoliului.

„Despre ce rugăminte e vorba? întrebă domnul Pollunder, privindu-l pe Karl deschis și sincer. Se înțelege că e ca și împlinită." Întinse brațul și îl cuprinse pe Karl de mijloc, îl apropie, până îl aduse în deschizătura picioarelor. Karl acceptă, deși se simțea, la urma urmelor, prea matur pentru un asemenea gest. Oricum, rugămintea lui era mai greu de formulat acum.

„De fapt, cum îți place la noi? întrebă domnul Pollunder. Nu ți se pare că, părăsind orașul, omul se simte la țară liber ca pasărea? În general, continuă domnul Pollunder să vorbească dindărătul lui Karl care îl acoperea, deci putând să arunce o privire cu înțeles spre domnul Green – în general eu simt acest lucru seară de seară“.

„Vorbește ca și cum i-ar fi necunoscută casa asta mare, cu nesfârșitele ei coridoare, cu capelă, încăperi pustii și întunericul cuibărit peste tot“, gândi Karl.

„Ei, reluă domnul Pollunder, să auzim ce rugăminte ai“, și îl scutură prietenește pe Karl, care amuțise.

„Vă rog, începu Karl și, în ciuda faptului că vorbea cu o voce foarte scăzută, nu putu evita să fie auzit de către domnul Green; acesta ședea alături și n-ar fi fost nimerit să audă această rugăminte, spre a nu o lua drept o ofensă adresată domnului Pollunder. Vă rog să-mi îngăduiți să plec acasă încă în noaptea asta.“

Cum lucrul cel mai penibil fusese spus, celelalte veneau acum de la sine, într-o repede revărsare, fără a folosi cel mai mic șiretlic; erau niște lucruri pe care, la drept vorbind, nici nu le ticluise în prealabil. „Aș vrea nespus de mult să mă întorc acasă. Voi reveni bucuros, căci acolo unde sunteți dumneavoastră, domnule Pollunder, îmi face plăcere să fiu și eu. Din păcate, astăzi nu pot rămâne aici. Cum bine știți dumneavoastră, unchiul n-a prea fost de acord să fac această vizită. Nu mă îndoiesc că a avut motivele sale întemeiate, cum motive bine întemeiate are în tot ceea ce face; pot spune că i-am smuls această permisiune aproape contra voinței lui. Nu am făcut decât să abuzez de dragostea pe care mi-o poartă. Motivele care l-au făcut să se împotrivească acestei vizite nu mai au acum nici o însemnătate; știu în schimb cu siguranță că nu-i vorba de ceva de natură să vă supere, deoarece sunteți, în chip cert, cel mai bun prieten al unchiului meu. Nimeni nu se poate compara cu dumneavoastră nici pe departe în ce privește prietenia pe care v-o arată el. Aceasta e, de fapt, și singura scuză a neascultării mele, însă, recunosc, insuficientă. S-ar putea să vi se pară, din acest punct de vedere, neclare raporturile dintre unchi și nepot și, în consecință, nu amintesc aici decât acele lucruri care au o anumită evidență. Până nu-mi închei studiile de limbă engleză și nu mă descurc suficient de bine în domeniul comercial, depind întru totul de bunăvoința unchiului meu, având dreptul să mă bucur de aceasta în calitate de rudă de sânge. Nu trebuie să vă închipuiți că aș fi capabil să-mi câștig de pe acum singur pâinea în chip mulțumitor. Iar cât despre alte aptitudini, să mă ferească Dumnezeu! Educația mea are, sub acest aspect, scăderi de ordin practic.

Am absolvit patru clase gimnaziale în Europa, ca elev mediocru și asta este egal cu zero când este vorba să câștig bani, căci gimnaziile noastre sunt foarte rămase în urmă în privința programelor de studii. Ați râde dacă v-aș povesti ce am învățat. Dacă studiezi asiduu și termini un liceu, ca să treci apoi la universitate, foarte probabil că toate capătă un oarecare echilibru și ajungi, în cele din urmă, la o cultură ca lumea, spre a putea întreprinde ceva și a avea curaj să câștigi bani. Spre părerea mea de rău, n-am avut parte de acest lanț de studii; uneori am senzația că nu știu absolut nimic și, la drept vorbind, toate cunoștințele mele puse cap la cap nu fac față cerințelor americane. Au început să ia ființă, ici și colo, în patria mea, niște licee speciale pentru învățarea limbilor moderne și, bănuiesc, a științelor comerciale; dar când am terminat eu școala primară, acestea încă nu existau. Tatăl meu ar fi vrut, se înțelege, să învăț limba engleză; pe atunci însă eu nu puteam bănui ce pacoste va da peste mine și cât de mult voi avea nevoie de această limbă, asta-i una, iar în al doilea rând îmi luau mult timp studiile gimnaziale, încât nu aveam suficient timp liber pentru alte preocupări. Pomenesc toate acestea spre a vă arăta cât de mult depind de unchiul meu și, deci, cât de îndatorat îi sunt. Veți recunoaște, cred, că în atari împrejurări nu-mi pot îngădui vreun fapt care ar fi contrar, chiar și în aparență, cu voința lui. De aceea trebuie să mă întorc imediat acasă, spre a repara, măcar în parte, greșeala făcută față de unchiul meu."

Pe tot parcursul acestui lung discurs, domnul Pollunder l-a ascultat atent pe Karl și l-a strâns cu discreție și de mai multe ori la piept, îndeosebi când pomenea de unchiul său; în câteva rânduri s-a uitat sever și cu vădită neliniște la Green, care se ocupa în continuare de portofelul său. Karl însă, pe măsură ce se confesa și îi deveneau tot mai clare raporturile cu unchiul său, era tot mai nerăbdător și, fără voia lui, căută să se elibereze de brațul lui Pollunder. Toate îl incomodau aici; nu voia altceva decât s-o ia la goană spre unchiul său, ajungând dincolo de ușa de sticlă, urcând pe scări, parcurgând aleea, șoselele, străbătând suburbii și apoi marea arteră de circulație. Toate păreau că-l așteaptă pe el, că îl cheamă insistent. Bunătatea domnului Pollunder și felul de a fi scârbos al domnului Green nu mai existau acum; se afla în sufrageria aceea plină de fum și nu mai avea vreo altă dorință decât să i se îngăduie a-și lua rămas bun. În ceea ce îl privește pe domnul Pollunder, lucrurile puteau fi socotite ca și încheiate, iar pe domnul Green care venea spre el era gata să-l înfrunte; simțea totuși o teamă nelămurită din toate părțile, împăienjenindu-i ochii prin tăria cu care îl asalta.

Se dădu cu un pas îndărăt, ca să se afle la o distanță egală între domnul Pollunder și domnul Green.

„Intenționați să-i spuneți ceva?" întrebă domnul Pollunder pe domnul Green, apucându-l îmbietor de mână.

„N-aș găsi ce să spun, zise domnul Green, scoțând, în cele din urmă, din buzunarul său o scrisoare pe care o puse pe masă. Este destul de lăudabil că vrea să se întoarcă la unchiul său și, dacă ne gândim bine, s-ar părea să-i producă astfel unchiului o mare plăcere, afară de cazul că nu l-a supărat prea rău prin această nesupunere deloc neglijabilă. În acest al doilea caz nu încape îndoială că ar fi mai bine să rămână aici. La urma urmelor e greu să spun ceva precis; deși suntem amândoi prietenii unchiului și este cât se poate de greu de stabilit o diferență între prietenia pe care i-o port eu și aceea a domnului Pollunder, în sufletul senatorului n-ai cum să privești, mai ales de la un număr apreciabil de kilometri care ne despart de New York."

„Vă rog, domnule Green, vorbi Karl și, făcând efortul de a se stăpâni, se apropie de acesta. Deduc din cuvintele dumneavoastră că cel mai nimerit lucru ar fi să mă întorc imediat acasă."

„Nu am vrut de loc să spun așa ceva", negă domnul Green, și începu să contemple scrisoarea, în timp ce degetele sale se jucau cu plicul. Se putea înțelege că răspunde astfel întrebării domnului Pollunder, în sensul că n-ar avea ceva de zis în legătură cu Karl.

Între timp, domnul Pollunder se apropie de Karl, pe care îl duse la o oarecare depărtare de domnul Green, lângă una din ferestrele mari. „Dragă domnule Rossmann, zise aplecându-se spre urechea lui Karl, nu însă înainte de a-și șterge obrazul cu batista și a-și sufla nasul. Doar nu crezi cumva că am intenția să te rețin aici împotriva voinței dumitale?! Despre asta nici nu poate fi vorba. Din păcate, nu pot să-ți ofer mașina; aceasta se află într-un garaj public, la o mare depărtare de aici, deoarece amenajările în curs nu mi-au dat răgazul să-mi fac un garaj propriu. Șoferul, la rândul său, nu doarme aici în casă, ci pe undeva în apropierea garajului, nici eu nu știu exact unde. Afară de asta, nu are vreo obligație să fie acasă la această oră, datoria lui fiind să se prezinte dimineața la timp. Nu ți-am spus însă toate astea spre a te împiedica să te reîntorci imediat acasă. Dacă insiști, te pot conduce până la prima stație de metrou; trebuie să știi însă, că stația asta e atât de îndepărtată încât nu vei ajunge acasă mult mai devreme decât în cazul că ai pleca dimineața, cu mașina mea, la orele șapte, când pornim noi de obicei.“

„Aș prefera, în acest caz, domnule Pollunder, să iau metroul, spuse Karl. Pierdusem din vedere posibilitatea reîntoarcerii cu metroul. Chiar dumneavoastră ați afirmat că ajung mai repede cu metroul decât dacă aș pleca dimineața cu mașina.“

„Dar diferența de timp e foarte mică.“

„Totuși, totuși, domnule Pollunder, insistă Karl; îmi voi aduce aminte mereu de amabilitatea dumneavoastră și mă voi întoarce oricând cu plăcere, bineînțeles dacă veți voi să mă mai invitați după purtarea mea de azi. S-ar putea ca atunci să vă pot explica mai bine motivul pentru care acum îmi este atât de prețios fiecare minut pe care îl câștig spre a-l revedea pe unchiul meu." Și, ca și cum ar fi obținut de acum permisiunea să plece, adăugă: „Dar să nu mă însoțiți în nici un caz. Este într-adevăr de prisos. Afară se află un servitor care mă va întovărăși cu plăcere până la stația de metrou. Acum trebuie doar să-mi caut pălăria." Spunând aceste ultime cuvinte, traversă încăperea, făcând o ultimă și grăbită încercare să-și găsească pălăria.

„Șapca mea nu ți-ar putea fi de folos? vorbi domnul Green, și își scoase șapca din buzunar. S-ar putea să ți se potrivească."

Karl se opri cu uimire și zise: „Doar n-am să vă iau șapca. Pot foarte bine să plec în capul gol. Nu am nevoie de nimic."

„Nu este șapca mea; în definitiv, ia-o."

„În acest caz mulțumesc, zise el, și, pentru a nu mai tărăgăna lucrurile, primi șapca. Și-o puse și râse din prima clipă, deoarece i se potrivea de minune; și-o scoase apoi și o cercetă, fără să poată descoperi ceva anume la ea, după cum era și de bănuit. Era o șapcă nou-nouță. „Mi se potrivește foarte bine", spuse el.

„Ei, poftim, i se potrivește!" exclamă domnul Green și izbi cu pumnul în masă.

Karl se îndreptă spre ușă să-i dea de știre servitorului, când domnul Green se ridică, se destinse după masa abundentă și odihna prelungită, apoi se lovi cu pumnul în piept și zise pe un ton care putea fi luat și ca sfat și ca ordin: „Înainte de a pleca trebuie să-ți iei rămas bun de la domnișoara Klara".

„Asta așa e", zise și domnul Pollunder, care de asemenea se ridicase. Glasul acestuia din urmă era lipsit de convingere, cuvintele nu prea îi erau la îndemână; bătu ușor cu palmele pe cusătura pantalonilor, după care începu să descheie și să încheie nasturii sacoului său croit după ultima modă, foarte scurt, încât abia îi ajungea până la șolduri, lucru ce nu-l putea avantaja pe un om gras cum era domnul Pollunder. De altminteri, când acesta se afla alături de domnul Green, îți dădeai lesne seama că masivitatea domnului Pollunder nu era un semn de sănătate; spatele său era nițel încovoiat, burta avea moliciuni și se revărsa, o adevărată povară, în timp ce obrazul îi era palid și chinuit. Dimpotrivă, domnul Green, care era poate ceva mai rotofei decât domnul Pollunder, avea o grăsime mai fermă, pășea vioi, ostășește, iar capul și-l purta drept, legănându-l ușor; avea alura unui gimnast de marcă, pe oare îl priveai cu plăcere.

„Du-te, deci, mai întâi pe la domnișoara Klara, reluă domnul Green. Acest lucru te bucură desigur și se potrivește de minune și cu felul în care îmi orânduisem eu însumi timpul, pentru că – încă înainte de plecarea dumitale – am să-ți comunic ceva interesant, ceva care ar putea hotărî într-un fel sau altul această reîntoarcere. O rațiune superioară mă oprește, din păcate, să divulg ceva înainte de miezul nopții. Îți poți închipui că acest lucru nu-mi face de loc plăcere, deoarece îmi strică somnul, însă trebuie să țin seamă de dispoziția primită. Acum este ora unsprezece și un sfert, așa că mai am timp să-mi termin convorbirile de afaceri cu domnul Pollunder; cum prezența dumitale ne-ar putea stingheri, ai putea petrece un timp ceva mai îndelungat cu domnișoara Klara. Revine aici exact la orele douăsprezece și vei afla cele de trebuință."

Putea oare Karl să evite această invitație care nu-i cerea decât politețe și recunoștință față de domnul Pollunder?! Unde mai pui că i se adresa un ins necioplit și în afara chestiunii, în vreme ce domnul Pollunder, care ar fi fost poate interesat în aceasta, se arăta cât se poate de rezervat; nu-i vorbea și nici nu-l privea. Și care va fi acel lucru interesant pe care îl va afla la miezul nopții? De vreme ce acel ceva, în loc să-i grăbească reîntoarcerea cu trei sferturi de oră, i-o amâna, înseamnă că n-are cum să-l intereseze, îl lăsa cu totul rece. De altfel nu era convins că ar mai fi cazul să treacă pe la Klara, care era dușmana lui. De ar fi avut asupra lui măcar cuțitul acela de cioplit, pe care i-l oferise unchiul său drept *coupe-papier*! Camera Klarei era probabil un iad, te pândeau primejdii la tot pasul. Acum era însă cu totul nelalocul său să spui ceva contra Klarei; ea era fiica lui Pollunder și, după cum i se spusese, logodnica lui Mack. Dacă ea s-ar fi purtat cât de cât mai ca lumea, nu încape îndoială că ar fi admirat-o sincer pentru felul de a se comporta. Încă mai avea în minte toate aceste lucruri, când băgă de seamă că nimănui nu-i pasă de reflecțiile lui, iar Green deschise ușa și strigă către servitor, care sărise de pe bancheta sa: „Condu-l pe acest tânăr la domnișoara Klara".

„Așa se execută un ordin", își zise Karl, pe când servitorul îl luă de mână și, gâfâind de bătrânețe, îl duse aproape în fugă, pe un drum deosebit de scurt, până la camera Klarei. Trecu prin fața odăii sale și ușa mai era deschisă încă; ar fi vrut să intre măcar o clipă, pentru a se calma. Servitorul însă nu-i permise așa ceva.

„Nu! Trebuie să mergeți la domnișoara Klara, zise acesta. Ați auzit cu urechile dumneavoastră acest lucru."

„M-aș opri doar o clipă, vorbi Karl", gândindu-se că se va lungi puțin pe canapea; timpul până la miezul nopții putea trece astfel mai iute.

„Nu-mi îngreuiați îndeplinirea unui ordin", vorbi categoric servitorul.

„Pare a crede că această vizită la domnișoara Klara este o pedeapsă", gândi Karl, făcând câțiva pași, după care se opri din nou încăpățânat.

„Veniți odată, domnișorule, îl zori servitorul. Din moment ce sunteți aici... Știu că ați vrut să plecați încă în timpul nopții, dar asta nu-i după voia fiecăruia. V-am spus, de altfel, că nu va fi posibil."

„Eu vreau să plec și am să plec, se încăpățână Karl. Îmi voi lua doar rămas bun de la domnișoara Klara."

„Tocmai! continuă servitorul – și Karl putu să observe că acesta nu crede un cuvânt din ceea ce spune. Atunci de ce ezitați să vă luați rămas bun? Veniți odată!"

„Cine-i pe coridor?" se auzi vocea Klarei. Apăru în cadrul unei uși apropiate și ținea în mână o lampă mare de masă cu abajur roșu. Servitorul fugi spre ea și-i dădu raportul. Karl se apropie încet.

„Vii cam târziu", spuse Klara.

Fără a lua în seamă deocamdată cele spuse, Karl se aplecă spre servitor, căruia îi spuse încet, dar pe un ton aspru, poruncitor, dat fiind că îi cunoștea deja felul de a fi: „Să mă așteptați în fața acestei uși!".

„Tocmai voiam să mă culc", spuse Klara și așeză lampa pe masă. Servitorul închise și de astă dată ușa cu grijă pe dinafară exact cum procedase jos, în sufragerie. „E trecut de unsprezece jumătate.“

„Trecut de unsprezece și jumătate? se întrebă Karl părând că această cifră îl sperie. Înseamnă că trebuie să-mi iau rămas bun imediat, deoarece la orele douăsprezece fix trebuie să fiu în sufragerie.“

„Ce afaceri urgente te așteaptă?“ întrebă Klara, în timp ce, cu gândurile aiurea, își puse în ordine pliurile amplei cămăși de noapte. Era îmbujorată la față, surâdea într-una. Karl trăia sentimentul că nu mai exista vreun pericol să se ia din nou la harță cu Klara. „Nu ai putea totuși să cânți puțin la pian, așa cum mi-a promis tata ieri și chiar dumneata astăzi?“

„Dar nu este prea târziu?“ întrebă Karl. I-ar fi plăcut să n-o refuze, pentru că era cu totul alta acum, părând a avea ceva din distincția lui Pollunder sau a domnului Mack.

„Ce-i drept e târziu“, spuse ea și avu aerul de a-și fi pierdut cheful pentru muzică. „De altfel, fiecare sunet prinde ecou în casa asta și sunt sigură că dacă ai cânta, s-ar trezi toată servitorimea de la mansardă.“

„Atunci nu mai cânt. La urma urmei, nu mă îndoiesc că voi mai reveni. Dacă nu ți-e prea greu, vizitează-l odată pe unchiul meu și cu acea ocazie aruncă și o privire în camera mea. Am o pianină minunată. Unchiul mi-a dat-o cadou. Am să-ți cânt atunci toate bucățile pe care le știu, dacă îți va face plăcere; din păcate nu sunt multe aceste piese și nici nu se potrivesc cu un instrument atât de mare ca acesta, pe care ar trebui să-l folosească doar virtuozii. S-ar putea să-ți împlinesc și această plăcere, dacă mă vei anunța din vreme; unchiul meu tocmai intenționează să angajeze un profesor cu renume – îți închipui ce bucurie! – și prezența lui o să te stimuleze, sper să-mi faci o vizită în timpul unei lecții de pian. Să fiu sincer, mă bucur că-i prea târziu pentru a mai cânta, căci realmente încă nu știu nimic; te-ai mira cât de puțin știu. Și acum permite-mi să-mi iau rămas bun, e timpul să te culci." Întrucât Klara îl privea cu bunătate și părea să fi uitat de tot păruiala de adineaori, îi surâse și adăugă în timp ce îi întindea mâna: „În patria mea e obiceiul să se zică: Somn ușor, vise plăcute."

„Așteaptă, zise ea refuzându-i mâna. Poate totuși cânți." Deschise o ușiță laterală unde se zărea, la numai câțiva pași, o pianină.

„Ce-o mai fi și asta? se întrebă Karl. Mult nu mai pot întârzia, oricât ar fi ea de drăguță." Dinspre coridor se auzi o bătaie în ușă, acesta se întredeschise și se ivi servitorul care – neîndrăznind să deranjeze – șușoti de acolo. „Scuzați-mă, am fost chemat chiar acum și nu mai pot aștepta."

„Duceți-vă, îi spuse Karl, care avea acum destul curaj să-și caute singur drumul spre sufragerie. Lăsați-mi numai felinarul în fața ușii. De altfel, cât e ceasul?"

„Aproape douăsprezece fără un sfert", răspunse servitorul.

„Încet mai trece timpul", spuse Karl. Servitorul era pe punctul de a închide ușa, când tânărul își aminti că nu-i dăduse încă un bacșiș; scoase un șiling din buzunarul pantalonului – deprinsese obiceiul de a-și lua mereu cu sine bani mărunți, pe care să-i sune prin buzunare, după bunul obicei american, în timp ce banii de hârtie îi ținea în buzunarul vestei. Îi întinse deci servitorului piesa de un șiling, zicând: „Pentru bunele dumitale servicii".

Klara reveni, aranjându-și coafura înaltă, când îi dădu prin minte lui Karl că nu-i bine să se lipsească de servitor. Cine îl va conduce până la stația de metrou? La urma urmei, domnul Pollunder putea să găsească alt servitor; și nu-i exclus ca acesta să fi fost chemat doar până în sufragerie, așa încât îl va avea la dispoziție mai târziu.

„Totuși, te-aș ruga să cânți puțin. Aici se aude muzică atât de rar, încât n-aș vrea să pierd o asemenea ocazie."

„Așadar, fiecare lucru la timpul său", spuse Karl și, fără a mai sta pe gânduri, se așeză la pian.

„Dorești partitură?" întrebă Klara.

„Mulțumesc, nici nu știu să citesc bine notele" fu răspunsul lui Karl, care începu să cânte. Era un cântec nu prea lung, care, după cum își da seama Karl, trebuia cântat într-un tempo lent, spre a putea fi înțeles, mai ales fiind vorba de o ureche străină; Karl îl dădu însă peste cap, îl interpretă în cel mai cumplit ritm de marș. După ce isprăvi, liniștea izgonită puse din nou stăpânire pe casă, revenind parcă de prin unghere.

„Destul de drăguț", spuse Klara, fără a folosi una din formulele de politețe care l-ar fi putut măguli pe cel ce cântase.

„Cât e ceasul?" întrebă Karl.

„Douăsprezece fără un sfert."

„Înseamnă că mai am ceva timp la dispoziție, spuse el și gândi astfel: „Adevărul e că nu mă obligă nimeni să cânt toate cele zece cântece pe care le știu, dar unuia tot îi mai dau drumul", și începu să cânte cântecul său soldățesc preferat. Îl cântă atât de rar, încât dorința ațâțată a ascultătorului chema pur și simplu nota următoare, pe care Karl o reținea cu zgârcenie, ca s-o elibereze apoi cu mare greutate. E drept că era pus în situația ca la fiecare frază melodică să ghicească notele din puzderia de clape și, afară de asta, simți cum îl năpădește nostalgia dureroasă care țâșnește în acel final de cântec, cerând parcă alt sfârșit, pe care însă tânărul nu-l mai putea găsi.

„Sunt neputincios", spuse Karl după ce termină și o privi pe Klara cu lacrimi în ochi.

Din camera vecină se auziră aplauze puternice. „Mai ascultă cineva!" strigă Karl trezit la realitate. „Este Mack", spuse Klara pe un ton scăzut. De dincolo începură să se audă chemările celuilalt: „Karl Rossmann, Karl Rossmann!".

Karl sări peste bancheta din fața pianului și deschise ușa spre camera de alături. Acolo era Mack, pe jumătate culcat într-un pat cu baldachin și o cuvertură aruncată neglijent îi învelea picioarele. Baldachinul de mătase albastră era singurul lucru luxos, cu o notă feminină, în rest, patul era alcătuit cu simplitate, croit din esențe tari și sculptat la colțuri. Pe noptieră ardea o lumânare, iar lenjeria de pat și cămașa lui Mack erau atât de albe, încât lumina pe care o reflectau îți lua ochii; din această pricină baldachinul părea să fi luat foc, mai ales pe la margini, unde mătasea era ușor evazată și făcea cute. Îndărătul lui Mack, patul și tot ce se mai afla acolo se cufundau într-un întuneric absolut. Klara se sprijinea de pat și nu se uita decât la Mack.

„Servus, zise acesta și întinse mâna spre Karl. Cânți destul de bine; până acum nu am cunoscut decât arta dumitale ecvestră."

„Mă pricep la fel de prost la una ca și la cealaltă, spuse Karl. Dacă aș fi bănuit că mă asculți, se înțelege că n-aș fi cântat. Dar stimata dumitale... domnișoară..." Își întrerupse fraza; se codea să pronunțe cuvântul „logodnică", deoarece era clar că Mack și Klara se culcau împreună.

„Am bănuit că n-ai fi cântat, zise Mack. De aceea a trebuit să te ademenească Klara să vii de la New York. Altminteri nu te-aș fi auzit niciodată cântând. Ceea ce ai izbutit e de nivelul unui începător oarecare; ba chiar, în cazul cântecelor cu care erai întrucâtva familiarizat și care sunt scrise într-o manieră extrem de primitivă, ai făcut niște greșeli. Totuși, m-am bucurat foarte mult, trecând peste faptul că în general nu disprețuiesc încercările nimănui. Nu vrei să iei loc și să mai rămâi o clipă cu noi? Klara, dă-i un scaun."

„Mulțumesc, zise Karl rămânând locului. Nu pot întârzia, oricât aș dori acest lucru. Aflu prea târziu că există încăperi atât de prietenoase în această casă."

„Transform totul în stilul ăsta", zise Mack.

Se auziră atunci douăsprezece bătăi de clopot, curgând în succesiune, sunetele acoperindu-se unul pe celălalt. Karl simți cum suflul acestor mișcări ample de clopote care pendulau îi atinge obrajii. Ce fel de sat putea să aibă asemenea clopote?

„E timpul", zise Karl și își flutură degetele spre Mack și Klara, fără să dea mâna cu ei, după care fugi pe coridor. Aici nu găsi felinarul și îi păru rău că s-a grăbit să-i dea bacșiș servitorului. Pipăi zidul voind să înainteze până va da de ușa deschisă a camerei sale; abia străbătu jumătate din acest spațiu, când îl zări pe domnul Green, care se apropia repede, umblând legănat, cu o luminare înălțată deasupra capului. În mâna cu lumânarea avea și o scrisoare.

„Rossmann, de ce nu vii? De ce mă lași să aștept? În definitiv, ce ai făcut la domnișoara Klara?"

„Cam multe întrebări, aprecie Karl. Și, pe deasupra, mă și înghesuie în zid." Fapt e că celălalt se postase atât de aproape de Karl, care se sprijinise cu spatele de perete, încât îl incomoda vădit. În coridorul acela, statura lui Green căpăta proporții ridicole și Karl se întrebă în glumă dacă nu-l înghițise cumva pe bunul domn Pollunder.

„E clar că nu ești un om de cuvânt. Promiți să cobori la orele douăsprezece și, de fapt, dai târcoale pe la ușa domnișoarei Klara. Cât mă privește, ți-am promis pentru miezul nopții ceva interesant și iată-mă sosit cu acel ceva."

Vorbind astfel, îi înmână lui Karl un plic pe care stătea scris: „Pentru Karl Rossmann. A se preda personal, la miezul nopții, oriunde s-ar afla el în acel moment."

„La drept vorbind, spuse domnul Green în timp ce Karl deschidea scrisoarea, nu-i un lucru de ignorat că am venit de la New York pentru dumneata. N-ar trebui să mă mai faci să alerg după dumneata pe coridoare."

„Este de la unchiul! exclamă Karl de cum își aruncă privirile asupra scrisorii. M-am așteptat la asta", explică el, privindu-l pe domnul Green.

„Îmi este total indiferent dacă te-ai așteptat la asta sau nu. Apucă-te de citit", îi porunci și apropie lumânarea să vadă mai bine.

Karl citi următoarele:

„Dragul meu nepot!
Așa cum desigur ți-ai putut da seama în timpul conviețuirii noastre, din nefericire prea scurtă, sunt întru totul un om al principiilor, fapt neplăcut și trist nu numai pentru cei din jurul meu, ci și pentru mine. Dar acestor principii le datorez tot ce sunt și nimeni, nici măcar tu, dragă nepoate, nu este în măsură a-mi cere să mă dezic de principii pe lumea asta, chiar dacă mi-ar veni o dată ideea să îngădui un atac general împotrivă-mi, la care tu ai lua parte

primul. Cum te-aș mai prinde atunci tocmai pe tine și te-aș face zob cu mâinile astea care stau acum asupra hârtiei și scriu! Deși, deocamdată, n-am vreun semn că așa ceva s-ar putea întâmpla, e de datoria mea să te îndepărtez neapărat de lângă mine, după incidentul de astăzi și te rog insistent: nu mai căuta să intri în legătură cu mine, nici personal, nici prin scrisori ori cu ajutorul intermediarilor. Pentru că ai hotărât să mă părăsești astă-seară contrar voinței mele, rămâi la această hotărâre toată viața; numai așa devine aceasta o decizie a ta, demnă de un bărbat. Drept mesager l-am ales pe domnul Green, prietenul meu cel mai bun, care îți va adresa desigur destule cuvinte de mângâiere ce îmi lipsesc mie în clipa de față. Este un om influent și, dacă ar fi s-o facă numai de dragul meu, tot îți va veni în ajutor, cu fapta și cu povețele sale, ajutându-ți să faci primii tăi pași de sine stătători. Spre a putea înțelege despărțirea noastră, care, pe măsură ce ajung spre finalul scrisorii, îmi pare de necrezut, trebuie să îți repet într-una: familia ta, Karl, nu e în stare să-ți ofere nimic bun! În caz că domnul Green ar uita să-ți înmâneze geamantanul tău și umbrela, adu-i aminte. Cele mai bune urări pentru fericirea ta viitoare.

Devotatul tău unchi, Jakob."

„Ai terminat", întrebă Green.

„Da, spuse Karl. Mi-ați adus geamantanul și umbrela?"

„Iată", zise Green, și așeză pe ciment geamantanul vechi al lui Karl, pe care îl ținuse până atunci cu abilitate, în mâna stângă la spate.

„Și umbrela?" mai întrebă Karl.

„Totul e aici", zise Green; umbrela ieși la iveală dintr-un buzunar al pantalonului. „Obiectele astea le-a adus un oarecare Șubal, mașinist-șef pe linia Hamburg-America. Pretinde că le-a găsit pe vapor. Când se va ivi ocazia îi vei putea mulțumi."

„Bine că măcar mi-am regăsit lucrurile", spuse Karl, așezând umbrela deasupra geamantanului.

„Domnul senator te povățuiește să ai mai multă grijă de ele în viitor", îi puse în vedere domnul Green, după care întrebă cu o vădită curiozitate personală: „De fapt, ce fel de geamantan e ăsta?".

„Este un geamantan pe care îl folosesc recruții din patria mea atunci când se duc la armată, dădu lămuriri Karl. E vechiul cufăr de campanie al tatălui meu. Aș zice că e destul de practic, mai adăugă tânărul, surâzând. Bineînțeles, dacă nu este uitat pe undeva."

„În definitiv ești destul de instruit, zise Green. Foarte probabil că nu mai ai un al doilea unchi în America. Îți dau, deci, un bilet de tren clasa treia pentru San Francisco. Eu am hotărât această călătorie a dumitale; întâi de toate, Estul îți poate oferi mai multe posibilități de câștig, iar în al doilea rând, în orice ramură ai vrea să lucrezi prin locurile astea, vei da de unchiul dumitale și o eventuală întâlnire trebuie evitată cu orice preț. La San Francisco poți lucra cu totul nestingherit; pornești de jos, fără multă bătaie de cap, și cauți să te ridici, încetul cu încetul, prin muncă."

Karl nu găsea nici o urmă de răutate în aceste cuvinte; vestea rea pe care celălalt i-o tăinuise toată seara ajunsese la destinație și, din acel moment, Green îi apărea ca un om inofensiv, cu care puteai vorbi eventual mai deschis decât cu oricine altul. Oricât de bun ar fi omul pe care, împotriva voinței lui, îl faci solul unei hotărâri atât de secrete și de chinuitoare, este normal să apară suspect atâta timp cât deține asemenea taină. Voind să recurgă la ajutorul unui om experimentat, Karl spuse:

„Voi părăsi de îndată această casă, unde am fost primit în calitate dc nepot al unchiului meu; ca străin nu mai am ce căuta aici. Dacă ați avea amabilitatea să-mi arătați pe unde să ies și să-mi arătați drumul care să mă ducă până la hanul cel mai apropiat."

„Dar repede, zise Green. Îmi dai prea multă bătaie de cap."

Văzând cu ce pași mari pornește la drum Green, Karl încetini, părându-i-se suspectă această grabă. Îi apucă pe Green de poala hainei și, pentru că tot trebuia odată clarificată chestiunea, îi spuse dintr-o răsuflare: Îmi mai datorați o explicație; pe plicul scrisorii scrie, clar ca bună ziua, că trebuie să-mi fie predat la miezul nopții, oriunde m-aș afla. De ce m-ați reținut, deci, atunci când am vrut să plec de aici la orele unsprezece și un sfert? V-ați depășit prin asta mandatul!"

Green făcu înainte de toate, un gest cu mâna, dând a înțelege că obiecția lui Karl este exagerată și inutilă, după care spuse: „Scrie oare pe plic că trebuie să mă las fugărit din pricina dumitale ca un cal de curse? Textul scrisorii lasă oare să se întrevadă că trebuie interpretat astfel? Dacă nu te-aș fi reținut, aș fi fost pus în situația să-ți predau această scrisoare undeva pe șosea."

„Nu, spuse Karl fără a se intimida câtuși de puțin. Nu este chiar așa. Pe plic scrie «a se preda la miezul nopții». Fiind cât de cât obosit, nici nu m-ați fi putut urmări sau – lucru pe care domnul Pollunder n-ar fi în stare să-l creadă – aș fi ajuns până la miezul nopții la unchiul meu. Ar fi fost, în definitiv, de datoria dumneavoastră să mă duceți înapoi la unchiul meu cu mașina proprie, despre care nu s-a scos o vorbă tocmai pentru că cerusem cu tărie să mă întorc. Nu scrie clar pe adresă că miezul nopții e ultimul meu termen? Dumneavoastră purtați vina pentru că l-am pierdut."

Karl îl privi pe Green cu ochi severi și văzu cum în cugetul celuilalt se dă lupta între rușinea de a fi fost dat în vileag și bucuria de a i se fi împlinit intențiile. Se regăsi în cele din urmă și spuse răstit, de parcă ar fi trebuit să-l întrerupă pe celălalt dintr-un lung discurs, deși Karl isprăvise de mult: „Nici o vorbă în plus!". Karl trebui să-și strângă degrabă geamantanul și umbrela, după care fu împins printr-o ușiță pe care Green o deschise. Karl se trezi, spre mirarea lui, sub cerul liber. Se afla în capul unei scări recent adăugate acelei clădiri. Scara nici nu avea balustradă. N-avea de făcut altceva decât să coboare și să cotească ușor la dreapta pe aleea care ducea spre șosea. Era lună plină și n-avea cum să se rătăcească. În grădină auzi lătratul sacadat al câinilor, care, lăsați în libertate, alergau care încotro printre arborii învăluiți de întuneric. Cum era o liniște de cristal, se auzea cum se tăvălesc câinii prin iarbă, după ce alergaseră în salturi mari.

Karl ieși cu bine din grădină, câinii nu-i făcură nici un rău. Nu-și putea da seama exact în ce direcție se afla New Yorkul. Venind încoace fusese prea puțin atent la acele amănunte care i-ar fi fost de ajutor acum. Dar nici n-avea de ce să plece neapărat la New York, unde nu-l aștepta nimeni și unde mai ales cineva anume nu-l aștepta chiar de loc. Alese, deci, o direcție oarecare și se așternu la drum.

În drum spre Ramses

După un marș scurt, Karl ajunse la o oarecare stație terminus a liniilor de camioane newyorkeze, unde se afla un mic han, în care se dormea extrem de rar; Karl ceru patul cel mai ieftin, căci se văzu în situația de a începe imediat a-și chibzui cheltuielile. Hangiul îl invită printr-un gest familiar să urce scările, unde îl primi o femeie bătrână, zburlită și supărată că a fost trezită din somn. Fără a-i acorda vreo atenție, aceasta îl conduse în cameră, punându-i mereu în vedere să pășească ușor și, după ce îl avertiză iar cu un „pst!", închise ușa. Era atât de întuneric încât, până una alta, Karl nu-și putu da prea bine seama dacă erau lăsate perdelele ori odaia aceea n-avea nici o fereastră. Descoperi în sfârșit un mic oblon acoperit cu o cârpă, pe care o dădu la o parte; în cameră pătrunse astfel puțină lumină de afară. Se aflau acolo două pături, dar acestea erau de acum ocupate. Dormeau în ele buștean doi tineri care nu-i inspirau lui Karl mare încredere; dintr-un motiv de neînțeles, aceștia dormeau îmbrăcați, ba unul din ei nici nu-și scosese cizmele.

În clipa în care Karl dădu la o parte cârpa din dreptul oblonului, unul dintre cei doi indivizi care dormeau își ridică în aer brațele și picioarele într-un mod atât de caraghios, încât îl făcu pe Karl să zâmbească, în ciuda grijilor care îl frământau. Lăsând la o parte faptul că acolo nu întrevedea vreo modalitate să închidă ochii – o canapea, un divan – Karl mai înțelese că nu va putea dormi și dintr-un cu totul alt motiv: nu-și putea pune în pericol geamantanul de abia regăsit și banii pe care-i avea asupra lui. Dar nici să plece n-ar fi vrut, nu se încumeta să părăsească tam-nesam stabilimentul, să defileze iar prin fața femeii de serviciu și a hangiului. Conveni în cele din urmă că aici era mai în siguranță decât pe șosea. Totuși faptul că, după cât se putea vedea la lumina aceea chioară, nu descoperea vreun bagaj, era un lucru cam bătător la ochi. Puteai admite că cei doi tineri sunt în serviciul casei, deci trebuiau să se trezească cu noaptea în cap, să fie la dispoziția clienților și, ca atare, dormeau iepurește, îmbrăcați. În acest caz, nu era, desigur, o onoare prea mare să dormi alături de ei, însă, ce-i drept, pericolul scădea simțitor. Numai că atâta timp cât nu era sigur de acest lucru, nu trebuia să se culce și să adoarmă în nici un caz.

Umblând de-a bușilea, Karl găsi sub pat o lumânare și chibrituri. Nu stătu pe gânduri, făcu lumină, pentru că, în definitiv, înțelese din spusele hangiței că odaia îi aparține în aceeași măsură ca și celorlalți doi, care apucaseră să doarmă o jumătate de noapte; făcând o comparație, aceștia se mai bucurau de avantajul, destul de serios, de a avea paturile lor. De altfel, își dădu toată osteneala să nu-i trezească și umblă cu mare grijă, în vârful picioarelor.

Dorea să-și controleze, înainte de toate, geamantanul, să-și facă un inventar al lucrurilor pe care le avea asupra sa; își amintea de ele mult prea vag și era aproape sigur că lipsea de acolo tot ce era mai valoros. Cum să rămână întreg un lucru pe care Șubal apucase să-și pună mâna?! Pe de o parte, era sigur că șeful mașiniștilor putea conta, cu siguranță, pe un bacșiș gras din partea unchiului, dar nu era mai puțin adevărat că dispariția unor obiecte o putea trece oricând în seama lui Butterbaum, în paza căruia își lăsase Karl geamantanul.

Deschise deci geamantanul și ceea ce văzu îl umplu de groază pe Karl. Câte restricții nu-și impusese el în timpul călătoriei spre a nu strica cu nimic ordinea lucrurilor sale, iar acum – poftim! – toate erau alandala și atât de sălbatic aruncate claie peste grămadă; abia atinse încuietoarea și capacul sari singur în sus, deschizându-se.

Karl avu însă bucuria să-și aducă aminte că dezordinea se datora, de fapt, unei întâmplări perfect scuzabile: în ultimul moment, bagajul său se mărise cu costumul pe care îl purtase în timpul călătoriei, și geamantanul devenise, astfel, neîncăpător. Nu lipsea absolut nimic. Alături de pașaport, în buzunarul secret al hainei se găseau și banii pe care-i luase de acasă; avea să-i pună alături de ceilalți pe care îi avea asupra sa, rotunjindu-și astfel, până una alta, o sumă frumușică. Găsi apoi, proaspăt spălată și călcată, chiar și lenjeria pe care o purtase la debarcare. Își îndesă grabnic ceasul și banii în buzunarul secret care se dovedise atât de practic. Singurul lucru de care îi părea rău era că salamul veronez – intact și acesta – împuțise toate lucrurile din geamantan; dacă nu era cumva vreo cale să scape de acest miros, Karl se și vedea pus în situația să care după sine duhoarea luni de-a rândul.

Răscolind mereu ca să dea peste niște lucruri care se găseau la fundul geamantanului – Biblia de buzunar, hârtia de scrisori și fotografia părinților – lui Karl îi căzu șapca direct în geamantanul deschis, între lucrurile lui mai vechi și în acea clipă își reaminti că i-o dăduse chiar mama, ca s-o poarte ca șapcă de voiaj. În timpul călătoriei însă n-o purtase din spirit de prevedere;

știa că în America există obiceiul de a se purta șepci în loc de pălării, deci nu voia s-o întrebuințeze înainte de a fi ajuns la destinație. Se folosise domnul Green de ea pentru a se distra pe socoteala lui Karl... Să fi avut oare și vreo indicație din partea unchiului? Cu un gest furios, Karl izbi capacul geamantanului, care se închise cu zgomot.

Nu mai era nimic de făcut; cei doi indivizi care dormiseră se treziră. Unul din ei se întinse și căscă, fiind imediat urmat de celălalt. Aproape toate lucrurile din geamantan erau la vedere, pe masă; dacă erau hoți, nu aveau decât să se apropie și să ia ceea ce le poftea inima. Spre a preîntâmpina, cât de cât, această eventualitate, dar și pentru a-și da seama ce hram poartă cei doi, Karl luă lumânarea în mână și se îndreptă spre paturi, spunând totodată ceva despre drepturile și prezența sa acolo. Indivizii păreau a nu se fi așteptat la o asemenea declarație: mult prea somnoroși ca să mai poată scoate vreo vorbă, se mulțumeau să-l privească pe Karl, fără a schița măcar vreun gest de mirare. Amândoi erau oameni foarte tineri, însă munca grea sau mizeria le scosese la iveală de timpuriu oasele feței; bărbi neîngrijite le acopereau fălcile, părul netuns de mult li se adunase într-o încâlcită claie în creștet. Erau încă foarte moleșiți și nu încetau să-și gonească somnul vârându-și într-una degetele în ochii adânciți în orbite.

Vrând să tragă un folos din starea lor de zăpăceală, Karl vorbi astfel: „Mă numesc Karl Rossmann și sunt german. Fiindu-ne dat să stăm în aceeași cameră, vă rog să-mi spuneți numele dumneavoastră și naționalitatea. Vreau să declar totodată că nu pretind vreun pat, nu numai pentru că am sosit atât de târziu, dar nici nu îmi trece prin gând să dorm. Afară de asta, nu trebuie să vă mire aceste haine mai arătoase pe care le am, sunt cu desăvârșire sărac și fără nici un viitor."

Cel mai scund dintre ei – acela care purta cizme – își agită picioarele și brațele și se strâmbă, dând a înțelege că nu-l interesează nimic și că nu era momentul pentru asemenea palavre; se culcă și adormi pe loc. Celălalt, un individ a cărui piele era închisă la culoare, se lungi și el, dar înainte de a adormi schiță cu mâna un gest de lehamite și vorbi așa: „Ăsta se numește Robinson și este irlandez, iar pe mine mă cheamă Delamarche, sunt francez și cu asta, gata, să fie liniște." Cum termină de spus aceste cuvinte, trase aer adânc în piept, după care îl aruncă afară suflând violent în lumânarea lui Karl, o stinse și căzu la loc pe pernă.

„Se pare că, deocamdată, am scăpat de una din primejdii", își spuse Karl și reveni la masă. Dacă somnolența celor doi nu era prefăcută, totul era în ordine. Mai neplăcut era că unul dintre ei era irlandez. Karl nu-și amintea bine în ce carte citise el, cândva, acasă, că în America e bine să te ferești de irlandezi. Cât timp locuise la unchiul său, ar fi avut cea mai bună ocazie să se informeze asupra acestei chestiuni, dar o neglijase cu totul, nu credea să-i fie de vreun folos asemenea învățătură. Acum dorea însă să-l cerceteze mai cu de-amănuntul pe irlandez; de aceea, aprinse iar lumânarea și constată pe loc că înfățișarea acestuia era mai acceptabilă decât a francezului. Era un chip care mai arăta, cât de cât, niște obraji hrăniți și omul surâdea prietenos prin somn, după cât își putea dădea seama Karl, care îl studia stând în vârful picioarelor, la o oarecare distanță.

Karl nu renunță la hotărârea sa fermă de a nu adormi și se așează pe unicul scaun care se găsea în odaie. Amână deocamdată strângerea lucrurilor în geamantan, avea la îndemână toată noaptea; se apucă, deci, să răsfoiască nițel Biblia, fără a citi însă un rând. Privi apoi fotografia părinților, unde apărea tatăl său, scund, stând drept, în picioare, pe când mama ședea în fața lui, adâncită într-un fotoliu. Tata își sprijinea o mână pe spătarul fotoliului, pe când cealaltă, strânsă pumn, se odihnea pe o carte deschisă, cu poze, aflată lângă el pe o măsuță șubredă, de ornament. Mai exista apoi o altă fotografie care-l arăta pe Karl împreună cu părinții săi; tatăl și mama îl priveau fix, în vreme ce el, atent la indicațiile fotografului, era silit să privească în aparat. Această fotografie însă nu i se dăduse la plecare. N-avea decât să se uite cu atât mai atent la poza pe care o avea dinaintea sa, căutând să citească privirea tatălui său din unghiuri diferite. În orice poziție ar fi așezat lumânarea, figura tatălui său nu voia să prindă viață, iar mustața sa plină, tunsă pe linia buzelor, părea nenaturală; în genere nu era o poză reușită. Mama, în schimb, era mai viu înfățișată; avea gura strâmbă, încât părea că cineva îi făcuse vreun rău și că e nevoită acum să surâdă în silă. Lui Karl îi părea rău că acest lucru sărea în ochi oricui privea fotografia; se uită din nou la ea și imediat conveni că această impresie e absurdă și de neacceptat. Cum era posibil ca o poză oarecare să arate cu atâta putere de convingere ascunsele trăiri ale celui fotografiat? Karl își mută, pentru o clipă, privirea aiurea. Când ochii lui căzură iar pe fotografie, observă că mâna mamei, care se așternea liberă pe brațul fotoliului, se afla ceva mai în față, dând impresia că ar putea fi sărutată. Se gândi că ar fi cât se poate de nimerit să le scrie părinților, cum de altfel îi ceruseră amândoi, și îndeosebi tatăl său, la Hamburg, în clipa despărțirii, când îi vorbise despre acest lucru cu severitate. În seara de pomină însă, când mama se așezase lângă fereastră, spre a-i spune că va trebui să plece în America, Karl se jurase că, în mod categoric, nu le va scrie niciodată. Dar ce preț avea, în noile împrejurări de viață, un asemenea jurământ făcut de un băiat lipsit de experiență! Tot așa de bine ar fi putut jura atunci că va deveni, după numai două luni de ședere în America, general al armatei americane. Fapt e că se găsea într-o mansardă, în compania a doi vagabonzi, într-un han din împrejurimile New Yorkului și, de voie-de nevoie, n-avea decât să accepte ideea că se afla la locul lui. Se uită lung, zâmbind, la figurile părinților, ca și cum pe fețele acestora ar fi fost scris dacă ei doresc ori nu doresc să primească vreo veste de la fiul lor.

Cufundat în studiul fotografiei, simți că îl cuprinde o oboseală extremă și își dădu seama că nu va mai fi în stare să stea de veghe toată noaptea. Fotografia îi căzu din mână și imediat își lipi obrazul de bucata de carton în care găsi o răcoare binefăcătoare și adormi într-o dulce împăcare.

Se trezi dimineața, gâdilat la subsuoară. Francezul era acela care-și permitea gestul deplasat. Dar și irlandezul era de față, ședea la masă, și îl studiau amândoi pe Karl cu același vădit interes cu care îi studiase și el pe aceștia în timpul nopții. Karl nu-și putu închipui cum sculatul și zarva celor doi nu-l treziseră și pe el. Refuza să creadă că aceștia au umblat dinadins încet și, poate, cu intenții rele; pur și simplu dormise adânc, iar celor doi îmbrăcatul și spălatul nu părea să le dea prea multă bătaie de cap.

Se salutară reciproc, cum se obișnuiește, ba cu un fel de politețe exagerată chiar, și Karl află că amândoi erau ajutori de lăcătuși, că la New York nu mai găsesc de multă vreme de lucru, ceea ce le-a înrăutățit întrucâtva situația. Spre a-și întări spusele, Robinson își descheie haina să arate că nu are cămașă dedesubt, ceea ce se putea, la urma urmei, deduce după gulerul mult răsfrânt, prins la spate de țesătura hainei. Cei doi aveau de gând să meargă pe jos până la Butterford, un orășel aflat la o depărtare de două zile de drum de New York, unde se bănuia că se poate primi ceva de lucru. N-aveau nimic împotrivă ca tânărul Karl să-i însoțească; îi promiseră, întâi și întâi, să-i ducă geamantanul cu schimbul și, în eventualitatea că numai ei ar obține de lucru, mai făgăduiră să-i facă rost lui Karl de un loc de ucenic, ceea ce e floare la ureche o dată ce se găsea de lucru în numitul orășel. Karl nici nu apucase să spună *da*, că îl și sfătuiră prietenește să-și scoată haina bună, care n-avea decât să-l stânjenească de vreme ce alerga după o slujbă. Îl făcură să înțeleagă că tocmai în hanul acela avea o bună ocazie să scape de haină, deoarece femeia de serviciu face negustorie de haine. Pentru că nu era prea convins să-și dea haina, Karl fu ajutat să și-o lepede pe loc și cei doi o luară cu ei. Rămas de unul singur, încă amețit de somn, își îmbrăcă anevoie haina uzată, de călătorie, neîncetând a-și reproșa că o vânduse pe cea bună; admițând că l-ar fi stânjenit să obțină un loc de ucenic, i-ar fi fost utilă, în schimb, pentru a găsi un post de doamne-ajută. Deschise ușa pentru a-i opri pe cei doi, dar se și pomeni cu ei reveniți, și aducând suma de jumătate de dolar. Fețele lor iradiau de satisfacție pentru ocazia de a fi realizat un asemenea venit, și anume unul gras.

Nici nu mai avură când să discute asupra chestiunii, pentru că intră femeia de serviciu, la fel de adormită cum fusese și în timpul nopții, îi scoase pe coridor pe toți trei, spunându-le că odaia trebuie pregătită pentru alți clienți. Nu putea fi, desigur, vorba despre așa ceva, însă femeia proceda așa din pură răutate. Karl tocmai avusese de gând să-și pună în ordine geamantanul, când se văzu în situația ca această femeie să-i apuce lucrurile cu amândouă mâinile și le azvârle cu toată forța în geamantan, ca și cum hainele lui ar fi fost niște lighioane cu care trebuia să procedezi cât mai brutal. Cei doi lăcătuși își făcură de lucru în jurul ei, o traseră de fustă, o bătură pe spinare, dar se înșelau cumplit crezând că-l ajută astfel pe Karl. Femeia închise geamantanul, i-l dădu lui Karl, ca să se descotorosească apoi de lăcătuși, gonindu-i pe toți trei afară din cameră și amenințându-i că, în caz contrar, nu-și vor primi cafeaua. Femeia aceea trebuie să fi uitat un lucru – Karl, bunăoară, n-avea nimic de-a face cu lăcătușii, însă erau tratați de-a valma, ca și cum ar fi fost toți din aceeași bandă. E adevărat că, vânzându-i haina, lăcătușii dovediseră o oarecare solidaritate cu Karl.

Pe coridor se văzură obligați să se plimbe multă vreme încoace și încolo. Îndeosebi francezul, care îl luase de braț pe Karl, înjura necontenit, amenința să dea cu hangiul de pământ în caz că acesta ar îndrăzni să apară de undeva și să scoată vreun cuvințel; furia îl făcea să-și izbească, unul de altul, pumnii încleștați. Apăru în cele din urmă un băiețel nevinovat, care trebui să se înalțe în vârful picioarelor spre a-i oferi francezului cana cu cafea. Din păcate nu adusese decât cana și, cu toate insistențele, băiatul nu putu înțelege că mai trebuiau aduse și niște pahare. Așa stând lucrurile, nu puteau bea decât pe rând, timp în care ceilalți doi n-aveau decât să aștepte răbdători. Karl nu voia să bea, însă îi veni rândul; nevrând să-i jignească pe ceilalți, stătu o vreme cu cana la gură, dând impresia că înghite.

În semn de adio, irlandezul izbi cu cana în dușumeaua de piatră. Părăsiră casa nevăzuți de nimeni și umblară prin ceața deasă, gălbuie, a dimineții. Mergeau cam tăcuți, umăr la umăr, pe marginea șoselei; Karl își căra singur geamantanul, urmând să fie ajutat, după toate probabilitățile, doar la cerere. Din când în când țâșnea câte un automobil din ceață și toți trei își răsuceau capetele după aceste mașini, de cele mai multe ori de proporții gigantice; îți lua ochii forma vehiculelor și, în apariția de-o secundă, nici nu puteai măcar distinge dacă în interiorul lor se găseau ori nu călători. Începură să apară mai târziu coloanele de căruțe care transportau alimente spre New York; se scurgeau uniform, în cinci rânduri, și ocupau toată lățimea șoselei, pe care nimeni nu mai avea cum s-o traverseze. Din când în când, șoseaua se lărgea, spre a forma o piață; în centrul acesteia se găsea, antrenat în acel du-te-vino, câte un polițist urcat pe un postament în formă de turn. De aici, el putea vedea tot și reglementa, cu ajutorul unui bastonaș, atât circulația pe artera principală, cât și forfota pe care o revărsau străzile laterale. Deși circulația rămânea nesupravegheată până la următorul polițist, ordinea de înaintare era totuși respectată de bunăvoie de vizitiii tăcuți și atenți, de șoferi. Pe Karl îl miră cel mai mult liniștea care domnea în general. Dacă n-ar fi fost dobitoacele care mugeau în prostie, în drum spre abator, poate că nu s-ar fi auzit nimic în afară de bătaia potcoavelor și de foșnetul cauciucurilor. Se înțelege că viteza de mers nu era mereu aceeași. Dacă din pricina marilor aglomerații de pe margini, în diferite piețe era nevoie să se opereze însemnate schimbări de poziție, rânduri întregi se opreau locului sau înaintau la pas; se întâmpla apoi ca, pentru un timp anume, toți să gonească vertiginos, spre a se potoli iar, parcă opriți de o singură frână. Pe șosea nu se ridica în tot acest timp nici un firicel de praf, totul se mișca în aerul cel mai curat. Nu existau pietoni și nu vedeai precupețe izolate îndreptându-se spre oraș, ca în patria lui Karl; se iveau în schimb, din când în când, mașini mari, cu platformă, unde se aflau cam douăzeci de femei cu coșuri în spate; probabil că erau totuși precupețe, deoarece, nerăbdătoare de a se vedea cât mai repede la destinație, își lungeau gâturile să vadă cum decurge circulația. În alte mașini asemănătoare se afla câte un bărbat izolat, cu mâinile în buzunare. Pe o astfel de mașină cu fel de fel de inscripții, Karl citi, scoțând un ușor țipăt de uimire: „Angajăm hamali pentru casa de expediție Jakob". Mașina trecu foarte încet pe lângă ei; un om vioi și mic de statură stătea aplecat pe treapta mașinii și îi invită pe cei trei călători să urce. Karl se retrase în spatele lăcătușilor, ca și cum unchiul său s-ar fi găsit pe mașina aceea și l-ar fi putut zări. Era mulțumit că ceilalți doi refuzaseră invitația, deși trufia întipărită pe fețele lor era de natură să îl supere într-o oarecare măsură. Nu era defel nimerit ca aceștia să-și închipuie că sunt prea de soi ca să intre în serviciul unchiului. Deși nu le-o spuse pe șleau, le dădu totuși imediat a înțelege ce anume gândea cu privire la asta. Delamarche îl rugă pe Karl să aibă amabilitatea să nu se vâre în lucruri pe care nu-i în stare să le priceapă căci – afirma acesta – angajarea oamenilor într-o astfel de manieră era o înșelătorie grosolană, iar casa de expediție Jakob era de pomină din acest punct de vedere pe întreg teritoriul Statelor Unite. Karl nu răspunse, însă din această clipă îl simți pe irlandez mai aproape, drept care îl rugă pe acesta să-i ducă puțin geamantanul, lucru acceptat după mai multe rugăminți. Dar se plângea mereu de greutatea geamantanului și, în cele din urmă, se dovedi că avea tocmai de gând să-l ușureze pe cât era posibil – ceru să fie scos salamul veronez pe care, de bună seamă, pusese ochii încă de la han. Karl fu nevoit să-l despacheteze, iar francezul luă salamul în primire, îl făcu felii cu un cuțit în formă de pumnal și îl mâncă aproape de unul singur. Robinson primea din când în când câte o bucățică, în timp ce Karl nu primea nimic, căci porția lui era socotită de mult consumată; și n-avea decât să-și care singur geamantanul, în caz că nu voia să fie părăsit undeva, pe șosea. I se păru umilitor să cerșească o bucățică, dar simți cum i se răscolește fierea.

Ceața se ridicase, în zare se profila un șir de munți înalți, ale căror creste ondulate se ridicau spre soare. De la marginea șoselei se întindeau ogoare prost lucrate, care împrejmuiau fabrici mari, cu ziduri fumurii, așezate în plin câmp. Blocurile cu locuințe de închiriat erau împrăștiate izolat și anarhic; în puzderia lor de ferestre se oglindeau mișcări și lumini foarte variate, în timp ce în fiecare balconaș mic, șubred, se agitau femei și copii. Aceștia ba se iveau, ba dispăreau în mijlocul cârpelor și al rufăriei care, atârnate la uscat, fluturau și se umflau din plin în bătaia vântului de dimineață.

Luându-ți privirile de la case, puteai zări ciocârliile suind pe cer, iar jos, foarte aproape de capetele călătorilor, puteai urmări rândunelele.

O sumedenie de lucruri îi aduceau aminte lui Karl de patria sa, încât nu-și dădea seama dacă procedează bine părăsind New Yorkul și înaintând spre interiorul țării. La New York era marea și, deci, avea oricând posibilitatea de a se întoarce în patrie. Se opri, de aceea, și le spuse celor doi însoțitori că avea poftă să rămână la New York. Atunci Delamarche se apucă pur și simplu să-l împingă înainte, dar el nu se lăsă împins și spuse că mai are dreptul să dispună de propria persoană. Irlandezul interveni, la rândul lui, spunând că Butterford e un oraș mult mai frumos decât New Yorkul, însă Karl nu-și continuă drumul decât după multele și insistentele rugăminți ale celor doi. Nici cu acest preț n-ar fi luat-o din loc, dar își spuse că e mai bine să ajungă totuși într-o localitate de unde nu mai putea să se întoarcă atât de ușor în patrie. Într-un asemenea loc va putea lucra, se înțelege, mai bine, va putea face carieră fără a mai fi stânjenit de gânduri zadarnice.

Acum el era acela care-i îndemna la drum pe cei doi; aceștia se bucurau atât de mult de elanul lui, încât îi cărară pe rând geamantanul fără a se lăsa îmbiați și Karl nu putu înțelege prin ce le pricinuise o asemenea bună dispoziție. Ajunseră în zona unor coline de-a lungul cărora se mai opriră din când în când să privească îndărăt; putură vedea astfel într-o desfășurare tot mai largă panorama orașului New York și a portului. Podul care lega New Yorkul de Brooklyn se arcuia suplu peste East River și parcă trepida de câte ori priveai într-acolo cu ochii mijiți. Părea lipsit de orice trafic și sub el se întindea fâșia liniștită și netedă a apei. În aceste două mari zone totul părea lipsit de sens și fără vreun folos. Te uitai la case și de abia dacă puteai deosebi pe cele mici de cele mari. În tăietura adâncă a străzilor, unde ochiul nu putea pătrunde, viața pulsa, în felul ei, mai departe, în timp ce deasupra stăruia un abur vag care, deși încremenit, părea că poate fi spulberat cu ușurință. Chiar portul, care era cel mai mare din lume, căzuse parcă într-o liniște nefirească și numai reprezentându-ți din memorie imaginea acestui loc aveai senzația că vezi undeva un vapor care înaintează imperceptibil. Nu-l puteai însă urmări multă vreme, căci scăpa privirilor și nu-l mai puteai regăsi.

Delamarche și Robinson vedeau, în schimb, mult mai multe. Ei arătau cu mâna în dreapta și în stânga, descopereau fără efort, de-a valma, piețe și grădini, pe care le numeau. Ei nu puteau pricepe cum Karl, care locuise mai bine de două luni la New York, nu cunoscuse din tot orașul decât o singură stradă. Îi făgăduiră că, după ce își vor fi făcut o sumă frumușică la Butterford, îl vor însoți la New York pentru a-i arăta tot ce merită să fie văzut și mai ales locurile unde te puteai distra din plin, în culmea fericirii. Și spre a sugera ceva în genul acesta, Robinson prinse a cânta cu voce plină, iar Delamarche îl acompanie bătând din palme; Karl recunoscu melodia ca fiind dintr-o operetă din patria sa. Melodia avea text englezesc și astfel îi plăcea mai mult decât îi plăcuse la el acasă. Dădură astfel, toți laolaltă, o mică reprezentație în aer liber, în timp ce marele oraș, culcat la picioarele lor, își ducea viața în nepăsare și cam în ritmul aceleiași melodii, după cât se putea vedea.

La un moment dat, Karl întrebă unde-i așezată casa de expediție Jakob și văzu imediat degetele arătătoare ale lui Delamarche și Robinson arătând într-o direcție oarecare; putea fi, la fel de bine, unul și același punct ori locuri situate la distanță de câteva mile. Continuându-și drumul, Karl întrebă când își propuseseră să revină la New York cu câștigurile agonisite. Delamarche fu de părere că s-ar putea să se întoarcă peste o lună, deoarece la Butterford se părea că lipsește mâna de lucru, motiv pentru care salariile sunt foarte ridicate. Se înțelege că banii adunați vor fi puși laolaltă, ca între camarazi, spre a se nivela eventualele diferențe de câștiguri. O asemenea casă comună nu-i plăcea lui Karl, deși era normal ca, în situația sa de ucenic, să câștige mai puțin decât oricare muncitor calificat. De altfel, Robinson mai vorbi și de posibilitatea de a-și continua călătoria în caz că nu ar găsi de lucru la Butterford; s-ar aciui pe la vreo fermă sau ar șterge-o direct în California, la șteampurile de aur; după modul în care erau înfățișate de Robinson, părea că acestea îl atrag în chip special.

„De ce ai devenit lăcătuș dacă doreai să ajungi la minele de aur?“ întrebă Karl, căruia nu-i plăcea să audă că i se vorbește de astfel de drumuri îndepărtate și nesigure.

„De ce am devenit lăcătuș? Fii pe pace, nu pentru ca băiatul mamei mele să moară de foame, vorbi Robinson. La șteampurile de aur se pot face câștiguri frumușele.“

„Asta a fost odată“, spuse Delamarche.

„Ba se întâmplă și acum“, zise Robinson. Și povesti despre niște cunoscuți de-ai lui care s-au îmbogățit în acest chip și care se mai aflau încă acolo; aceștia nu mai lucrau, însă ca vechi prieteni, ar fi dispuși să-l ajute pe el și pe camarazii lui să se îmbogățească.

„La Butterford vom scoate posturi din piatră seacă“, zise Delamarche, ținând partea lui Karl, însă cuvintele lui erau prea puțin încurajatoare.

În tot cursul zilei făcură un singur popas, la un birt, unde mâncară în aer liber, la o masă care, după câte putu Karl să bage de seamă, era de fier; mâncară carne aproape crudă, căreia nu-i puteai veni de hac cu cuțitul și furculița: trebuiră s-o rupă, s-o sfâșie. Pâinea avea o formă cilindrică și trebuia servită cu o unealtă lungă, care trebuia împlântată în fiecare bucățică. Mâncării i se adăuga o băutură neagră, care te ardea pe gât. Lichidul acesta le plăcea lui Delamarche și lui Robinson, care închinară de câteva ori pentru îndeplinirea unui șir de dorințe, agitându-și paharele în aer și ciocnind. La masa vecină se aflau muncitori în bluze stropite cu var care consumau aceeași băutură. Goana mașinilor arunca valuri de praf peste mese. Foi mari de ziar erau trecute din mână în mână și se vorbea agitat despre greva muncitorilor constructori, iar numele Mack fu rostit de mai multe ori. Karl se interesă mai în amănunțime și află că era vorba de tatăl lui Mack, pe care nu-l cunoscuse, dar care era cel mai mare antreprenor de construcții din New York. Greva îi aducea pagube de milioane și îi amenința, după toate probabilitățile, poziția în afaceri. Karl nu crezu nimic din aceste vorbe ieșite din gura unor oameni prost informați și răuvoitori.

Lui Karl îi cam pieri pofta de mâncare din cauză că nu știa cum va fi plătită masa. Normal ar fi fost ca fiecare să-și plătească partea lui, însă Delamarche și Robinson spuseră în treacăt că ultimii lor bani fuseseră cheltuiți la han. Nici unul nici celălalt n-avea asupra lui vreun ceas, vreun inel sau alt obiect care să poată fi transformat în bani. Iar Karl, până una alta, nu le putea imputa faptul că au câștigat câte ceva din vânzarea hainelor sale; asta ar fi fost o jignire și ar fi dus la o ruptură definitivă. Curios era însă că atât Delamarche cât și Robinson nu-și făceau nici un fel de griji cu privire la plata consumației; dimpotrivă, aveau destul de hârjoană ca să se lege mereu de chelnerița care circula de ici-colo printre mese, umblând mândră, cu pași apăsați. Părul îi cădea de ambele părți în bucle răvășite pe frunte și pe obraji, pentru ca ea să-l aranjeze într-una, trecându-și mâinile prin el. Tocmai când te așteptai să auzi din gura ei primul cuvânt prietenos, fata se apropie de masă și, proptindu-se în mâini, întrebă: „Cine plătește?". Nu au existat vreodată mâini care să se ridice cu mai mare repezeală decât cele ale lui Delamarche și Robinson, arătând pe loc înspre Karl. Acesta nu se sperie de atâta lucru, căci prevăzuse, și nici nu luă în nume de rău că acești camarazi ai lui (de la care se aștepta, sincer vorbind, să-i întoarcă unele servicii) găsiră acum cu cale să-l lase singur la plată – o nimica toată – deși onest ar fi fost să lămurească acest lucru din prima secundă. Penibil era doar că trebuia să-și scoată banii din buzunarul acela secret. Inițial dorise să-și păstreze banii pentru un caz de nevoie extremă și să stea, pentru un timp, cam pe același plan cu camarazii săi. Avantajul pe care-l avea asupra lor datorită banilor (mai ales că nu le vorbise de asta) era compensat cu prisosință de un alt fapt, anume că cei doi veniseră în America încă din copilărie, aveau cunoștințe destule, experiență în a câștiga parale și că, în definitiv, nu cunoscuseră altfel de viață decât aceea de acum. O plată oarecare n-avea cum să-i strice planurile financiare. De un sfert de dolar se poate lipsi, la urma urmelor; îl va pune pe masă zicând că este unica sa avere, pe care o sacrifică de dragul acestei călătorii în trei până la Butterford. Pentru un drum făcut pe jos, această sumă ajungea cu vârf și îndesat. Nu știa deocamdată dacă are destul mărunțiș pentru că-l ținea laolaltă cu banii de hârtie, undeva în străfundul buzunarului secret; putea găsi ceea ce căuta doar deșertând pe masă conținutul buzunarului. Pe de altă parte, nu era deloc nevoie ca însoțitorii lui să afle de existența buzunarului secret. Noroc că pe aceștia îi interesa mai mult chelnerița decât felul în care Karl achita consumația. Sub pretextul că trebuie să întocmească nota de plată, Delamarche o ademeni pe chelneriță între el și Robinson, iar fata nu se putu apăra altfel de insistențele celor doi decât proptindu-și mâinile când pe figura unuia, când pe a celuilalt, spre a-i îndepărta cumva. În acest timp Karl, încins de efort și cu brațele coborâte sub tăblia mesei, aduna într-o mână banii pe care-i pescuia cu cealaltă, monedă cu monedă, din buzunarul secret. Nu cunoștea încă bine banii americani, dar judecând după numărul monedelor pe care le scosese, își zise că făcuse deja o sumă potrivită, drept care o așeză pe masă. Sunetul banilor puse imediat capăt hârjonelilor. Spre mâhnirea lui Karl și mirarea tuturor, ieși la iveală aproape un dolar întreg. Nici unul nu crezu potrivit să-l întrebe pe Karl de ce nu pomenise până acum despre acești bani, cu care se putea călători, de altfel, comod cu trenul până la Butterford; în ciuda discreției celor doi, Karl se simți totuși foarte rușinat. Plăti consumația și banii rămași îi strecură la loc, încet, în buzunar. Delamarche îi mai apucă din mână o monedă și o dădu chelneriței pe care o îmbrățișă, o strânse spre el, ca să-i poată strecura mai lesne și mai pe nevăzute banii.

În timp ce-și vedeau de drum mai departe, Karl le era recunoscător celor doi că nu mai pomenesc despre bani; la un moment dat se gândi chiar să le dezvăluie suma reală pe care o avea asupra sa, dar neivindu-se ocazia potrivită, renunță la acest gând. Spre seară ajunseră într-o regiune bogată cu aspect țărănesc. De jur împrejur se zăreau câmpuri întinse, năpădite de întâia verdeață, coline cu pante dulci, vile bogate de țară mărgineau șoseaua și grilajele aurite ale grădinilor te însoțeau pe distanțe de ore întregi. Traversară de mai multe ori același râu care curgea domol și auziră deseori cum bubuiau deasupra lor, pe viaducte înalte, trenurile în goană.

Soarele era gata să apună în linia unor păduri îndepărtate, când drumeții, ajunși pe o colină și în mijlocul unor arbuști, se aruncară în iarbă să-și lepede oboseala drumului. Delamarche și Robinson se lungiră, întinzându-se zdravăn. Karl se așeză în capul oaselor și, de la această înălțime de câțiva metri, privi șoseaua; de-a lungul ei goneau continuu, exact ca în timpul zilei, mașină după mașină, dând impresia că sunt expediate în număr egal dintr-un punct îndepărtat, spre a fi așteptate să sosească în același număr undeva, într-un alt punct îndepărtat. Cât fu ziua de mare, din zori până în asfințit, Karl nu văzuse vreo mașină oprindu-se și nici pe vreun călător coborând.

Robinson făcu propunerea să-și petreacă noaptea în acel loc; erau destul de osteniți și sperau să poată porni dimineața cât mai odihniți la drum. La vreme de amurg nici nu se putea găsi un culcuș mai ieftin și mai bine plasat. Delamarche era de acord, însă Karl se simți dator să intervină zicând că are bani destui pentru a închiria tuturor paturi la hotel.

Delamarche zise că vor mai avea nevoie de acești bani și bine ar fi să fie păstrați cu grijă; el nici măcar nu dorea să ascundă faptul că amândoi contau pe acești bani ai lui Karl. Fu acceptată prima propunere și Robinson spuse că, înainte de culcare, trebuie să mănânce neapărat ceva mai zdravăn, ca să aibă forță ziua următoare; sugera ca unul dintre ei să aducă de mâncare pentru toți de la hotelul aflat la doi pași, pe șosea, cu o firmă luminoasă care îl recomanda drept Hotel Occidental. Fiind cel mai tânăr dintre ei și pentru că nu se oferi nimeni, Karl se arătă gata de acest serviciu; primi comanda pentru slănină, pâine și bere, după care se îndreptă spre hotel.

Aici se simțea vecinătatea unui mare oraș, deoarece prima sală în care intră Karl era ticsită de o lume gălăgioasă. Prin fața bufetului care se întindea de-a lungul întregului perete principal, prelungindu-se apoi și de-a lungul celor laterali, alergau o mulțime de chelneri cu șorțuri albe, care nu reușeau de fel să-i mulțumească pe clienții nerăbdători; din cele mai diferite locuri se auzeau mereu înjurături și lovituri de pumni în mese. Pe Karl nu-l luă nimeni în seamă. În sala aceea nici nu se servea, la urma urmei; așezați la mese minuscule – câte una abia ajungea la trei inși – clienții își aduceau tot ce pofteau de la bufet. Pe fiecare masă se afla câte o sticlă mare cu ulei, cu oțet sau ceva asemănător, cu care erau drese, înainte de a fi consumate, toate mâncărurile aduse de la bufet. Karl trebuia să ajungă până la bufet și o comandă atât de mare avea să-i dea, desigur, bătaie de cap; se văzu nevoit să se strecoare prin mulțime, ocolind un mare număr de mese. Oricâtă grijă ar fi avut, nu izbuti să ajungă acolo fără să deranjeze în chip neplăcut niște clienți; dar erau total indiferenți, chiar și atunci când Karl, la un moment dat, fu gata-gata să răstoarne o masă, ce-i drept, izbit de un alt client. Se scuză, însă era clar că nu fusese înțeles și nici el nu înțelesese, la rândul său, ce i se strigă drept răspuns.

Găsi cu greu un locșor la bufet; întâi nici nu-l zări, pentru că locul respectiv a stat o bună bucată de vreme ascuns cu desăvârșire de coatele rezemate ale consumatorilor. Aici părea să se fi împământenit obiceiul ca oamenii să se rezeme în coate și să-și proptească tâmpla în pumn. Karl își aduse aminte cât de mult detesta doctorul Krumpal, profesorul de latină, acest fel de a sta; avea obiceiul să umble tiptil și, când te așteptai mai puțin, apărea cu linia pe care o mânuia abil, și mătura coatele de pe mese.

Karl stătea foarte înghesuit în acel bufet; de îndată ce își ocupă locul, în spatele lui fu instalată o masă și unul dintre clienți îl lovea cu pălăria sa mare ori de câte ori se apleca pe spate în timpul conversației. Existau puține speranțe să obțină ceva de la chelner, deși cei doi vecini grosolani, pe care îi avusese alături, plecară sătui. Întinzându-se peste masă, Karl reuși de câteva ori să apuce de șorț pe câte un chelner, însă de fiecare dată aceștia îi scăpau, aruncând câte o strâmbătură; nu puteau fi opriți, deoarece păreau a nu avea altceva de făcut decât să alerge, să alerge mereu. Măcar de s-ar fi găsit pe aproape ceva mâncare și băuturi mai de soi; Karl ar fi luat singur, ar fi întrebat de preț, ar fi lăsat banii potriviți și ar fi ieșit mulțumit. Din păcate, în fața lui nu se aflau decât platouri cu pești de tipul heringilor, cu solzi negri, brăzdați de o dungă aurie. Aceștia erau, probabil, foarte scumpi și nici nu te puteau sătura ca lumea. La o oarecare distanță se mai găseau, e drept, niște sticle cu rom; Karl însă nu voia să ia rom, deoarece camarazii lui și așa nu scăpau vreo ocazie să arate că preferă băuturile tari și tocmai continuarea acestei deprinderi era de nedorit.

Lui Karl nu-i rămânea decât să se așeze într-un alt loc și să ia totul de la capăt. Se făcuse însă foarte târziu. În fundul sălii se afla un ceas și limbile acestuia, abia zărite prin fumul gros, arătau că trecuse de nouă. Ajunsese într-un loc unde înghesuiala era și mai mare, un colț ceva mai retras. Pe măsură ce timpul înainta, încăperea se umplea din ce în ce mai mult. Pe ușa principală intrau gălăgioși noi și noi clienți. În câteva rânduri, clienții goliră din proprie inițiativă tejgheaua barului, se stabiliră acolo și băură, închinând reciproc; erau locurile cele mai bune și de la înălțimea la care se aflau puteau vedea întreaga sală.

Karl se apropie, dar nu mai spera să obțină ceva. Își făcu o vină pentru promisiunea de a face cumpărături, tocmai el, care nu cunoștea cum stau lucrurile pe aici. Camarazii săi aveau să-l certe pe bună dreptate; puteau crede, eventual, că nu le aduce de ale gurii pentru că vrea să-și economisească banii. Ajunsese într-un loc unde se serveau mâncăruri calde, cu carne și garnitură de cartofi frumoși, galbeni; nu putea înțelege în ce mod și le procuraseră oamenii.

La câțiva pași în fața lui zări o femeie mai în vârstă; făcea parte, probabil, din personalul hotelului, râdea și se întreținea cu un client. Vorbea și își tot plimba un ac de păr prin coafură. Karl se hotărî a-i cere să-i ia comanda. Fiind singura femeie din sală, aceasta părea străină de gălăgia și goana generală; calitatea de salariată a hotelului o făcea abordabilă, bineînțeles dacă nu apuca să dispară cu vreo treabă de serviciu la întâiul cuvânt care i s-ar fi adresat. Se întâmplă însă tocmai contrariul. Karl nici nu apucase să-i zică ceva – o privise doar cu coada ochiului – când aceasta îl descoperi (așa cum descoperi pe cineva când, vorbind de una de alta, te mai uiți în jur). Își întrerupse discuția și i se adresă lui Karl într-o engleză clară, scoasă parcă dintr-o carte de gramatică, întrebându-l dacă dorește ceva.

„Desigur, zise Karl, văd că aici nu mi se dă nimic."

„Atunci vino cu mine, micuțule", spuse ea. Își luă rămas bun de la cunoscutul ei, care își scoase pălăria – politețe nemaipomenită pentru un asemenea loc! – îl apucă pe Karl de mână, merse la bufet, dădu un client la o parte, deschise o ușiță rabatabilă, traversă culoarul din spatele bufetului (trebuia să ferești chelnerii, care alergau neobosiți), deschise o ușă dublă, mascată, și se pomeniră în mijlocul unor cămări de alimente, mari și răcoroase. „Totul e să cunoști mișcarea", își spuse Karl.

„Ei, ce dorești?" întrebă ea și se aplecă spre el, gata să-l servească. Era o femeie foarte grasă, carnea îi tremura pe trup, deși liniile feței îi erau destul de delicate. Pus în fața atâtor mâncăruri, aranjate cu grijă în rafturi și pe mese, Karl era gata să combine o cină mai de soi, deoarece femeia asta cu multă trecere avea să-l servească, după toate probabilitățile, mai ieftin, însă neavând în cap nici o idee termină prin a cere slănină, pâine și bere.

„Asta-i tot?" întrebă femeia.

„Da, mulțumesc, zise Karl, însă, vă rog, pentru trei persoane".

Întrebat despre ceilalți doi, Karl povesti în câteva cuvinte istoria camarazilor săi: îi făcea plăcere să răspundă la asemenea întrebări.

„Dar asta-i o mâncare pentru deținuți", bombăni femeia. Aștepta ca celălalt să mai ceară ceva.

Karl se temu însă că femeia are de gând să-i dea totul de pomană, fără nici un ban și, de aceea, tăcu.

„Ei, las' că dăm noi de toate cele, cât ai zice pește", spuse femeia și începu să se miște cu o uimitoare ușurință față de dimensiunile ei; ajunse la o masă, luă un cuțit lung, ca o pânză de fierăstrău, cu care tăie o bucată mare de slănină împănată, dintr-un raft luă o pâine, ridică de jos trei sticle cu bere și așeză totul într-un coș ușor, de pai, pe care-l întinse lui Karl. Îi explică apoi acestuia că l-a adus aici deoarece mâncărurile expuse – chiar atunci când se vând rapid – își pierd câte ceva din prospețime din cauza fumului și feluritelor mirosuri. Dar pentru oamenii de dincolo aceste mâncăruri n-aveau cusur. Karl crezu de cuviință să tacă, nu știa cărui fapt se datora acest tratament special. Gândul îi fugi la camarazii săi care, în ciuda cunoștințelor pe care le aveau despre America, nu ar fi reușit să ajungă în această cămară, s-ar fi mulțumit cu mâncărurile stricate de pe bufet. Până aici nu pătrundea nici un sunet din sală, zidurile păreau a fi foarte groase, pentru ca sub bolțile acelea să se mențină răcoarea necesară. Karl stătea cu coșul de pai în mână, fără a se gândi la plată și fără a se clinti din loc. Abia când femeia voi să mai adauge proviziei o sticlă asemănătoare celor aflate pe toate mesele din local, tresări și mulțumi înfiorat.

„Mai aveți mult drum de bătut?" întrebă femeia.

„Până la Butterford", răspunse Karl.

„Mai e destul", spuse femeia.

„Cale de o zi de mers", preciză Karl.

„Oare nu mai mult?“ se interesă femeia.

„O, nu“, zise Karl.

Femeia aranjă câteva lucruri pe mese, intră un chelner, căută ceva cu privirea, femeia îi arătă un platou mare, încărcat cu sardele și puțin pătrunjel pe deasupra. Chelnerul luă platoul, îl ridică deasupra capului și îl scoase în sală.

„De fapt, de ce vrei să înnoptezi sub cerul liber? întrebă femeia. Avem aici destul loc. Dormi la noi, la hotel.“

Lucrul era foarte îmbietor pentru Karl, mai ales că dormise foarte prost noaptea trecută.

„Bagajul meu se află afară“, spuse Karl evaziv, dar și cu o oarecare mândrie.

„Adu-l aici, propuse femeia. Asta nu-i o piedică“.

„Dar camarazii mei?“ întrebă nedumerit Karl, convins fără doar și poate că asta poate fi într-adevăr o piedică.

„Păi, să vină și ei, să doarmă aici, zise femeia. Avem pentru asta tot ce trebuie. Hai, nu te lăsa rugat.“

„Camarazii mei sunt, ca să zic așa, oameni cumsecade, dar nu prea sunt curați“, spuse Karl.

„N-ai văzut oare murdăria din sală? întrebă femeia strâmbându-se. La noi poate să tragă, la urma urmei, și cel mai decăzut om. Voi da dispoziție să fie imediat pregătite trei paturi. Ce e drept, n-avem locuri decât la mansardă, hotelul este atât de aglomerat, încât și eu m-am mutat la mansardă; oricum este mai bine decât sub cerul liber.“

„Nu pot să-mi aduc camarazii“, obiectă Karl.

Își închipui îndată ce gălăgie ar fi stârnit cei doi pe coridoarele acestui hotel bun. Robinson ar fi murdărit totul în jurul său, iar Delamarche s-ar fi legat și de această femeie.

„Nu înțeleg ce-i atât de complicat, spuse femeia. Dar dacă asta ți-e dorința, lasă-i pe camarazi acolo și vino numai dumneata."

„Asta nu se poate, asta nu se poate, protestă Karl. Sunt camarazii mei și nu-i pot părăsi".

„Ești încăpățânat, zise femeia și nu se mai uită la el. Am avut cele mai bune gânduri cu dumneata, am vrut să-ți vin în ajutor și, poftim, dumneata te opui orbește."

Karl pricepu toate acestea și, nevăzând vreo portiță de scăpare, spuse: „Mulțumirile mele cele mai calde pentru amabilitatea dumneavoastră".

Își aminti apoi că nu plătise și se interesă cât datorează.

„Îmi plătești când îmi aduci coșul; aș dori să-l am cel mai târziu mâine dimineață."

„Sigur că da", zise Karl.

Femeia deschise ușa care dădea direct afară și mai adăugă, în vreme ce Karl ieșea înclinându-se: „Noapte bună, dar să știi că nu-i bine ceea ce faci".

El se îndepărtase câțiva pași, când ea îi mai strigă: „La revedere, pe mâine".

Când se văzu afară, îl lovi în auz gălăgia dinlăuntru peste care se revărsau sunetele unei orchestre de suflători. Era mulțumit că la ieșire nu mai trebuia să străbată sala aceea. Hotelul era perfect luminat pe toată suprafața celor cinci etaje ale sale, iluminând pe întreaga ei lățime și porțiunea de șosea cu care se învecina. Afară mai circulau mașini, însă coloanele acestora erau acum întrerupte; automobilele țâșneau de undeva din depărtări, mai impetuos decât în cursul zilei, măturând cu lumina albă a reflectoarelor banda de bitum a șoselei; zona iluminată de hotel era parcursă cu farurile scăzute la fază mică, după care vehiculele goneau mai departe, destrămând bezna cu toată forța farurilor.

Karl își găsi camarazii dormind. Lipsise o bună bucată de timp. Va orândui într-un mod cât mai plăcut bunătățile, punându-le pe niște hârtii care se aflau în coș, iar pe camarazi îi va trezi abia când totul va fi gata, își spuse Karl, când se înspăimântă de ceea ce văzu; geamantanul îi era deschis și jumătate din lucrurile sale zăceau împrăștiate în iarbă. Îl lăsase încuiat, iar cheia o avea în buzunar.

„Treziți-vă! strigă el. Voi dormiți și hoții au și fost pe aici."

„Ce, lipsește ceva?" întrebă Delamarche.

Robinson nici nu se trezise bine și întinse mâna după sticla cu bere.

„Nu știu ce lipsește, se nelinişti Karl, dar geamantanul este deschis. Este într-adevăr nemaipomenit; vă culcați și îmi lăsați geamantanul în drum."

Delamarche și Robinson se înveseliră; primul spuse: „Altă dată să nu întârzii atâta. Hotelul se află colea la zece pași și mătăluță îți trebuie trei ore până acolo și înapoi. Ne-a fost foame și, crezând că ai ceva de mâncare în geamantan, i-am gâdilat încuietoarea până am deschis-o. De altfel, n-am găsit nimic acolo, așa că poți să-ți aduni la loc calabalâcul".

„Asta-i bună", zise Karl, uitându-se la coșul care se golea cu repeziciune și ascultându-l pe Robinson care făcea gâl-gâl, dând berea pe gât; lichidul se scurgea în adâncul gâtlejului, după care se întorcea cu bolboroseli, ca să cadă apoi în cantități respectabile în străfundurile acelui trup setos.

„Ați și isprăvit mâncarea?" întrebă Karl, când cei doi se opriră să mai răsufle nițel.

„Ce, n-ai mâncat la hotel?" întrebă Delamarche, bănuind că celălalt își vrea porția ce i se cuvenea.

„Dacă vreți să mai mâncați, atunci grăbiți-vă", zise Karl și se ocupă de geamantanul său.

„Ăsta pare cam apucat", îi apuse Delamarche lui Robinson.

„Nu-s apucat, zise Karl. Dar este oare corect să forțați geamantanul în lipsa mea și să-mi risipiți lucrurile?! Știu că între camarazi trebuie să închizi ochii la multe, m-am și pregătit pentru așa ceva, dar ceea ce ați făcut voi întrece orice măsură. Voi înnopta la hotel și nu mai merg la Butterford. Mâncați repede, trebuie să duc coșul înapoi".

„Vezi, tu, Robinson, cum vorbește cu noi! spuse Delamarche. Merităm oare vorbe ca astea? La urma urmei, nu-i decât un neamț oarecare. Tu m-ai prevenit la timp, însă eu, nebun și cu inimă bună, i-am dat totuși voie să ne însoțească. I-am acordat încrederea noastră, l-am cărat cu noi o zi încheiată risipind astfel pe puțin jumătate din timpul nostru, iar acum, poftim, îl ademenește cineva acolo, la hotel, și dumnealui își ia frumos tălpășița. Unde mai pui că, neamț viclean, el n-o face deschis, își găsește motivul cu geamantanul și, pentru că mai este pe deasupra și bădăran, nu pleacă fără să ne lovească în onoare, ne face hoți numai pentru că ne-am permis să umblăm în glumă la geamantanul acela."

Karl, care își aduna lucrurile, le spuse fără a se întoarce: „N-aveți decât să tot vorbiți; îmi ușurați astfel plecarea. Eu cunosc prețul camaraderiei, am avut prieteni în Europa și nici unul nu-mi poate imputa că m-aș fi purtat vreodată nesincer sau infam. Acum am pierdut legătura cu aceștia. Dar dacă m-aș reîntoarce cândva în

Europa, sunt sigur că toți m-ar primi cu brațele deschise, socotindu-mă din nou prietenul lor. Iar pe dumneata, Delamarche, și pe dumneata, Robinson, cum v-aș fi putut oare trăda?! Ați fost – ceea ce eu nu voi uita niciodată – atât de buni, v-ați ocupat de mine, mi-ați făgăduit un loc de ucenic la Butterford. Dar aici e vorba de cu totul altceva. Sunteți săraci lipiți, însă acest lucru nu vă scade cu nimic în ochii mei; voi, în schimb, mă pizmuiți din cauza micului meu avut și, de aceea, căutați să mă umiliți, iar eu nu suport așa ceva. Acum, după ce mi-ați forțat geamantanul, nu găsiți să-mi adresați nici un cuvânt de scuză, ba mă și ocărîți, îmi ocărîți poporul; toate acestea îmi alungă orice dorință de a mai rămâne cu voi. De altfel, cele spuse nu te vizează pe dumneata, Robinson. În privința caracterului dumitale nu pot să spun decât că ești mult prea influențat de Delamarche".

„Așa, așa! zise Delamarche, apropiindu-se de Karl și administrându-i acestuia un ghiont nu prea dur, doar pentru a-l pune pe gânduri. Așa! Încetul cu încetul mi te arăți cine ești. Cât a fost ziua de mare mi te-ai făcut umbră, te-ai ținut de haina mea, mi-ai imitat toate mișcările și erai tăcut ca un șoricel; iar acum, când simți că ai la hotel pe cineva care te susține, prinzi grai, începi să ții discursuri sforăitoare. Ești un mic viclean și nici nu știu cât timp vom îndura această chestie; s-ar putea să pretindem plată pentru ucenicie, pentru modul în care ne-ai imitat tot timpul zilei. Ascultă bă, Robinson, el crede că ne pasă de avutul lui. O singură zi de lucru la Butterford – ca să nu mai spun de California – ne aduce de zece ori mai mult decât ceea ce ai scos tu la iveală și ceea ce mai ascunzi încă în căptușeala hainei. Așa că, atenție la bot!"

Karl se ridicase de lângă geamantan și îl văzu pe Robinson cum vine spre el, încă somnoros, dar suficient de înviorat de bere.

„Dacă mai întârzii mult pe-aici, aș putea avea numeroase alte surprize, spuse Karl. După câte văd, aveți chef să mă luați la bătaie."

„Orice răbdare are o limită", vorbi Robinson.

„Hai s-o lăsăm baltă, îi zise Karl, fără a-l pierde din ochi pe Delamarche. În sufletul dumitale îmi dai pesemne dreptate, dar pe față ești silit să-i iei partea lui Delamarche."

„Ai cumva de gând să-l mituiești?" interveni Delamarche.

„Nici nu mă gândesc, răspunse Karl. Sunt fericit că plec și nu mai vreau să am de-a face cu nici unul dintre voi. Un singur lucru mai vreau să vă spun: m-ați învinuit că am bani și că i-am ascuns de voi. Admițând că ar fi așa, oare nu-i motivată atitudinea mea rezervată față de niște oameni pe care nu-i cunosc decât de câteva ore?! Și purtarea voastră de acum nu justifică oare o asemenea temere?!"

„Stai locului", îi spuse Delamarche lui Robinson, deși acesta nu făcuse nici o mișcare. După aceea îl întrebă pe Karl: „Pentru că ești nerușinat de sincer și pentru că ne aflăm între noi, hai să împingem și mai departe această sinceritate: mărturisește-ne de ce vrei să mergi la hotel."

Karl trebui să facă un salt peste geamantan, atât de mult se apropiase Delamarche, care – fără a se sinchisi – dădu geamantanul la o parte, înaintă și călcă pe un plastron alb, rămas în iarbă; își repetă întrebarea.

În loc de răspuns, se treziră cu un om care urca dinspre șosea drept către ei, luminându-și drumul cu o puternică lanternă de buzunar. Era unul dintre chelnerii hotelului. De îndată ce îl zări pe Karl, zise: „Vă caut de aproape o jumătate de oră. Am bătut povârnișurile de pe ambele părți ale șoselei. Doamna bucătăreasă-șefă vă transmite că are neapărată nevoie de coșul pe care vi l-a împrumutat."

„Este aici", spune Karl gâtuit de emoție. Delamarche și Robinson se dădură la o parte cu o falsă modestie, așa cum făceau de fiecare dată când apărea un străin mai de soi. Chelnerul luă coșul și zise: „Doamna bucătăreasă-șefă vă mai întreabă dacă nu v-ați răzgândit și dacă nu doriți să dormiți totuși la hotel. Sunt bineveniți și cei doi domni, dacă doriți să-i luați cu dumneavoastră. Paturile sunt deja pregătite. Noaptea e călduroasă, însă aici, pe pantă, este destul de periculos să dormi, deoarece apar uneori niște șerpi."

„Dat fiind că doamna bucătăreasă-șefă este atât de amabilă, voi primi invitația", spuse Karl, așteptând să se pronunțe camarazii lui.

Dar Robinson adăsta năuc, iar Delamarche se uita la stele cu mâinile în buzunare. Amândoi contau, se înțelege, că tânărul îi va lua cu el.

„În acest caz, continuă chelnerul, am ordin să vă conduc la hotel și să vă duc bagajul."

„Mai așteptați o clipă", ceru Karl și se aplecă să culeagă cele câteva lucruri care mai zăceau risipite pe jos, să le pună în geamantan.

Dar se ridică brusc. Lipsea fotografia. Aceasta fusese în geamantan, deasupra lucrurilor, și acum era de negăsit. Nimic nu lipsea afară de fotografie. „Nu găsesc fotografia", îi spuse rugător lui Delamarche.

„Care fotografie?" întrebă acesta.

„Fotografia părinților mei", zise Karl.

„Noi nu am văzut nici o fotografie", spuse Delamarche.

„Nu a fost nici o fotografie în geamantan, domnule Rossmann", spuse, la rândul său, Robinson.

„Este nemaipomenit, exclamă Karl și privirile sale, care păreau a cere milă, îl făcură pe chelner să se apropie. Fotografia era aici, deasupra, și acum nu mai este. O! cum de v-a dat prin cap să faceți gluma aceasta cu geamantanul?"

„E vorba de o neînțelegere, Rossmann, în geamantan nu era nici o fotografie."

„Pentru mine fotografia asta valorează mai mult decât tot ce am în geamantan, se adresă Karl către chelnerul care cotrobăia prin iarbă. Nimic n-o poate înlocui, nu mai pot să-mi procur alta."

Când chelnerul se opri locului, nesperând să mai găsească ceva, Karl îi spuse: „Era unica fotografie a părinților mei pe care o aveam".

Drept replică, chelnerul propuse cu voce tare, direct și fără menajamente: „Poate ar fi nimerit să controlăm și buzunarele domnilor".

„Exact, fu imediat de acord Karl. Eu trebuie să găsesc fotografia. Înainte de a căuta prin buzunare, mai declar că acela care îmi restituie fotografia de bunăvoie, primește geamantanul meu cu tot ce se află în el." După o clipă de tăcere generală, Karl îi spuse chelnerului: „Camarazii mei vor, așadar, să fie căutați în buzunare. Ei bine, promit aceluia în buzunarul căruia voi găsi fotografia că îi voi da geamantanul cu tot ce conține. Mai mult ce aș putea să fac?".

Chelnerul se apucă îndată să-l percheziționeze pe Delamarche, care îi părea un tip mai dificil decât celălalt; pe Robinson îl lăsă în sarcina lui Karl, căruia îi atrase atenția că amândoi trebuiau percheziționați în același timp pentru ca nici unul să nu aibă posibilitatea să ascundă fotografia. Cum puse mâna pe Robinson,

Karl găsi în buzunarul acestuia una din cravatele sale, dar nu i-o luă, ba îi strigă chelnerului următoarele: „Orice lucru ați găsi asupra lui Delamarche, să nu-l luați; vă rog, lăsați-i totul. Nu vreau nimic decât fotografia, numai fotografia."

În timp ce îi umbla prin buzunarele de la piept, Karl atinse corpul fierbinte și gras al lui Robinson, clipă în care i se păru că îl nedreptățește cumplit pe camaradul său. Dorea ca povestea să se isprăvească odată. De altfel, totul era zadarnic. Fotografia nu se găsi nici la Robinson și nici la Delamarche.

„Nu e nimic de făcut", spuse chelnerul.

„Probabil că au rupt fotografia bucățele și au aruncat-o zise Karl. Credeam că-mi sunt prieteni, dar nu voiau decât să-mi facă rău pe ascuns; *nu atât Robinson* – acestuia nu cred că i-ar fi dat prin minte că fotografia are pentru mine o atât de mare valoare – îl bănuiesc mai degrabă pe Delamarche."

Pe Karl nu-l mai interesa decât chelnerul și lanterna acestuia, care arunca un cerc restrâns de lumină, în timp ce toate celelalte, inclusiv Delamarche și Robinson, erau cufundate în beznă.

Nici nu mai putea fi vorba ca cei doi să mai vină la hotel. Chelnerul luă bagajul pe umăr, Karl apucă coșul de pai și porniră spre hotel. Ajuns în șosea și fără a se gândi la ceva lămurit, Karl se opri locului și strigă în noapte: „Dacă totuși unul dintre voi mai are fotografia și vrea să mi-o aducă la hotel, va primi geamantanul meu; jur că nu-l voi denunța." Nici un răspuns nu ajunse până jos; se putu auzi doar o frântură de cuvânt, un început de strigăt al lui Robinson, căruia – nu încape îndoială – Delamarche îi astupase gura imediat. Karl mai așteptă un răstimp spre a se convinge dacă acolo sus nu-și schimbă careva decizia. Mai strigă, în două rânduri, cu claritate: „Eu n-am plecat încă; sunt aici!". Dar nu se auzi nimic; o piatră se rostogoli de-a lungul povârnișului, poate întâmplător, poate dintr-o azvârlitură care nu-și atinse ținta.

Hotel Occidental

Ajuns la hotel, Karl fu condus într-un fel de birou unde bucătăreasa-șefă dicta ceva unei tinere dactilografe, care scria la mașină, uitându-se într-un caiet de notițe. Dictarea, foarte precisă, scrisul sacadat la mașină, cu atingerea fină a clapelor, umpleau încăperea aceea, încât tic-tacul ceasului de perete – era cam unsprezece și jumătate – putea fi doar rareori auzit. „Așa!" spuse bucătăreasa-șefă și închise caietul de notițe. Dactilografa sări în picioare și, fără a-și lua ochii de la Karl, așeză cu un gest mecanic capacul de lemn peste mașina de scris. Părea o școlăriță; șorțul ei, călcat cu multă grijă, era ușor evazat la umăr, iar coafura o avea aranjată pe înălțime. Date fiind aceste amănunte, era de mirare să descoperi, în cele din urmă, la dânsa un obraz plin de seriozitate. După ce se înclină întâi spre bucătăreasa-șefă, apoi spre Karl, fata se îndepărtă. Instinctiv, Karl aruncă o privire nedumerită înspre bucătăreasa-șefă.

„E frumos din partea dumitale că ai venit, spuse bucătăreasa-șefă. Dar unde îți sunt camarazii?"

„Nu i-am luat cu mine", spuse Karl.

„Pornesc probabil la drum în zori“, zise bucătăreasa-șefă, vrând să găsească o oarecare explicație.

„Nu-și închipuie oare că plec cu ei?“ se întrebă Karl și, pentru a risipi orice neclaritate, spuse: „Ne-am despărțit certați“.

Bucătăreasa-șefă părea să primească aceste cuvinte ca pe o veste plăcută și întrebă: „Ești liber, așadar?“.

„Da, sunt liber“, zise Karl, însă amănuntul îi părea total lipsit de importanță.

„Spune-mi, nu ai vrea să te angajezi la acest hotel?“ întrebă bucătăreasa-șefă.

„Cu multă plăcere, spuse Karl, dar nu mă pricep aproape la nimic. De pildă, nici nu știu să scriu la mașină.“

„Nu-i ăsta lucrul cel mai însemnat, zise bucătăreasa-șefă. Deocamdată ți s-ar încredința un post de mică importanță, după care ar trebui să te străduiești să avansezi cu timpul, prin hărnicie și supunere. Oricum, sunt de părere că ar fi mai bine și mai potrivit pentru dumneata să te stabilești undeva, decât să hoinărești prin lume. Nu pari a fi destinat să duci o asemenea viață.“

„Parcă ar vorbi unchiul meu“, își zise Karl, confirmând printr-o înclinare a capului. Își aduse aminte însă că, deși se bucura de toată atenția, nici nu se prezentase încă. „Vă rog să mă iertați, încă nici nu am avut grijă să mă prezint, zise el. Mă numesc Karl Rossmann.“

„Ești german, nu-i așa?“

„Da, zise Karl, sunt venit de curând în America.“

„De unde ești de origine?“

„Din Boemia, de la Praga“, răspunse Karl.

„Ia te uită! exclamă bucătăreasa-șefă într-o germană cu un puternic accent englezesc și mai că își aruncă brațele în sus de mirare, înseamnă că suntem concetățeni: mă numesc Grete Mitzelbach și sunt din Viena. Cunosc la perfecție Praga; trebuie să știi că am fost timp de șase luni în serviciu la localul La gâsca aurie, din piața Venceslav. Ce spui de această coincidență?!"

„Când s-a întâmplat asta?" întrebă Karl.

„Au trecut de atunci mulți, foarte mulți ani."

„Vechiul local La gâsca aurie a fost demolat în urmă cu doi ani", spuse Karl.

„Da, se prea poate", vorbi bucătăreasa-șefă, dusă cu gândul la timpurile trecute.

Se învioră însă din nou și, apucând mâinile lui Karl, exclamă: „Acum, că te știu concetățean de-al meu, nu-ți dau drumul cu nici un preț. Sper că n-ai de gând să-mi faci una ca asta. N-ai vrea, bunăoară, să te faci liftier? Un singur «da» și te poți considera ca și angajat. Umblând prin lume ai aflat, desigur, că un asemenea post nu se găsește pe toate drumurile; este cel mai potrivit început de carieră pe care-l poate visa cineva. Vii în contact cu toți clienții, ești mereu văzut, ți se încredințează mici comisioane; pe scurt, în fiecare zi ți se oferă șansa de a pune mâna pe un post mai bun. De rest, lasă că mă ocup eu."

„Mi-ar place să devin liftier", zise Karl după o mică pauză. Ar fi fost o mare nesocotință să dea cu piciorul unui post de liftier pentru simplul motiv că el absolvise deja cinci clase gimnaziale. Aici, în America, ar fi trebuit mai curând să se rușineze de aceste cinci clase ale lui. Fapt e că lui Karl îi plăcuseră dintotdeauna liftierii, pe care îi considera podoaba unui hotel.

„Se cer cumva cunoștințe de limbi străine pentru acest post?" întrebă Karl.

„Vorbești limba germană și o engleză corectă; asta ajunge cu prisosință."

„Cu engleza m-am familiarizat în cele două luni și jumătate de când mă aflu în America", spuse Karl, făcându-și socoteala că n-are de ce să treacă sub tăcere singurul atu al său.

„Acest fapt pledează în favoarea dumitale, zise bucătăreasa-șefă. Îmi aduc aminte de greutățile pe care le-am întâmpinat eu la însușirea limbii engleze. Asta se întâmpla, bineînțeles, acum treizeci de ani. Am vorbit despre acest lucru chiar ieri, cu ocazia aniversării mele de cincizeci de ani", și femeia zâmbi, voind să citească pe figura lui Karl ce impresie îi produce această venerabilă vârstă.

„E cazul să vă urez mult noroc", o felicită Karl.

„De noroc are omul nevoie întotdeauna", spuse ea, dându-i mâna, și aproape că se întristă rostind această veche zicală din patria ei; îi venise în minte numai pentru că vorbeau nemțește.

„Dar uite că te țin locului! exclamă ea. Probabil că ești foarte obosit și, la urma urmei, putem vorbi despre toate acestea în timpul zilei. Bucuria de a fi găsit un concetățean mă face să-mi pierd capul. Vino, te rog, cu mine, te voi conduce în camera dumitale".

„Mai am o rugăminte, doamnă, vorbi Karl, zărind telefonul de pe masă. E foarte probabil ca mâine, poate chiar foarte devreme, camarazii mei să-mi aducă o fotografie de care am neapărată nevoie. Ați avea amabilitatea să telefonați portarului să-i trimită pe acești oameni la mine ori să mă cheme?"

„Desigur, promise bucătăreasa-șefă. N-ar fi oare mai simplu s-o ia chiar el în primire? Despre ce fel de fotografie e vorba, dacă nu sunt indiscretă?"

„Este fotografia părinților mei, zise Karl. Și trebuie să vorbesc negreșit personal cu acești oameni."

Bucătăreasa-șefă nu mai spuse nimic, îi telefona portarului, dădu respectiva dispoziție și rosti numărul 536 indicând astfel camera lui Karl.

Trecură printr-o ușă opusă intrării principale și ajunseră într-un gang nu prea mare, unde un mic liftier dormea de-a-n picioarelea, rezemat de grila unui ascensor. „Putem să mânuim și singuri ascensorul, spuse în șoaptă bucătăreasa-șefă, și îl invită pe Karl să intre în lift. Să lucreze zece până la douăsprezece ore e totuși prea mult pentru un băiețaș, comentă ea în timp ce urcau. Există lucruri destul de ciudate în America. Acest băiețaș, de pildă, e venit abia de luni aici, însoțit de părinții săi, și este italian. Te uiți la el și zici că nu mai poate suporta această muncă. Are pomeții ieșiți, adoarme în timpul serviciului, deși de felul lui este foarte săritor la treabă; dar mai trebuie să suporte acest trai încă șase luni, fie aici, fie în alt loc al Americii, răzbind – de voie, de nevoie – prin toate greutățile, ca să devină în cinci ani un bărbat în toată puterea cuvântului. Exemple de acest fel aș putea să-ți istorisesc ore în șir, fără a face vreo aluzie la dumneata, care ești un băiat voinic. Ai șaptesprezece ani, am ghicit oare?"

„Împlinesc luna viitoare șaisprezece", zise Karl.

„Numai șaisprezece? se miră bucătăreasa-șefă. Atunci, înainte cu curaj!"

Ajunseră, Karl fu condus într-o odaie mansardată, care avea un perete oblic; era însă foarte prietenoasă și primea lumină de la două becuri. „Să nu te sperie aranjamentul de aici, îi puse în vedere bucătăreasa-șefă. Asta nu-i, de fapt, o cameră de hotel, ci una din odăile locuinței mele; am la dispoziție trei încăperi, așa că nu mă deranjezi din nici un punct de vedere. Voi încuia ușa care comunică dincolo, ca să te simți cât mai în largul dumitale. Mâine, în calitate de angajat al hotelului, vei primi, desigur, o cămăruță care va fi a dumitale. Dacă ai fi venit împreună cu camarazii dumitale, aș fi dat dispoziție să vi se pregătească paturi în dormitorul comun al salariaților; cum însă ești singur, mă gândesc că e mai convenabil să stai aici, chiar dacă nu-ți pot oferi decât o canapea. Și acum, îți doresc somn plăcut, să prinzi puteri pentru serviciul dumitale care, în prima zi, încă nu va fi cine știe ce obositor."

„Vă mulțumesc mult pentru amabilitatea dumneavoastră."

„Ia stai o clipă, vorbi ea oprindu-se în pragul ușii. Ești în pericol de a fi trezit mâine foarte devreme." Se apropie de una din ușile laterale ale camerei, bătu în ca și strigă: „Tereza!".

„Da, doamnă bucătăreasă-șefă", se auzi vocea micuței dactilografe.

„Când mă trezești dimineață, te rog să treci prin gang, deoarece în camera asta doarme un musafir. E frânt de oboseală; zâmbindu-i lui Karl, crezu potrivit s-o mai întrebe o dată pe Tereza: M-ai înțeles?"

„Da, doamnă bucătăreasă-șefă."

„Atunci, noapte bună."

„Noapte bună."

„Adevărul e că dorm foarte prost de câțiva ani încoace, se plânse bucătăreasa-șefă. Acum – ce să zic? – sunt mulțumită de postul pe care îl am și, în consecință, n-ar trebui să am nici un fel de griji. Posibil ca urmările grijilor de odinioară să-mi dea aceste insomnii. Sunt fericită când izbutesc să adorm pe la orele trei dimineaţa. Dar trebuind să fiu la datorie la orele cinci sau cel târziu cinci şi jumătate, e nevoie să fiu trezită, şi încă cu destule menajamente, spre a nu fi mai nervoasă decât sunt. Mă trezeşte Tereza. Ţi-am împuiat capul cu o mie de lucruri şi tot mai stau locului. Noapte bună!" În ciuda masivităţii sale, bucătăreasa-şefă aproape că o zbughi din cameră.

Karl era bucuros să doarmă, căci ziua fusese istovitoare. Nu şi-ar fi putut dori un loc mai plăcut pentru un somn lung şi netulburat. Odaia nu era un dormitor propriu-zis, ci mai degrabă un mic salon, sau mai bine zis camera de primire a bucătăresei-şefe; un lavabou fusese adus aici special pentru el, însă Karl nu se simţi câtuşi de puţin stânjenit, se socotea un musafir foarte bine primit. Geamantanul său, aflat la îndemână, nu mai fusese de mult în atâta siguranţă. Pe un scrin eu sertare, acoperit cu un milieu gros de lână, lucrat în ochiuri mari, se aflau diverse fotografii înrămate. Examinând odaia, Karl se opri în faţa fotografiilor, pe care le cercetă cu privirea. Majoritatea erau vechi şi înfăţişau în general tinere îmbrăcate în rochii demodate şi incomode, cu pălării mici, înalte, cocoţate în creştetul capului; se propteau cu dreapta în umbrelă şi, în ciuda faptului că stăteau faţă în faţă cu cel care le privea, păreau totuşi că se ascund oricărui ochi indiscret. Dintre fotografiile cu bărbaţi, lui Karl îi atrase atenţia mai ales una – aceea a unui soldat tânăr, care avea chipiul aşezat pe o măsuţă, stătea ţanţoş, înţepenit, cu părul vâlvoi, negru, dând impresia că îşi stăpâneşte cu greu un zâmbet superior. Nasturii uniformei fuseseră auriţi ulterior, direct pe fotografie. Fotografiile fuseseră făcute, nu încape îndoială, în Europa; Karl s-ar fi putut convinge uşor de acest lucru citind cele scrise pe dosul pozelor înrămate, însă nu voia să pună mâna pe ele. Așa cum se aflau așezate aceste fotografii, ar fi putut să-și pună și el fotografia părinților în camera pe care avea s-o stăpânească în viitor.

Se spălă zdravăn pe tot corpul, având grijă să se miște cât mai ușor spre a nu-și trezi vecina, apoi se întinse pe canapea, cuprins de dulcea moleșeală de dinaintea somnului, când i se păru că aude ușoare bătăi în ușă. Nu-și putu da seama despre care ușă era vorba, și nu era exclus să fie un zgomot oarecare, mai ales că nu mai fu repetat; Karl era pe punctul de a ațipi, când zgomotul se auzi iar. Nu mai încăpea îndoială că bătăile veneau dinspre ușa dactilografei. Karl fugi în vârful picioarelor până la ușă și, spre a nu-și trezi vecina, în caz că aceasta ar fi adormit, întrebă cu voce scăzută: „Ce doriți?“.

Răspunsul veni prompt și pe același ton scăzut.

„Nu ați vrea să-mi deschideți ușa? Cheia e de partea dumneavoastră.“

„O clipă, vă rog, spuse Karl. Trebuie să mă îmbrac mai întâi“.

După o mică pauză auzi: „Nu-i nevoie. Deschideți ușa și vârâți-vă în pat; am să aștept nițel.“

„Bine; zise Karl și făcu ceea ce i se spusese, dar nu uită să aprindă și becul. Mă aflu în pat“, vorbi el puțin mai tare.

Mica dactilografă intră imediat, sosind din camera ei, unde era întuneric; era îmbrăcată la fel ca înainte și se vedea cât de colo că nici nu-i trecuse prin cap să meargă la culcare.

„Vă rog mult să mă iertați, zise ea și se aplecă asupra divanului pe care se afla Karl. Și vă rog să nu mă dați de gol. Nici nu am de gând să vă deranjez prea mult, știu că sunteți frânt de oboseală."

„Nu-i chiar atât de tragic, o liniști Karl. Dar poate că ar fi fost totuși mai bine să mă fi îmbrăcat." Era pus în situația să stea lungit spre a se putea acoperi până la gât, căci nu avea pe el cămașă de noapte.

„Nu întârzii decât o clipă, zise ea și întinse mâna pentru a lua un scaun. Pot să mă așez aproape de canapea?"

El încuviință din cap și dactilografa se așeză atât de aproape de canapea, încât Karl fu silit să se lipească de perete pentru a o putea privi. Fata avea un obraz rotund, trăsături regulate, doar fruntea îi era neobișnuit de înaltă, însă putea fi o simplă impresie datorită coafurii care nu i se potrivea. Îmbrăcămintea ei era foarte curată și îngrijită. În mâna stângă mototolea o batistă.

„Veți rămâne mult timp aici?" întrebă ea.

„Încă nu știu exact, zise Karl. Cred totuși că voi rămâne."

„Ar fi grozav, spuse ea și își trecu batista peste obraz. Mă simt aici atât de singură."

„Mă miră acest lucru, vorbi Karl. Doamna bucătăreasă-șefă este, văd, foarte prietenoasă cu dumneavoastră. Nici nu vă tratează ca pe o salariată. Aveam impresia că sunteți rude."

„O, nu! zise fata. Mă numesc Tereza Berchtoid și sunt din Pomerania."

Se prezentă și Karl. Ea-l privi pentru prima oară direct în lumina ochilor, ca și cum prin această prezentare Karl s-ar fi înstrăinat un pic. Se așternu o clipă de tăcere, după care fata vorbi astfel: „Nu trebuie să vă închipuiți că sunt o nerecunoscătoare. Fără ajutorul doamnei bucătărese-șefe aș fi azi într-o situație mult mai proastă. Cândva am fost fată la bucătărie aici, în acest hotel; eram în mare pericol de a fi concediată, deoarece nu aveam forța necesară pentru o asemenea muncă grea. Pretențiile sunt mari aici. O fată de bucătărie a leșinat acum o lună de oboseală și a zăcut patrusprezece zile la spital. Nici eu nu sunt prea rezistentă, căci am suferit mult în copilărie și, din cauza asta, nu m-am dezvoltat cum ar fi trebuit. Bănuiesc că nici nu ați crede că am împlinit vârsta de optsprezece ani. Acum însă am început să mai prind puteri."

„Serviciul trebuie să fie foarte obositor aici, spuse Karl. Jos am văzut un mic liftier care dormea de-a-n picioarelea."

„Băieții de la lift au totuși soarta cea mai acceptabilă, zise ea. Aceștia câștigă frumos prin bacșișurile ce li se dau, iar de muncit nu muncesc nici pe departe cât personalul de la bucătărie. În ce mă privește, am avut un mare noroc. Doamna bucătăreasă-șefă a avut o dată nevoie de o fată care să-i aranjeze șervețelele pentru un banchet și a chemat pe una dintre fetele de la bucătărie, al căror număr se ridică aproape la cincizeci; m-am nimerit să fiu eu și doamna bucătăreasă-șefă a fost mulțumită de serviciile mele, pentru că întotdeauna am fost foarte pricepută la aranjatul șervețelelor. Așa m-a păstrat în preajma ei și m-a format, cu timpul, pentru funcția de secretară. Și așa mi s-a întâmplat să învăț foarte multe."

„Este oare atât de mult de scris pe aici?" întrebă Karl.

„Vai, extrem de mult, spuse ea. Probabil că nici nu vă puteți da seama de acest lucru. Am lucrat și azi – ați văzut doar – până la orele unsprezece și jumătate și nici măcar nu e o zi de vârf. Bineînțeles că nu scriu tot timpul, însă am de îndeplinit și numeroase comisioane prin oraș."

„Cum îi zice acestui oraș?" întrebă Karl.

„Nu știți? se miră ea. Ramses."

„Este un oraș mare?" întrebă Karl.

„Foarte mare, răspunse ea. Nu-mi place să umblu prin el. Dar nu cumva vreți să dormiți acum?"

„Nu, nu, spuse Karl. De astfel încă n-am aflat de ce ați intrat la mine."

„Pentru că nu am pe nimeni cu care să stau de vorbă. Nu sunt o plângăreață, dar când cineva n-are un suflet pe lângă el, e fericit să se poată destăinui cuiva. V-am băgat de seamă încă jos, în local; tocmai veneam s-o chem pe doamna bucătăreasă-șefă, când dânsa v-a condus în cămara cu alimente."

„Localul e respingător", spuse Karl.

„Nu-mi mai trezește nici un fel de interes, zise ea. Dar voiam să spun că doamna bucătăreasă-șefă este la fel de bună cu mine cum a fost mama mea. Dar ne aflăm pe trepte atât de deosebite ca importanță, încât nu-mi pot permite să discut mai intim cu dânsa. Printre fetele de la bucătărie am avut cândva prietene bune, însă acestea au plecat de multă vreme, iar pe noile venite nu le cunosc mai deloc. Uneori am chiar impresia că actuala mea muncă mă obosește mai mult decât cea de odinioară; adevărul e că nu mă mai țin de treabă ca înainte și că doamna bucătăreasă-șefă mă tolerează în postul acesta din milă. Îți trebuie de fapt o pregătire școlară mai ca lumea spre a putea deveni secretară. Păcătuiesc, vorbind astfel, însă mi-e frică să nu înnebunesc cu timpul. Dar, vai, pentru numele lui Dumnezeu! începu ea deodată să vorbească repede și, făcând o mișcare bruscă, se aplecă asupra lui Karl, care avea brațele sub pătură și își așeză mâna pe umărul acestuia. Despre toate acestea să nu spuneți un cuvânt doamnei bucătărese-șefe; altminteri sunt definitiv pierdută. Dacă necazurilor pe care i le pricinuiesc în muncă i-aș adăuga și o durere ca asta, aș fi într-adevăr o mizerabilă!"

„Bineînțeles că nu voi scoate o vorbă", o asigură Karl.

„Atunci e în regulă, zise ea. Și vă rog să nu plecați nicăieri de aici. Aș fi fericită să rămâneți aici și să ne împrietenim. Îndată ce v-am zărit am avut încredere în dumneavoastră. Cu toate astea însă – o să vedeți acum ce rea sunt – mi-a fost teamă că doamna bucătăreasă-șefă v-ar putea numi în postul de secretar, ca să mă dea pe mine afară. Stând așa de una singură în timp ce dumneavoastră erați încă jos, în birou, am avut timp să mă gândesc că, la urma urmei, ar fi chiar mai bine să preluați îndatoririle mele deoarece sunteți, nu mă îndoiesc, mai priceput decât mine. De comisioane în oraș m-aș putea ocupa eu în continuare, în caz că nu ați vrea să le luați asupra dumneavoastră. În rest, aș putea fi de folos, desigur, la bucătărie, mai ales că am mai prins ceva puteri."

„Lucrurile s-au și aranjat, zise Karl. Eu voi fi liftier și dumneavoastră rămâneți secretară. Dacă veți aduce, însă, cât de cât vorba despre intențiile dumneavoastră în fața doamnei bucătărese-șefe, cu toată părerea de rău, voi fi silit să dau în vileag tot ce mi-ați spus astăzi."

Acest fel de a vorbi o emoționă atât de tare pe Tereza încât se aruncă pe pat și, înfundându-și obrazul în așternut, începu să plângă.

„Nu voi divulga nimic, spuse Karl, dar nici dumneavoastră nu trebuie să scoateți o vorbă."

Karl nu mai putu rămâne ascuns sub pătură, mângâie ușor brațul fetei, fără să poată găsi vreun cuvânt potrivit; se gândi că viața de aici era într-adevăr amară și gata. Fata se liniști în cele din urmă, încât îi fu rușine că plânsese și se uită la Karl recunoscătoare; îl sfătui să doarmă a doua zi până târziu, spunând că, dacă va avea răgaz, va veni pe la orele opt să-l trezească.

„Aveți o anume pricepere de a trezi oamenii", spuse Karl.

„Da, mă pricep și eu la unele lucruri", zise ea și, în semn de bun rămas, își trecu mâna, alunecător, de-a lungul păturii cu care se învelea Karl, după care fugi în camera ei.

A doua zi, Karl ceru să înceapă serviciul imediat, deși bucătăreasa-șefă socoti nimerit să-i acorde o zi liberă pentru vizitarea orașului Ramses. Karl afirmă sus și tare că va găsi timp pentru așa ceva altădată și că nimic nu putea fi mai important decât începerea serviciului. Mai pierduse el o dată, fără vreun sens, un alt gen de muncă, pe când se afla în Europa; acum avea ocazia să înceapă cariera de liftier, ce-i drept, la vârsta când băieții mai de doamne-ajută au parte de o muncă mai de soi. Karl era de părere că este foarte drept să-și înceapă cariera prin a fi liftier, și mai era de părere că-i tot așa de drept să se grăbească din răsputeri. Așa stând lucrurile, vizitarea orașului nu i-ar fi dat nici o plăcere. Nu se putea hotărî nici pentru un drum mai scurt, pe care i-l propusese Tereza. Îl urmărea gândul că, dacă nu se va dovedi harnic, ar putea avea soarta lui Delamarche și a lui Robinson. Probă uniforma de liftier la croitorul hotelului. Arăta bine, era de efect, avea nasturi aurii și șnur cu fir, însă lui Karl îi era cumva silă, deoarece pe la subsuori haina era rece, scorțoasă și, pe deasupra, udă de sudoarea liftierului care o purtase anterior.

Uniforma trebuia lărgită, pe măsura lui Karl, îndeosebi la piept, pentru că toate cele zece uniforme care se aflau acolo îi erau, categoric, nepotrivite. Cu toate ajustările făcute de croitor, de altfel, necesare, și în ciuda faptului că acesta părea a fi foarte pedant, uniforma care i se dădu trebui să mai fie adusă în două rânduri la atelierul de croitorie; de astă dată toate se terminară cu bine în exact cinci minute, deși meșterul era încă nemulțumit; Karl părăsi atelierul gata îmbrăcat liftier, cu pantalonii pe picior și haina foarte strâmtă. Era o uniformă care îl stârnea mereu pe Karl să facă exerciții de respirație, spre a o încerca dacă-i rezistă încheieturile.

Se înfățișă astfel la chelnerul-șef, în subordinea căruia avea să lucreze. Acesta era un om frumos, zvelt, cu un nas mare, și părea să fie trecut de patruzeci de ani. Nu avu timp pentru nici un fel de discuție și sună pe un liftier care, întâmplător, era tocmai cel pe care-l văzuse Karl în ajun. Chelnerul-șef îl strigă: „Giacomo!" și Karl află imediat că acesta era prenumele lui; avea un nume greu de pronunțat din cauza accentului englez. Băiatul primi ordinul să-l inițieze pe Karl în meseria de liftier, dar se arătă atât de nedibaci și grăbit, încât Karl nu putu pricepe nici puținele lucruri pe care trebuia să le deprindă. Giacomo era evident supărat deoarece, din pricina lui Karl, trebuia să părăsească serviciul de liftier, fiind trimis ajutor pe lângă femeile de serviciu, funcție care i se părea nedemnă după atâtea experiențe triste, pe care le-ar fi voit trecute sub tăcere. Pe Karl îl nedumeri faptul că, în calitate de liftier, nu avea altă treabă decât să pună ascensorul în mișcare, printr-o simplă apăsare de buton, pe când reparațiile motorului cădeau exclusiv în sarcina mașiniștilor hotelului. Așa se explica faptul că de-a lungul a șase luni de serviciu, Giacomo nu văzuse nici mecanismul de la subsol, care acționa liftul, și nici pe acela din interiorul ascensorului, deși i-ar fi făcut multă plăcere, după cum o mărturisise personal. Era în general un serviciu monoton și extenuant din cauza celor douăsprezece ore de lucru care se alternau, ba noaptea, ba ziua; Giacomo era de părere că nu se poate suporta așa ceva dacă nu ațipești câteva minute de-a-n picioarelea. Karl nu își făcu vreo părere în această privință, însă înțelese ușor că Giacomo își pierduse postul tocmai din pricina unei atari deprinderi.

Karl era foarte mulțumit că liftul de care se ocupa el nu era destinat decât clienților de la etajele superioare, încât nu avea de-a face cu bogătașii cei mai pretențioși. De altminteri, departe de a-ți oferi posibilități multiple de instruire, cum era cazul altor servicii, slujba asta nu era bună decât ca un început de carieră.

După prima săptămână, Karl își dădu seama că este întru totul apt pentru acest post. Alămurile ascensorului său erau cele mai curate, făcute lună, și nici nu puteai să le compari cu celelalte treizeci de ascensoare ale hotelului; foarte posibil că ar fi fost și mai strălucitoare dacă băiatul care făcea cu el serviciul pe același ascensor n-ar fi fost atât de molâu și dacă nu s-ar fi bazat, în nevrednicia lui, exclusiv pe hărnicia lui Karl. Acesta se numea Renell și era american get-beget, un băiat vanitos, cu ochi de culoare închisă, pielea netedă și obrajii cam trași. Avea o haină elegantă de plimbare, pe care o îmbrăca în serile sale libere când, ușor parfumat, se pregătea să ajungă în oraș. Uneori îl ruga pe Karl să-i țină locul, trebuind să lipsească „din motive familiale“, și puțin îi păsa că figura sa dezmințea aceste pretexte. Karl îl simpatiza totuși, era bucuros să-l vadă pe Renell cum se oprește în câte una din aceste seri, în fața ascensorului, îmbrăcat în hainele sale de oraș și, după o mică scuză, își trage mănușile pe mâini, deget cu deget, ca să dispară apoi pe culoar. Înlocuirile trebuiau înțelese în sensul că îi sari cuiva în ajutor, gândea Karl, fiind vorba de un coleg mai în vârstă, și nicidecum să faci din asta o obișnuință. Era desigur obositor să stai într-una în ascensor, mai ales în orele de seară, când goneai sus-jos aproape fără întrerupere.

Karl se obișnui repede să se încline scurt și adânc, așa cum obișnuiesc liftierii, și învăță să prindă bacșișul din zbor. Banul dispărea în buzunarul vestei sale și nimeni nu putea citi pe fața lui dacă era vorba de o sumă mai mare sau mai mică. Când deschidea ușa ascensorului în fața doamnelor era ceva mai curtenitor decât de obicei, le urma încet, deoarece acestea intrau mai anevoie decât bărbații, din pricina fustelor, a pălăriilor și a altor lucruri asemănătoare. Umblând printre etaje, Karl se obișnui să stea cât mai discret, lipit de ușa ascensorului și cu spatele la călători, ținându-și mâna pe clanță ca, la momentul potrivit, să poată smulge ușile dintr-o mișcare, fără a supăra pe nimeni. Doar când vreun client îl bătea pe umăr pentru a-i cere o informație, Karl se întorcea repede, ca și cum s-ar fi așteptat la așa ceva, și răspundea vioi, cu voce tare. Nu o dată, în ciuda numărului mare de ascensoare, era o aglomerație atât de mare – mai ales după terminarea spectacolelor sau când soseau anumite trenuri expres – încât Karl nu apuca să urce un rând de pasageri, că trebuia să gonească înapoi pentru a încărca alții, care-l așteptau. El mai avea posibilitatea să se miște mai repede trăgând de un cablu metalic care trecea prin cutia ascensorului, lucru oprit de chiar regulamentul de funcționare a ascensorului și, după câte se vorbea, periculos. De față cu pasagerii, Karl nu-și îngăduia niciodată acest lucru, însă după ce aceștia părăseau cabina și, în timp ce jos era așteptat de alții, Karl acționa fără menajamente, trăgea la cablu cu mișcări puternice, în ritm, ca un adevărat marinar. Știa că și ceilalți liftieri procedează astfel, și nu voia ca pasagerii să fie acaparați de aceștia. Unii clienți care locuiau timp mai îndelungat în hotel, lucru destul de obișnuit, îi dădeau a înțelege lui Karl, prin câte un zâmbet, că îl recunosc drept liftierul lor. El accepta cu un aer de seriozitate această amabilitate care-i făcea plăcere. Traficul era uneori mai redus și Karl avea răgazul să îndeplinească mici servicii speciale, cum ar fi, de exemplu, să aduci unui pasager care nu voia să urce până în cameră un oarecare obiect uitat. În asemenea ocazii, Karl zbura de unul singur cu ascensorul său drag până sus, intra în camera străină, unde îi cădeau sub ochi de cele mai multe ori obiecte ciudate, pe care nu le mai văzuse vreodată și care erau fie risipite de-a valma, fie atârnate în cuier; prindea în nări mirosul vreunui săpun străin, al unui parfum sau al unei ape de gură și, fără a mai zăbovi o secundă, se întorcea iute cu obiectul cerut, deși – în majoritatea cazurilor – acesta îi era descris cu aproximație. Nu o dată era nevoit să refuze, cu părere de rău, servicii mai importante, pentru care erau desemnați special oameni de serviciu și curieri; aceștia își făceau cursele pe biciclete și chiar pe motociclete. În anumite împrejurări, Karl putea să facă pe curierul de la cameră până la restaurant sau până în sălile de joc.

Ieșind din serviciu după o muncă de douăsprezece ore – trei zile lucra până la orele șase seara și alte trei până la șase dimineața – Karl era atât de istovit încât se vâra direct în pat, fără a se mai sinchisi de nimeni. Își avea patul în dormitorul comun al liftierilor. Doamna bucătăreasă-șefă, a cărei influență poate că nici nu era atât de mare cum crezuse în prima seară, se străduise să-i facă rost de o cămăruță separată și poate că ar fi reușit, dar întâmpina, fără doar și poate, greutăți – telefonase în câteva rânduri șefului lui, acel chelner-șef atât de ocupat – situație în care Karl se gândi să renunțe și o convinse și pe bucătăreasa-șefă că e mai bine așa. Îi puse în vedere că nu dorește să fie invidiat de ceilalți băieți din pricina unei înlesniri pe care nu a dobândit-o prin merite de muncă.

Dormitorul nu era, se înțelege, un lăcaș liniștit. Având în vedere că fiecare își folosea cele douăsprezece ore libere în chip felurit, adică mâncând, dormind, distrându-se ori ocupându-se de câștiguri suplimentare, dormitorul era într-o continuă fierbere. Unii dormeau, trăgându-și păturile peste urechi spre a nu auzi nimic; dacă se întâmpla să-l trezești pe câte unul, acesta răcnea atât de cumplit pentru a acoperi gălăgia, încât se trezeau cu toții, oricât de adânc ar fi dormit. Aproape fiecare băiat avea câte o pipă, socotită ca fiind un fel de lux. Karl își procurase și el o asemenea pipă, de care se ocupă imediat cu plăcere. Cum însă în serviciu era interzis fumatul, fiecare își fuma luleaua în dormitor, până adormea. Așa stând lucrurile, fiecare pat era învăluit de propriul său nor de fum și încăperea, în întregul ei, plutea în fumăraia generală. Deși cei mai mulți fuseseră de acord ca lumina să ardă noaptea numai într-un capăt al dormitorului, era imposibil să pui așa ceva în aplicare. Dacă intenția asta ar fi devenit fapt, cei care doreau să doarmă ar fi putut-o face în jumătatea întunecoasă a acelei încăperi (era o sală mare, cu patruzeci de paturi), în timp ce în jumătatea iluminată ceilalți ar fi putut juca barbut sau cărți, ori să facă tot ceea ce le trăsnea prin cap; lumina electrică nu le lipsea. Dacă patul unuia care voia să doarmă s-ar fi nimerit în zona iluminată, el s-ar fi putut culca oricând într-unul din paturile libere aflate în zona întunecoasă; totdeauna să găseau destule paturi libere, și nimeni n-avea vreo obiecție ca unul sau altul să se stabilească pe neașteptate acolo unde voia. Dar nu exista vreo noapte în care să se respecte acest aranjament. Se găseau întotdeauna doi inși care, după ce se bucuraseră de întuneric pentru a dormi un timp, aveau deodată chef să joace cărți pe o scândură pusă de-a curmezișul între paturi și, bineînțeles, aprindeau primul bec care le cădea la îndemână, trezind asfel cu lumina orbitoare pe vecinul care dormea vizavi. Acesta se răsucea un timp de pe o parte pe alta și, în cele din urmă neavând altă scăpare, aprindea, la rându-i, becul următor, își trezea, se înțelege, vecinul, cu care se așeza la joc. Și astfel toate lulelele fumegau din nou. Existau, desigur, și dintre aceia care voiau să doarmă cu orice preț (de cele mai multe ori, Karl se număra printre ei); în loc să-și culce capul pe pernă, îl acopereau cu aceasta sau și-l înfășurau în ea. Dar cum poți oare dormi când vecinul tău cel mai apropiat se scula în miez de noapte ca să plece puțin prin oraș, după distracții, înainte de începerea serviciului, și se spăla cu zgomot în chiuveta instalată la căpătâiul patului tău, te împroșca cu apă, și își încălța ghetele, bocănind și bătând cu piciorul în podea, ca să-i intre picioarele în încălțăminte – aproape toți purtau ghete de tip american, prea strâmte – ori se trezea, în cele din urmă, că-i trebuie nu știu ce accesoriu vestimentar, ridica perna celui aflat în așternut, dar care era de mult treaz, și nu aștepta decât momentul să se repeadă asupra celuilalt?! De notat că mai toți erau băieți plini de vigoare, care nu pierdeau nici o ocazie spre a se îndeletnici cu exercițiile sportive. Era firesc, deci, ca ori de câte ori săreai din somn, în miez de noapte, trezit de gălăgia infernală, să descoperi pe podea, lângă patul tău, măcar doi inși care s-au luat la pumni; în lumina orbitoare îi puteai vedea pe toți specialiștii acestei lupte sărind în picioare pe paturi, jur-împrejur, numai în cămăși și izmene. Cu ocazia unui asemenea box nocturn, unul dintre luptători se prăbuși peste Karl, care dormea; primul lucru pe care acesta putu să-l vadă când deschise ochii era șuvoiul de sânge care curgea din nasul respectivului. Înainte de a putea face ceva, acesta murdărise tot așternutul. De multe ori, cele douăsprezece ore libere ale lui Karl se risipeau în încercări de a dormi, deși ar fi luat parte cu mare plăcere la distracțiile celorlalți; i se părea însă că toți au față de el un avans de timp și experiență, ceea ce îl punea în situația să compenseze acest plus prin muncă și oarecare sacrificii. Deși ar fi dorit să aibă cele mai bune condiții de lucru, el nu se plânse vreodată bucătăresei-șefe sau Terezei de atmosfera din dormitor; în definitiv, aceleași neajunsuri erau și ale celorlalți băieți, fără a se fi plâns vreodată unul în mod serios, și – la drept vorbind – hărmălaia asta din dormitor ținea de meseria de liftier, serviciu pe care-l primise cu recunoștință, chiar din partea bucătăresei-șefe.

O dată pe săptămână se schimba tura și Karl avea la îndemână douăzeci și patru de ore libere, timp pe care și-l petrecea fie făcând o vizită-două bucătăresei-șefe, fie stând de vorbă cu Tereza, căreia îi pândea clipele libere, stând în câte un ungher, pe vreun culoar și, rareori, în camera acesteia. Uneori Karl o însoțea în oraș, cu comisioanele care trebuiau isprăvite în mare grabă. Circulau aproape în fugă și Karl îi ducea sacoșa până la prima stație de metrou; drumul se termina într-o clipă, ca și cum metroul ar fi fost smuls de o forță necunoscută și propulsat în direcția voită, fără a opune rezistență, încât se pomeneau coborând din el și urcând în grabă scările, fără să aștepte ascensorul, care li se părea că merge prea încet. Ajungeau în piețele mari, de unde străzile se răspândeau în formă de stea, producând tumult în traficul care se scurgea în linie dreaptă din toate direcțiile; Karl și Tereza erau însă grăbiți, mergeau ținându-se unul de celălalt, intrau prin felurite birouri, curățătorii, depozite și magazine pentru comenzi, treabă care nu cerea cine știe ce răspundere, însă nici nu putea fi rezolvată prin telefon. Tot așa în cazul unor reclamații. Tereza băgă de seamă că ajutorul lui Karl nu era de disprețuit, deoarece o serie de chestiuni se rezolvau mult mai repede. Însoțită fiind, Tereza nu mai avea de așteptat până s-o bage în seamă negustorii supraaglomerați, așa cum se întâmplase de atâtea ori. Karl se ducea ață la tejghea, în care lovea stăruitor cu degetele, până atrăgea atenția negustorului și obținea ceea ce dorea. Cu engleza sa, colorată de un ușor accent străin, își tăia cale prin cele mai mari aglomerări omenești, până la negustori; pe aceștia îi aborda fără ezitare, chiar dacă, din orgoliu, ei se retrăgeau în cele mai ascunse unghere ale magazinelor care se întindeau pe spații mari. Făcea toate acestea nu din trufie – ba chiar îi plăceau discuțiile în contradictoriu – dar simțea că poziția lui îi îngăduie o asemenea comportare, iar Hotelul Occidental era un client care nu putea fi nesocotit de nimeni. Tereza, la rândul ei, dorea să fie protejată, în ciuda experienței pe care o acumulase printre vânzători.

„Ar trebui să mă însoțești mereu“, zicea ea uneori, și râdea fericită când se întorcea după vreo afacere încheiată în mod strălucit.

De o lună și jumătate era Karl la Ramses și în acest răstimp doar de trei ori o vizitase pe Tereza în cămăruța ei, unde zăbovise timp mai îndelungat, câteva ore. Odaia era, se înțelege, mai mică decât oricare din camerele bucătăresei-șefe. Puținele lucruri care se găseau acolo erau îngrămădite undeva pe lângă fereastră; având însă minte imaginea deplorabilă a dormitorului comun, Karl era în măsură să aprecieze cât valorează o asemenea cameră care îți stă la dispoziție întru totul și e, cât de cât, liniștită. Deși nu vorbi în mod deschis despre aceste gânduri, Tereza băgă de seamă cât de mult îi plăcea camera ei. Nu avea secrete față de el și nici nu ar fi putut avea vreunul, mai ales după ce îl vizitase în prima seară. Tereza era copilul nelegitim al unui maistru constructor stabilit în America. După un timp a chemat-o din Pomerania pe mamă împreună au copilul și, fie că i s-a părut că prin acest gest își îndeplinește toate îndatoririle, fie că s-a așteptat să sosească altcineva decât o femeie istovită de munci și un copil slăbănog – pe care îi și întâmpină, de altfel, la debarcader – el emigră, fără multe explicații, în Canada. Cei rămași nu primiră nici o scrisoare și nici vreo altă veste de la el, lucru ușor de ghicit o dată ce bietele ființe, mama și copilul, locuiseră în locuințele comune din estul New Yorkului, pierdute fără vreo șansă de a li se da de urmă.

Tereza îi povesti odată despre moartea mamei sale, în timp ce Karl stătea lângă ea și privea pe fereastră în stradă. Povesti cum într-o seară de iarnă mama și fiica (pe atunci Tereza avea în jur de cinci ani) alergau de-a lungul străzilor, fiecare cu câte o boccea pe umăr, pentru a găsi un adăpost de noapte; mama o ținea la început de mână – era viscol și se înainta cu mare greutate – până îi înțepeni mâna; o scăpă pe Tereza și nu se mai uită în urmă, iar fetița fu nevoită să se agațe cu propriile puteri de fusta mamei. Tereza se împiedică de câteva ori și căzu, însă mama ei mergea înainte, stăpânită parcă de un duh de neînțeles.

Cumplite sunt viscolele ce se stârnesc pe străzile lungi și drepte ale New Yorkului! Karl nu le știe, nu, n-a petrecut încă nici o iarnă la New York. Mergi contra vântului care bate în rafale și obrajii îți sunt într-una biciuiți de zăpadă, nu ești în stare să ții o secundă ochii deschiși, alergi fără să poți înainta și situația este într-adevăr disperată. Spre deosebire de omul matur, copilul este avantajat într-o astfel de împrejurare, prin faptul că zburdă în vânt, ceea ce îi face plăcere. Așa se întâmplă că Tereza nu se dovedi atunci destul de înțelegătoare – era totuși un copil – și era ferm convinsă că dacă s-ar fi comportat mai inteligent în seara aceea, mama ei nu ar fi murit într-un mod atât de tragic. De două zile mama ei rămăsese fără lucru, nu mai aveau o lețcaie, ziua și-o petrecuseră sub cerul liber, fără să fi pus nimic în gură, iar în boccele cărau cârpe nefolositoare, pe care, probabil din superstiție, nu îndrăzneau să le arunce. Mamei i se făgăduise că va primi de lucru a doua zi, la un șantier, însă - după cum singură îi mărturisise Terezei - era sleită de puteri și se temea că nu va ajunge să se bucure de această binefacere. În dimineața respectivă scuipase mult sânge, lucru care îi speriase pe trecători; unica ei dorință era să ajungă într-un loc călduros, pentru a se odihni. Tocmai în seara aceea era cu neputință să dea peste un loc oricât de modest. În caz că nu erau gonite încă de la intrare (sub arcada porților se mai adăposteau cât de cât de vijelie), dădeau buzna în clădire, străbăteau coridoarele înguste și reci, ca de gheață, urcau etaj după etaj, parcurgeau terasele circulare ale curților interioare, băteau la nimereală în ușile oamenilor, ba neîndrăznind să intre în vorbă cu nimeni, ba oprind pe oricine le ieșea în cale; o dată sau de două ori, mama își pierdu respirația, se așeză pe treptele unei scări liniștite, o îmbrățișă pe Tereza - aceasta avu un gest de fereală - apoi o sărută apăsat, strivindu-i fața cu buzele ei. Mai târziu, când Tereza și-a dat seama că acestea au fost ultimele ei sărutări, nu putu pricepe cum de a fost atât de oarbă și - chiar copil fiind - n-a presimțit atunci deznodământul fatal. Unele camere pe lângă care trecea aveau ușile deschise, emana de acolo un aer greu, cu vapori și fum, ca la incendii; apărea, în cele din urmă, în cadrul ușii, un individ oarecare și, fie prin tăcerea-i de piatră, fie printr-un cuvânt scurt, categoric, le spunea că nu-i posibilă găzduirea. Depănându-și amintirile, Tereza ajunse să creadă că mama ei nu se străduise serios să găsească loc de dormit decât în primele ore; după miezul nopții nu a mai oprit pe nimeni, deși alergătura lor a continuat, cu mici întreruperi, până în zorii zilei, în vreme ce porțile caselor și ușile apartamentelor - niciodată închise - te invitau la fiecare pas să ajungi acolo unde era viață din belșug și unde erau oameni. Nu înaintau prea repede, își cheltuiau probabil ultimele puteri și umblau în virtutea inerției. Tereza nici nu mai știa dacă de la miezul nopții până la orele cinci dimineața intraseră în douăzeci de case, în două sau în una singură. Coridoarele acestor case erau croite după niște planuri abile, care vizau economia de spațiu, însă nesocoteau total posibilitatea de orientare. De câte ori vor fi străbătut oare cele două făpturi aceleași coridoare! Tereza își aminti, ca prin vis, că ieșiseră pe poarta unei case pe care o cercetaseră și, odată ajunse în stradă, s-au întors de unde au plecat, s-au năpustit din nou în aceeași casă. Fetița era chinuită de o suferință pe care nu o putea pricepe; o urma pe mamă, când târâtă de mână, când lăsată în voia soartei și – în lipsa vreunui cuvânt de mângâiere – n-avea ceva mai bun de făcut decât să se țină strâns de fusta ei. Mintea de copil a Terezei nu găsi altă explicație decât aceea că mama sa dorea să fugă, s-o părăsească. Asta o îndârji pe fetiță și, chiar în timp ce era purtată de mână, se prindea cu cealaltă mână, pentru mai multă siguranță, de fustele mamei și plângea din răsputeri. Nu voia să fie părăsită între oamenii aceia care urcau cu pași grei scara din fața lor sau între alții de acest soi, care soseau din urmă, dar nu se zăreau încă, deoarece aveau să apară de după o cotitură, sau între oamenii de pe coridoare care se certau în fața câte unei uși, dându-și brânci să intre în cameră. Oameni beți cutreierau casa aceea cântând răgușit; mama și fiica avură norocul să se strecoare pe lângă un astfel de grup și să scape cu bine. În tăria nopții, când oamenii nu mai au atenția trează și nu-și mai apără cu atâta îndârjire drepturile, mama cu fiica ar fi putut pătrunde într-unul din dormitoarele comune pe care le închiriau antreprenorii – pe lângă câteva dintre acestea trecuseră deja – dar Tereza nu se pricepea la așa ceva, iar mama ei nu mai dorea să se odihnească. Era o dimineață frumoasă de iarnă și cele două ființe se rezemaseră de zidul unei case; aici, dacă au izbutit cumva să pună pleoapă pe pleoapă, probabil că au și ațipit nițel. Mama, care observase că Tereza nu mai are bocceaua, dădu s-o pedepsească pentru că nu fusese atentă, însă fiica nu auzi absolut nimic și nu simți vreo lovitură. Merseră apoi de-a lungul străzilor care prindeau viață și mama voi să umble numai pe lângă zid; trecură peste un pod și mama șterse cu mâna parapetul, adunând bruma, ca să ajungă – în sfârșit – unde? (faptul i se păru atunci Terezei firesc, însă acum totul pare de neînțeles) – tocmai în fața construcției unde mama trebuia să se prezinte în dimineața aceea pentru angajare. Terezei nu i-a spus dacă trebuie să aștepte sau să plece, dar aceasta înțelese că i se cere să aștepte, ceea ce era mai la îndemână. Tereza se așeză, deci, pe o grămadă de cărămizi și o privi pe mama ei care își desfăcu bocceaua, scoase de acolo o cârpă colorată și o înfășură peste basmaua purtată în timpul nopții. Tereza era prea obosită pentru a se mai gândi să-i sară mamei în ajutor. Fără să se prezinte la baraca șefului, cum era obiceiul, și fără să întrebe pe cineva ceva, mama se urcă pe o scară, ca și cum ar fi știut deja ce muncă i se încredințează. Pe Tereza o miră acest lucru deoarece salahoresele erau folosite doar la stinsul varului, la căratul cărămizilor înspre cei ce ridică zidul și alte munci simple. Crezu chiar că mama ei dorea să îndeplinească în ziua aceea o muncă mai bine plătită și, adormită cum era, îi zâmbi acesteia, urmărind-o cu privirile. Construcția încă nu se ridicase la prea mare înălțime, era abia la nivelul parterului; vergelele schelăriei, în schimb, deși lipsite deocamdată de grinzile de legătură, desenau forma viitoarei clădiri și se ridicau înalte spre albastrul cerului. Mama ocoli grijuliu pe zidarii care așterneau cărămidă peste cărămidă, acolo sus, și care – ciudat – încă nu-i cereau socoteală; precaută, ea se sprijini de o blană de lemn care ținea loc de parapet, în timp ce jos, buimăcită, Tereza se minuna de îndemânarea mamei sale, care părea că-i mai adresează o privire plină de dragoste. Ajunse astfel la o grămăjoară de cărămizi, după care parapetul se isprăvea brusc ca, de altfel, și puntea suspendată pe care se putea circula. Mama ținu cont de toate acestea, se apropie de cărămizile puse una peste alta și, părând a-și pierde îndemânarea, răsturnă vraful de cărămizi și se prăbuși dincolo de acesta, în gol. Pe urmele ei căzură o mulțime de cărămizi, după care se mai desprinse de undeva o scândură grea, care se prăvăli peste ea, trosnind. Ultima amintire a Terezei despre mama ei este această imagine: stătea întinsă pe pământ, cu picioarele desfăcute, îmbrăcată în fusta cu pătrățele pe care o avea încă din Pomerania, și aproape în întregime acoperită de scândura aceea grosolană. Mai ține minte că oamenii veneau în fugă din toate părțile și că un individ aflat sus, pe construcție, țipa furios.

Se făcuse târziu când Tereza își termină povestirea. Relatase totul amănunțit, cum de altfel nu prea avea obiceiul s-o facă, ba chiar stăruind cu lacrimi în ochi pe descrierea vergelelor de schelă care se înălțau, răsfirate, spre cer. Își amintea în cele mai mici amănunte tot ceea ce se întâmplase în urmă cu zece ani; ca și cum ar fi vrut să rețină acea ultimă imagine a mamei care se ivise deasupra zidului în construcție. Era, de altfel, chiar clipa cu care se încheiase viața mamei sale. Cum nu izbutise să transmită destul de clar prietenului ei acest moment, voia să mai revină asupra lui în finalul povestirii; se opri, însă, ascunzându-și fața în palme și nu mai scoase un cuvânt.

În cămăruța Terezei petrecuseră și clipe mai vesele. La întâia sa vizită, Karl descoperise acolo o carte de corespondență comercială pe care, la rugămintea lui, Tereza i-o împrumută. Karl urma să rezolve temele cuprinse în respectiva lucrare și, potrivit înțelegerii, să le dea Terezei pentru a fi corectate; acesteia îi era cunoscută cartea în măsura în care modestele ei lucrări îi cereau s-o răsfoiască. Karl începu să petreacă nopți întregi în dormitor, stând lungit în pat, cu vată în urechi, răsucindu-se ba pe o parte, ba pe alta, spre a nu amorți și citind din această carte; mâzgălea temele într-un caiețel, cu stiloul pe care îl primise cadou de la bucătăreasa-șefă, în semn de răsplată pentru că îi întocmise acesteia un inventar detaliat, foarte practic și foarte curat scris. Reuși să scape de cele mai multe ori de sâcâitoarea prezență a celorlalți băieți prin șiretlicul de a le cere sfaturi privind limba engleză; băieții se plictiseau, în cele din urmă, și-l lăsau în pace. Karl se miră tot mai mult de faptul că ceilalți păreau a fi împăcați cu situația lor, păreau a uita caracterul provizoriu al meseriei pe care o exercitau – nu se admiteau liftieri decât până la douăzeci de ani – și nu se arătau grăbiți să ia vreo hotărâre privind viitoarea lor ocupație. Spre deosebire de bunul obicei al lui Karl, ceilalți nu citeau decât romane polițiste, niște cărțulii făcute ferfeniță care circulau de la un pat la altul. Cu prilejul micilor

lor întâlniri, Tereza corecta cu foarte mare grijă temele lui Karl și atunci apăreau neînțelegerile. Karl aducea în sprijinul său numele unui profesor pe care îl știa de la New York, însă părerile acestuia valorau tot atât de puțin în ochii Terezei cât părerile agramate ale liftierilor. Lua stiloul din mâna lui Karl și ștergea acolo unde era convinsă că acesta greșise. Deși, afară de Tereza, temele nu erau, în general, văzute de vreo persoană mai avizată, Karl revenea asupra pasajelor în discuție și tăia ștersăturile. De câteva ori veni și bucătăreasa-șefă, spre a susține cu putere părerile Terezei, lucru explicabil, dacă ne gândim că aceasta îi era secretară. În același timp, însă, bucătăreasa-șefă împăca pe toată lumea, servea ceai, aducea prăjituri și Karl era rugat să povestească despre Europa; era mereu întrerupt de bucătăreasa-șefă, care tot întreba de toate, se tot mira, făcându-l pe Karl să înțeleagă că, într-un timp relativ scurt, se schimbaseră acolo o mulțime de lucruri, că se vor mai schimba și altele după plecarea lui, că astfel de schimbări aveau să se producă mereu.

Karl se afla de aproape o lună la Ramses, când într-o seară Renell îi spuse în treacăt că îl acostase în fața hotelului un om cu numele de Delamarche, care se interesase de soarta lui Karl. Renell n-avea nici un motiv să-i ascundă ceva lui Delamarche, îi spusese acestuia adevărul și anume că acel de care se interesa era liftier, și că, în baza protecției pe care i-o acorda bucătăreasa-șefă, avea perspectiva să abțină posturi mai avantajoase. Karl află astfel despre delicatețea cu care se purtase Delamarche față de Renell, pe care îl invitase la cină în aceeași seară.

„Nu mai am nimic de împărțit cu Delamarche, îi spuse Karl. Ferește-te și tu de acest om.“

„Eu?" zise Renell, făcând un gest de plictiseală și plecă grăbit. Era cel mai drăguț băiat din hotel și printre ceilalți liftieri circula zvonul – era greu de stabilit cine îl lansase – că acest Renell fusese sărutat în lift de o doamnă distinsă, care locuia de mai mult timp în hotel; sărutat e puțin spus, mai adăugau gurile rele. În caz că aflaseși de acest zvon, era foarte amuzant să urmărești cu privirea pe doamna distinsă; umbla cu pași siguri, ușori, era îmbrăcată în voaluri, cu talia bine strânsă în corset și n-avea nici pe departe aerul de a putea fi bănuită de asemenea purtări. Locuia la primul etaj, liftul lui Renell n-o servea pe ea în mod special, dar în caz că celelalte ascensoare erau pentru moment ocupate, nimeni nu putea obiecta când clienții intrau în alt ascensor. Așa se întâmpla că această doamnă folosea uneori liftul condus de Karl și Renell, însă – ce e drept – numai atunci când acesta din urmă era în tură. Putea să fie o simplă coincidență, însă nimeni nu credea acest lucru și ori de câte ori porneau cei doi cu ascensorul, începea în rândul liftierilor o agitație greu de potolit, fapt care făcea necesară chiar intervenția chelnerului-șef. Fie din cauza acestei doamne, fie datorită zvonului, Renell se schimbase, devenise mai încrezut, îl lăsa pe Karl să curețe de unul singur ascensorul (acesta abia aștepta un prilej să deschidă o discuție pe tema asta) și nu mai apărea cu zilele în dormitor. Nimeni nu se izolase în așa măsură, lucru evident, deoarece în tagma liftierilor toți erau strâns uniți, mai ales în chestiuni ce serviciu, și aveau o organizație recunoscută de direcția hotelului.

Karl se gândi la toate acestea, apoi se gândi și la Delamarche, dar serviciul nu avu de suferit; și-l îndeplini ca de obicei. Spre miezul nopții, avu o mică bucurie deoarece Tereza, care îi făcea adesea surprize, îi aduse un măr mare și un baton de ciocolată. Sporovăiră un timp, fără să fie deranjați de curse de ascensor; venind vorba de Delamarche, Karl băgă de seamă că Tereza îl influența în așa măsură încât, de o vreme încoace, vedea în fostul lui camarad un ins periculos, lucru ușor de dedus din chiar spusele lui. Karl îl considera, de fapt, un vagabond pe care mizeria îl înrăise și cu care, la urma urmei, te puteai înțelege. Tereza îl contrazise cu multă vigoare și, după un lung șir de argumente, îi ceru lui Karl să-i promită că nu va mai vorbi niciodată cu Delamarche. În loc să promită așa ceva, Karl insistă de mai multe ori ca Tereza să se ducă la culcare, fiindcă era de mult trecut de miezul nopții. Deoarece ea refuză să-i dea ascultare, el o amenință că o va conduce în camera ei, părăsind serviciul. Când, în sfârșit, Tereza se arătă gata să plece, Karl îi spuse: „De ce îți faci griji inutile, Tereza? Ca să dormi fără griji, uite, îți promit că nu voi vorbi cu Delamarche decât atunci când nu voi avea încotro." Urmară apoi curse multe cu ascensorul; băiatul de la liftul vecin fusese trimis să dea o mână de ajutor în altă parte, deci Karl trebui să se ocupe de ambele ascensoare. Unii clienți se plângeau de dezordine, un domn care însoțea o doamnă îl grăbi pe Karl, atingându-l ușor cu bastonul, gest de altminteri cât se poate de nelalocul lui. Bine ar fi fost ca atunci când un ascensor n-avea liftier, clienților să le fi dat prin minte să se îndrepte imediat spre liftul de alături, servit de Karl. Ei însă nu făceau așa ceva, se îndreptau exact spre liftul imobilizat; rămâneau cu mâna pe mânerul ușii, ba chiar intrau în ascensor, fapt cu desăvârșire interzis de cele mai severe prevederi regulamentare și pe care liftierii trebuiau să-l evite cu orice preț. Pentru Karl această treabă era un du-te-vino foarte obositor și nici nu avea măcar siguranța că își face serviciul ireproșabil. Cam pe la orele trei dimineața, un hamal bătrân, cu care era oarecum prieten, îi ceru să-l urce cu liftul; nu putu să-l servească în nici un chip, pentru că în fața ambelor ascensoare se adunaseră clienți și trebuia să ai prezență de spirit pentru a te hotărî spre care grup să pornești mai întâi. Karl fu, desigur, fericit când se arătă cel de al doilea liftier și putu să-i strige acestuia câteva cuvinte de reproș pentru lipsa lui îndelungată, de care probabil nici nu era vinovat.

După orele patru dimineața iureșul se mai potoli și Karl simți într-adevăr nevoia să se odihnească. Se rezemă de grilajul liftului, mușcă lenevos din mărul care-i umplu gura cu o aromă plăcută și privi în jos, în puțul de lumină, înconjurat de ferestrele mari ale cămărilor de alimente prin care se vedeau ciorchinii de banane strălucind în întuneric.

Cazul Robinson

Karl simți că cineva îl bate pe umăr. Gândind că e vreun client, se grăbi să-și vâre mărul în buzunar și, aproape fără să se mai uite la respectivul, alergă spre ascensor.

„Bună seara, domnule Rossmann, spuse atunci noul venit; sunt eu, Robinson."

„Ce mult te-ai schimbat", vorbi Karl, clătinând din cap.

„Da, n-aș spune că-mi merge prea rău", zise Robinson, privindu-și costumul care, deși alcătuit din piese de oarecare calitate, era atât de pestriț că părea jerpelit. Îți lua ochii, mai ales, vesta albă cu patru buzunare mici, tivite cu negru; mai mult ca sigur că Robinson o îmbrăcase pentru prima oară și, spre a atrage atenția asupra ei, își bomba pieptul.

„Ai haine scumpe“, spuse Karl și se gândi în treacăt la haina lui de odinioară, simplă, însă atât de frumoasă că ar fi concurat-o chiar pe a lui Renell, și pe care cei doi prieteni răuvoitori i-o vânduseră.

„Da, răspunse Robinson, nu trece zi să nu-mi cumpăr vreun flecușteț. Ce spui de vesta mea?“

„Frumoasă“, spuse Karl.

„De fapt, buzunarele nici nu sunt adevărate, sunt așa, numai de frumusețe“, zise Robinson și-l apucă pe Karl de mână ca acesta să le pipăie, să se convingă singur.

Karl se trase îndărăt, deoarece gura lui Robinson răspândea un miros nesuferit de rachiu.

„Bei iarăși cam mult“, spuse Karl, ajuns din nou lângă grilajul ascensorului.

„Nu, zise Robinson, nu beau mult, și de fapt – continuă el, uitând de mulțumirea cu care își înfățișase puțin mai înainte situația sa – ce altceva îi mai rămâne omului pe lume?“

Convorbirea fu întreruptă de un client care dorea să urce; când Karl reveni, sună telefonul și trebui să gonească după medicul hotelului, deoarece o doamnă de la etajul al șaptelea leșinase. Alergând de colo-colo, Karl spera că Robinson va renunța să-l aștepte; nu voia să fie văzut în compania acestuia și, ținând seama de recomandările Terezei, nu voia să mai audă nimic despre Delamarche. Din păcate însă, Robinson îl aștepta; stătea bățos cum stau oamenii beți turtă și, culmea, tocmai trecu pe lângă el un funcționar superior al hotelului, în redingotă neagră și joben, dar se întâmplă să nu-i dea nici o atenție lui Robinson.

„Rossmann, n-ai vrea să ne vizitezi odată? Să știi că acuma ne-am aranjat de minune", spuse Robinson și se uită lung la Karl, ca să-l ispitească.

„Cine mă invită, dumneata sau Delamarche?" întrebă Karl.

„Și eu și Delamarche; în privința asta ne-am pus de acord", răspunse Robinson.

„Atunci uite, o să-ți spun dumitale și te rog să i-o transmiți și lui Delamarche. Despărțirea noastră a fost definitivă, o spun și o repet, dacă cumva până acum nu vă era destul de clar acest lucru. Mi-ați făcut atâta rău cât nimeni altul. Nu cumva aveți de gând să mă ațâțați în continuare?"

„Suntem doar camarazii dumitale, zise Robinson și lacrimi dezgustătoare de bețiv îi umplură ochii. Delamarche îți transmite prin mine că te va răsplăti pentru toate necazurile trecutului. Locuim acum cu Brunelda, o cântăreață grozavă". Spre a fi mai convingător, încercă să cânte ceva cu voce pițigăiată; dar Karl i-o reteză energic: „Taci; nu-ți dai seama unde te afli?".

„Rossmann, vorbi Robinson, temperându-și întrucâtva cântatul, poți să spui ce vrei, eu rămân amicul dumitale. Așa că, întrucât văd că te afli aici într-un post bun, n-ai putea să-mi împrumuți ceva bani?"

„Ca să-i bei, nu-i așa? Crezi că n-am observat în buzunarul dumitale sticla cu alcool din care ai băut și în absența mea? Sunt sigur că nu mă înșel, pentru că la sosire erai ceva mai treaz."

„Nici pomeneală, fac asta numai ca să prind puțină forță când plec la drum", se scuză Robinson.

„Eu unul n-am de gând să te reeduc", zise Karl.

„Dar banii!", vorbi Robinson holbându-și ochii.

„Va să zică Delamarche ți-a dat ordin să-i aduci bani. Bine, o să-ți dau bani, dar numai cu condiția să pleci imediat și să nu te mai văd pe aici niciodată. Dacă ai ceva să-mi comunici, n-ai decât să-mi scrii pe adresa: Karl Rossmann, liftier, Hotel Occidental. Dar, ți-o repet, nu cumva să mă mai cauți aici. Sunt în serviciu și n-am timp să primesc vizite. Dacă vrei bani, bănuiesc că vei înțelege că trebuie să accepți condiția!"

Hotărât să sacrifice bacșișul căpătat în noaptea aceea, Karl își vârî mâna în buzunarul vestei. Robinson se mulțumi să dea din cap, pe urmă oftă din greu. Karl dorea un răspuns mai lămurit și întrebă încă o dată: „Da sau ba?".

Robinson îi făcu semn să se apropie și-i șopti, cu un sughiț destul de grăitor prin el însuși „Rossmann, mi-e foarte rău".

„La naiba!" se răsti Karl cu scârbă și îl târî cu amândouă mâinile până lângă grilajul puțului de lumină, în golul căruia Robinson se ușură de îndată. Între două crize, Robinson ridica mâinile către Karl, exclamând: „Ești într-adevăr un băiat bun". Sau: „Acuși se termină", – dar nici pomeneală de așa ceva – sau: „Mizerabilii, ce porcărie, or fi turnat în mine!". De silă și de enervare, Karl nu mai putea sta locului, se plimba de colo până colo. În ungherul de lângă ascensor Robinson era camuflat, dar ce s-ar fi întâmplat – se întreba Karl – dacă l-ar fi descoperit vreunul dintre clienții bogați, veșnic nemulțumiți, care de-abia așteaptă vreun motiv să se plângă înalților funcționari ai hotelului. Aceștia, bineînțeles, le dau întotdeauna dreptate și se răzbună cu furie pe întreg personalul. Sau, dacă tocmai ar trece pe acolo vreunul dintre copoii hotelului, care se tot schimbă mereu și pe care nimeni nu-i cunoaște, afară de direcțiune – asta te și face să-i bănuiești că se ascund sub înfățișarea oricărui miop, care se uită la tine nițel mai atent. Era suficient, la urma urmei, ca cineva să iasă din restaurant (știut fiind că nu se închidea nici noaptea), ori să coboare cineva în cămările de alimente să ia ceva, pentru ca – surprins și îngrețoșat – să dea peste mizeria din puțul de lumină. Imediat Karl ar fi fost întrebat telefonic: „Ce s-a întâmplat acolo, pentru numele lui Dumnezeu?". Ar mai putea el să tăinuiască prezența lui Robinson? Și chiar dacă ar fi reușit s-o facă, oare nu l-ar da de gol însuși Robinson care, în prostia sau panica de care era cuprins, ar aduce drept scuză relațiile dintre ei? Concedierea lui Karl era mai mult decât firească dacă s-ar fi constatat că salariatul cel mai neînsemnat și mai dispensabil din formidabila ierarhie a personalului de serviciu îngăduise unui prieten al său să spurce hotelul, înspăimântându-i sau chiar îndepărtându-i pe unii clienți. Mai era de tolerat un liftier care avea asemenea prieteni și care le mai și permitea să-l viziteze în timpul serviciului? Era de la sine înțeles că un asemenea liftier este el însuși un bețivan, dacă nu chiar ceva mai rău; apoi nu era de mirare să presupui că își îndopa în așa măsură prietenii cu alimentele hotelului, încât cei în cauză își permiteau neobrăzarea să și spurce hotelul acesta extrem de curat, așa cum făcuse Robinson; și, în definitiv, nu exista nici o garanție că un salariat de acest fel se mulțumește să fure doar alimente. Aici erau atâtea alte posibilități de a fura, dacă ținem cont de știuta neglijență a clienților. Dulapuri deschise erau peste tot, bijuterii azvârlite pe toate mesele sau casete care nu se încuiau niciodată, ori chei aruncate la întâmplare.

Karl zări, încă de departe, câțiva clienți care urcau scările, venind din cabaretul de la subsol, unde tocmai se terminase spectacolul. Se grăbi să se posteze în fața ascensorului și, de frică să nu mai vadă cine știe ce altă grozăvie, nici nu mai îndrăzni să se întoarcă spre Robinson. Că Robinson tăcea, că nu i se auzea vreun suspin, acesta încă nu erau motiv să-l liniștească pe Karl. Își servea clienții ca de obicei, îi urca, îi cobora, însă nu izbutea de loc să-și ascundă neliniștea; la fiecare coborâre se aștepta să dea peste vreo penibilă surpriză.

În sfârșit, prinse un moment de răgaz și se duse să vadă ce-i cu Robinson; ședea pe vine într-un colț, cu capul lăsat pe genunchi, în timp ce pălăria lui tare și rotundă era dată pe ceafă.

„Acum gata, du-te, zise Karl în șoaptă, însă cu un ton categoric. Poftim banii și, dacă te grăbești, aș putea să-ți arăt drumul cel mai scurt."

„Nu-s în stare să plec, spuse Robinson, ștergându-și fruntea cu o batistă mică: o să mor aici. Nici nu-ți poți închipui ce rău îmi este. Delamarche mă cară după el în toate localurile de atracție, însă eu nu pot să le sufăr și i-o spun în fiecare zi".

„Aici nu poți rămâne în nici un caz; gândește-te unde te afli. Dacă te descoperă careva aci, dumneata ai să fii amendat, iar eu îmi pierd slujba. Vrei una ca asta?"

„Nu pot să plec, spuse Robinson; prefer să mă arunc acolo și arătă prin grilaj înspre puțul de lumină. Dacă stau așa, așezat, mai merge, dar să mă ridic, imposibil. Am făcut eu o încercare în timp ce erai plecat."

„Atunci aduc o mașină și pleci la spital", zise Karl și zgâlțâi picioarele lui Robinson care se muiaseră de tot.

Îndată ce auzi cuvântul „spital" – probabil trezea în el imagini înfricoșătoare – Robinson se puse pe bocit; întinse mâinile spre Karl și imploră milă.

„Taci", zise Karl, lovindu-l ușor peste mâini. Alergă după liftierul pe care îl înlocuise în cursul nopții și-l rugă să-i facă, pentru un timp, același serviciu; se întoarse apoi grabnic și făcu efortul să-l ridice pe Robinson, care plângea în continuare. Îi spuse pe șoptite: „Robinson, dacă vrei să te ajut, fă o încercare de voință, adună-ți toate forțele și mergi pe propriile picioare măcar o bucată de drum. Am să te culc în patul meu și ai să stai acolo până te liniștești. Îți revii repede, ai să vezi. Dar deocamdată fii cuminte, căci coridoarele sunt pline de lume, iar patul meu se află într-un dormitor comun. Dacă te observă cineva, chiar și în treacăt, nu mai pot face nimic pentru dumneata. Și trebuie să ții ochii deschiși; nu te pot căra în văzul lumii ca și cum ai fi pe moarte."

„Vreau să fac ce-mi spui, zise Robinson, dar mă tem că singur n-ai să mă poți scoate de aici. N-ai vrea să-l chemi și pe Renell?"

„Renell e plecat."

„A, da, e adevărat, zise Robinson, Renell este cu Delamarche. Doar ei doi m-au trimis după dumneata. Le cam încurc pe toate."

Robinson își depănă vorbăria greu inteligibilă, timp în care Karl îl împinse ușurel înainte. Ajunse astfel cu bine până la o cotitură; un coridor mai slab luminat ducea spre dormitorul liftierilor. Un liftier le ieși înainte, dar trecu pe lângă ei în fugă, fără a-i băga în seamă. De altfel, până aici nu avură vreo întâlnire mai periculoasă; între orele patru și cinci dimineața, în hotel se instala de obicei un fel de acalmie, răgaz în care, își dădea seama Karl, va trebui să-l scoată neapărat afară pe Robinson; spre dimineață i-ar fi fost imposibil să o facă, deoarece începea forfota obișnuită a zilei.

Într-un capăt al dormitorului tocmai se pornise o trântă sau ceva asemănător; se aplauda și se tropăia ritmic, se auzeau tot felul de exclamații sportive. În paturile de lângă intrare, câțiva inși dormeau adânc, netulburați de vacarm; cei mai mulți însă stăteau lungiți pe spate, privind în tavan și numai din când în când sărea câte unul din pat – mai mult sau mai puțin îmbrăcat – să se convingă cum mai stau lucrurile în rândurile bătăușilor din fundul sălii. Karl reuși astfel să scape neobservat și îl conduse pe Robinson – care se mai obișnuise cu mersul – până la patul lui Renell; acest pat era lângă intrare și, din fericire, nu fusese ocupat. În patul său, Karl zărise, încă din prima clipă, un băiat necunoscut, care dormea dus. Când Robinson simți salteaua sub el, adormi pe loc, fără să-și adune măcar piciorul care atârna peste marginea patului. Karl îi acoperi fața cu pătura și răsuflă ușurat că scăpase de belea, măcar pentru un timp; nu era de așteptat ca Robinson să se mai trezească până pe la șase. Iar dimineața, când va reveni în dormitor, Karl spera să găsească, eventual împreună cu Renell, modalitatea de a-l expedia pe Robinson. O inspecție în dormitor nu era de așteptat – așa ceva se făcea doar în cazuri cu totul speciale – liftierii reușiseră, încă în urmă cu câțiva ani, să obțină desființarea vechiului sistem de a se face inspecții inopinate; deci în privința asta putea fi liniștit.

Când Karl ajunse în fața ascensorului său, văzu că acesta pornește în sus o dată cu cel al vecinului. Așteptă cu neliniște ca ascensorul să revină pentru a ști ce s-a întâmplat. Ascensorul său coborî primul și în ușă apăru liftierul pe care-l văzuse mai adineaori alergând pe coridor.

„Pe unde ai umblat, Rossmann? întrebă acesta. De ce ai plecat fără să anunți măcar?“

„Dar a promis că mă înlocuiește o clipă, spuse Karl și arătă spre băiatul din ascensorul vecin, care tocmai coborâse; de altfel și eu l-am înlocuit timp de două ore și încă în ore de vârf.“

„Foarte frumos, spuse liftierul nou-venit, dar mai trebuia ceva. E știut că cea mai mică absență din serviciu se anunță în biroul chelnerului-șef. De ce ți-au pus aici telefon?“

„Eu ți-am promis și te-aș fi înlocuit cu plăcere, dar știi tu însuți că uneori nu-i atât de simplu, vorbi liftierul celălalt de Karl. Au sosit o mulțime de clienți noi cu expresul de patru și jumătate și se adunaseră în fața ambelor ascensoare. Doar nu era să-i servesc întâi pe clienții tăi, iar pe ai mei să-i las să aștepte; am urcat întâi cu ascensorul meu.“

„Și pe urmă ce-a fost?“ întrebă Karl, nerăbdător, deoarece amândoi băieții tăcuseră.

„Ce să fie? răspunse colegul din celălalt ascensor. S-a întâmplat să treacă pe aici chelnerul-șef și, bineînțeles, văzând că atâția clienți așteaptă fără a fi serviți, s-a înfuriat și m-a întrebat pe mine unde ești; n-am știut ce să-i răspund, deoarece tu nu mi-ai spus unde pleci. „Atunci el a telefonat imediat în dormitor și a chemat un înlocuitor.“

„Ne-am și întâlnit pe coridor“, zise înlocuitorul și Karl confirmă dând din cap.

„Eu, bineînțeles, i-am spus imediat că m-ai rugat să te înlocuiesc – se grăbi să-l asigure pe Karl colegul său – dar crezi că a ascultat ce zic? încă n-ai avut ocazia să-l cunoști. Ne-a cerut să te trimitem imediat la el, la birou. Așa că hai, du-te. Poate te iartă, doar n-ai lipsit decât două minute. În privința mea să nu-ți faci vreo grijă, adu-i aminte că m-ai rugat să te înlocuiesc. Numai ferește-te să pomenești că și tu m-ai înlocuit; să nu crezi cumva că mă tem că mi s-ar putea întâmpla ceva, deoarece am fost învoit. Dar, ascultă-mă pe mine, nu prea le place să se vorbească despre chestiile astea mai ales când te amesteci într-o afacere cu care nu ai nici o legătură".

„E pentru prima oară că mi-am părăsit serviciul."

„Așa se întâmplă de obicei, dar cine să te creadă" zise tânărul și, văzând că se apropiau câțiva clienți, fugi spre ascensorul său.

Înlocuitorul lui Karl, un tânăr de vreo paisprezece ani, căruia se vedea că-i pare rău pentru cele întâmplate, spuse: „Mai cunosc destule cazuri când asemenea mărunțișuri au fost iertate. De obicei ești trecut în altă muncă. Pentru asemenea vină, după câte știu, n-a fost decât un singur caz de concediere. Trebuie doar să te pregătești cu o scuză cât mai serioasă. Și mai ales nu cumva să spui că ți-a venit rău, așa, deodată, fiindcă vor râde de tine. Cel mai bine ar fi să spui că un client te-a trimis cu un comision la un alt client, că nu mai știi cine era primul și că pe-al doilea nu l-ai putut găsi."

„Ei, nu cred că va fi chiar atât de tragic", zise Karl, însă după tot ceea ce auzise, nu prea mai spera ca lucrurile să se aranjeze. Și chiar dacă ar fi fost iertat, socotindu-se că totul n-a fost decât o neglijență oarecare, rămânea Robinson, dovada vie, concretă, a vinovăției sale. Iar când aveai de-a face cu un temperament nestăpânit ca al chelnerului-șef, puteai să te aștepți că nu se va mulțumi cu o anchetă și, în cele din urmă, descoperirea lui Robinson era inevitabilă. De fapt, nu exista o dispoziție specială care să interzică accesul străinilor în dormitor; dar lucruri de neconceput nici nu-i nevoie să fie interzise.

Karl pătrunse în birou și îl găsi pe chelnerul-șef în fața cafelei sale de dimineață; între două sorbituri, verifica un borderou pe care, probabil, i-l adusese portarul-șef al hotelului, care se afla de asemenea acolo. Acesta era un om înalt, iar uniforma sa înzorzonată cu tot felul de nimicuri – de pe umăr îi șerpuiau în jos, de-a lungul brațului, lanțuri și găitane aurii – îl făcea să pară mai lat în umeri decât era în realitate. Mustața sa neagră și lucioasă cu sfârcurile ridicate semeț, așa cum se obișnuiește prin Ungaria, rămânea țeapănă chiar și la cea mai bruscă mișcare a capului. La drept vorbind, omul nici nu se prea putea mișca în îmbrăcămintea lui greoaie; rămânea în picioare, ținându-și picioarele depărtate ca să-și echilibreze greutatea corpului.

Karl intrase în birou degajat și grăbit, așa cum se obișnuise în acest hotel, deoarece încetineala și prudența, care pot fi socotite, în cazul unora, drept atribute de politețe, în cazul liftierilor erau socotite drept lenevie. Și apoi, era mai bine să nu se observe chiar de la început că e conștient de vinovăția sa. De altfel, chelnerul-șef aproape că nici nu se uită la el, poate doar o dată, în treacăt, când intrase pe ușă, după care se aplecase din nou asupra cafelei și asupra hârtiilor sale, părând a fi uitat de Karl. Pe portar, în schimb, prezența lui Karl îl făcea să dea semne de nerăbdare; probabil avea de discutat cu șeful ceva confidențial sau voia să-l roage un anume lucru, în orice caz tot timpul se uita spre Karl cu vădită iritare. Se răsucea mereu spre el cu gâtul țeapăn și abia după ce privirile i se încrucișau cu cele ale lui

Karl, catadicsea să se uite din nou spre chelnerul-șef. Se înțelege, Karl nu se prea simțea la largul său. Socoti totuși că, dacă a apucat să intre, ar fi fost și mai nepotrivit să plece fără a primi o asemenea dispoziție de la chelnerul-șef. Acesta continua să examineze borderoul, mușcând între timp dintr-o felie de cozonac, de pe care scutura, din când în când, mașinal, pudra de zahăr. La un moment dat, o filă a borderoului căzu pe jos; portarul nici nu se clinti pentru că întâi de toate în hainele lui greoaie i-ar fi fost imposibil să se aplece și, în al doilea rând, Karl se și repezise imediat să ridice hârtia. Karl întinse foaia spre chelnerul-șef, iar mâna acestuia o prinse ca din zbor, ca și cum hârtia cu pricina s-ar fi înălțat singură de pe dușumea și s-ar fi lipit de mâna lui. Acest mic serviciu nu schimbă însă cu nimic atmosfera, iar portarul îl săgeta cu aceleași priviri dușmănoase.

După câte își putea da seama, chelnerul-șef părea să acorde o prea mică importanță celor petrecute; lui Karl îi mai veni inima la loc, se mai liniști. De fapt, era ceva logic; un liftier nu însemna nimic, nu i se permitea nimic, deci acesta nu putea să facă nimic grav. Și apoi, chelnerul-șef fusese el însuși liftier în tinerețe, fapt cu care se mândreau toți liftierii, chiar și cei din noua generație. Lui i se datora prima organizare a liftierilor – se întâmplase, foarte probabil, ca și el să-și fi părăsit, la rândul său, vreodată serviciul, chiar dacă acum nimeni nu-l mai putea obliga să-și amintească așa ceva; pe de altă parte, nu i-o puteai lua în nume de rău dacă, tocmai pentru că a fost liftier, se purta cu liftierii mai sever decât cu ceilalți, pretinzându-le ordine exemplară. Karl își mai pusese speranțe și în trecerea timpului. Ceasul biroului arăta ora cinci și un sfert, deci Renell putea să revină din clipă în clipă; poate că și sosise, fiindcă nu se poate să nu-l fi intrigat lunga absență a lui Robinson. De altfel, era aproape sigur că Delamarche și Renell rămăseseră să aștepte pe undeva prin apropierea hotelului, îi dădu prin gând lui Karl, pentru că Robinson, beat cum era, n-ar fi nimerit drumul. Dacă Renell îl descoperă acum pe Robinson în patul său, ceea ce în mod normal trebuia să se întâmple, atunci toate erau în ordine. Cu simțul său practic, mai ales când era vorba de interesele proprii, Renell va găsi mijlocul să-l scoată repede pe Robinson din hotel, lucru care acum nici nu mai era atât de greu; fapt e că Robinson s-o mai fi dezmeticit între timp, iar Delamarche probabil că aștepta în fața hotelului să-l ia în primire. O dată scăpat de Robinson, Karl putea să stea în fața chelnerului-șef mult mai liniștit și avea chiar șanse să scape doar cu o mustrare. După aceea, s-ar sfătui cu Tereza dacă e cazul să-i spună bucătăresei-șefe adevărul – lui i se părea că nimic nu-l împiedică s-o facă – și dacă Tereza era de aceeași părere, totul s-ar rezolva fără urmări prea grave. Încurajat de aceste raționamente, Karl își vârî mâna în buzunar ca să-și numere discret bacșișul primit în noaptea aceea – avea impresia că se ridica la o sumă frumușică – când chelnerul-șef tocmai sări în picioare, dădu la o parte borderoul și, după ce se scuză față de portar: „Numai o clipă, Feodor", începu să strige la Karl atât de tare, încât acesta înmărmuri și un timp nu putu să vadă altceva decât deschizătura mare și neagră a gurii acestuia.

„Cum ți-ai permis să părăsești serviciul fără învoire? Știi ce înseamnă asta? Înseamnă concediere. Nu vreau să aud nici un fel de scuză, cunosc eu scuzele voastre mincinoase, n-ai decât să le păstrezi, mie mi-e suficient să știu că n-ai fost la postul tău. Dacă aș tolera și aș ierta un asemenea caz, mâine toți cei patruzeci de liftieri ar șterge-o din serviciu și m-aș pomeni că trebuie să-i car pe scări, în brațe, pe cei cinci mii de clienți ai mei."

Karl tăcea. Portarul se apropiase și începuse să tragă în jos poalele tunicii lui Karl, chipurile pentru a îndrepta câteva cute; în realitate însă atrăgea atenția chelnerului-șef asupra acestei mici neglijențe în ținuta vestimentară a lui Karl.

„Nu cumva ți s-a făcut deodată rău?" întrebă chelnerul-șef cu subînțeles.

Karl îl privi în față și răspunse: „Nu".

„Va să zică, nici măcar nu ți-a fost rău? strigă chelnerul-șef întărâtat de-a binelea. Atunci sunt sigur că ai inventat o minciună și mai gogonată. Ce scuză ai? Hai, vorbește odată!"

„Nu am știut că trebuie să vă cer permisiunea prin telefon", spuse Karl.

„Știi că ai haz!" strigă chelnerul-șef; îl apucă pe Karl de guler și-l duse, aproape pe sus, până la peretele unde se afla atârnat regulamentul de funcționare a ascensoarelor. Portarul îi urmă. „Poftim, citește!" zise chelnerul-șef arătând un paragraf. Karl crezu că trebuie să citească în gând. „Citește cu voce tare!" ordonă chelnerul-șef.

În loc să citească, Karl se întoarse și spuse: „Cunosc acest paragraf, doar am primit și eu regulamentul de serviciu și l-am citit cu atenție. Dar tocmai o asemenea dispoziție se uită mai ușor, pentru că aproape nici n-ai nevoie de ea, fiind vorba de ceva de la sine înțeles. Mă aflu în acest serviciu de două luni și niciodată nu mi-am mai părăsit postul."

„Ei bine, ai să-l părăsești acum", vorbi chelnerul-șef. Se întoarse la biroul său, apucă borderoul ca și cum s-ar fi hotărât să continue a-l verifica, dar nu făcu altceva decât să-l azvârle cât colo ca pe o zdreanță nefolositoare; începu să se agite și o vreme măsură camera în lung și-n lat, cu fruntea și obrajii înroșiți de minte. „Să-mi fac eu atâta sânge rău și încă în serviciul de noapte, pentru un derbedeu! izbucnea din când în când. Știți cine aștepta în fața ascensorului – se adresă el portarului – atunci când pușlamaua asta își părăsise serviciul?" Numele pe care l-a rostit chelnerul-șef l-a speriat foarte tare pe portar. Îi cunoștea pe toți clienții și era în măsură să le aprecieze valoarea. Îl măsură pe Karl cu o privire uimită, ca și cum ar fi vrut să se convingă că există într-adevăr un liftier din pricina căruia o atât de importantă personalitate fusese nevoită să aștepte zadarnic în fața unui ascensor.

„Dar e îngrozitor!" vorbi portarul dând din cap, ceea ce în cazul lui însemna maximă enervare; Karl îl privea descurajat, se gândea că de acum va trebui să tragă toate ponoasele prostiei acestor oameni.

„Ce să ne mai mirăm, parcă eu nu știu ce-i poate pielea? spuse portarul arătând spre Karl cu un deget mare și gros, întins ca o săgeată. Tu ești singurul liftier care în mod sistematic nu mă salută. Dar ce-ți închipui, în definitiv? Oricine trece pe lângă cabina portarului trebuie să salute. Cu ceilalți portari n-ai decât să te porți cum vrei, dar eu unul pretind să fiu salutat. Câteodată mă prefac eu că nu sunt atent, dar poți să fii singur că știu foarte bine cine mă salută și cine nu, obraz gros ce ești!" Și-i întoarse lui Karl spatele, pășind bățos spre chelnerul-șef. Acesta, în loc să-și dea și el o părere în legătură cu cele spuse de portar, se grăbea să-și termine micul dejun și să parcurgă știrile din ziarul pe care tocmai i-l adusese un om de serviciu.

„Domnule portar-șef, i se adresă Karl, încercând să profite de clipa de absență a chelnerului-șef și să mai aplaneze întrucâtva neînțelegerea cu portarul; știa că ostilitatea portarului însemna gaz peste foc. Eu vă asigur, domnule portar-șef, că vă salut; sunt venit de puțin timp în America, sunt originar din Europa, unde, după cum se știe, oamenii se salută între ei chiar mai mult decât este necesar. Sunt însă abia două luni de când am fost sfătuit insistent – asta s-a întâmplat la New York, unde, întâmplător, frecventam cercuri mai alese – am fost sfătuit insistent să pun o dată capăt politeței mele exagerate. Adevărul e că nu am prea reușit așa ceva, și continui să salut pe toată lumea. Cum vă puteți închipui că nu v-am salutat tocmai pe dumneavoastră?! V-am salutat în fiecare zi, și încă de câteva ori. Dar poate nu chiar de fiecare dată când v-am zărit, fiindcă treceam pe lângă dumneavoastră de o sută de ori pe zi."

„Trebuie să mă saluți de fiecare dată, fără nici o excepție, trebuie să ții șapca în mână de câte ori vorbești cu mine și trebuie să mi te adresezi numai cu «domnule portar-șef» și nu pur și simplu cu «dumneavoastră». Toate astea trebuie să le faci de fiecare dată!"

„De fiecare dată?" repetă Karl încet și nedumerit. Își aduse aminte că de când era la hotel portarul îl privise întotdeauna încruntat și jignit, începând chiar din prima dimineață; Karl, încă neînvățat cu rolul de subordonat, i se adresase acestui portar cu un ton cam liber și insistent, întrebându-l dacă nu-l căutaseră doi oameni care trebuiau să-i lase o fotografie.

„Acuma vezi bine la ce te duce o comportare ca asta", spuse portarul, care se apropiase din nou de Karl și, arătând spre chelnerul-șef care încă își mai citea ziarul, părea că își ia sarcina de principal executor al răzbunării celuilalt. De acum înainte, oriunde te vei afla în serviciu, ai să știi că portarul trebuie salutat de fiecare dată, chiar dacă acest serviciu ar fi într-o speluncă mizerabilă."

Karl înțelese că serviciul său era ca și pierdut; chelnerul-șef vorbise ca și cum asta ar fi fost un fapt împlinit. Pentru un biet liftier nici nu era nevoie, se înțelege, de vreo aprobare din partea direcției hotelului. Totul se petrecuse, de fapt, mai repede decât își putuse el închipui; se împliniseră totuși două luni de când lucra pentru acest hotel și muncise conștiincios, mai bine decât mulți alții, era convins de asta. Dar asemenea lucruri nu se iau în seamă în momente hotărâtoare ca acela în care se afla Karl; peste tot așa, pe toate continentele și chiar în Europa. Sentința rămânea aceea pe care o dictează furia primului moment. Poate că ar fi mai bine să le spună „la revedere" și să plece chiar acum! Bucătăreasa-șefă și Tereza poate că mai dormeau încă. Amărăciunea, regretul lor pentru purtarea sa ar fi probabil atenuate dacă n-ar mai trebui să dea ochii cu el; le-ar spune bun-rămas printr-o scrisoare, și-ar strânge lucrurile în geamantan și ar pleca discret. Știa ce-l așteaptă dacă ar mai rămâne, fie numai o singură zi – Doamne, și cât ar fi vrut să doarmă puțin?! Îl așteptau exagerările de rigoare, vina sa ar crește la proporțiile unui scandal, reproșuri l-ar asalta din toate părțile, nesfârșitele lacrimi ale Terezei, poate și ale bucătăresei-șefe, pentru ca, în cele din urmă, să nu scape nici de pedeapsă. Deocamdată îl încurca faptul că trebuia să facă față la doi inamici deodată; nu putea spune vreun cuvânt fără ca acesta să nu fie răstălmăcit, fie de către unul, fie de către altul, găsindu-i-se înțeles rău și cusururi. Preferă, de aceea, să tacă, să profite deocamdată de liniștea care domnea în încăpere; chelnerul-șef tot mai citea ziarul, iar portarul-șef aranja pe pagini borderoul risipit pe masă, treabă care îi dădea destulă bătaie de cap, deoarece portarul era cam miop.

În sfârșit, chelnerul-șef puse ziarul deoparte, căscă, se asigură cu o privire de prezența lui Karl și învârti manivela telefonului de pe masă. Strigă „alo!" de câteva ori, dar nimeni nu-i răspunse. „Nu răspunde nimeni" îi spuse portarului-șef. Acesta, după cât își putea da seama Karl, urmărea cu deosebit interes apelul telefonic și spuse: „Este șase fără un sfert. Nu se poate să nu se fi trezit. Sunați încă o dată, mai insistent." În aceeași clipă, însă, fără osteneală anume, telefonul răspunse apelului. „Aici chelnerul-șef Isbary, spuse el ridicând receptorul. Bună dimineața, doamnă bucătăreasă-șefă. Nu cumva v-am trezit? O, îmi pare foarte rău. Da, da, este de-acum șase fără un sfert. Dar vă spun sincer că îmi pare foarte rău că v-am deranjat. Ar trebui să scoateți telefonul din priză când dormiți. Nu, nu am nici o scuză, mai ales că ceea ce am vrut să vă spun e o chestiune de importanță minoră. Da, desigur, bineînțeles, nu mă grăbesc, vă aștept, rămân la telefon."

„Trebuie să fi venit la telefon în cămașă de noapte, spuse chelnerul-șef zâmbind portarului-șef, care tot timpul urmărise convorbirea stând aplecat deasupra telefonului cu o expresie de maximă curiozitate. Am trezit-o, cu siguranță. De obicei o trezește fetișcana care-i scrie la mașină; se pare că astăzi, cine știe de ce, a neglijat să o facă. Drept să-ți spun, îmi pare rău că am speriat-o, căci și așa e destul de nervoasă."

„De ce nu mai revine?"

„S-o fi dus să vadă ce s-a întâmplat cu fata", zise chelnerul-șef punând din nou receptorul la ureche, căci se auzise un nou semnal. „O veți găsi, desigur, vorbi el în receptor. N-ar trebui să vă speriați așa, pentru orice; cred că ați avea nevoie de puțină odihnă, da, da, de un concediu. Întocmai. Să revin acum la mica mea chestiune, pentru care v-am deranjat. Există aici un liftier cu numele – se întoarse cu o privire întrebătoare spre Karl, care fiind foarte atent la convorbire răspunse prompt – cu numele de „Karl Rossmann". Dacă îmi amintesc bine, v-ați interesat chiar dumneavoastră, într-o oarecare măsură, de el; din păcate, el nu s-a arătat la înălțimea amabilității dumneavoastră, și-a părăsit serviciul fără permisiune, pricinuindu-mi prin aceasta mari neplăceri, ale căror consecințe încă nici nu le pot prevedea. Ca atare, l-am concediat chiar în clipa asta. Sper că n-o să vă necăjiți pentru atâta lucru. Ce spuneți? L-am concediat, da, l-am concediat. V-am spus doar că și-a părăsit serviciul. Nu, regret, dar în privința asta nu pot să fac concesii. Este în joc autoritatea mea, țin la ea, dragă doamnă, iar un asemenea om e în stare să-mi strice toată banda liftierilor. Și tocmai liftierii trebuie să stea în centrul atenției noastre. Nu, nu, în cazul de față nu pot să vă fac pe plac, cu toate că știți bine cât de mult țin să vă fiu pe plac. Aș putea să nu-mi tulbur funcțiunile vezicii mele biliare, menținându-l în post, însă tot nu mă lasă inima s-o fac de dragul dumneavoastră, da, de dragul dumneavoastră, doamnă bucătăreasă-șefă. Dumneavoastră îi țineți parte și el nu merită în nici un fel această amabilă atenție. Nu-i vorba doar de el; cunoscându-vă pe dumneavoastră, știu cât veți avea de pătimit din pricina lui și, ca atare, sunt hotărât să vă scutesc de așa ceva. Vorbesc deschis cu dumneavoastră, cu toate că băiețandrul ăsta păcătos stă aici, lângă mine, la o distanță de câțiva pași. Va fi concediat în mod irevocabil, nu, nu; nu va fi mutat la alt serviciu, este un element de care nu te poți folosi nicăieri. De altfel, mai sunt și alte reclamații în contra lui. Portarul-șef, de exemplu, da, desigur, Feodor, ei da, Feodor mi s-a plâns de lipsa de politețe și de impertinența acestui băiat. Cum, toate acestea nu vă sunt suficiente? Vai, doamnă bucătăreasă-șefă, din cauza acestui băiat pur și simplu vă dezziceți pe dumneavoastră înșivă. Nu, nu mai insistați."

În această clipă, portarul se aplecă spre urechea chelnerului-șef șoptindu-i ceva. Acesta îl privi mai întâi mirat, apoi se porni să turuie atât de repede în telefon, încât din prima clipă Karl nici nu reuși să înțeleagă ce spune și, umblând în vârful picioarelor, se apropie cu vreo doi pași.

„Dragă doamnă, spunea chelnerul-șef, ca să fiu sincer, n-aș fi putut crede niciodată că vă pricepeți atât de puțin la oameni. Chiar în clipa asta aflu iar ceva despre îngerașul dumneavoastră; știrea vă va schimba, sunt sigur, părerea pe care o aveți despre el și aproape regret că trebuie să fiu tocmai eu acela care să v-o aducă la cunoștință. Așadar, acest băiat «fin», pe care dumneavoastră îl considerați un exemplu de bună-cuviință, de câte ori are o noapte liberă fuge în oraș și nu se mai întoarce decât în zori. Da, da, doamnă bucătăreasă-șefă, acest lucru este dovedit prin martori, prin martori cinstiți, da. Ați putea să-mi spuneți cumva de unde ia banii pentru aceste distracții? Cum să mai aibă capul la treabă? Poate că doriți să vă descriu și modul în care-și petrece timpul în oraș? E clar, va trebui să-l scot de aici cât mai degrabă, iar dumneavoastră promiteți-mi, vă rog, ca pe viitor să fiți mai prudentă cu vagabonzii de pe stradă."

„Dar domnule chelner-șef, strigă Karl, care parcă își simțea inima mai ușoară văzând că pe firul chestiunii intervenise o eroare grosolană; limpezind-o pe aceasta spera să-și ușureze, eventual, întreaga situație. Nu încape îndoială că aici e vorba de o confuzie; cred că cel care v-a spus că ies în fiecare noapte în oraș este domnul portar-șef. Acest lucru este însă cu totul neadevărat; din contra, sunt în fiecare noapte în dormitor, asta pot s-o confirme toți băieții. Atunci când nu dorm, învăț corespondență comercială, dar de plecat n-am plecat niciodată noaptea din dormitor. E foarte ușor să v-o dovedesc. Fără îndoială că domnul portar-șef mă confundă cu altul, acum înțeleg și de ce i se pare că nu-l salut."

„Nu vrei să taci odată?! țipă portarul-șef ridicând pumnul când, în situații asemănătoare, alții ar fi amenințat cel mult cu un deget. Eu să te fi confundat cu altul? Dar în acest caz n-aș mai merita să fiu portar-șef. Da, domnule Isbary, în cazul acesta eu nu mai sunt bun de portar-șef; păi sigur, dacă confund oamenii, în cei treizeci de ani de serviciu pe care îi am, încă nu mi s-a întâmplat să confund două persoane diferite, lucru pe care-l pot dovedi sutele de domni chelneri-șefi ai hotelului care s-au perindat în acest răstimp. Și tocmai o dată cu tine, golan mizerabil ce ești, am început să confund lumea?! Cu tine, cu mutra asta voit nevinovată care se recunoaște dintr-o mie! Ce aveam de confundat aici? Chiar dacă te-ai fi strecurat în oraș prin spatele meu, tot aș putea să afirm, doar privindu-ți mutra, că nu ești decât un ticălos."

„Nu vă enervați, Feodor, interveni chelnerul-șef, a cărui conversație telefonică părea să se fi întrerupt brusc. Situația este foarte clară. Distracțiile nocturne sunt de fapt acuzații secundare. Deși sunt convins că înainte de a pleca i-ar conveni să dezlănțuie o anchetă mare cu privire la chestiile astea. I-ar face chiar plăcere. Am fi puși în situația să interogăm pe toți cei patruzeci de liftieri; aceștia, bineînțeles, ar semăna confuzie în toate, așa că am fi nevoiți să chemăm, rând pe rând, tot personalul de serviciu; ar sta pe loc întreaga activitate a hotelului. Toate astea nu i-ar servi la nimic, pentru că datul afară s-ar produce oricum, până la urmă; ar avea, în schimb, satisfacția că s-a distrat pe socoteala noastră. Noi însă vom renunța la acest balamuc. Pe bucătăreasa-șefă, pe această excelentă femeie, a indus-o în eroare atâta vreme; acuma, gata, ajunge. Nu mai vreau să ascult nimic, te concediez chiar acum pentru incorectitudine în serviciu. Poftim și dispoziția de plată către casierie, să ți se dea salariul până la zi. Ținând seama de purtarea ta, gestul meu, între noi fie zis, e un adevărat cadou; ți-l fac numai de dragul doamnei bucătărese-șefe."

Un telefon neașteptat îl făcu pe chelnerul-șef să nu semneze pe loc dispoziția de plată. „Pe ziua de azi mă înnebunesc liftierii ăștia!" exclamă acesta, de îndată ce auzi primele cuvinte. „De neînchipuit!" mai strigă el după o clipă. Și întorcându-și pentru un moment capul către portarul-șef, i se adresă: „Vă rog, Feodor, mai rețineți-l pe acest băiat. Mai avem o vorbă cu el", după care strigă în telefon: „Urcă imediat!".

În sfârșit, portarului-șef i se oferea prilejul să-și descarce întreaga mânie, lucru care nu-i reușise numai cu vorba. Apucă brațul lui Karl, aproape de umăr, și îl strânse zdravăn; îl mai slăbea din când în când, îl strângea din nou, mai tare, părând că strânsoarea aceea va crește la infinit – portarul se dovedea grozav de puternic – iar Karl începu să vadă negru în fața ochilor. Dar nu numai că îl ținea pe Karl cât putea de strâns ci, părând a fi primit ordin să-l și lungească cu câțiva centimetri, îl mai și trăgea din când în când în sus, îl zgâlțâia și spunea într-una, parcă întrebându-l pe chelnerul-șef: „Oare nu-l confund și acum, oare nu-l confund?".

Fu o adevărată mântuire pentru Karl când intră în birou șeful liftierilor, un oarecare Bess, băiat gras care pufăia într-una, distrăgând, întrucâtva, atenția portarului-șef. Karl era atât de vlăguit încât, cu toată uimirea care îl cuprinsese, abia avu putere s-o salute pe Tereza; aceasta apăruse în spatele lui Bess, cumplit de palidă, cu hainele în dezordine și cu părul abia prins într-un pieptene. Într-o clipă, Tereza ajunse lângă el și-l întrebă în șoaptă: „Bucătăreasa-șefă știe?"

„Chelnerul-șef i-a comunicat telefonic", zise Karl.

„Atunci totul se va aranja, se va aranja", spuse ea repede, privindu-l cu ochii oarecum mai vioi.

„Nu, spuse Karl, tu nici nu știi câte mi se reproșează. Trebuie să plec, chiar și bucătăreasa-șefă a fost convinsă. Te rog, nu sta aici, du-te sus, am să vin mai târziu să-mi iau rămas bun de la tine."

„Dar ce-ți trece prin minte, Rossmann? Ai să rămâi aici cu noi, oricât vei voi, Isbary nu iese din cuvântul bucătăresei-șefe, o iubește, am aflat asta nu de mult, așa că poți să fii liniștit."

„Te rog, Tereza, du-te. Nu știu, simt că nu mă pot apăra atât de bine când ești de față. Iar eu trebuie să mă apăr, fiindcă se pun pe seama mea tot felul de calomnii. Cu cât sunt mai atent, cu atât mă pot apăra mai bine și, deci, cresc șansele de a rămâne aici. Așa că, Tereza..." Dar simți imediat o asemenea durere încât, spre regretul lui, nu se putu abține să îngaime: „Dacă m-ar mai slăbi portarul ăsta șef! Câtă dușmănie e în el; și eu nici nu știam. Ba mă strânge, ba mă trage!" Pe loc însă Karl își zise cu vinovăție: „La urma urmei, de ce i-am spus toate astea?! Nici o femeie nu-i în stare să asculte nepăsătoare așa ceva". Într-adevăr, Tereza se și repezi la portarul-șef fără ca Rossmann să mai fi avut timp s-o rețină de mâna pe care o avea liberă. „Domnule portar-șef, vă rog să luați imediat mâna de pe Rossmann; dumneavoastră pur și simplu îl maltratați. Îndată doamna bucătăreasă-șefă va veni personal aici și atunci se va vedea că vă înșelați asupra lui. Dați-i drumul; nu înțeleg ce plăcere puteți avea chinuind astfel un om." Și Tereza voi chiar să apuce mâna portarului-șef. „Am ordin, mică domnișoară, am ordin în privința asta", spuse portarul-șef, îmbrățișând-o pe Tereza cu mâna liberă, în timp ce cu cealaltă mână îl strângea și mai tare pe Karl; arăta astfel că socotelile cu Karl nu se încheie cu una cu două, deci brațul acela rămâne și pe mai departe captiv.

Terezei îi trebui ceva timp ca să poată să scape din îmbrățișarea portarului-șef; se pregătea tocmai să-l apere pe Karl față de chelnerul-șef; acesta tot mai asculta ceea ce îi povestea Bess cu lux de amănunte, când bucătăreasa-șefă intră cu pași grăbiți.

„Slavă Domnului!“ strigă Tereza și, întrucât în birou se făcuse liniște, exclamația căzu cu efect. Chelnerul-șef sări imediat în picioare, dându-l pe Bess la o parte.

„Ați venit, așadar, personal, doamnă bucătăreasă-șefă? Pentru un lucru atât de neînsemnat? De fapt, puteam să deduc asta din convorbirea telefonică avută, deși faptul mi se părea greu de crezut. Din păcate însă, situația protejatului dumneavoastră se înrăutățește tot mai mult. Îmi vine chiar să cred că nici nu va mai fi nevoie să-l concediez, fiindcă va trebui să-l dau pe mâna poliției. Ascultați vă rog ca să vă convingeți personal.“ Îi făcu semn lui Bess să se apropie.

„Aș vrea mai întâi să schimb câteva cuvinte cu Rossmann“, spune bucătăreasa-șefă, așezându-se pe scaun, la insistențele chelnerului-șef.

„Karl, vino te rog mai aproape“, spuse ea imediat. Karl se apropie sau mai bine zis fu târât de portarul-șef până lângă ea. „Dați-i drumul odată, spuse bucătăreasa enervată, doar n-avem de-a face cu un asasin!“ Portarul-șef făcu ceea ce i se spuse, nu însă înainte de a-l mai strânge o dată, atât de tare încât, din pricina efortului, lui însuși i se umplură ochii de lacrimi.

„Karl, zise bucătăreasa-șefă și, după ce își așeză mâinile în poală, îl privi pe Karl cu capul ușor înclinat. (Nimic din ce făcea nu-ți dădea impresia unui interogatoriu.) Vreau să-ți spun, înainte de toate, că mai am deplină încredere în tine. Domnul chelner-șef este și el un om drept, am toate motivele să afirm acest lucru și, în definitiv, amândoi avem toată bunăvoința să te păstrăm aici. (Imediat aruncă o privire către chelnerul-șef, rugându-l parcă să n-o întrerupă.) Uită, deci, tot ce ți s-a spus până acum aici și, mai ales, nu pune la inimă tot ceea ce ți-o fi spus, îmi închipui, domnul portar-șef. E un om cam nervos, dar cu serviciul său nici nu-i de mirare; după câte știu, însă, are nevastă și copii, așa încât înțelege că nu trebuie să asuprească degeaba un băiat singur pe lume, pe care înseși condițiile vieții sale îl asupresc destul."

În cameră era acum o tăcere absolută. Portarul-șef se uita la chelnerul-șef cu o privire întrebătoare, iar acesta, clătinând din cap a dezaprobare, o privea pe bucătăreasa-șefă. În spatele chelnerului-șef, liftierul Bess rânjea prostește, iar ceva mai încolo Tereza plângea în taină, de bucurie și durere, străduindu-se să nu fie auzită de nimeni.

Din nefericire, Karl nu o privea în ochi pe bucătăreasa-șefă, deși aceasta îi căutase nu o dată privirea; el se uita fix în podea, lucru căruia nu-i puteai da decât un înțeles rău. Brațul său zvâcnea cuprins de o durere generală; din pricina atâtor vânătăi, cămașa începuse parcă să-l strângă și normal ar fi fost să-și scoată haina, să vadă ce anume i se întâmplase.

Tot ceea ce spusese bucătăreasa-șefă venea, desigur, din cele mai bune porniri, dar aveai impresia, din nefericire, că starea de lucruri arată cu și mai multă claritate cum Karl nu merită atâta bunăvoință, că timp de două luni acesta profitase în mod nerușinat de bunătatea acestei femei; singurul lucru care i se mai cuvenea acum era tratamentul pe care se pricepea să i-l aplice portarul-șef.

„Am spus cele de mai înainte, continuă bucătăreasa-șefă, pentru ca tu să poți mărturisi întregul adevăr, fără să te mai pierzi cu firea, ceea ce cred că s-a întâmplat, după cum te cunosc."

„Vă rog permiteți-mi să merg după medic. Mi-e teamă că dacă mai întârzii, omul acela ar putea să-și piardă tot sângele", interveni deodată tânărul liftier Bess, cu o frază foarte politicoasă, dar care pica exact când n-ar fi trebuit.

„Bine, du-te", îi spuse chelnerul-șef lui Bess, care dispăru imediat, după care se întoarse către bucătăreasa-șefă și vorbi astfel: „Iată cum stau lucrurile. Nu degeaba portarul-șef l-a ținut locului pe acest băiat. Jos, în dormitorul liftierilor, a fost găsit un om total străin, beat turtă. Firește, l-au trezit și au vrut să-l scoată de acolo. Dar omul acela a început să facă scandal, susținând sus și tare că dormitorul e al lui Karl Rossmann, al cărui musafir este, că însuși Karl Rossmann îl poftise în dormitor, că Rossmann va pedepsi pe oricine ar îndrăzni să pună mâna pe el, deoarece el nu făcea decât să-l aștepte pe Karl Rossmann, care i-a promis niște bani și care s-a dus să-i aducă. Rețineți, vă rog, doamnă bucătăreasă-șefă: „Rossmann i-a promis niște bani și s-a dus să-i aducă". „E bine să reții și tu", i se adresă chelnerul-șef lui Karl. Acesta tocmai se întoarse către Tereza, care-l privea consternată pe chelnerul-șef și își răsucea întruna șuvițe de păr de pe frunte, cu o nervozitate evidentă. „E bine, totuși, băiete, că ai acum ocazia să-ți amintești unele obligații. Omul din dormitor spunea că la noapte trebuie să faceți împreună o vizită nu știu cărei cântărețe, nimeni n-a putut să înțeleagă cum o cheamă, deoarece omul tău, beat-turtă, nu-i pronunță numele decât fredonând."

Aici chelnerul-șef se opri băgând de seamă că bucătăreasa-șefă devenise deodată palidă; aceasta se ridică și dădu scaunul la o parte.

„Nu mai continui să vorbesc, deoarece vreau să vă cruţ", spuse chelnerul-şef.

„Nu, vă rog, continuaţi, zise bucătăreasa-şefă, apucându-l pe acesta de mână. Vă rog, vreau să aud totul, pentru asta am şi venit aici."

Portarul-şef înaintă spre bucătăreasa-şefă bătându-se în piept, dând a înţelege că el prevăzuse totul încă de la început; fu însă potolit de chelnerul-şef şi trimis la locul său cu cuvintele: „Dar, bineînţeles, Feodor, ai avut perfectă dreptate!".

„De fapt, nu prea mai am multe de spus, vorbi mai departe chelnerul-şef. Aşa cum bine îi ştiţi pe băieţii de la lifturi, au început prin a face haz de acest beţivan, pe urmă au început să se certe cu el şi, cum întotdeauna se găsesc printre ei şi câţiva boxeri, a fost făcut *knockout*; nici n-am îndrăznit să întreb în câte locuri sângerează, ştiu numai că băieţii ăştia sunt nişte boxeri teribili, şi cum omul era beat, a păţit-o."

„Aşa, spuse bucătăreasa-şefă, apucând spătarul scaunului şi privind spre locul de unde tocmai se ridicase. Aşa, va să zică. Atunci vorbeşte, Rossmann, spune măcar un cuvânt!"

Între timp, Tereza fugise de la locul ei până lângă bucătăreasa-şefă şi se agăţase de braţul acesteia, gest pe care Karl nu-şi amintea să-l fi văzut vreodată. Chelnerul-şef stătea chiar în spatele bucătăresei-şefe, îşi aranja uşurel gulerul de dantelă, care i se ridicase puţin. Portarul-şef, care se găsea lângă Karl, zise: „Ei, începi să vorbeşti sau nu?" luându-şi astfel acoperire pentru lovitura de pumn pe care tocmai i-o administrase lui Karl în spinare.

„Este adevărat, vorbi Karl – glasul îi era cam şovăitor după ce încasase pumnul portarului – este adevărat că am condus pe acest om în dormitor."

„Altceva nici nu ne mai interesează", spuse portarul în numele tuturor. Bucătăreasa-șefă se uită însă întrebător întâi spre chelnerul-șef, apoi spre Tereza.

„N-am avut încotro, zise Karl. Acest om a fost cândva camaradul meu; nu m-a văzut de două luni și a venit azi să-mi facă o vizită, însă era atât de beat, încât n-a mai putut să plece singur de aici."

Chelnerul-șef, care se afla lângă bucătăreasa-șefă, îi repetă pe șoptite: „A venit, cică, să-i facă o vizită și pe urmă a fost atât de beat că nu a mai putut să plece". Bucătăreasa-șefă îi răspunse ceva peste umăr, tot în șoaptă; acesta părea că obiectează ceva, însă doar printr-un zâmbet, care în mod vădit nu avea legătură cu împrejurarea dată.

Tereza – unica ființă la care se uita Karl – își lipi obrazul de pieptul bucătăresei-șefe, gest prin care voia să se apere de tot și de toate, să nu mai vadă nimic. Singurul pe care declarațiile lui Karl îl mulțumeau pe deplin era portarul-șef; acesta repetă de câteva ori: „Da, e frumos să-ți ajuți tovarășul de beție", și se foi în fel și chip, căutând cu tot dinadinsul ca fraza să li se întipărească în minte tuturor celor prezenți.

„Da, sunt vinovat", spuse Karl și făcu o pauză, ca și cum ar fi așteptat măcar un singur cuvânt prietenos din partea judecătorilor săi; un asemenea cuvânt i-ar fi dat curajul să se apere în continuare. Cuvântul acela însă nu fu rostit. „Sunt vinovat, dar singura mea vină este că l-am dus pe acest om în dormitor – îl cheamă Robinson și este irlandez – și nimic din ceea ce a spus în beția lui nu este adevărat".

„Va să zică nu i-ai promis bani?" întrebă chelnerul-șef.

„Ba da, zise Karl și imediat regretă că se pripise uitând să pomenească ceva despre bani; afirmase mult prea categoric că nimic din ce spusese Robinson nu era adevărat. I-am promis, ce-i drept, bani, fiindcă m-a rugat insistent să-i dau bani. Dar n-am avut intenția să-i procur acești bani, aveam de gând să-i dau bacșișul pe care l-am câștigat peste noapte." Spre a dovedi aceasta, scoase din buzunar cele câteva monede mici, pe care le arătă tuturor pe palma întinsă.

„Te înfunzi din ce în ce mai rău, spuse chelnerul-șef. Ca să putem crede ce ne spui, trebuie să uităm mereu ceea ce ne-ai spus doar cu o clipă înainte. Ai recunoscut, la început, că l-ai adus în dormitor pe acest om – eu nu cred nici măcar că-l cheamă Robinson, fiindcă de când există Irlanda nu s-a pomenit vreun irlandez pe care să-l cheme astfel – va să zică, la început ai spus că n-ai făcut altceva decât să-l duci în dormitor, ceea ce, la urma urmelor ar fi de ajuns ca să te zbor din serviciu. Ai tăinuit însă că i-ai promis bani și, numai după ce te-am luat din scurt, ai mărturisit. Dar ce-ți închipui, că ne-am strâns aici ca să ne jucăm de-a întrebările și răspunsurile? Am fi vrut să auzim cum te dezvinovățești. Ai mai spus că n-ai avut de gând să te duci să-i procuri bani, ci să-i dai doar bacșișul câștigat astăzi; cum banii mai sunt încă asupra ta, e clar că te-ai dus să cauți și alți bani, fapt care explică, de altfel, absența ta îndelungată. N-ar fi fost nimic suspect dacă ai fi declarat, de exemplu, că te-ai dus în dormitor să iei bani din propriul tău geamantan. Dar faptul că susții cu atâta înverșunare că nu te-ai dus să-i procuri bani, asta e ceva suspect; la fel modul cum încerci să ascunzi că l-ai îmbătat pe acest om aici, la hotel, fapt asupra căruia eu aproape că nu am îndoieli. După ce ai spus că a venit la hotel de unul singur, ai afirmat mai târziu că n-a fost în stare să plece pe picioarele sale; și-apoi, el însuși țipa prin dormitor că este musafirul tău. Discutabile rămân, mai ales, două chestiuni la care te-aș sfătui să te referi singur, dacă vrei să simplifici lucrurile; de altfel acestea pot fi dovedite și fără ajutorul tău. În primul rând, cum ai reușit să pătrunzi în cămările de alimente și, în al doilea rând, de unde provin banii pe care tu aveai de gând să-i aduni grămadă și să-i faci cadou?"

„Este imposibil să te aperi când nu ești înconjurat decât de rea-voință", își spuse Karl și nu mai dădu răspuns chelnerului-șef, cu toate că-i părea rău pentru Tereza, care se frământa cumplit. Își dădea seama că tot ce ar fi spus ar fi fost interpretat exact pe dos, fiindcă întotdeauna depinde de felul în care ești judecat dacă albul este negru și negrul este alb.

„Nu răspunde", zise bucătăreasa cu regret.

„Este lucrul cel mai cuminte pe care-l poate face", spuse chelnerul-șef.

„Fiți fără grijă, până la urmă tot va inventa ceva", vorbi portarul-șef și își mângâie ușurel barba cu aceeași mână cu care-l torturase pe Karl.

„Liniștește-te, spuse bucătăreasa-șefă, Terezei care începuse să plângă cu hohote aplecată pe umărul ei. Vezi doar că nu răspunde nimic, cum pot atunci să-l mai apăr? Până la urmă, văd că eu rămân în fața domnului chelner-șef cea care n-a avut dreptate. Dar, spune-mi sincer, Tereza, după părerea ta, ar mai fi fost ceva de făcut pentru el și n-am făcut-o?" Cum să-i fi răspuns Tereza? Ce știa ea despre toate astea și ce rost avea ca bucătăreasa-șefă să se lepede de răspundere în felul acesta, public, punând-o totodată în încurcătură pe biata fată, cu întrebarea ei?

„Doamnă bucătăreasă-șefă, zise Karl, care se mai îmbărbătă doar-doar să o scutească pe Tereza de un răspuns, nu consider că v-am compromis cu ceva și la o cercetare mai serioasă, oricine ar putea să o constate."

„Oricine, spuse portarul-șef și arătă cu degetul spre chelnerul-șef. Asta este o răutate la adresa dumneavoastră, domnule Isbary."

„Acum, doamnă bucătăreasă-șefă, spuse acesta, întrucât este ora șase și jumătate, deci hotelul începe să se anime, cred că o să-mi dați voie să mă pronunț definitiv în această chestiune pe care și așa am tratat-o cu prea multă răbdare."

Micul Giacomo intră și vru să se apropie de Karl, dar speriat de tăcerea generală, se opri și așteptă.

Din clipa când Karl rostise ultimele sale cuvinte, bucătăreasa-șefă nu-l mai pierduse din ochi și părea că nici n-a auzit afirmația chelnerului-șef. Îl privea pe Karl drept în față cu ochii ei mari și albaștri, puțin tulburi din cauza vârstei și a muncii grele. Văzând-o cum stă așa, gânditoare, balansându-se ușor pe speteaza scaunului, te-ai fi putut aștepta ca în clipa următoare să spună: „Ei, Karl, după cum văd eu, problema ta încă nu este chiar atât de lămurită și într-adevăr n-ar strica, așa cum ai spus tu, o cercetare mai amănunțită. Părerea mea e s-o întreprindem, chiar acum, în ciuda unor păreri contrarii, căci înainte de orice ne interesează ca dreptatea să iasă la iveală."

În loc să spună toate astea, urmă o mică pauză, pe care nimeni nu îndrăzni s-o tulbure (doar pendula, care bătu orele șase și jumătate, confirmând parcă spusele chelnerului-șef și care fu urmată imediat de celelalte ceasuri din hotel); totul te făcea să simți un zvâcnet de neliniște în urechi și în creier – apoi bucătăreasa-șefă spuse: „Nu, Karl, nu, nu! Nimeni nu ne poate convinge de contrariul. Lucrurile cinstite au o cu totul altă înfățișare și, trebuie s-o recunosc, o asemenea înfățișare n-o au faptele care au fost relatate aici. Eu, mai mult decât oricine, am datoria să o spun, fiindcă sunt aici pentru a interveni în favoarea ta. Îmi pare rău, dar uite, însăși Tereza tace." (Dar Tereza nu tăcea, plângea.)

Deodată, bucătăreasa-șefă se opri ca sub impulsul unei hotărâri de moment, și spuse: „Karl, vino încoace".

Când Karl se apropie – între timp chelnerul-șef și portarul-șef se angajaseră într-o discuție aprinsă – bucătăreasa îi cuprinse umerii și-l conduse, în timp ce Tereza îi urma mașinal, până în fundul camerei; purtându-i pe amândoi de colo până colo, zise: „Se prea poate, Karl, ca o cercetare să adeverească că ai dreptate în unele amănunte și se pare că tu contezi pe asta, deoarece altminteri chiar nu te-aș mai putea înțelege. Foarte bine. Poate într-adevăr l-ai salutat pe portarul-șef, sunt chiar convinsă că ai făcut-o; am părerea mea despre portarul-șef și, după cum vezi, îți vorbesc și de astă dată deschis. Dar la ce ajută asemenea mici justificări? Chelnerul-șef, care se pricepe bine la oameni – am ajuns să-l apreciez de-a lungul anilor de când lucrăm împreună – și care este omul cel mai cinstit pe care-l cunosc, a declarat ferm că ești vinovat; a și explicat în așa fel încât faptul îmi apare și mie destul de clar. Se prea poate să fi făcut tot ce-ai făcut fără să te gândești, dar la fel de adevărat poate să fie și altminteri. Și totuși, uite – aici se opri, aruncând o privire în urmă, spre cei doi domni – nu cred că am să mă pot obișnui să nu te consider, ca și până acum, un băiat cinstit."

„Doamnă bucătăreasă-șefă! Doamnă bucătăreasă-șefă!" îi atrase atenția chelnerul-șef și, făcând-o o clipă să se uite ia el, o privi cu mustrare.

„Termin imediat", zise bucătăreasa-șefă și spuse în mare grabă tot ce mai avu de spus. „Ascultă, Karl, așa cum mi se pare că se prezintă situația, sunt chiar mulțumită că șeful tău nu are de gând să întreprindă cercetări, și dacă ar vrea să le întreprindă ar trebui în interesul tău, să-l opresc. Nimeni nu trebuie să afle cum ai făcut tu rost de băutură pentru omul acela, care nici măcar nu poate fi unul dintre vechii tăi prieteni, așa cum afirmi. De aceea te-ai despărțit certat; or, nu-i de crezut să-i mai fi făcut acuma cinste vreunuia dintre ei. Nu poate fi decât o cunoștință întâmplătoare, făcută probabil într-o noapte, într-una din cârciumile din oraș, fără să te fi gândit la urmări. Cum de mi-ai ascuns, Karl, toate aceste lucruri? Poate că n-ai mai putut să suporți atmosfera din dormitor și de aceea ți-ai început escapadele nocturne; dar dacă numai ăsta era motivul, de ce nu mi-ai spus nimic? Știi doar că eu am vrut să-ți fac rost de o cameră separată și am renunțat numai la rugămințile tale; încep să cred că ai vrut să rămâi în dormitorul comun tocmai fiindcă te simțeai acolo mai liber. M-ai rugat, de asemenea, să-ți păstrez banii în seiful meu, salariul și bacșișurile pe care le căpătai. Mi le aduceai în fiecare săptămână; nu înțeleg atunci, băiete, pentru numele lui Dumnezeu, de unde ai luat tu bani pentru distracții și unde voiai tu să te aduci acum ca să-i aduci bani prietenului tău? Sunt lucruri pe care, bineînțeles măcar pentru un moment, nu le pot aduce la cunoștința chelnerului-șef; în acest caz, ancheta ar fi, într-adevăr, de neevitat. Este, așadar, neapărat necesar să pleci cât mai repede din acest hotel. Du-te direct la pensiunea Brenner; ai fost doar de mai multe ori acolo cu Tereza. Cu recomandația asta te vor primi fără să plătești." Și bucătăreasa-șefă scoase din buzunar un creion de aur și se grăbi să scrie câteva rânduri pe o carte de vizită, fără însă a înceta să vorbească: „O să am grijă să-ți trimit și geamantanul, ai să-l primești acolo, imediat. Tereza, ai să tragi tu o fugă până în vestiarul liftierilor și ai să-i strângi lucrurile în geamantan." (Dar Tereza nu se mișcă; după tot ce pătimise, voia acum să guste acest moment, care putea să însemne o cotitură favorabilă în situația lui Karl, datorită bunăvoinței bucătăresei-șefe.)

Cineva întredeschise ușa, dar nu intră, o închise imediat. Fusese, desigur, un semn pentru Giacomo, fiindcă băiatul înaintă și zise: „Rossmann, trebuie să-ți transmit ceva".

„O clipă, spuse bucătăreasa-șefă și vârî cartea de vizită în buzunarul lui Karl, care o asculta cu capul plecat. Banii ți-i păstrez deocamdată, știi doar că sunt în mâini bune. Astăzi stai acasă și gândește-te la situația ta, mâine o să vin și eu la Brenner – azi n-am timp, și așa am zăbovit prea mult aici – să vedem ce am mai putea face pentru tine. Poți să știi de pe acum că n-am de gând să te las de izbeliște. Și dacă-ți faci cumva griji în ce privește viitorul tău, eu te-aș sfătui să ți le faci în ce privește trecutul, și încă cel apropiat." Spunând acestea, îl lovi ușor peste umăr și se duse spre chelnerul-șef. Karl înălță capul și privi în urma acestei femei înalte și impozante, care se depărta umblând drept și cu pasul egal.

„Karl, nu ești mulțumit că totul s-a terminat cu bine?" întrebă Tereza care rămăsese lângă el.

„O, da", spuse Karl și zâmbi, neînțelegând totuși ce ar trebui să-l mulțumească din moment ce era îndepărtat ca un hoț. În ochii Terezei strălucea o bucurie sinceră, ca și cum i-ar fi fost totuna dacă în adevăr Karl făcuse ceva rău sau nu, dacă fusese judecat drept sau dimpotrivă, dacă trebuia să plece rușinat ori pleca în chip onorabil. Parcă n-ar fi fost aceeași Tereză plină de scrupule, care despica firul în patru, care întorcea pe față și pe dos, timp de săptămâni, fiecare cuvânt al bucătăresei-șefe. Karl o întrebă dinadins: „Vrei să-mi faci geamantanul și să mi-l expediezi îndată?". Era surprinzător cât de repede dădu Tereza un înțeles aparte, foarte personal, acestei întrebări, încât îl făcu pe celălalt să clatine din cap de mirare; era atât de convinsă că în geamantan Karl avea și niște lucruri despre care nu voia să se știe, încât fără să-l mai privească măcar ori să-i întindă mâna, îi șopti în taină: „Desigur, Karl, imediat, imediat îți fac bagajul", și o zbughi pe ușă.

Giacomo nu mai putea să stea locului; obosit și enervat de atâta așteptare, țipă deodată în gura mare: „Rossmann, omul acela se tăvălește jos pe coridor și nu vrea să plece cu nici un chip. Au vrut să-l trimită la spital, dar se apără cu îndârjire și strigă că dumneata n-ai permite niciodată așa ceva. Cere să i se aducă o mașină și să fie trimis acasă, spune că dumneata i-ai plăti drumul. I-l plătești?"

„Văd că omul ăsta are toată încrederea în tine", zise chelnerul-șef. Karl dădu din umeri și-i numără lui Giacomo în palmă banii pe care-i mai avea asupra sa. „Asta-i tot ce am", zise el.

„Mai întreabă dacă ai de gând să pleci cu el sau nu", zise Giacomo, jucându-se cu monezile din palmă.

„N-o să plece“, spuse bucătăreasa-șefă.

„În concluzie, Rossmann, spuse chelnerul-șef, fără să mai aștepte plecarea lui Giacomo, ești concediat.“

Portarul-șef aprobă dând din cap de vreo câteva ori la rând, ca și cum chelnerul-șef n-ar fi făcut decât să traducă în cuvinte propriile lui gânduri.

„Motivele concedierii tale nu pot să le pronunț, deoarece ar însemna să te trimit la închisoare.“

Portarul-șef aruncă spre bucătăreasa-șefă o privire severă, fiindcă știa că numai ei i se datora această indulgență.

„Acum caută-l pe Bess, schimbă-te, predă-i lui Bess livreaua și părăsește imediat, dar imediat, acest așezământ!“

Karl băgă de seamă că bucătăreasa-șefă îi face semn cu ochiul să nu se neliniștească. Pe urmă, în timp ce se înclina în fața ei în semn de rămas bun, observă că mâna chelnerului-șef se apropie pe furiș de cea a bucătăresei-șefe, și încerca s-o mângâie. Portarul-șef îl însoți pe Karl, cu pașii lui greoi, până la ușă, pe care nu-i dădu voie s-o închidă, ca să-l mai poată urmări o vreme cu privirea și să-i strige din urmă: „În cincisprezece secunde vreau să te văd trecând prin fața mea, pe la poarta principală! Bagă de seamă!“.

Karl se grăbi cât putu, nu numai pentru a evita alte încurcături cu portarul, ci fiindcă voia să termine odată toată povestea asta. Din păcate însă, îl găsi destul de greu pe Bess; era ora micului dejun și forfota era mare pe toate coridoarele. Descoperi apoi că, fără să-i fi cerut voie, unul dintre băieți îi luase cu împrumut pantalonii; Karl fu nevoit să răscolească toate cuierele de lângă paturi până când îi găsi. Trecură astfel vreo cinci minute până reuși să ajungă la poarta principală. Dinaintea lui mergea o doamnă înconjurată de patru bărbați. Se îndreptau cu toții spre o limuzină încăpătoare, în fața căreia aștepta un servitor, ținând portiera gata deschisă, pe când brațul său stâng, brațul liber, rămăsese înțepenit pe orizontală, ceea ce dădea scenei un aer solemn. Karl sperase zadarnic că va putea ieși neobservat, o dată cu aceste persoane simandicoase. Portarul-șef îl înhăță de mână și-l trase afară din grup, cerând scuze celor doi domni pe care-i făcuse să se dea la o parte.

„Asta înseamnă la tine cincisprezece secunde?!" se oțărî el, privindu-l pe Karl chiorâș, ca și cum s-ar fi uitat la un orologiu care merge anapoda. „Ia vino încoace!" spuse el, și-l duse spre cabina cea mare a portarului, pe care Karl de mult dorise s-o vadă; înainta acum spre ea prevăzător, împins de portar. Ajunsese în prag, când se întoarse, încercând să-l dea pe portar la o parte și să fugă.

„Nu, nu, să intrăm aici!" zise portarul-șef și-l răsuci pe Karl cu fața spre ușă.

„Eu sunt de acum concediat", protestă Karl, voind să-l facă să înțeleagă pe celălalt că în hotelul acela nu mai avea nimeni dreptul să-i dea ordine.

„Cât timp te am în mână, nu ești concediat încă", zise portarul, ceea ce era adevărat, la urma urmelor.

Karl înțelese că n-are nici un rost să se mai împotrivească. Dar, în definitiv, ce putea să i se mai întâmple? În plus, pereții cabinei portarului erau numai din foi mari de sticlă, așa că prin ei zărea atât de bine mulțimea care forfotea prin hol de parcă te-ai fi aflat chiar în mijlocul acesteia. Aveai într-adevăr impresia că în cabina portarului n-ar exista nici un colț în care să te poți ascunde de privirile oamenilor. Și oricât de grăbiți ar fi fost cei ce treceau prin hol – mâinile unora erau ocupate cu valiza, alții umblau liber și foarte preocupați, cu capul plecat, cu privirile în gol – nici unul însă nu trecea fără să se uite o clipă în cabina portarului; pe geamurile acesteia se afișau felurite anunțuri și informații, atât pentru clienți cât și pentru personalul hotelului. Se mai afla între cabina portarului și hol o cabină intermediară, cu două ferestre glisante, în fața cărora stăteau doi portari de rând, în permanență ocupați să dea informații privind cele mai diverse chestiuni. Erau oameni de-a dreptul surmenați și Karl gândi că portarul-șef, după cât îl putuse cunoaște, se aranjase anume în așa fel ca, în decursul îndelungatei sale cariere, să nu treacă printr-un asemenea serviciu. Portarii de rând de la informații – din afara cabinei nu-ți prea dădeai seama de asta – aveau întotdeauna în fața ghișeului lor cel puțin zece capete, ca zece semne de întrebare. Grupurile de zece oameni, mereu altele, iscau uneori, cu nenumăratele lor întrebări, o asemenea babilonie de limbi de parcă dintr-odată toate țările și-ar fi trimis aici delegații. Până când ajungeau să-i întrebe pe portarii de rând, cei mai mulți se tot întrebau între ei. Alții visau să depună sau să ridice câte ceva din cabina portarului, așa că din mulțime se ridicau mereu mâini care se agitau cu nerăbdare. Se întâmpla ca cineva care ceruse un ziar să se pomenească deodată că i se dă, de undeva de deasupra, ziarul cerut, acoperind pentru moment toate capetele. Nu le era ușor celor doi portari de rând să facă față atâtor situații diverse. Că dădeau informații e puțin spus, pur și simplu turuiau într-una; mai ales unul dintre ei, cam încruntat și cu o barbă care-i acoperea toată fața, nu se întrerupea nici o secundă. Nu privea nici masa dinaintea lui, unde avea tot timpul de triat hârtii, nici figurile interlocutorilor săi; privea drept înainte, cu o privire fixă, desigur ca să-și mai păstreze forțele și să se concentreze. De altfel nu vorbea prea deslușit, îl încurca barba. Karl, care trecuse pe lângă el și chiar se oprise o clipă, nu reușise să priceapă mai nimic din ce spunea; poate și fiindcă portarul acela de rând folosea diverse limbi străine, pe care le colora cu un pronunțat accent englezesc. Totul părea confuz și din pricină că informațiile se succedau atât de repede încât se întâmpla ca acestea să se suprapună; cel cu întrebarea încă mai asculta atent, crezând că tot despre problema lui e vorba, ca abia după un timp să-și dea seama că se discută despre cu totul altceva. Trebuia să te obișnuiești și cu faptul că portarul respectiv nu cerea niciodată să i se repete întrebarea care, deși clară în general, avea detalii de o oarecare neclaritate. În cazuri de acestea, portarul respectiv clătina din cap abia perceptibil, dând a înțelege celui care întreba că nu-l poate lămuri dacă nu-și formulează mai exact întrebarea. Mai ales în fața acestuia oamenii își pierdeau mult timp la ghișeu. Fiecare portar de rând era ajutat de câte un curier, care trebuia să aducă în fugă, de pe vreo etajeră, din diferite dulapuri, tot ce avea nevoie portarul. Acestea erau serviciile cele mai bine plătite – erau desigur și cele mai obositoare – și hotelul le încredința numai oamenilor foarte tineri. Dintr-un anumit punct de vedere, ei erau într-o situație și mai grea decât portarii de rând, care trebuiau doar să gândească repede și să răspundă prompt; băieții erau nevoiți să mai și alerge în timp ce gândeau.

Dacă se întâmpla să aducă vreodată altceva decât li se ceruse, portarul de rând, care nu-și putea pierde vremea cu muștruluieli, arunca, pur și simplu, cât colo obiectul inutil. Cel mai interesant însă era momentul când cei doi portari de rând erau înlocuiți, moment care tocmai se petrecuse puțin timp după ce Karl intrase în cabină. Schimbul avea loc de mai multe ori în decursul unei zile, deoarece cu greu s-ar găsi un om care să poată rezista în dosul ghișeului mai mult de o oră. Pentru a semnala schimbul, suna un clopot, clipă în care apăreau printr-o ușă laterală portarii de rând care urmau să preia serviciul, fiecare condus de curierul ajutător. Ei se opreau la ghișeu, îi cercetau cu privirea pe cei care așteptau afară și imediat se lămureau în ce stadiu se găseau în acel moment răspunsurile la întrebările date. Dacă găseau că e momentul să-și ia postul în primire, atingeau ușor pe umăr portarul de rând care trebuia schimbat; acesta, deși până atunci părea complet absent la tot ce se petrecuse îndărătul său, pricepea de îndată și elibera locul. Totul se desfășura într-un ritm atât de rapid încât pur și simplu îi uluia pe oamenii care așteptau afară și care uneori făceau instinctiv un pas îndărăt, parcă speriați de această nouă apariție atât de neașteptată. Cei doi portari de rând care ieșiseră din schimb se relaxau și, aplecându-se deasupra unor lighene care stăteau gata pregătite, își turnau apă peste capetele înfierbântate. Curierii lor nu puteau încă să se relaxeze, mai aveau ceva de făcut, trebuiau să ridice de pe dușumea obiectele zvârlite pe jos în timpul serviciului lor și să le așeze la loc.

Karl reținu toate acestea cu maximă atenție și îl urmă apoi, ușor zăpăcit, pe portarul-șef înspre locul către care îl conducea. Nu încape îndoială că portarul-șef observase impresia deosebită pe care o făcuse asupra lui Karl sistemul acesta de informații, fapt pentru care îl trase de mână, zicând: „Vezi, așa se lucrează aici". Deși nici Karl nu trândăvise în acest hotel, nu bănuise totuși că poate exista o muncă atât de istovitoare și, uitând aproape că portarul-șef era cel mai mare dușman al său, ridică asupra lui o privire plină de admirație și, clătinând din cap, aprobă cele spuse de el. Gestul nu-i prea conveni portarului-șef, întrucât vădea o supraapreciere a muncii portarilor de rând, deci, indirect, o impolitețe față de persoana sa. Târându-l pe Karl după dânsul, parcă în bătaie de joc, portarul-șef strigă fără să-i pese că va fi auzit de toți ceilalți: „Haida-de, asta-i munca cea mai stupidă din tot hotelul. Dacă stai și asculți ce întrebări se pun în decurs de o oră, ajungi aproape să le cunoști pe toate; ce vine pe deasupra nici nu merită vreun răspuns. Dacă n-ai fi fost obraznic și prost crescut, dacă n-ai fi mințit, n-ai fi vagabondat, n-ai fi băut și n-ai fi furat, poate că peste un timp te-aș fi angajat pe tine la un asemenea ghișeu. Într-un serviciu ca ăsta nu mi-s de folos decât cei grei de cap."

Karl aproape că nici nu mai auzi aceste insulte; în loc ca munca grea și demnă de toată cinstea a portarilor să fie lăudată, era batjocorită, și încă de cine? De unul care dacă ar fi îndrăznit vreodată să se așeze la un asemenea ghișeu – admitem acest lucru prin absurd – ar fi trebuit negreșit să-l părăsească după câteva clipe, în râsetele tuturor solicitanților. Era o situație care îți inspira doar indignare.

„Dați-mi drumul, zise Karl, a cărui curiozitate cu privire la cabina portarului era pe deplin satisfăcută. Nu mai vreau să am nimic de-a face eu dumneavoastră!"

„Asta nu ajunge ca să-ți și dau drumul", zise portarul-șef, strângând brațele lui Karl cu atâta înverșunare încât îl paraliză; aproape că-l duse pe sus până în celălalt capăt al cabinei.

Să nu fi observat oamenii de afară gestul violent al portarului? Sau, dacă îl observaseră, cine știe cum l-or fi interpretat, deoarece nici unul din ei nu părea să se fi sinchisit și nici unul nu se apropie să bată în geam, să-i atragă portarului-șef atenția că e văzut și că nu se poate purta după bunul său plac.

Curând Karl pierdu și ultima speranță de a mai primi vreun ajutor din partea celor din hol, deoarece portarul-șef trase de o sfoară și jumătate din geamlâcul cabinei se acoperi de sus până jos cu o draperie neagră. Și de cealaltă parte a cabinei se zăreau oameni care lucrau, însă toți erau preocupați de munca lor, nimeni n-avea ochi și urechi pentru altceva. Și apoi, toți aceștia depindeau direct și întru totul de portarul-șef, așa că nici nu putea fi vorba să-i sară careva în ajutor lui Karl; dimpotrivă, ar fi fost oricând gata să ascundă totul, oricum i-ar fi trăsnit prin minte portarului-șef să se poarte față de el. Se aflau chiar în imediata lor apropiere șase portari, instalați lângă câte un telefon. Dispoziția era, așa cum se putea observa dintr-o ochire, ca niciodată să nu vorbească la telefon mai mult de unul singur; vecinul transmitea comunicările telefonice, conform notelor primite de la primul portar. Acestea erau telefoane de ultimul tip, pentru care nu era nevoie de o cabină telefonică. Soneria lor nu se auzea mai tare decât un zumzăit. Se putea vorbi în receptor pe șoptite și totuși, datorită unor sisteme electrice speciale de amplificare, vocea se auzea foarte puternic la celălalt capăt al firului. Așa se întâmpla că cei trei portari care aveau obligația să vorbească la telefon aproape că nici nu se auzeau reciproc; s-ar fi putut crede că nu făceau altceva decât să-și repete lor înșiși, în șoaptă, ceva despre un amănunt oarecare observat în pâlnia receptorului telefonic, pe când cei trei telefoniști, aproape asurziți de zgomotul pe care îl captau în căștile lor – dar pe care cei din jur nu-l auzeau – își plecau capul, osteniți, asupra hârtiilor pe care trebuiau să le completeze. Lângă fiecare dintre cei trei vorbitori stătea câte un băiat care îi ajuta; toți trei întindeau gâtul către șeful lor, căutând să prindă cu urechea ceea ce li se comunica, după care, ca și cum ar fi fost înțepați, se apucau să caute în imensele cărți de telefoane, de culoare galbenă, numărul cerut, stârnind prin întoarcerea paginilor masive un zgomot care le acoperea pe toate celelalte din încăpere.

Karl nu se putu abține să urmărească totul în amănunt, deși portarul-șef, care se așezase pe un scaun, îl țintuise în fața lui și îi strângea brațul cu o mână de fier.

„Este de datoria mea, vorbi portarul-șef și îl zgâlțâi pe Karl, pentru a-l obliga să îl privească în față, este de datoria mea ca, în numele direcțiunii, să mă achit – chiar și numai în parte – de obligația pe care, dintr-un motiv sau altul, chelnerul-șef a neglijat să o ducă la îndeplinire. Noi însă ne-am ajutat întotdeauna unul pe celălalt. Fără acest sprijin reciproc nici n-ar putea să existe o întreprindere atât de mare. Poate vrei să spui că nu sunt șeful tău direct; cu atât mai frumos din partea mea că mă ocup de această chestiune care a fost lăsată baltă. În definitiv, în calitate de portar-șef, sunt într-o oarecare măsură șeful tuturor, deoarece sub ordinele mele se află această poartă principală, cele trei porți mijlocii și cele zece porți secundare, ca să nu mai pomenesc și nenumăratele portițe și ieșiri fără poartă. Ca atare, toate categoriile de serviciu despre care poate fi vorba, mie trebuie să-mi dea necondiționat ascultare. Firește, aceste onoruri deosebite mă și obligă; printre altele, am datoria față de direcțiunea hotelului de a nu lăsa să părăsească hotelul nici o persoană care mi s-ar părea cât de cât suspectă. Or, tu îmi pari chiar foarte suspect, cel puțin așa îmi place mie să cred. (Și, radiind de satisfacție, își ridică mâinile în aer, de unde le prăbuși violent, se auzi o plesnitură și Karl se încovoie de durere.) Ai fi putut, continua el, amuzându-se, ai fi putut să pleci neobservat prin altă ieșire, deoarece nu m-am ostenit să dau ordine speciale cu privire la ilustra ta persoană. Dar fiindcă tot te afli acum aici, de ce să nu trag toate foloasele de pe urma acestei situații. De altfel, nici nu m-am îndoit că vei veni la poarta principală, așa cum ți-am ordonat. E o regulă generală asta: omul neobrăzat și recalcitrant pune capăt proastelor sale deprinderi tocmai în momentul când simte că i se apropie funia de par. Ai ocazia să te convingi de acest lucru pe propria-ți piele."

„Să nu credeți", începu Karl, trăgând în nări ciudatul miros de mucegai pe care îl răspândea portarul-șef; stând atâta vreme în apropierea portarului-șef nu putea să nu bage de seamă acest miros. „Să nu credeți că sunt total în puterea dumneavoastră; doar pot să strig după ajutor."

„Iar eu pot să-ți astup gura", zise portarul-șef, prompt și calm, tot așa cum probabil se și gândea să acționeze la nevoie. „Dar presupunând că s-ar găsi cineva să intre aici adus de mila ta, îți închipui cumva că acel cineva ți-ar da dreptate de față cu mine, cu portarul-șef?!

E mai bine să te lași păgubaș. Mai ales acum, după ce nu mai ai pe tine livreaua, în care, oricum, păreai mai arătos; ești ca un pui de bogdaproste în haina asta care, după toate aparențele, nu se mai poartă decât în Europa".

Îl apucă pe Karl de haină și îl trase de ea zdravăn, în toate direcțiile. Deși aproape nouă în urmă cu cinci luni, haina era acum uzată, mototolită și mai ales pătată, din pricina lipsei de bun-simț a liftierilor care, în loc să curețe zilnic dușumeaua dormitorului lor, cum o cereau dispozițiunile, se mulțumeau cu un luciu de suprafață, stropeau podeaua cu un ulei obișnuit și, de fiecare dată, împroșcau oribil hainele atârnate în cuiere. De altfel, oriunde ți-ai fi pus hainele, se găsea totdeauna câte unul care, neavându-le la îndemână pe ale sale, dădea ușor peste hainele bine ascunse ale celuilalt și le împrumuta; dacă se nimerea ca tocmai respectivul să fie de serviciu în ziua aceea la curățitul sălii, nu numai că-ți împroșca hainele, dar aproape că ți le muia în ulei de sus până jos. Doar Renel se pricepea să-și țină costumele bine ascunse, într-un loc ferit, pe care nimeni nu se obosise să-l descopere; de fapt, nimeni nu lua haina altuia din răutate sau zgârcenie, ci din grabă și din neglijență. Dar până și haina lui Renell avea în mijlocul spatelui o pată rotundă, roșietică, de ulei; un cunoscător în meseria de liftier ghicea din acest semn totul despre tânărul acela elegant.

Aducându-și aminte de toate acestea, Karl își spuse că, în definitiv, meseria de liftier nu-l fericise cu nimic; sperase ca acest serviciu să fie pentru el un punct de plecare spre a se ridica apoi la un post mai bun și, din contra, nu făcuse decât să coboare până aproape de pragul închisorii. Și acum, uite, se afla în mâinile portarului-șef, care tocmai se gândea, probabil, cum ar putea să-l umilească și mai mult. Uitând cu totul că portarul-șef era un om care nu se lasă convins de nimeni și de nimic, Karl strigă, lovindu-se de câteva ori peste frunte cu mâna rămasă liberă: „Și chiar presupunând că într-adevăr nu v-aș fi salutat, cum este oare posibil ca un om matur să fie atât de răzbunător pentru o vină atât de neînsemnată?".

„Eu nu sunt răzbunător, zise portarul-șef. Nu vreau altceva decât să te caut prin buzunare. Deși nu cred că voi găsi mare lucru; fără îndoială, ai fost destul de prevăzător ca să predai treptat totul prietenului tău, însă de percheziționat tot am să te percheziționez." Spunând asta, își vârî cu atâta forță mâna într-unul din buzunarele lui Karl încât cusăturile din părți plesniră. „Aici n-a mai rămas nimic" spuse el, și adună în pumn tot ce găsise în buzunar: un calendar-reclamă al hotelului, o pagină pe care era scrisă o temă de corespondență comercială, câțiva nasturi de haină și de pantalon, cartea de vizită a bucătăresei-șefe, o pilă de unghii pe care i-o dăduse cândva un client, pe când își făcea valiza, o oglindă veche de buzunar pe care i-o dăruise Renell drept răsplată pentru că îl înlocuise de vreo zece ori în serviciu. „Așa, aici n-a mai rămas nimic", mai spuse el, aruncând totul sub bancă, ca și cum ar fi fost foarte natural ca toate lucrurile acelea, care nu erau de furat și aparțineau lui Karl, să fie sechestrate.

„Acuma gata, destul" își zise Karl – fața îi era toată roșie – și cum portarul-șef devenise cam neatent și îl scotocea cu lăcomie în cel de al doilea buzunar, Karl îi scăpă din mâini, ieși cu o singură smucitură din ambele mâneci ale hainei; făcu un salt, îl izbi destul de tare pe unul din portarii de rând de aparatul său telefonic și o rupse la fugă, prin atmosfera insuportabilă, spre ieșire, de fapt mult mai încet decât ar fi voit el în clipa aceea. Reuși, din fericire, să iasă din cabină încă înainte ca portarul-șef să se fi putut ridica, incomodat fiind de mantaua lui grea. Organizarea pazei se dovedi a nu fi atât de perfectă; adevărat că se auzeau țiuind câteva sonerii, dar Dumnezeu mai știe în ce scop! De asemenea, salariații hotelului intrau și ieșeau pe ușă neîncetat și într-un număr atât de mare încât se putea presupune că se dăduse un ordin secret să-i fie barat drumul; altă rațiune chiar că era greu de găsit acestui „du-te vino". Karl se văzu totuși curând în aer liber; trebui să mai parcurgă o bucată din trotuarul cu care se învecina hotelul deoarece în stradă era imposibil să ajungi din pricina mașinilor care înaintau compact ori se opreau în fața porții principale a hotelului. Încercând să străbată cât mai degrabă spațiul până la stăpânii lor, mașinile acestea intrau unele în altele până când fiecare o împingea cu botul pe cea dinaintea ei. Ca să poată ajunge în stradă, pietonii cei mai grăbiți nu ezitau să deschidă portiera câte unei mașini și să traverseze prin aceasta dincolo ca și cum ar fi trecut printr-un pasaj public, fără să le pese dacă în mașină se afla doar șoferul cu vreun servitor sau persoanele cele mai distinse. Lui Karl o asemenea atitudine i se părea totuși cam deplasată; foarte probabil, gândea el, numai cei foarte versați în atari situații pot îndrăzni să recurgă la așa ceva. Își da seama cu câtă ușurință ar putea nimeri într-o mașină ai cărei pasageri s-ar enerva grozav la un gest ca ăsta și l-ar azvârli afară, făcând scandal; era un lucru de care el, slujbaș suspect, dat afară din serviciul hotelului și aflat doar în cămașă, trebuia să se ferească. În definitiv, fluviul acela de mașini nu putea să dureze o veșnicie și, dacă umbla astfel, calm, pe lângă edificiul hotelului, erau puține riscuri să fie luat drept un individ suspect. Nu după mult timp, într-adevăr, Karl ajunse într-un loc unde șirul mașinilor, deși neîntrerupt, era ceva mai degajat și cotea brusc spre o altă stradă. Tocmai când încerca să se strecoare în mulțime – forfotă în mijlocul căreia circulau liber destui oameni mult mai suspecți decât el – Karl se auzi strigat pe nume, de undeva de aproape. Se întoarse și zări doi liftieri pe care-i cunoștea bine, scoțând cu greu, printr-una din porțile cu aspect de cavou, o targă pe care era întins un ins cu fața și brațele bandajate. Nu era altul decât Robinson. Ți-era greață să vezi cum își ducea mâinile la ochi ca să și-i șteargă cu fesa, deoarece plângea de-a binelea de durere, poate din pricina vreunui alt necaz, ori poate de bucurie că-l revedea pe Karl.

„Rossmann, strigă el cu ciudă, de ce m-ai lăsat să aștept așa de mult?! A trecut mai mult de o oră de când mă bat cu toți pentru că n-am vrut să mă las târât până nu vii tu. Acești derbedei sunt niște demoni!" și-i trase unuia dintre liftieri un pumn, socotind că fiind înfășurat în bandaje se află în deplină siguranță. „Ah, Rossmann, am plătit scump vizita pe care ți-am făcut-o!"

„Dar ce-ai pățit?" întrebă Karl și se apropie de targă; liftierii, care așezaseră o clipă targa la pământ, pentru a se odihni, râdeau bine dispuși.

„Vezi cum arăt și mă mai întrebi? oftă Robinson. Am fost cotonogit în așa hal că mai mult ca sigur rămân infirm pe viață. Am dureri îngrozitoare de aici până aici" – și arătă mai întâi capul, apoi degetele de la picioare. „Păcat că n-ai văzut cum mi-a sângerat nasul, valuri de sânge nu alta. Vesta mea e făcută ferfeniță, de altfel am și lăsat-o acolo, pantalonii sunt zdrențe, poftim, am rămas numai în izmene." Și-și ridică puțin pătura ca să dovedească acest lucru. „Ce mă fac eu acum! O să trebuiască să stau în pat cel puțin câteva luni și, afară de tine, să știi că nu am pe nimeni care să mă îngrijească. Delamarche n-are răbdare pentru așa ceva. Rossmann, micul meu Rossmann." Și Robinson întinse mâna spre Karl, care se retrăsese puțin, și îl readuse lângă ei. „Cine m-a pus să te vizitez!" Mai repetă fraza asta o dată, și încă o dată, ca să se întipărească bine în mintea lui Karl, și să-l convingă pe acesta că are și el o parte de vină în toată nenorocirea abătută asupra sa.

Karl își dădu seama că plângerile lui Robinson nu se datorau rănilor, ci năucelii acestuia, mahmurelii sale teribile; beat turtă, cum era, fusese trezit tocmai când adormise mai bine și, luat prin surprindere, fusese bătut la sânge, așa că nu se acomoda prea ușor cu starea de trezie. Cât despre răni, nu era nimic serios, se vedea asta și după bandaje, care nici nu erau, de fapt, niște bandaje, ci niște zdrențe cu care liftierii îl împopoțonaseră, ca să se amuze. De altfel, cei doi liftieri de la capetele tărgii pufneau din când în când în râs. Acolo, lângă poartă, nu era locul cel mai potrivit pentru ca Robinson sa fie adus în simțiri; pietonii dădeau buzna din toate părțile și treceau fără să se sinchisească de cei aflați în jurul tărgii. Unii chiar săreau, ca niște gimnaști, pe deasupra lui Robinson, iar șoferul, plătit din banii lui Karl, le strigă: „avansați, avansați!". Cu o ultimă sforțare, liftierii ridicară targa în timp ce Robinson îl luă de mână pe Karl, milogindu-se: „Karl, nu mă lăsa, te rog, Karl, vino cu mine!“.

„Oare nu-i mai bine să mă ascund în fundul mașinii?“ se gândi Karl, dat fiind că era doar în cămașă. Se așeză deci lângă Robinson, care-și culcă de îndată capul pe umărul lui. Prin fereastra mașinii, liftierii strânseră sincer mâinile colegului lor care pleca, apoi rămaseră în urmă, iar mașina coti brusc, gata să crezi că se va întâmpla o nenorocire, după care o porni drept înainte și fu înghițită de intensa circulație a străzii.

O vizită

Automobilul părea să fi oprit într-o stradă izolată, de periferie; în jur era liniște, doar câțiva copii se jucau așezați pe marginea trotuarului. Ceva mai departe, un om cu o grămadă de haine vechi pe umăr își oferea marfa în gura mare, cercetând din ochi ferestrele caselor. Ostenit cum era, Karl se simți de-a dreptul amețit când trebui să coboare din mașină și să pună piciorul pe asfaltul inundat de lumina caldă a soarelui de dimineață.

„Chiar aici locuiești?“ strigă Karl aplecându-se peste fereastra automobilului.

Robinson, care dormise dus tot drumul, mormăi ceva care părea să fie un răspuns afirmativ și rămase la locul lui, așteptând probabil să îl scoată Karl din mașină.

„Ei, eu mi-am încheiat treburile pe aici; la revedere“, spuse Karl dând s-o ia la vale pe strada care cobora în pantă lină.

„Bine, dar ce te-a apucat așa deodată, Karl?“ strigă Robinson, atât de alarmat încât reuși să se ridice în capul oaselor și chiar să se țină destul de drept; doar genunchii mai păstrau o ușoară nesiguranță.

„Nimic, trebuie să plec“, spuse Karl, mirat cât de neașteptat își revenise Robinson.

„Și vrei să pleci așa, fără haină, numai în cămașă?“

„O să fiu eu în stare să-mi fac rost de o haină“ răspunse Karl dând din cap încrezător. După aceea îl salută pe Robinson cu mâna ridicată și ar fi fost ca și dus, dacă șoferul nu i-ar fi strigat: „Încă o clipă, domnule!“.

Află că șoferul pretindea un supliment de plată pentru timpul cât staționase în fața hotelului.

„Are dreptate, strigă Robinson din fundul mașinii, confirmând cele spuse, te-am așteptat acolo nici nu mai știu cât; e cazul să-i mai dai ceva.“

„Nu cer decât ce mi se cuvine“, zise șoferul.

„Nu știu dacă mi-au mai rămas ceva bani“, spuse Karl și-și vârî mâinile prin buzunare, deși știa bine că nu va găsi acolo nici o lețcaie.

„Atunci n-am încotro, trebuie să mă țin de dumneata, zise șoferul, înfigându-se în fața lui. Cu celălalt nu pot să mă tocmesc, omul e bolnav.“

De lângă o poartă se desprinse un băiețandru cu nasul ciupit de vărsat, care se apropie la numai câțiva pași de automobil să asculte ce se vorbea. Nu mult după aceea, un polițist care-și făcea rondul se opri și el; dând cu ochii de cel care umbla doar în cămașă, clătină din cap.

Observându-l pe polițist, Robinson făcu prostia să-i strige acestuia prin cealaltă fereastră: „Nu se întâmplă nimic, nu se întâmplă nimic!“ ca și cum pe un polițist îl gonești ca pe o muscă.

Îndată ce copiii de pe trotuar observară că polițistul se oprește, veniră în fugă să vadă ce se întâmplă. Mai era și o femeie bătrână care, din poarta de peste drum, urmărea scena cu o privire fixă.

„Rossmann!" strigă o voce de undeva de sus. Era Delamarche, care-l striga de pe unul din balcoanele ultimului etaj. Nu-l puteai distinge decât foarte vag pe fondul albastru-alburiu al cerului; era în halat și se uita în stradă cu un binoclu. Lângă el, sub o umbrelă de culoare roșie, părea să fie o femeie: „Hallo!" strigă el în așa fel ea să se facă auzit. „A venit și Robinson?"

„Da", răspunse Karl, puternic susținut de un al doilea „da", țipat de Robinson din fundul automobilului:

„Hallo! Cobor imediat!" întoarse acesta strigătul.

Robinson scoase capul pe fereastra automobilului. „Bun băiat!" spuse el admirativ, însă în așa fel încât nu era chip să pricepi dacă cele spuse îl vizează pe Delamarche sau pe oricare dintre cei de față, Karl, șoferul, polițistul. Stând în așteptare, Karl mai aruncă, din când în când, câte o privire distrată spre balconul din care Delamarche tocmai plecase și unde apăruse, de după umbrelă, o femeie bine clădită, într-o rochie roșie; cu un binoclu pe care-l luase de pe balustradă, ea îi privea pe cei de jos care, la rândul lor, o priveau și ei, din când în când. Karl examină apoi poarta casei, după care se uită mai departe în curtea prin care circulau fără întrerupere băieți de prăvălie purtând pe umăr câte o lădiță ce părea să fie foarte grea. Ca să nu stea degeaba, șoferul se întorsese la automobil și, luând o cârpă, se apucase să curețe farurile. Robinson își pipăi brațele și fu mirat că, deși nu mai avea decât niște dureri foarte vagi, le simțea totuși chiar și acum, când era absorbit de tot ce se întâmpla în jur; se aplecă mult și începu să-și desfacă, precaut, unul dintre bandajele groase de la picior. Ținându-și bastonul negru de-a curmezișul, în față, polițistul așteptă calm și răbdător, știut fiind că fără răbdare nu poți face meseria de polițist; trebuie să ai această armă și când îți faci serviciul obișnuit și când stai la pândă. Băiatul cu nasul ciupit de vărsat se așezase comod pe un soclu de piatră din fața porții, întinzându-și picioarele. Iar copiii, puțin câte puțin, se apropiaseră de-a binelea de Karl care, poate și fiindcă purta o cămașă cu mâneci albastre, le părea a fi personajul cel mai interesant.

După timpul scurs de când îl așteptau pe Delamarche, îți puteai da seama cât de înaltă e casa. Delamarche sosi și, după halatul abia încheiat, îți puteai da seama că, de fapt, coborâse în mare grabă. „Ați venit în sfârșit!" strigă Delamarche bucuros dar sever totodată. Deoarece avea pasul lung, ori de câte ori pășea, i se vedea pentru o clipă rufăria de corp colorată. Lui Karl i se părea de neînțeles cum e posibil să apari atât de sumar îmbrăcat în plină stradă sau prin casa aceea întinsă, ca și cum te-ai afla în intimitatea vilei tale particulare. Asemeni lui Robinson, Delamarche se schimbase mult. Pe fața sa musculoasă, brună, bărbierită cu grijă, se citea un orgoliu care impunea respect. Ochii săi, pe care de astă dată îi ținea pe jumătate închiși, păstrau totuși, în mod surprinzător, o vie licărire. Halatul său mov, cam ros, cam pătat și cam mare pentru el, avea totuși darul de a pune în valoare o cravată de mătase grea, de culoare închisă, care se revărsa pe pieptul său, ca umflată de vânt.

„Și acum?" întrebă el, adresându-se tuturor. Polițistul se apropie ușurel și se rezemă de botul automobilului. Karl explică scurt:

„Robinson nu se simte prea bine, dar cu puțin efort, o să poată urca scările. Șoferul cere ceva suplimentar; cursa i-am plătit-o eu. Și acum eu trebuie să plec, bună ziua!"

„N-ai să pleci", spuse Delamarche.

„I-am zis-o și eu", vorbi Robinson din mașină.

„Și totuși voi pleca", spuse Karl și se îndepărtă câțiva pași. Delamarche îl ajunse însă din urmă și-l împinse înapoi cu putere.

„Am spus să rămâi!" strigă acesta.

„Dar lăsați-mă în pace!" spuse Karl, hotărât să-și cucerească libertatea cu pumnii, în caz de nevoie, deși n-avea vreo șansă să înfrunte un găligan ca Delamarche. Erau de față în schimb, polițistul, șoferul și, din când în când, pe strada asta, de obicei atât de liniștită, treceau totuși grupuri de muncitori. S-ar putea oare ca toți acești oameni să rămână nepăsători în cazul când Delamarche ar sări să-l bată? Să rămâi singur cu Delamarche între patru pereți e, desigur, curată nenorocire; dar aici se schimbă situația. Calm, Delamarche scoase banii și plăti șoferului; după ce vârî în buzunar suma nesperat de mare și după ce mulțumi prin câteva plecăciuni, arătându-și astfel întreaga recunoștință, șoferul se apropie de Robinson să discute cu acesta care ar fi modalitatea cea mai bună de a-l scoate din mașină. Văzând că fiecare e ocupat cu altceva, Karl socoti că, plecând imediat și pe neobservate, ar reuși să scape, lucru, evident, preferabil pentru a evita un scandal; în consecință, o porni la drum, căutând să dispară cât mai repede. Copiii se năpustiră să-l avertizeze pe Delamarche de plecarea lui Karl dar acesta nici nu mai trebui să intervină, deoarece polițistul ridică bastonul și strigă: „Stai!".

„Cum te cheamă?" întrebă el punându-și bastonul sub braț și scoțând din buzunar un carnet. Karl îl privea acum de aproape. Era un om vânjos, în ciuda părului cărunt.

„Karl Rossmann."

„Rossmann" repetă polițistul dintr-un automatism verbal datorat anilor săi de serviciu; Karl însă, care intra pentru prima oară în contact cu autoritățile americane, tălmăci asta ca o suspiciune. Ce-i drept, situația sa nu era prea strălucită și însuși Robinson, care avea destulă bătaie de cap cu necazurile sale personale, schiță din automobil niște gesturi insistente, rugându-l astfel pe Delamarche să-l ajute pe Karl. Delamarche însă refuză cu o energică mișcare a capului și, vârându-și mâinile în buzunarele enorme, privi scena fără să intervină cu nimic. Băiatul care ședea pe soclul de piatră din fața porții explică unei femei care tocmai ieșise în clipa aceea, ce se petrecuse de la începutul începutului. Copiii stăteau în semicerc, în spatele lui Karl și, fără a scoate o vorbă, îl priveau țintă pe polițist.

„Actele tale", zise polițistul. Era o formalitate fără nici o noimă, pentru că ce fel de acte putea să aibă un om care n-are haina pe el? De aceea Karl tăcu, hotărând că va răspunde cât mai amănunțit la întrebarea următoare, fapt care va scuza – socotea el – măcar într-o oarecare măsură lipsa actelor.

Dar întrebarea următoare era aceasta: „Va să zică nu ai acte?" la care Karl fu nevoit să răspundă: „Nu le am asupra mea." „Asta-i grav", spuse polițistul, privind cu îngrijorare împrejur și bătând ușor cu vârful degetelor în coperta carnetului său. „Lucrezi undeva?“ întrebă polițistul în cele din urmă.

„Am fost liftier“, spuse Karl.

„Ai fost liftier. Asta înseamnă că nu mai ești. Și din ce trăiești acum?“

„Va trebui să-mi caut alt serviciu.“

„Ai fost, deci, concediat de curând?“

„Da, acum o oră.“

„Fără preaviz?“

„Da“, spuse Karl și ridică din umeri, ca și cum ar fi vrut să se scuze. Nu era locul să înșire toată povestea și, chiar dacă i-ar fi fost la îndemână acest lucru, n-avea rost să se apere de nedreptatea care-l amenința acum, evocând o nedreptate suferită în trecut. Dacă nu i se făcuse dreptate atunci, când avusese parte de întreaga mărinimie a bucătăresei-șefe și de înțelegerea chelnerului-șef, pe care aceasta îl influența, se mai putea oare aștepta să i se facă dreptate aici, în stradă, în mijlocul unor oameni indiferenți?

„Ai fost dat afară așa, fără îmbrăcăminte, numai în cămașă?“ întrebă polițistul.

„Da, chiar așa“, spuse Karl; așadar și aici, în America, autoritățile obișnuiesc să întrebe oamenii despre lucruri pe care le pot constata cu ochii lor, se gândi el. (Își aduse aminte câți nervi îi făcuse tatălui său procurarea pașaportului, când fusese supus de către autorități unui adevărat interogatoriu!) Tot ceea ce Karl își dorea în clipa de față era să poată fugi undeva, să se poată ascunde undeva, oriunde, numai să nu mai audă nici un fel de întrebare. Dar polițistul îi pusese tocmai întrebarea de care Karl se temea cel mai mult și în fața căreia trebuia să dovedească maximă prudență.

„La ce hotel ai lucrat?“

Karl plecă capul și tăcu; se hotărî să nu răspundă la întrebare. Trebuia neapărat să evite să se întoarcă la hotelul Occidental sub escorta unui polițist, fiindcă asta ar fi dus la o nouă anchetă, la confruntări cu opiniile tuturor prietenilor și dușmanilor săi și, bineînțeles, la pierderea totală a încrederii protectoarei sale, bucătăreasa-șefă. De unde aceasta îl credea plecat la pensiunea Brenner, era suficient să-l vadă întorcându-se la hotel și încă fără haină, fără cartea ei de vizită și prins de un polițist. Chelnerul-șef ar da din cap, dojenitor, iar portarul-șef ar pomeni, desigur, de „pronia cerească" ce îl aduce înapoi, ca să se termine odată cu acest nemernic.

„A fost angajat la Hotelul Occidental", spuse Delamarche, apropiindu-se de polițist.

„Nu", strigă Karl și lovi cu piciorul în pământ. „Acest lucru nu-i adevărat!" Delamarche îl privi pe Karl cu ironie, ca și cum ar fi putut să mai spună și altele. Enervarea neașteptată a lui Karl produse mare gălăgie printre copii, care se grupară lângă Delamarche, de unde Karl putea fi privit mai bine. Robinson își scosese capul afară din automobil și urmărea totul atât de atent încât nici nu mișca, doar de clipit mai clipea arareori. Băiatul cu nasul ciupit de vărsat, aflat în poarta casei, se amuza grozav, bătea din palme de plăcere; ca să-l mai potolească nițel, femeia de lângă el trebui să-i dea un ghiont cu cotul. Niște hamali, cărora tocmai li se dăduse pauză pentru micul dejun, apărură și ei, cu niște căni mari de cafea neagră, în care vârau cornuri lungi ca s-o amestece. Câțiva se așezară pe marginea trotuarului și își sorbeau cafeaua leorpăind.

„Dumneavoastră îl cunoașteți bine pe acest tânăr?" îl întrebă polițistul pe Delamarche.

„Mai bine nici că se poate, spuse acesta. Cândva i-am fost de mare ajutor, dar a fost un ingrat, sunt convins că mă credeți după scurtul dialog pe care l-ați avut cu el."

„Da, zise polițistul, nu mi face o impresie prea bună."

„Bineînțeles, și încă nu știți totul."

„Așa?" se miră polițistul.

„Da", spuse Delamarche și, lansându-se într-o adevărată tiradă, își agită mâinile în buzunarele adânci, încât halatul i se desfăcu cu o mișcare, largă. „Este un exemplar unic. Întâmplător, eu și prietenul meu, cel de colo, din automobil, l-am scos din mizerie pe când habar n-avea cum se trăiește la noi, în America; e venit tocmai din Europa, unde este, după toate probabilitățile, de asemenea indezirabil. Ce era să facem? L-am lăsat să se aciuiască pe lângă noi, l-am cărat după noi, i-am explicat tot ce trebuia, am vrut să-i facem rost și de un serviciu; speram, în ciuda aparențelor deloc încurajatoare, că vom reuși să facem om din el. Când colo, într-o noapte, ne-am pomenit că a dispărut, și încă în împrejurări de care prefer să nu mai vorbesc. Poți să spui că n-a fost așa?" încheie Delamarche, trăgându-l pe Karl de mânecă.

„Ia dați-vă la o parte, copii!" strigă polițistul către cei care se apropiaseră atât de mult, încât Delamarche era cât pe ce să se împiedice de unul dintre ei. Hamalii, cărora până atunci nu li se păruse prea interesant tot ce se petrecea, deveniră dintr-odată atenți și se adunară într-un semicerc în spatele lui Karl; veniseră atât de aproape de Karl, încât acum îi era imposibil să mai facă un pas înapoi; pe deasupra îl mai și asurzeau cu amestecul acela de voci pe care nu le prea înțelegea, poate fiindcă englezeasca lor se amesteca din belșug cu cuvinte de rezonanță slavă.

„Vă mulțumesc pentru informație, spuse polițistul salutându-l pe Delamarche. Pentru orice eventualitate, îl voi lua cu mine și-l voi preda la Hotelul Occidental."

„Eu v-aș propune să-l lăsați, deocamdată, în seama mea, spuse Delamarche. Aș mai avea cu el o mică răfuială de ordin personal, după care eu însumi o să-l duc la hotel."

„Asta nu se poate", zise polițistul.

„Poate vreți cartea mea de vizită", spuse Delamarche și i-o întinse.

Polițistul o privi cu considerație, spuse însă zâmbind politicos: „Nu, domnule, nu-i cu putință".

Deși toată vremea Karl se ferise ca de foc să pice în mâinile lui Delamarche, lucrurile luaseră o astfel de întorsătură încât Delamarche devenise singura lui scăpare. Felul în care Delamarche îl ceruse pe Karl polițistului nu promitea nimic bun, se înțelege, însă Karl se gândea că i-ar fi mult mai ușor să-l convingă pe Delamarche să nu se mai întoarcă la hotel. Oricum, chiar în cazul când s-ar fi întors acolo, era de preferat să fie văzut în compania lui Delamarche, decât a polițistului. Deocamdată era mai prudent să nu-și trădeze intenția de a rămâne cu Delamarche și, ca atare, Karl privea neliniștit mâna polițistului care, dintr-o clipă în alta, putea să-l înhațe dintr-o mișcare.

„Ar trebui cel puțin să merg și să aflu motivul pentru care a fost concediat fără preaviz", zise în cele din urmă polițistul, pe când Delamarche privea într-o parte, cu un aer jignit și mototolea între degete cartea de vizită.

„Dar ce tot vorbiți? Nimeni nu l-a concediat! strigă Robinson, spre surpriza tuturor și, sprijinindu-se de șofer, se apleacă mai mult afară din automobil, adăugând: Din contra, are acolo un post foarte bun. Este șeful dormitorului și poate să aducă acolo pe oricine vrea. Atâta doar că e grozav de ocupat și te apucă durerea de cap cât trebuie să-l aștepți dacă vrei să-ți facă un serviciu. Când îl cauți e dus ori la bucătăreasa-șefă, ori la chelnerul-șef. Nici vorbă să fie concediat. Cum o să fie concediat? Habar n-am de ce a spus una ca asta. Treaba stă așa: la hotel eu m-am accidentat grav și atunci el a primit dispoziția să mă conducă acasă. Deoarece întâmplarea a făcut ca atunci să nu aibă haina pe el, a plecat cu mine, așa cum era. Mi-era rău și nu puteam să aștept să se mai ducă după haină."

„Ei, ați văzut?" întrebă Delamarche, aruncându-și brațele lateral, voind parcă să-i reproșeze polițistului că nu e prea bun psiholog. Scurta intervenție a lui Delamarche părea să lămurească pe deplin încâlcita depoziție a lui Robinson.

„E absolut sigur ce spuneți? întrebă polițistul pe un ton mai puțin profesional. Dacă e așa, de ce afirmă băiatul că a fost concediat?"

„Tu trebuie să răspunzi", spuse Delamarche.

Karl îl privi cu milă pe acest polițist care, în numele ordinii, se străduia să descurce ițele, în prezența atâtor necunoscuți, fiecare dintre aceștia trăgându-și spuza pe turta lui; într-un fel, resimțea și dânsul câte ceva din îngrijorarea polițistului. Dar nu voia să mintă și își ținea mâinile la spate, încleștându-le strâns.

În poartă apăru un supraveghetor care bătu din palme, semn că hamalii trebuiau să-și reia lucrul. Oamenii deșertară din ceşti zațul cafelei și, tăcuți, mai de voie – mai de nevoie, porniră la treabă.

„Așa nu ajungem la nici un rezultat", spuse polițistul, ridicând mâna să-l apuce pe Karl de braț. Instinctiv, Karl se dădu puțin înapoi; simți însă deodată spațiul liber creat prin plecarea hamalilor, se întoarse și, luându-și avânt, o rupse la fugă. Copiii porniră câțiva pași pe urmele lui, strigând toți deodată și întinzând brațele lor mici.

„Prindeți-l", strigă polițistul în lungul străzii aproape pustii care cobora în pantă; alerga și striga într-una, dovedind multă forță și bun exercițiu. Norocul lui Karl era că această urmărire avea loc într-un cartier muncitoresc. Cum fugea prin mijlocul părții carosabile a drumului, ca să întâmpine mai puține obstacole, zărea din când în când, pe trotuar, muncitori care se opreau locului, dar se mulțumeau să-l privească liniștit. În zadar le tot striga polițistul: „Prindeți-l!". Polițistul era nevoit să-și continue urmărirea, drept care alerga prudent, fără să coboare de pe trotuar, arătându-l pe Karl cu bastonul întins. Karl, care și așa nu prea sperase să scape, își pierdu și ultima speranță văzând că se apropie de străzile transversale, unde fără îndoială – patrulau polițiști; urmăritorul lui începu să fluiere, dintr-odată, asurzitor. Singurul avantaj al lui Karl era îmbrăcămintea ușoară, aproape că zbura sau, mai bine spus, se prăvălea în lungul străzii care cobora mereu; numai că, năucit cum era după noaptea nedormită și atâtea emoții, făcea uneori salturi înalte, complet inutile, care-i răpeau din timp. Afară de aceasta, polițistul n-avea de făcut altceva decât să fugă, ținta fiindu-i mereu în fața ochilor; în schimb Karl, pentru care fuga era lucru secundar, trebuia să reflecteze, să examineze grabnic diversele posibilități și, în funcție de ele, să ia mereu alte decizii. Deocamdată, planul său, oarecum disperat, era să evite neapărat străzile transversale; acolo se putea aștepta oricând la o surpriză, dacă nu nimerea cumva direct în gheara vreunui polițist. Își propunea să rămână cât mai mult timp posibil pe traiectoria acestei străzi, ușor de cuprins din privire și care se termina tocmai jos de tot, cu un pod abia vizibil în aburii care se ridicau din apă în lumina soarelui. Odată hotărât asupra faptului, Karl încercă un sprint pentru a depăși cât mai repede prima stradă transversală, însă tocmai zări un polițist care stătea la pândă, nu departe, în umbra unui zid gros, gata să sară și să pună mâna pe el. Nu-i rămânea altă scăpare decât s-o apuce la dreapta, pe artera transversală, când se auzi strigat pe nume; crezu că i s-a părut doar, fiindcă de atâta fugă îi vâjâiau urechile. Fără să mai ezite, se răsuci pe un călcâi și o apucă la dreapta, singur fiindcă astfel îi va deruta pe polițiști.

Dar nu făcu mai mult de doi pași – timp destul cât să uite că fusese strigat pe nume – și al doilea polițist începu să fluiere, de astă dată puternic, neobosit de goană; în depărtare se și putea observa cum, auzind fluieratul, pietonii de pe această stradă grăbeau pasul. Atunci se deschise în zidul unei case o mică poartă, o mână se întinse spre Karl și îl trase într-un gang întunecos, în timp ce o voce îi șopti: „Sss! Nici o vorbă!". Era Delamarche. Respira întretăiat, avea obrajii înfierbântați și părul, ud de sudoare, i se lipea pe frunte. Își ținea halatul subsuoară, așa că rămăsese numai în cămașă și izmene. Închise imediat poarta și puse zăvorul; de fapt, nu era ceea ce se cheamă o poartă, ci o intrare secundară de serviciu.

„Un moment", spuse el și, rezemându-se de perete, cu capul ridicat, respiră de câteva ori, adânc. Karl aproape că-i căzuse în brațe și, pe jumătate leșinat, își lăsă capul moale, pe pieptul lui.

„Ia ascultă cum mai fug domnii ăia", zise Delamarche, stând cu urechea la pândă și arătând cu degetul către poarta mică. Într-adevăr, se auzea cum cei doi polițiști treceau în fugă, iar fuga lor răsuna în această stradă pustie ca un ciocan de fier care bubuie necontenit, izbind în piatra caldarâmului.

„Ești complet distrus", zise Delamarche văzându-l pe Karl că abia mai răsuflă și nu-i în stare să scoată o vorbă. Delamarche îi așeză atent pe jos, îngenunche lângă el și-l examină, trecându-i de câteva ori mâna peste frunte.

„Mi-am mai revenit", vorbi Karl și se ridică cu greu.

„Atunci s-o luăm din loc", spuse Delamarche care, între timp, își îmbrăcase halatul. Karl era, în schimb, atât de slăbit că nu reușea să ridice capul și înainta doar împins de la spate. Din când în când, Delamarche îl mai scutura și, într-adevăr, asta parcă îl mai înviora pe Karl.

„Tu te plângi de oboseală? spuse Delamarche. Tu, cel puțin, puteai să fugi liber, ca un cal, pe când eu trebuia să mă strecor prin toate coridoarele și curțile astea mizerabile! Din fericire sunt și eu alergător! (Și mândru de isprava lui, îi trânti lui Karl un pumn în spate.) Lasă, lasă, nu strică, din când în când, câte o cursă ca asta, cu poliția. E un antrenament foarte bun."

„Eram frânt de oboseală încă înainte de a o lua la fugă", spuse Karl.

„Niciodată nu căuta scuze pentru o fugă nereușită, zise Delamarche. Ce mai încolo-ncoace, fără mine te-ar fi înșfăcat de mult."

„Și eu cred la fel, spuse Karl. Îți sunt foarte recunoscător."

„Bineînțeles", zise Delamarche.

Treceau printr-un gang lung și îngust, pavat cu pietre netede, de culoare închisă. Din loc în loc, în dreapta sau în stânga, descopereai câte o scară sau vreun gang mai spațios. Locatarii nu se prea zăreau, doar copiii se jucau pe scările pustii. Lângă o balustradă, o fetiță plângea cu toată fața scăldată în lacrimi. De îndată ce-l zări pe Delamarche, alergă în sus, pe scări, respirând cu gura deschisă, mai-mai să se înece; se liniști abia după ce ajunse sus de tot și se întoarse de câteva ori să se convingă că n-are nimeni de gând să o urmărească.

„Pe asta mică am dat-o de-a rostogolul pe scară acum o clipă, pe când veneam glonț după tine", spuse Delamarche râzând și o amenință cu pumnul, ceea ce o făcu pe fetiță să scoată un țipăt și să fugă și mai sus.

Curțile prin care treceau erau și ele aproape pustii. Întâlniră doar un băiat de prăvălie împingând un cărucior pe două roți, o femeie care-și umplea găleata la o pompă de apă, un factor poștal traversând curtea cu pași înceți, un bătrân cu mustață albă, așezat picior peste picior în fața unei uși de sticlă, fumându-și liniștit luleaua; mai încolo întâlniră un centru de expediție în fața căruia se descărcau lăzi, în timp ce caii moțăiau, întorcându-și din când în când capetele indiferente; un om în haine de lucru, având în mână o hârtie, ședea deoparte și supraveghea totul. Fereastra unui birou era deschisă, un funcționar stătea la o masă de scris și privea gânditor afară, pe deasupra celor doi care treceau prin fața lui.

„Nu-ți poți dori un cartier mai liniștit, spuse Delamarche. Seara, câteva ore în șir, e puțină nebunie; peste zi, însă, tot ce se petrece aici e în perfectă rânduială". Karl îl aprobă, ba chiar era de părere că era prea multă liniște. „Eu unul nici n-aș putea să locuiesc în altă parte, zise Delamarche, deoarece Brunelda nu suportă nici un fel de zgomot. O cunoști pe Brunelda? Ei, ai s-o vezi imediat. Te-aș sfătui chiar să umbli în preajma ei cât se poate de încetișor."

Ajunși în fața scării care ducea spre locuința lui Delamarche, văzură că automobilul plecase între timp; băiatul cu nasul ciupit de vărsat, fără a se mai mira că îl revede pe Karl, le dădu de știre că Robinson fusese urcat sus aproape pe brațe. Delamarche îi făcu semn cu capul, ca și cum ar fi spus „e în regulă" unui servitor care era obligat să-i facă acest serviciu; îl apucă de mână pe Karl, care încă se mai codea, privind strada scăldată în lumina soarelui, și îl trase după el, pe scări, în sus. „Ajungem îndată", spuse Delamarche de câteva ori, în timp ce urcau scările, însă această prezicere nu voia să se adeverească, mereu mai rămânea de urcat un etaj, o scară, numai că trebuiau să schimbe într-una direcția. Karl se opri o dată locului, nu atât din pricina ostenelii, cât înspăimântat de șirul nesfârșit al scărilor.

„Apartamentul nostru este situat foarte sus, zise Delamarche, în timp ce urcau neîncetat, dar e și ăsta un avantaj. În oraș ieși rar, poți să stai toată ziua în halat; în general e foarte plăcut la noi. Și apoi, când locuiești atât de sus, nu te mai deranjează toată ziua vizitatorii."

„Cine să-i viziteze pe ei?" se gândi Karl. În sfârșit, pe un palier apăru și Robinson, aflat în fața unei uși închise. Ajunseseră, așadar, la destinație, fără să fi ajuns însă la capătul scării, deoarece aceasta continua să urce, până unde, nu se știe exact, deoarece era cufundată în semiîntuneric.

„Exact cum mi-am închipuit, vorbi Robinson cu voce joasă, ca și cum i-ar mai fi încetat durerile. Mi-am zis: Delamarche a plecat să-l aducă! Rossmann, Rossmann, ce te-ai fi făcut fără Delamarche?“

Robinson stătea în ușă numai în cămașă și izmene, înfășurându-se, pe cât era posibil, cu mica pătură pe care o primise la hotel Occidental. Te întrebai de ce n-o fi intrând în casă, mai cu seamă că, așa cum era îmbrăcat, se putea face de râs față de oricine trecea pe acolo.

„Doarme?“ întrebă Delamarche.

„Nu cred, spuse Robinson, dar am preferat să te aștept.“

„Să vedem întâi dacă doarme“, zise Delamarche și se apleca să se uite pe gaura cheii. Se uită o bună bucată de vreme, răsucindu-și capul în fel și chip, pe urmă se ridică: „Nu se vede bine – spuse el – storurile sunt coborâte. Am văzut doar că șade pe canapea, dar poate că și doarme.“

„Este cumva bolnavă?“ întrebă Karl, deoarece Delamarche era încurcat și părea că cere un sfat. Delamarche îi întoarse însă, enervat, întrebarea: „Bolnavă?“.

„Știi doar că n-o cunoaște“, spuse Robinson, scuzându-l pe Karl.

Se deschise, o ușă și pe coridor ieșiră imediat două femei care își ștergeau mâinile de șorțuri; păreau că se amuză grozav văzându-i pe Delamarche și Robinson. De după o altă ușă se ivi o fată foarte tânără, cu părul de un blond strălucitor, care se lipi de celelalte două femei, apucându-le de braț.

„Astea sunt dame“, spuse Delamarche încet, însă evident numai de teamă să n-o trezească pe Brunelda. Am să le denunț cât de curând poliției și am să scap de ele pentru câțiva ani. Nu te uita într-acolo“, îi șuieră el printre dinți lui Karl, care nu găsea că face ceva rău privindu-le pe cele trei; tot n-avea altceva mai bun de făcut; stăteau pe coridor și așteptau să se trezească Brunelda. Lui Karl nu-i convenea să fie astfel apostrofat de către Delamarche și, pentru a i-o dovedi, tocmai se porni către cele trei femei, când Robinson îl apucă de mână: „Rossmann, fii cuminte", spuse acesta. La rândul său, Delamarche, pe care gestul lui Karl îl enervase, se înfurie de-a binelea și în clipa în care fata aceea izbucni în râs, se năpusti asupra femeilor, zvârlind din mâini și din picioare; ca prin farmec, acestea dispărură, fiecare pe după câte o ușă.

„În felul ăsta sunt nevoit să curăț mai des coridoarele de aici", spuse Delamarche pe când se întorcea, umblând calm.

Aducându-și însă aminte de împotrivirea lui Karl, spuse: „Iar din partea ta mă aștept la o cu totul altă purtare; că de nu, cu mine o pățești, așa să știi".

În acel moment se auzi din cameră o voce obosită care întrebă: „Delamarche?".

„Da", răspunse Delamarche, privind ușa cu amabilitate. „Putem intra?"

„O, da", veni răspunsul și Delamarche deschise ușa încetișor, nu înainte de a mai arunca o ultimă privire către cei doi, care așteptau în spatele lui.

Înlăuntru era întuneric. Fereastră nu exista; perdeaua groasă, atârnată în ușa balconului, ajungea până la dușumea, iar camera era ticsită de mobilă și de rochii ce atârnau peste tot. Aerul ea înăbușitor și aproape că simțeai în nări praful adunat prin colțurile de care nimeni nu se atinsese vreodată, după câte se putea vedea. Întâi și întâi, Karl reuși să deslușească un șir de trei dulapuri, așezate unul în spatele celuilalt.

Pe canapea stătea tolănită femeia pe care Karl o văzuse din stradă, sus, la balcon. Rochia ei roșie alunecase un pic la o parte și atârna pe dușumea, formând un fel de trenă, încât i se vedeau picioarele până aproape de genunchi; purta ciorapi de lână groși, de culoare albă, iar pantofi nu avea în picioare.

„Ce căldură, Delamarche", spuse ea, întorcându-și fața de la perete și întinzând spre Delamarche o mână moale, pe care acesta se grăbi s-o sărute. Lui Karl privirea i se opri fix asupra bărbiei duble pe care o avea femeia și care se rostogolise o dată cu întoarcerea capului.

„Vrei să ridic perdeaua?" întrebă Delamarche.

„Să nu faci una ca asta!" zise ea strângând din pleoape cu un fel de disperare. „Asta ar fi și mai cumplit."

Ca s-o poată zări și mai bine pe această femeie ciudată, Karl înaintă până la picioarele canapelei. Îl nedumereau mai ales văicărelile ei, fiindcă nu era o căldură atât de teribilă.

„Ai să te simți îndată mai bine", spuse Delamarche și îi descheie grijuliu nasturii de sus ai rochiei, dezgoli gâtul și o parte a pieptului, unde apăru marginea fină, de dantelă a unei cămăși gălbui.

„Cine-i? zise femeia deodată, arătând cu degetul spre Karl. Și de ce se holbează așa la mine?"

„Hai, treci la treabă!" spuse Delamarche, și-l împinse pe Karl deoparte, liniștind apoi femeia cu aceste cuvinte: „Nu e altul decât băiatul pe care ai dorit să-l ai în serviciul tău personal".

„N-am dorit pe nimeni! strigă ea. De ce-mi aduci în casă oameni străini?"

„Chiar zilele trecute ai spus din nou că ai vrea un servitor“, zise Delamarche îngenunchind lângă ea, fiindcă pe toată canapeaua aceea lată nu rămăsese un colțișor liber lângă Brunelda.

„Vai, Delamarche, tu nu mă înțelegi deloc, dar deloc.“

„În cazul de față chiar că nu te înțeleg, spuse Delamarche luându-i obrajii între mâinile lui. Dar dacă într-adevăr nu vrei, nu face nimic, o să plece imediat.“

„În fine, dacă a venit, lasă-l să rămână.“

Frânt de oboseală cum era, Karl îi fu sincer recunoscător pentru aceste cuvinte, care poate că nici nu aveau în ele un sâmbure de bunăvoință; îl trecu însă un fior de spaimă la gândul că cealaltă ieșire nu putea fi decât scara nesfârșită pe care ar fi trebuit s-o coboare. Păși îndată pe deasupra lui Robinson, care dormea împăcat pe pătura lui, după care zise, cu toate că mâinile lui Delamarche îi făceau semne disperate: „Vă mulțumesc, în orice caz, că-mi permiteți să mai rămân puțin aici. Au trecut douăzeci și patru de ore de când n-am închis ochii; sunt după o noapte de muncă, am avut parte de câteva întâmplări care mi-au pus nervii la încercare. Sunt frânt de oboseală. Nici nu-mi dau prea bine seama unde mă aflu. Dar după ce o să dorm câteva ore, puteți să mă dați afară fără menajamente, o să plec imediat.“

„Ba nu, poți să rămâi definitiv, zise femeia, și adăugă ironic: spațiul, cum vezi, nu ne lipsește.“

„Așa că trebuie să pleci, spuse Delamarche, n-avem ce face cu tine.“

„Nu, să rămână“, zise femeia, vorbind de astă dată serios. Spre a nu o supăra, Delamarche îi spuse lui Karl: „Atunci, du-te și te culcă pe undeva".

„Poate să se culce pe perdele, dar trebuie să-și scoată încălțămintea, ca nu cumva să agațe dantela."

Delamarche îi arătă lui Karl locul despre care vorbea Brunelda. Între ușă și cele trei dulapuri era zvârlit un morman cu tot felul de perdele. Dacă toate ar fi fost împăturite, puse într-o anume regulă, întâi cele grele, apoi cele mai ușoare, și dacă – în sfârșit – s-ar mai fi scos barele și inelele de lemn, răspândite peste tot, puteai aranja acolo un loc de dormit acceptabil. Deocamdată nu era altceva decât un morman diform, lunecând în toate direcțiile, însă Karl se culcă îndată, căci era prea obosit ca să-și mai prepare culcușul în fel și chip; pe de altă parte, nu-și putea permite să aducă prea multe necazuri pe capul gazdelor lui. Era ca și adormit când auzi un țipăt ascuțit; se ridică și o văzu pe Brunelda așezată pe canapea, cu brațele desfăcute, după care îl îmbrățișă pe Delamarche, care stătea în genunchi, în fața ei. Jenat de acest spectacol, Karl se întoarse cu spatele, își afundă capul în perdele, hotărât să doarmă cu orice preț. Își dădea seama limpede că nu va putea suporta mai mult de două zile situația asta; cu atât mai mult era absolut necesar să doarmă pe săturate, să-și redobândească felul ager de a judeca, spre a putea lua hotărâri.

Brunelda zărise însă privirea lui Karl, ochii aceia dilatați de oboseală, care o mai speriaseră o dată, motiv ca să strige „Delamarche, mă sufoc, ard toată, trebuie să mă dezbrac, trebuie să fac o baie, trimite-i afară pe cei doi, trimite-i unde vrei, pe coridor, pe balcon, numai să nu-i mai văd! Nu înțeleg de ce trebuie să fiu deranjată într-una în propria mea locuință! Ce n-aș da să fiu numai cu tine, Delamarche! Dumnezeule, încă n-au plecat! Acest Robinson care se întinde cât e de lung în fața unei doamne, numai în izmene, ce rușine! Și străinul ăsta care adineaori s-a holbat la mine cu niște ochi de sălbatic, ca să se culce imediat din nou și să mă inducă în eroare! Scoate-i de aici, Delamarche, amândoi îmi stau pe suflet. Dacă mor în clipa asta, să știi că va fi numai din cauza lor."

„Îi scot numaidecât, dezbracă-te fără grijă", zise Delamarche.

Îl găsi mai întâi pe Robinson și, punându-i piciorul pe piept, îl zgâlțâi zdravăn. Îi strigă apoi lui Karl: „Rossmann, scoală-te. Trebuie să ieșiți pe balcon și vai de pielea voastră dacă intrați înainte de a fi chemați. Hai odată, Robinson (îl zgâlțâi și mai tare), și tu Rossmann, vezi să nu vin acuși și la tine. Gata?" (Și pocni de două ori din palme, asurzitor.)

„Vai, cât durează!" strigă Brunelda de pe canapeaua ei. Stând în capul oaselor, își depărtase mult picioarele, ca să dea oarecare stabilitate corpului ei din cale-afară de voluminos. Ca să se aplece puțin, chiar și numai pentru a-și apuca ciorapii de capătul de sus ca să și-i tragă în jos, făcea un efort maxim, cu o respirație greoaie, cu gemete și pauze de odihnă; de scos însă tot nu-i putea scoate de tot, treaba asta îi revenea lui Delamarche, pe care ea îl aștepta nerăbdătoare.

Pe jumătate adormit, Karl coborî de pe mormanul de perdele și se îndreptă, împleticindu-se, spre ușa balconului; o bucată de perdea i se înfășurase în jurul piciorului, însă el n-o băgă în seamă, o târa după el cu indiferență. Năucit cum era, îi spuse Bruneldei, când trecu pe lângă ea: „Vă doresc noapte bună". Delamarche dădu puțin la o parte draperia din ușă, iar Karl trecu în balcon. Îl urmă imediat Robinson, nu mai puțin adormit, bombănind anapoda, de unul singur: „Tot timpul ești bruftuluit! Dacă nu vine și Brunelda, eu nu ies pe balcon!". În ciuda acestor spuse, ieși fără să opună nici un fel de rezistență și se culcă imediat pe ciment, deoarece Karl se instalase în fotoliu.

Când se trezi Karl era seară, se vedeau stelele și, de după casele înalte de pe cealaltă parte a străzii, apăruse luna. Se uită împrejur, privi cartierul necunoscut și, abia după ce trase în piept câteva guri de aer rece, proaspăt, își dădu seama unde se afla. Cât de imprudent fusese! Nu ținuse seama de sfatul bucătăresei-șefe, de avertismentele Terezei, trecuse chiar peste propriile sale temeri! Și iată-l acum șezând liniștit în balconul lui Delamarche, după ce mai și dormise acolo o jumătate de zi, ca și cum după draperia balconului nu s-ar afla însuși Delamarche, marele său dușman. Jos, pe ciment, Robinson se tot răsucea lenevos, când pe o parte, când pe alta, trăgându-l pe Karl de un picior; pesemne în felul acesta îl trezise și îi vorbea acum: „Ai un somn, Rossmann! Ehe, tinerețe fără griji! Dar cât timp vrei să mai dormi? Te-aș mai fi lăsat, însă, până una alta, mă plictisesc grozav aici, singur pe jos și, în al doilea rând, mi-e tare foame. Te rog, ridică-te puțin. Acolo jos, sub fotoliu, am ascuns câte ceva de-ale gurii. Aș vrea să le scot. Îți dau și ție câte ceva."

După ce Karl se ridică, îl văzu pe Robinson târându-se pe burtă până sub fotoliu, întinzând mâinile și scoțând de acolo o tăviță argintată, semănând cu acelea în care se prezintă cărțile de vizită. Pe tăvița aceea era o jumătate de cârnat de culoare neagră, câteva țigări subțiri, o cutie de sardele deschisă, abia începută și încă plină de ulei, o grămadă de bomboane, în mare parte fărâmate și lipite ghem. Mai apăru pe loc o bucată mare de pâine și o sticlă de parfum, care părea să aibă înăuntru cu totul altceva, deoarece Robinson i-o arătă lui Karl cu deosebită satisfacție, ridicând ochii și plescăind din limbă.

„Vezi, Rossmann", spuse Robinson, înghițind sardea după sardea și ștergându-și din când în când mâinile grase de ulei într-un șal gros, pe care Brunelda îl uitase probabil pe balcon. „Vezi cum ești silit aici să-ți ascunzi mâncarea dacă nu vrei să mori de foame!? Știi, pe mine m-au dat cu totul la o parte și, dacă ești tratat mereu ca un câine, sfârșești prin a crede că ești câine într-adevăr. Bine că te afli și tu aici, Rossmann, măcar am cu cine schimba o vorbă. Aici, în toată casa asta mare, nu-mi vorbește nimeni. Toți ne urăsc și numai din cauza Bruneldei. E o femeie pe cinste, nimic de zis... ascultă" – și-i făcu semn lui Karl – „Am văzut-o goală. E ceva!". Și, la acest gând plăcut, îl înhăță pe Karl de picioare, îl strânse și îl plesni peste ele, până ce Karl trebui să-i strige: „Robinson, ești nebun!" și să-i dea mâinile la o parte.

„Ah, nu ești decât un copil, Rossmann", spuse Robinson; scoase de sub cămașă un pumnal pe care-l purta la gât prins de un lănțișor și, așezând de o parte teaca în care-l purta, tăie zdravăn din cârnat. „Mai ai multe de învățat în această privință, ai nimerit-o bine la noi. Stai jos. Nu vrei să mănânci și tu ceva? Poate îți vine pofta uitându-te la mine. Nici de băut nu vrei? Văd că nu vrei chiar nimic, văd că nici nu prea-ți place să vorbești! De fapt, e totuna cu cine stai pe balcon, principalul e să fii cu cineva. Să știi că stau foarte des pe balcon.

Asta o amuză grozav pe Brunelda. Nu trebuie decât să-i vină o idee – ba îi e frig! ba îi e cald! ba vrea să doarmă! ba vrea să se pieptene! ba își descheie corsetul! ba și-l îmbracă – și eu, gata, sunt expediat pe balcon. Câteodată face într-adevăr ceea ce spune, dar de cele mai multe ori nu face altceva decât să se lungească pe canapea, ca adineaori, și să stea nemișcată. La început, dădeam la o parte câte un colț de perdea și trăgeam cu ochiul, însă o dată – sigur sunt că nu el a vrut-o, ci că Brunelda i-a cerut-o – Delamarche mi-a aplicat câteva bice peste obraz, vezi vânătăile? De atunci nu mai am curajul să mă mai uit. Acuma stau culcat pe balcon și n-am altă distracție decât mâncarea. Alaltăieri seară – încă mai aveam hainele elegante pe care, din păcate, le-am pierdut la hotelul tău – stând așa, de unul singur, pe balcon – câinii aceia, să smulgă ei de pe mine o haină așa de scumpă! – și cum îți spuneam, stând așa, culcat de unul singur, și uitându-mă în jos, printre gratiile balconului, m-am pomenit într-un asemenea hal de tristețe că am început să plâng. Întâmplarea a făcut că tocmai atunci – eu nici n-am băgat de seamă – Brunelda a ieșit pe balcon îmbrăcată cu rochia roșie, care-i stă cel mai bine, s-a uitat un pic la mine și mi-a spus în cele din urmă: „Robinson, de ce plângi?“. Apoi și-a ridicat rochia și mi-a șters lacrimile cu poala. Cine știe ce-ar mai fi făcut dacă n-ar fi trebuit să se întoarcă imediat în cameră, fiindcă o chemase Delamarche. Bineînțeles, am crezut că vine și rândul meu și am întrebat, de după perdea, dacă e momentul să intru. Și ce crezi că mi-a răspuns Brunelda? „Nu“ a zis, și a adăugat apoi: „Ce ți-a venit?“.

„De ce mai stai aici, dacă ei te tratează astfel?“ întrebă Karl.

„Iartă-mă, Rossmann, însă întrebarea ta nu-i prea inteligentă", răspunse Robinson. „Parcă tu n-ai să rămâi aici, chiar dacă ai să fii tratat și mai rău? De fapt, nici nu sunt tratat chiar atât de rău."

„Asta nu", zise Karl. „Eu plec, poate chiar în seara asta. N-am de gând să rămân la voi."

„În seara asta? Cum ai să pleci?" întrebă Robinson, care scobise miezul pâinii și acum îl muia cu grijă în cutia de sardele. „Cum să pleci, dacă nici măcar n-ai voie să intri în cameră?"

„De ce să nu intru?"

„Până nu auzim soneria, nu avem voie să intrăm", zise Robinson, care morfolea pâinea unsă cu largi mișcări ale maxilarelor și prindea din zbor, în căușul palmei, uleiul ce picura de pe pâine; mai și muia, din când în când, câte o îmbucătură în palma pe care o folosea drept farfurie. „Toate s-au înrăutățit aici, față de ce a fost. La început, nu exista la ușa balconului decât o perdea subțire, prin care tot nu puteai să vezi nimic, în schimb, seara umbrele se vedeau perfect. Pe Brunelda probabil o deranja și m-a pus să transform una din mantiile ei de teatru în perdea și s-o atârn aici în locul perdelei vechi. Mai înainte mi-era permis să întreb dacă pot intra și atunci mi se răspundea «da» sau «nu», după împrejurări. Dar, mai știi? Poate am cam abuzat de această înlesnire. Vorba e că Brunelda n-a putut suporta nici asta. Deși foarte grasă, e destul de șubredă, are mereu dureri de cap, și picioarele o supără întotdeauna din cauza gutei; au hotărât, deci, să-mi ia dreptul de a întreba și de atunci nu mai am voie să intru decât când aud soneria. Sună de te asurzește, te trezește și din somn. O dată mi-am luat și eu o pisică, să mă distrez, și ce crezi? Așa a speriat-o soneria că a luat-o la fugă și dusă a fost. Astăzi văd că n-a sunat încă – află că atunci când sună nu numai că am voie să intru, dar chiar sunt obligat să intru – și, în cazuri ca cel de față, când soneria nu se aude mai multă vreme, te poți aștepta să nu sune decât foarte târziu."

„Mă rog", spuse Karl. „Toate astea te privesc pe tine, cu mine n-au nici în clin, nici în mânecă. De altfel, asemenea ordine nici nu se pot da decât unuia care e dispus să primească ordine."

„Cum asta?" strigă Robinson. „De ce adică ăsta ar fi un ordin numai pentru mine? Află că e și pentru tine. Te sfătuiesc să stai aici cuminte până auzi soneria. Pe urmă n-ai decât să încerci să pleci."

„Dar tu de ce nu pleci de aici? Numai fiindcă Delamarche ți-e prieten sau, mai bine zis, ți-a fost? Asta-i viață? Nu ți-ar fi fost mai bine la Butterford, acolo unde voiați să plecați la început? Sau chiar în California, unde ziceai că ai prieteni?"

„Adevărat", spuse Robinson. „Dar cum era să prevăd?" Și înainte de a-și dezvolta ideea, trase o dușcă bună din sticla de parfum: „În sănătatea ta, dragă Rossmann". Apoi continuă: „Nu știu dacă îți amintești, eram într-o situație foarte proastă atunci rând tu ne-ai părăsit în chip atât de josnic. În primele zile după aceea n-am avut nimic de lucru; de altfel, Delamarche nici nu voia să se apuce de treabă. Dacă ar fi vrut, ar fi găsit ce să facem. Mă trimitea pe mine întotdeauna să caut de lucru și eu nu am fost niciodată norocos. El nu făcea altceva decât să se tot vânture de ici colo și la un moment dat, după ce a lipsit toată ziua, seara n-a adus decât un portmoneu de damă. Era de fapt un portmoneu frumos, din mărgele – i l-a dăruit, în cele din urmă, Bruneldei – însă înăuntru nu era aproape nimic. Pe urmă Delamarche a hotărât că trebuie să mergem la cerșit pe la casele oamenilor, deoarece – zicea el – cu această ocazie ar putea să ne mai pice câte ceva neprevăzut. Am mers așadar să cerșim. Eu cântam în fața ușilor, așa mi se părea mai onorabil. Cum Delamarche are întotdeauna noroc, abia am ajuns la a doua ușă – ușa unui apartament luxos, situat la parter – unde am cântat ceva bucătăresei și servitorului, după care a venit doamna căreia îi aparținea apartamentul. Brunelda n-avea de urcat decât câteva trepte, însă era probabil încorsetată prea strâns, fiindcă nu putea să le urce. Dar cât era de frumoasă, Rossmann! Avea o rochie albă și o umbreluță de soare, roșie. Era frumoasă, rămâneai tablou, nu altceva. Ah, Dumnezeule, Dumnezeule, cât era de frumoasă! Asta da femeie! Spune-mi te rog, cum poate să existe pe lume o femeie atât de frumoasă? Bineînțeles că bucătăreasa și servitorul au alergat îndată în întâmpinarea ei și mai că au urcat-o pe scări numai pe brațe. Noi doi stăteam în dreapta și în stânga ușii și am salutat milităresște, cum era obiceiul pe acolo. În capul scării, ea s-a oprit o clipă, deoarece mai respira din greu, după aceea nu știu ce s-a întâmplat, ori că foamea îmi tulburase mințile, ori că, așa cum am văzut-o de aproape, mi s-a părut mai frumoasă, și era foarte plină, Rossmann, așa de plină, și avea o carne tare prin toate părțile, probabil și din cauza corsetului; pot să ți-l arăt, e aici în dulap. Pe scurt, am atins-o puțintel la spate, dar știi, foarte ușor, am atins-o doar. Desigur, era de negândit ca un cerșetor să se atingă de o doamnă bogată; poate că nici nu era o atingere, dar tot atingere era de fapt. Cine știe ce urmări ar fi avut trebușoara asta, dacă Delamarche nu mi-ar fi tras, pe loc, o palmă. Și încă una atât de zdravănă, că a trebuit să-mi acopăr obrazul cu amândouă mâinile."

„De ce drăcii v-ați mai ținut!" zise Karl, cu totul furat de povestire, și se așeză pe dușumea: „Asta era, deci, Brunelda?".

„Da", spuse Robinson. „Asta era Brunelda."

„Dar parcă mi-ai spus că era cântăreață?" întrebă Karl.

„Sigur, cântăreață, și încă una celebră", răspunse Robinson, lingând o enormă porție de zaharicale și vârându-și din când în când, înapoi în gură, câte o bomboană scăpată. „Pe atunci noi n-am știut; am băgat doar de seamă că era o femeie bogată și foarte distinsă. Ea s-a prefăcut că nu simte nimic, și poate chiar nici nu simțise nimic, deoarece adevărul e că n-o atinsesem decât cu vârful degetelor. În schimb, se uita mereu la Delamarche, care a ridicat privirea imediat și s-a uitat drept în ochii ei. Știi cum s-a uitat? Așa cum se pricepe numai el. Atunci ea i-a apus: „Intră pentru o clipă", și cu vârful umbreluței a arătat ușa prin care Delamarche trebuia să treacă primul. Au pătruns amândoi, iar servitorii au închis ușa în urma lor. Pe mine m-au lăsat afară și eu am crezut că n-o să dureze prea mult. M-am așezat pe scări ca să-l aștept pe Delamarche. Dar, la un moment dat, în locul lui Delamarche a ieșit servitorul și mi-a întins o farfurie plină cu supă. „O atenție din partea lui Delamarche", mi-am zis eu. În timp ce mâncam, servitorul mai întârzie puțin lângă mine și-mi povesti câte ceva despre Brunelda, încât mi-am dat seama pe loc ce importanță poate avea pentru noi această vizită. Căci Brunelda era o femeie divorțată, avea o avere mare și era cu totul independentă! Fostul ei soț, un fabricant de cacao, mai era încă nebun după ea, dar ea nu mai voia să știe de el absolut nimic. El bătea la ușa ei foarte des, îmbrăcat totdeauna elegant, ca pentru o nuntă – totul e perfect adevărat, acum îl cunosc personal – dar servitorul, cu toate bacșișurile grase pe care le primea, nu îndrăznea s-o întrebe pe Brunelda dacă vrea să-l primească; o întrebase el de câteva ori și de fiecare dată Brunelda îi azvârlea în cap primul lucru care îi cădea în mână în momentul acela. O dată l-a lovit cu sticla ei mare cu apă caldă și i-a spart un dinte din față, bietul om! Așa, Rossmann. Ei, ce spui de toate astea?"

„De unde îl cunoști pe fabricantul acela?" întrebă Karl.

„Păi și acuma urcă uneori până aici, la noi", răspunse Robinson.

„Până aici?" se miră Karl și lovi ușor cu palma în dușumea.

„N-ai decât să te miri", continuă Robinson. „Ce m-am mai mirat și eu când am auzit ce mi-a povestit servitorul. Închipuiește-ți că, pe când Brunelda nu era acasă, omul ăsta se ruga de servitor să-l lase în camera ei și, luându-și de acolo câte o mică amintire, lăsa întotdeauna pentru Brunelda un cadou foarte scump și luxos, interzicând însă cu strictețe servitorului să spună de la cine este. O dată i-a adus un vas de porțelan, ceva de mare valoare, zicea servitorul, și eu îl cred; dându-și seama de la cine este, Brunelda l-a trântit la pământ imediat, l-a făcut țăndări, l-a călcat, l-a scuipat și a mai făcut și altceva deasupra lui, încât, de scârbă, servitorul de abia l-a mai putut scoate afară de acolo!"

„Dar cu ce i-o fi greșit omul acela?" întrebă Karl.

„Drept să-ți spun, nu știu, dar cred că nimic deosebit. El, cel puțin, zice că nu-și dă seama.

Am mai vorbit noi doi uneori despre asta. Știi, el mă așteaptă zilnic acolo, în colțul străzii, să-i spun noutăți. Când nu pot veni, mă așteaptă o jumătate de oră și pe urmă pleacă. Mie treaba asta îmi convine, fiindcă plătește foarte bine pentru fiecare veste pe care i-o aduc, numai că de când a aflat și Delamarche, trebuie să-i dau lui toți banii. Așa că în ultimul timp m-am dus mai rar pe acolo".

„Dar, de fapt, ce urmărește fabricantul?" întrebă Karl. „Ce mai speră, doar vede că Brunelda nu poate să-l sufere?"

„Ce vrei? Asta-i!" oftă Robinson; își aprinse o țigară, suflă fumul în sus și îl împrăștie cu o largă mișcare a brațului. Reveni apoi și zise: „Dar ce mă interesează pe mine, la urma urmelor? Știu doar că ar da mulți bani să poată sta și el culcat aici pe balcon, cum stăm noi acum."

Karl se ridică, se rezemă de marginea balconului și privi jos, în stradă. Luna urcase pe cer, însă lumina ei nu pătrunsese încă până în adâncul străzii. Strada aceasta, atât de pustie ziua, era acum înțesată de lume. Toți oamenii aceia, îngrămădiți mai ales în fața porților, se mișcau cu încetineală, greoi. Vedeai în întuneric bărbați fără haină, femei în rochii ușoare și descopereai că nimeni nu poartă pălărie. Jur împrejur, numeroasele balcoane erau acum ocupate de familiile ce se adunaseră, la lumina unui bec, pe lângă o masă mică sau doar pe un rând de scaune; asta depindea de mărimea balconului. Cei care nu încăpeau, căutau să-și scoată măcar capul afară, la aer. Bărbații ședeau cu picioarele larg desfăcute, își vârau genunchii printre gratiile balustradei și citeau ziare întinse, care aproape atingeau podeaua, ori jucau cărți, fără să-și spună o vorbă, izbind numai din când în când, puternic, cu pumnul în masă. Femeile își țineau în poală lucrul de mână și mai priveau uneori în jur sau în stradă. Pe balconul vecin, o blondă firavă căsca într-una, rotindu-și ochii și ridicând mereu, la gură, lenjeria pe care o cârpea. Chiar și în cele mai strâmte balcoane, copiii reușeau să se fugărească, ceea ce îi enerva cumplit pe părinți. Din interiorul multor camere răsunau gramofoane, răspândind fie muzică de orchestră, fie cântece. Lumea însă nu se prea sinchisea de muzică și doar rareori capul familiei făcea un semn, pentru ca imediat cineva să fugă în cameră și să pună o placă nouă. La câteva ferestre se zăreau perechi care priveau afară, stând nemișcate ca niște statui; chiar la fereastra din față se găsea o asemenea pereche. Tânărul o cuprinsese pe fată cu un braț și-i tot apăsa pieptul cu celălalt.

„Cunoști pe vreunul din oamenii de alături?“ întrebă Karl pe Robinson; între timp se ridicase și acesta, se plângea de frig, pătura și-o păstrase pe umeri, ba se mai învelise și cu aceea a Bruneldei.

„Mai pe nimeni nu cunosc“, zise Robinson și-l trase pe Karl mai aproape de el, ca să-i șoptească la ureche: „Știi doar în ce situație mă aflu aici. Deși, deocamdată, n-aș avea prea multe motive să mă plâng. De dragul lui Delamarche, Brunelda a vândut tot ce avea – a mai păstrat doar câteva obiecte de preț – și s-a mutat în această locuință de la periferie, spre a se putea dedica lui Delamarche fără s-o deranjeze nimeni; de altfel, asta a fost și dorința lui Delamarche.“

„Și servitorii? I-a concediat?“ întrebă Karl.

„Sigur“, spuse Robinson. „Unde era să mai locuiască aici și servitorimea? Servitorii sunt niște domni foarte pretențioși. Să vezi cum s-a întâmplat: o dată, pe când se afla la Brunelda, Delamarche a scos din cameră pe un servitor, trăgându-i palme cu nemiluita. Ceilalți servitori au făcut, bineînțeles, cauză comună cu acesta și s-au adunat cu mare gălăgie în fața ușii. Atunci Delamarche – pe atunci eu încă nu eram servitor, eram prietenul casei, cu toate că locuiam printre servitori – a ieșit și a întrebat: „Ce vreți?". Cel mai bătrân dintre servitori, un oarecare Isidor, a răspuns: „N-aveți dreptul să ne porunciți; doamna e stăpâna noastră". Ei o stimau, probabil, pe Brunelda, ți-ai dat seama și tu că e ceva absolut normal. Fără să-i pese însă de ei, Brunelda a alergat spre Delamarche – pe atunci nu era încă atât de grasă ca acum – l-a îmbrățișat, l-a sărutat, și i-a zis, de față cu toți: „Dragul meu Delamarche, dă-i odată afară pe maimuțoii ăștia". Maimuțoii erau servitorii; îți poți imagina ce mutre au făcut ei. Brunelda a vârât ea însăși mâna lui Delamarche în punga cu bani, pe care o purta la centură, iar el a început să-i plătească pe servitori. Tot timpul cât a durat plata de lichidare, Brunelda a stat complet nepăsătoare, ținea punga de bani deschisă. Delamarche scotea mereu bani din pungă și-i împărțea fără să-i numere și fără să se intereseze de pretenții. Când treaba s-a terminat, le-a spus așa: „Dat fiind că nu vreți să tratați cu mine, aflați că vă spun în numele Bruneldei: ștergeți-o cât mai repede de aici". Așa au fost concediați toți până la unul. Au urmat apoi câteva procese; știu că o dată Delamarche a fost nevoit să meargă la tribunal, însă amănunte nu prea cunosc în privința asta. Mai știu însă că imediat după plecarea servitorilor, Delamarche i-a spus Bruneldei: „Gata, acum nu mai ai servitori", iar dânsa i-a răspuns: „Dar îl avem pe Robinson". Atunci Delamarche m-a lovit ușor pe umăr și mi-a zis: „Bine, de acum încolo vei fi servitorul nostru", iar Brunelda m-a lovit și ea prietenește pe obraz. Dacă se ivește vreodată ocazia, lasă-te și tu lovit pe obraz. Ai să vezi ce plăcut e!".

„Cu alte cuvinte, ai devenit servitorul lui Delamarche?" vorbi Karl în cele din urmă.

Robinson înțelese părerea de rău care se desprindea din această întrebare și zise: „Sunt servitor, e adevărat, dar puțini oameni își dau seama. Vezi, nici tu n-ai știut, deși a trecut ceva timp de când ești la noi. Ai văzut ce bine eram îmbrăcat, atunci, noaptea, la hotel. Ai mai văzut servitori îmbrăcați în haine atât de elegante? Numai că nu am voie să ies prea des în oraș, trebuie să fiu tot timpul prezent, căci într-o gospodărie mereu se ivește câte ceva de făcut. Din nefericire, un singur om nu poate face față la câtă treabă e pe aici. Cum ai băgat de seamă, poate, camera noastră e plină cu foarte multe lucruri. Toate pe care nu le-am putut vinde. Când ne-am mutat, le-am cărat cu noi. Bineînțeles, erau și lucruri care s-ar fi putut face cadou, dar Brunelda nu face cadou nimic, din principiu. Poți să-ți închipui cât am muncit cărând, pe scări, atâtea obiecte!"

„Pe toate le-ai urcat singur, Robinson?" exclamă Karl.

„Ce era să fac? Am avut, ce-i drept, și un ajutor, o vită leneșă, însă tot ce era mai greu am fost nevoit să fac singur. Brunelda stătea jos la camion. Delamarche era sus și dădea dispoziții unde să se pună lucrurile, iar eu am tot fugit în sus și în jos. Totul a durat două zile; mult, nu-i așa? Dar nici nu-ți închipui cât de multe lucruri sunt în cameră; toate dulapurile sunt ticsite și în dosul dulapurilor nu mai e nici un locșor liber, până sus, în tavan. Dacă pentru transport ar fi fost tocmiți câțiva oameni, totul s-ar fi terminat mai repede, însă Brunelda n-a vrut să încredinţeze nimănui această sarcină, decât mie. Asta a fost foarte frumos din partea ei, însă cu ocazia asta mi-am pierdut sănătatea pentru tot restul vieţii. Şi ce mai aveam cu oare, pe lumea asta, afară de sănătate? Acum, la cel mai mic efort, simt înţepături prin toate părţile. Crezi că băieţii ăia de la hotel, broscoii ăia tineri – că altfel nu-mi vine să le zic – crezi că ar fi putut să mă doboare dacă aş fi fost sănătos? Dar oricât de rău m-aş simţi, de la mine n-o să afle nimic, nici Delamarche şi nici Brunelda, o să muncesc cât timp o să mai pot, şi atunci când nu s-o mai putea, am să mă culc şi am să mor şi atunci or să vadă şi ei – dar prea târziu – că în ciuda bolii mele am continuat să muncesc aici, pentru ei, până la ultima suflare. Ah, Rossmann!" sfârşi el, şi-şi şterse ochii cu mâneca lui Karl. O clipă mai târziu întrebă: „Nu ţi-e frig aşa, numai în cămaşă?".

„Lasă, Robinson", spuse Karl. „Prea eşti plângăreţ. Nu cred să fii chiar atât de bolnav. Arăţi a om sănătos, dar poate fiindcă stai mereu de unul singur pe balcon ţi-au intrat gărgăuni în cap. Se prea poate să simţi uneori o înţepătură în piept, dar asta mi se întâmplă şi mie, oricui. Dacă toată lumea s-ar plânge ca tine, pentru nişte fleacuri, ar trebui să-i vedem plângând pe toţi aceşti oameni din balcoanele din jur."

„Ce ştii tu!" zise Robinson, ştergându-şi acum ochii cu colţul păturii sale. „Studentul care locuieşte alături, la o gazdă, una care a gătit un timp şi pentru noi, mi-a spus zilele trecute, pe când i-am înapoiat nişte farfurii: „Spune-mi, Robinson, nu cumva eşti bolnav?" Cum n-am voie să vorbesc cu nimeni, am lăsat farfuriile şi am vrut să plec. Atunci studentul a venit lângă mine şi mi-a spus: „Ascultă, omule, îngrijeşte-te, ești bolnav“. „În cazul ăsta, spuneți-mi, vă rog, ce-ar trebui să fac?“ l-am întrebat eu. „Asta e treaba dumitale“, a isprăvit el și s-a intors la masă. Ceilalți cu care stătea la masă s-au pus pe râs – aici peste tot avem numai dușmani – situație în care eu am preferat s-o șterg“.

„Dai, deci, crezare celor care-și bat joc de tine, iar pe cei care-ți vor binele, nu-i crezi.“

„Știu eu mai bine ca toți cum mă simt“, zise Robinson și începu din nou să plângă.

„Ba nu, adevărul e că nu știi nici tu ce-ți lipsește. În loc s-o faci pe servitorul lui Delamarche, ar trebui să-ți cauți o slujbă onorabilă. Din câte mi-ai povestit și din ce am văzut eu însumi, îmi dau seama că asta nu e o slujbă, ci o adevărată sclavie. Nimeni nu poate suporta o asemenea situație, aici îți dau dreptate. Tu socotești, însă, că n-ai dreptul să-l părăsești pe Delamarche, deoarece îi ești prieten. Lucrurile nu stau chiar așa. Dacă el, ca prieten, nu-și dă seama că ești nevoit să duci o viață mizerabilă, atunci tu nu mai ai față de el nici un fel de obligație.“

„Crezi, într-adevăr, Rossmann, că aș putea să revin la condiția de om, dacă aș înceta să mai fiu servitor aici?“

„Bineînțeles“, spuse Karl.

„Bineînțeles?“ întrebă Robinson încă o dată.

„Fără îndoială“, răspunse Karl, zâmbind.

„Înseamnă că aș putea să fac lucrul ăsta chiar acum“, zise Robinson, privindu-l țintă pe Karl.

„Cum adică?“

„Așa bine, fiindcă tu va trebui să preiei munca mea“, răspunse Robinson.

„Cine ți-a spus asta?“ întrebă Karl.

„Este un plan mai vechi. Se tot vorbește despre așa ceva de câteva zile, începând din ziua în care Brunelda m-a cercetat, zicând că nu-s capabil să țin locuința curată. Se înțelege că eu am promis pe loc că am să le pun pe toate în ordine. Dar vezi că ăsta e un lucru foarte greu. Starea in care mă aflu nu-mi îngăduie, de pildă, să mă târăsc și să șterg praful de peste tot; dacă nu reușesc eu să mă mișc ușor nici în mijlocul camerei, dar să mă mai și vâr prin colțuri, strecurându-mă printre atâtea mobile și provizii? De altminteri, dacă m-aș lua după pretențiile lor și aș vrea să fac curățenie peste tot, ar trebui să miște din loc toată mobila. Dar cum să faci asta de unul singur? Unde mai pui că treaba asta ar trebui să se desfășoare fără nici un zgomot, ca să n-o deranjez pe Brunelda, dat fiind că ea nu-și părăsește camera aproape niciodată. Pe scurt, am promis să fac o curățenie generală, însă de făcut n-am făcut-o. Iar Brunelda, imediat ce-a observat cum stau lucrurile, i-a spus lui Delamarche că situația nu mai poate să mai dureze și, ca atare, mai trebuie angajat un ajutor. „N-aș vrea, dragă Delamarche – i-a spus ea – să-mi faci vreodată reproș că nu ți-am condus menajul așa cum trebuie; personal nu pot face nici un efort, lucru pe care cred că îl recunoști și tu, iar Robinson constat că nu le poate face pe toate de unul singur; la început era destul de vioi, se tot învârtea peste tot, dar de la un timp încoace observ că e mereu obosit și preferă să-și petreacă timpul retras în vreun colț de odaie. Îți dai seama însă că o odaie ca a noastră, ticsită de lucruri, nu se ține singură în ordine“. Auzind asta, Delamarche a cam stat pe gânduri, e clar că nu poți să introduci pe oricine într-un menaj ca al lor, nici măcar de probă, ținând seama că mai și suntem înconjurați, din toate părțile, numai de oameni dușmănoși. Fiindcă-ți sunt prieten bun și fiindcă am auzit de la Renell cât te chinuiești la hotel, chiar eu am fost primul care s-a gândit la tine. Delamarche a fost imediat de acord, cu toate că atunci te-ai purtat cu el foarte urât; eu m-am bucurat, desigur, că pot să-ți fiu de folos. Slujba asta e parcă făcută pentru tine, ești tânăr, voinic și îndemânatic, pe când eu nu mai sunt bun de nimic. Îți pun în vedere însă că nu te poți considera angajat dacă n-ai să-i placi Bruneldei; cu părere de rău, însă, în acest caz nu vom avea ce face cu tine. Așa că dă-ți silința să-i fii pe plac, și restul las' pe mine."

„Și tu ce-ar urma să faci pe când eu aș fi servitor aici?" întrebă Karl după ce-i trecuse prima spaimă pricinuită de spusele lui Robinson și se simți mai în largul lui, înseamnă că treaba nu e chiar de speriat, socoti Karl în sinea lui; Delamarche nu avea altă intenție cu el, decât să-l facă servitorul său. Dacă ar fi avut vreo intenție mai rea, atunci fără îndoială guralivul de Robinson ar fi dat-o în vileag. Și dacă lucrurile stăteau astfel, atunci el va face tot posibilul să plece încă în seara aceea. Doar nu-l putea obliga nimeni să accepte această situație. După plecarea de la hotel, Karl se întrebase dacă va putea găsi destul de repede un post convenabil și cel puțin echivalent, care să-l ferească de foame; acum însă, în comparație cu ce i se hărăzise, oricare altă ocupație i s-ar fi părut mai bună, ba chiar și situația de șomer. Dar nu încercă să explice toate astea lui Robinson; încălzit cum era de speranța că, datorită lui Karl, va fi despovărat de grijile sale, acesta n-ar fi fost în stare să înțeleagă mare lucru.

„Prin urmare, va trebui să încep cât de curând să-ți explic rosturile gospodăriei și să-ți arăt proviziile", spuse Robinson proptit în coate pe balustradă și însoțindu-și vorbele cu o bogată gesticulație. „Ești un băiat cu carte, ai desigur și un scris frumos, așa că ar fi foarte bine să te apuci mai întâi să faci un inventar al tuturor lucrurilor pe care le avem. E ceva ce Brunelda își dorește de mult. Chiar mâine dimineață, dacă e vreme frumoasă, o vom ruga pe Brunelda să se așeze în balcon și noi o să putem lucra liniștiți în cameră, fără s-o deranjăm. Fiindcă lucrul cel mai important, dragă Rossmann, este ca nu cumva s-o deranjezi pe Brunelda. Ea aude orice zgomot, cum știi, e cântăreață, așa că are urechea foarte sensibilă. Scoți, să zicem, butoiașul cu rachiu din dosul dulapului și îl rostogolești ca să-l duci afară; înseamnă că faci un zgomot oarecare, deoarece butoiașul e greu și întâlnește în cale tot felul de lucruri care, cum bine știi, la noi sunt răspândite peste tot. Să zicem că în timpul ăsta Brunelda stă lungită pe canapea și e atentă la prinsul muștelor – deoarece pe ea, observ, muștele o necăjesc foarte mult. Ai deci impresia că nu se sinchisește de tine și continui să rostogolești butoiașul; iar ea continuă să stea tot lungită, înconjurată de calmul ei aparent. Și deodată, când te aștepți mai puțin și ai impresia că nici nu se mai aude vreun zgomot, numai ce-o vezi că se ridică în capul oaselor, izbește cu palmele în canapea, încât abia o mai zărești în norul de praf care se ridică – află că de când stăm aici n-am reușit să scutur canapeaua, fiindcă tot timpul stă culcată – și strigă de te asurzește, strigă ca un bărbat, ceasuri în șir. Vecinii i-au interzis să cânte, dar nimeni nu-i poate interzice să strige, ceea ce se întâmplă, la urma urmelor, destul de rar. Deci eu și Delamarche am devenit foarte prudenți. La drept vorbind, toate aceste ieșiri necontrolate i-au stricat foarte mult sănătatea, o dată chiar a leșinat; Delamarche nu era acasă și a trebuit să-l chem pe studentul de alături. Studentul a stropit-o cu un lichid dintr-o sticlă mare și ea și-a revenit imediat, dar nu-ți poți închipui ce miros îngrozitor putea să aibă lichidul acela, îl mai simți și acum când apropii nasul de canapea. Fără îndoială, studentul ne este și el dușman, ca toți vecinii de aici. Trebuie să te ferești de toți, să nu intri în vorbă cu nici unul."

„Ascultă Robinson", zise Karl. „Serviciul pe care mi l-ai pregătit e greu, în schimb, ce să zic? e încântător."

„Nu te neliniști", spuse Robinson, clătinând din cap și închizând ochii ca și cum astfel i-ar fi fost mai ușor să risipească grijile lui Karl. „Serviciul tău are și unele avantaje pe care nu le poate avea nici un alt serviciu. Ești mereu în apropierea unei doamne cum este Brunelda, dormi câteodată în aceeași cameră cu ea și această situație nu e lipsită de unele ocazii plăcute, îți închipui și tu. Ai să fii plătit regește, aici sunt o mulțime de bani. Eu, ca prieten al lui Delamarche, n-am primit nimic, exceptând ieșirile în oraș, când Brunelda îmi dădea ceva de cheltuială. Pe tine, în schimb, nu încape îndoială, te vor plăti ca pe orice servitor, deoarece te afli aici numai și numai în această calitate. Pe deasupra, ai și norocul că eu te voi ajuta la toate treburile. La început, bineînțeles, n-o să fac nimic, o să mă mai odihnesc și eu, însă îndată ce o să mă simt puțin mai odihnit, poți conta pe mine. Obligația de a o servi personal pe Brunelda o păstrez, de altfel, pentru mine; mă refer la servicii ca îmbrăcatul sau coafatul – sigur, în măsura în care de acestea nu se ocupă Delamarche. Tu ai să te ocupi doar de curățenia camerei, de târguieli, în general de treburi casnice mai grele."

„Nu, Robinson, toate astea nu mă interesează", spuse Karl.

„Nu fi prost, Rossmann", spuse Robinson, postându-se în fața lui Karl. „Nu întoarce spatele unei ocazii atât de frumoase. Unde crezi că ai să găsești imediat un serviciu? Dacă și eu și Delamarche, oameni care am trecut prin multe și care, slavă Domnului, avem ceva experiență, am alergat după o slujbă săptămâni întregi și tot fără ea am rămas. Ei bine, nu, ăsta nu-i lucru ușor, aș zice chiar că e îngrozitor de greu."

Karl lăsă capul în jos mirat de cât de înțelept putea să vorbească Robinson. Pentru el însă toate aceste sfaturi nu aveau nici o valabilitate, el trebuia să plece neapărat; era imposibil ca într-un oraș atât de mare să nu se găsească și pentru el un locșor potrivit. Noaptea, restaurantele sunt asaltate de clienți, e nevoie de un personal numeros care să-i servească pe aceștia, iar în respectiva meserie Karl se poate lăuda că are o oarecare experiență. Era convins, de altfel, că s-ar fi adaptat repede oricărui serviciu. Ar fi găsit așa ceva poate chiar în clădirea de peste drum; se afla acolo un mic restaurant din care răzbătea o muzică zgomotoasă. Intrarea principală era acoperită doar cu o perdea mare, de culoare galbenă, care se înfoia la fiece curent de aer. În general, strada se liniștise mult. Mai toate balcoanele se cufundaseră în întuneric, doar în depărtare mai apărea, ici-colo, câte o lumină; abia o zăreai însă, deoarece oamenii se și ridicau și se grăbeau să intre în casă, iar cel care rămânea ultimul observa becul aprins și, după ce mai arunca o ultimă privire jos, în stradă, stingea lumina.

„Se înnoptează de-a binelea – își spuse Karl – dacă mai rămân aici o singură clipă, n-o să mă mai pot desprinde de ăștia“ Se întoarse ca să dea la o parte perdeaua din ușa locuinței.

„Ce vrei să faci?“ întrebă Robinson, așezându-se între Karl și perdea.

„Vreau să plec“, spuse Karl. Lasă-mă, lasă-mă!

„Cum adică? Vrei să-i deranjezi?“ strigă Robinson. „Ce ți-a venit?“ Apucă cu mâinile gâtul lui Karl, își încolăci picioarele pe trupul acestuia, se atârnă de el cu toată greutatea și îl trase într-o clipă la pământ. Cum însă Karl învățase în dormitorul liftierilor să se bată, îi trase lui Robinson un pumn sub bărbie, deși cu oarecari menajamente. Robinson, la rândul său, îi administra, prompt și fără milă, un picior în burtă; apoi, apucându-se cu mâinile de bărbie, începu să urle atât de tare încât în balconul învecinat cineva bătu nervos din palme, strigând: „liniște!“. Karl mai rămase o clipă întins pe pământ ca să i se stingă durerea pricinuită de lovitura lui Robinson. Se mulțumi să-și întoarcă fața spre perdeaua care atârna grea și nemișcată, în fața odăii cufundate în întuneric. Ai fi zis că nu mai era nimeni în cameră; să fi ieșit oare Delamarche și Brunelda în oraș? În acest caz, Karl avea toată libertatea să se descotorosească de Robinson, care se purtase ca un veritabil câine de pază.

În clipa aceea, de undeva din depărtare se auziră sunete de tobe și trompete. Vocile izolate pe care le desluși de pretutindeni se contopiră curând într-un vacarm general. Karl întoarse capul și văzu cum toate balcoanele se animau din nou. Se ridică în capul oaselor – nu putea să se ridice în picioare – și se propti cu toată greutatea în balustradă. Jos, pe trotuar, mărșăluiau, cu pași mari, tineri care își fluturau șepcile cu brațele ridicate, întorcându-și capetele, din când în când, ca să privească în urmă. Numai partea carosabilă a străzii mai rămăsese liberă. Unii legănau în vârful unor bețe lungi lampioane din care se ridica fum galben. Cei ce băteau toba și suflau din trompete intraseră, în rânduri strânse, într-un câmp de lumină și Karl tocmai se minuna cât de mulți sunt, când auzi în spatele lui niște voci. Se întoarse, îl văzu pe Delamarche dând perdeaua la o parte; apăru apoi Brunelda ieșind din întunericul odăii. Avea pe ea rochia roșie, pe umeri un șal de dantelă, în cap o bonetă de culoare închisă, aruncată în grabă peste părul nepieptănat, strâns doar într-un coc, din care mai atârna câte o șuviță ici-colo. În mână avea un evantai deschis pe care însă nu-l agita, îl ținea lipit de trup.

Karl se târî de-a lungul balustradei, făcându-le loc celor doi. Spera, se înțelege, că ei nu-l vor reține cu forța; chiar dacă Delamarche ar încerca s-o facă, Karl s-ar adresa Bruneldei, care i-ar lua apărarea, fără îndoială și l-ar lăsa să-și vadă de drum. Știa că Brunelda nu-l poate suferi din pricina ochilor lui, care o speriaseră. Din clipa în care Karl făcu un pas către ușă, ea fu aceea care-l observă și-i zise: „Unde vrei să pleci, micuțule?". Speriat de privirile severe ale lui Delamarche, Karl se opri locului și Brunelda îl prinse de braț și-l atrase spre ea. „Nu vrei să vezi și tu defilarea?" întrebă ea, împingându-l spre balustradă. „Știi despre ce este vorba?" o auzi Karl adresându-i-se din spate și el se smuci instinctiv, cu gândul să încerce să-i scape din mână, însă nu reuși. Privi așadar, cu adâncă tristețe, strada, ca și cum acolo s-ar fi aflat motivul amărăciunii sale.

Delamarche stătu un timp în spatele Bruneldei, cu mâinile încrucișate pe urmă însă fugi în cameră și-i aduse acesteia binoclul. Acolo jos, în urma muzicanților, apăru cortegiul propriu-zis. Un uriaș purta pe umerii săi un domn, pe care nu-l distingeai prea bine de la înălțime – nu i se vedea decât chelia, cu un luciu stins, deasupra căreia își agita mereu jobenul, salutând. Toți cei din preajma sa purtau pancarte de lemn cu felurite inscripții; de sus, de pe balcon, acestea se vedeau albe. Părea că se dăduse cuvânt de ordine ca toate aceste pancarte să se grupeze, la un moment dat, din toate direcțiile, încât îl înconjurară foarte de aproape pe acel domn, care părea că se înalță mult deasupra lor. Cum coloana era într-un marș continuu și zidul de pancarte era în continuă mișcare, ba se răsfira, ba își strângea la loc rândurile. Pe toată lărgimea străzii – nu și în lungime, deoarece nu se putea zări prea departe din pricina întunericului – apăreau, strânși într-o masă compactă, susținătorii acestui domn, care băteau din palme și îi scandau numele într-un fel de cor tărăgănat, un nume scurt dar neinteligibil. Unii dintre aceștia, răspândiți cu pricepere prin mulțime, purtau faruri de automobil, pe care le mișcau încet, de jos în sus și de sus în jos, aruncând o lumină foarte puternică peste zidurile clădirilor de pe ambele părți ale străzii. La înălțimea la care se afla Karl, lumina farurilor de automobil nu mai era supărătoare, însă în balcoanele de jos se vedeau mulți oameni care, nimerind pe neașteptate în câmpul de lumină, își duceau repede mâinile la ochi.

Rugat de Brunelda, Delamarche îi întrebă pe cei din balconul vecin care e scopul acestei manifestații. Karl era oarecum curios să vadă dacă i se va răspunde lui Delamarche și în ce termeni. Într-adevăr, Delamarche fu pus în situația să întrebe de trei ori la rând, fără să primească răspuns. Delamarche își luă atunci riscul să se aplece peste balustradă, însă Brunelda bătu din picior, enervată, secundă în care Karl se simți atins de genunchii ei. Se auzi totuși un răspuns, în cele din urmă, însă lumea din balconul vecin izbucni totodată într-un hohot de râs. Delamarche ripostă atât de cumplit încât, dacă n-ar fi fost vacarmul din stradă, toți cei din jur ar fi rămas înmărmuriți. Efectul nu întârzie totuși să se arate pentru că râsetele amuțiră.

„Mâine în districtul nostru va fi ales un nou judecător și acela pe care îl duc cocoțat pe umeri este unul dintre candidați", spuse Delamarche, adresându-se cu un calm perfect Bruneldei, după care adăugă, ciocănind cu delicatețe spatele acesteia: „Ehe, aproape că nu mai știm nimic din câte se petrec pe lume".

Brunelda aduse însă din nou în discuție purtarea vecinilor, zicând: „Delamarche, ce n-aș da să mă mut, dacă lucrul ăsta n-ar fi atât de obositor! Din păcate, nu mă pot încumeta din nou la un asemenea efort." Oftă iar și, neliniștită, îngândurată, începu să se joace cu cămașa lui Karl; după câteva încercări, acesta reuși să se depărteze, discret, de mâinile acelea mici și grase, fiindcă Brunelda nu-l ținea cu dinadinsul, ci pur și simplu era dusă pe gânduri.

Dar și Karl, la rândul său, uită curând de Brunelda și suportă pe umeri brațele grele ale acesteia, deoarece era foarte atent la ceea ce se petrecea pe stradă. Din inițiativa unui mic grup de bărbați care mărșăluiau chiar în fața candidatului și cu care acesta se înțelegea prin gesturi – păreau să fie deosebit de importante aceste discuții, deoarece toate fețele se întorceau către ei, cu ascultare – întregul cortegiu se opri în mod neașteptat în fața restaurantului. Unul dintre bărbații importanți ridică mâna și făcu un semn care se adresa atât mulțimii, cât și candidatului. Mulțimea amuți, iar candidatul, după ce încercă de câteva ori să se salte în picioare pe umerii celui care-l purta și recăzu la loc de tot atâtea ori, rosti o cuvântare scurtă, pe parcursul căreia își agită jobenul încoace și încolo, ca bătut de un vânt repede. Nu se pierdea nici un amănunt din acest tablou, deoarece în timpul discursului toate farurile de automobil fuseseră îndreptate spre vorbitor, care părea a se afla în centrul unei stele luminoase.

Karl băgă de seamă interesul cu care întreaga stradă urmărea acest eveniment. Din balcoane, adepții candidatului îi strigau și ei numele, o dată cu cei de jos și, întinzând mâinile cât puteau de mult peste balustradele balcoanelor, aplaudau frenetic. De pe alte balcoane – acestea formau majoritatea – se dezlănțuiau strigăte contradictorii, dar care nu erau de efect, le lipsea unitatea, deoarece susțineau pe mai mulți alți candidați. În schimb, toți dușmanii candidatului de față se uniseră într-un șuierat general, la care se adăugau și câteva gramofoane puse în funcțiune în mai multe locuri. Între balcoane disputa politică era tot mai aprinsă, sporită și de târzia oră din noapte. Cei mai mulți aflați în balcoane erau îmbrăcați de culcare, unii își trăseseră pe deasupra doar un halat, iar femeile se înfășuraseră în șaluri; copiii nesupravegheați se cățărau primejdios pe marginea balustradelor și ieșeau în număr din ce în ce mai mare din camerele cufundate în întuneric unde apucaseră, probabil, să și tragă un pui de somn. Se întâmplă ca manifestanți din cale afară de înfierbântați să arunce în adversarii lor tot felul de obiecte pe care nu le distingeai din pricina întunericului; acestea nimereau foarte rar la țintă, de cele mai multe ori cădeau în stradă, stârnind urlete de furie. Atunci când animatorii manifestației găseau că vacarmul era prea mare, făceau semn toboșarilor și trompetiștilor, care interveneau atât de puternic și prelung, încât reușeau să anihileze toate vocile omenești, până sus, la acoperișuri. După aceea trompetiștii și toboșarii isprăveau și ei, dintr-odată, pe neașteptate, în timp ce mulțimea din stradă, vădit pricepută să intervină la momentul oportun, ataca de îndată imnul partidului pentru care manifesta – vedeai, în lumina reflectoarelor, gura fiecăruia larg deschisă – până ce se dezmeticeau adversarii și începeau să strige din balcoane și de la ferestre, de zece ori mai puternic decât adineaori și, după scurta lor victorie, îi obligau pe cei de jos la tăcere generală; cam atât se putea vedea de la înălțimea balconului în care se afla Karl.

„Ei, ce zici, micuțule?“ întrebă Brunelda, care stătea în spatele lui Karl; se tot foia încoace și încolo, grijulie să vadă prin binoclu tot ceea ce se petrecea acolo jos. Karl dădu din cap și observă, în treacăt, că Robinson punea o deosebită râvnă în a-i spune ceva lui Delamarche. Lui Karl îi dădu prin gând că ar putea fi vorba de discuția lor de adineaori, însă văzu totodată că Delamarche nu prea dă importanță celor auzite, dimpotrivă, căuta mereu să-l dea la o parte pe Robinson, cu mâna stingă, în timp ce cu dreapta o ținea de talie pe Brunelda.

„Nu vrei să te uiți și tu cu binoclul?“ îl întrebă Brunelda pe Karl, punându-i mâna pe piept ca să înțeleagă că lui i se adresează.

„Văd bine și așa“, spuse Karl.

„Încearcă totuși, ai să vezi și tu mai bine“, zise ea.

„Am ochi buni“, spuse Karl. „Văd totul.“

Brunelda îi apropie binoclul de ochi, însă Karl găsi acest gest mai degrabă supărător decât amabil, mai cu seamă că Brunelda nu mai rosti nimic afară de monosilabicul cuvânt „tu", pe un ton melodios, dar amenințător. Imediat Karl se pomeni cu binoclul lipit de ochi și acum chiar că nu mai vedea nimic.

„Dar nu văd nimic", spuse el și voi să scape de binoclu.

Brunelda îl ținea bine fixat și Karl nu mai putea să-și miște capul, nici înapoi, nici la dreapta, nici la stânga; putea, cel mult, să-și cufunde capul în pieptul ei.

„Acum vezi, desigur", zise ea și învârti șurubul binoclului.

„Nu, nici acuma nu văd nimic", spuse Karl și cugetă cum, pe negândite, îl despovărase pe Robinson, și devenise, în locul acestuia, ținta capriciilor insuportabile ale Bruneldei.

„Dar când ai să începi să vezi odată?" se impacientă ea, potrivind într-una binoclul. Tot obrazul lui Karl era acum învăluit de respirația ei apăsătoare. „Dar acum?" întrebă ea.

„Nu, nu, nu!" strigă Karl, cu toate că, de astă dată, deși încă neclar, începea totuși să se mai limpezească imaginea. Din fericire, Brunelda deschise o discuție cu Delamarche și, într-o oarecare măsură, îl mai slăbi pe Karl; cu binoclul desprins de la ochi, Karl putu să privească strada în voie, fără ca Brunelda să fi băgat de seamă. Puțin după aceea ea nu mai insistă și se folosi singură de binoclu.

Din restaurantul de jos ieși în mijlocul manifestanților un chelner care, umblând în fugă, luă comenzile șefilor. Se vedea cum se înalță în vârful picioarelor ca să cuprindă cu privirea tot interiorul localului și să pună la treabă întreg personalul de serviciu. După aceste preparative, manifestanții urmau să primească băuturi, însă candidatul nu mai contenea să vorbească. După fiecare două-trei fraze, uriașul care-l purta pe umeri făcea câte o mică întoarcere spre dreapta sau spre stânga, ca discursul să poată fi auzit în toate direcțiile. Căutând să dea cuvintelor sale cât mai multă putere de convingere, candidatul stătea mereu aplecat și, în timp ce mâna sa liberă nu înceta să se miște ritmic, cu cealaltă agita jobenul. La intervale aproape regulate, ridica amândouă brațele și se adresa tuturor deodată, chiar și celor aflați în balcoanele cele mai de sus, deși n-aveau cum să-l audă nici măcar cei din balcoanele de jos; și chiar dacă l-ar fi auzit, nimeni nu era dispus să-l asculte, deoarece la fiecare fereastră și în fiecare balcon se afla cel puțin câte un orator care-și ținea în gura mare propriul discurs. Între timp câțiva chelneri ieșiseră din restaurant cu o tavă de lemn de mărimea unei mese de biliard, încărcată cu pahare pline care străluceau, iar șefii manifestației vegheau la distribuție, având grijă ca toată lumea să treacă în șir indian prin fața ușii restaurantului. Cu toate că paharele de pe tavă nu încetau să fie umplute, păreau a nu fi de ajuns pentru atâta lume; alți doi chelneri s-au postat în dreapta și în stânga tăvii și s-au apucat să servească mulțimea. Candidatul își încheiase discursul și se folosea de pauză ca să prindă noi puteri. Se retrăsese ceva mai departe de mulțime și de lumina orbitoare, în timp ce hamalul său îl plimba încet încoace și încolo, însoțit doar de câțiva dintre oamenii lui apropiați; cu privirile ațintite în sus, aceștia nu încetau să-i vorbească.

„Ia te uită la micuțul ăsta“, zise Brunelda. „E atât de interesat de tot ce vede acolo, încât parcă a și uitat unde se află.“ Pe neașteptate, îi apucă creștetul cu ambele mâini, îl întoarse cu fața spre ea și îl privi drept în ochi. Nu dură decât o clipă, și Karl scăpă din mâinile ei; era totuși nemulțumit că nu e lăsat un moment în pace și totodată, că nu se află și el acolo jos, în stradă, să poată vedea totul de aproape. Luă deci hotărârea să se desprindă imediat, cu toate forțele, din colțul unde îl înghesuise Brunelda. Spuse, de aceea: „Vă rog, lăsați-mă să plec".

„Vei rămâne la noi", zise Delamarche, fără a-și lua ochii din stradă, întinse doar mâna și îl împiedică pe Karl să plece. „N-ai grijă, ai să vezi că rămâne", îi spuse Brunelda lui Delamarche. Și, dând la o parte mâna lui Delamarche, îl îndesă ea însăși în balustradă, încât lui Karl nu-i mai rămânea decât să se lupte spre a reuși să scape. Dar ce ar fi câștigat, oare? În stânga lui se găsea Delamarche, în dreapta Robinson; era pur și simplu prizonierul lor.

„Bucură-te că nu ești dat afară", spuse Robinson, strecurându-și o mână pe sub brațul Bruneldei și înghiontindu-l pe Karl ușurel.

„Că nu e dat afară? spuse Delamarche. Un hoț care a scăpat cu fuga nu e dat afară, e predat poliției. Și este ceea ce va păți chiar mâine dimineață, dacă nu se astâmpără."

Din această clipă, lui Karl îi pieri cheful de a mai urmări ceea ce se petrecea în stradă. De ridicat nu se putea ridica de pe balustradă din cauza Bruneldei; se mulțumi să se mai aplece puțin în afară. Absorbit cu totul de grijile sale, privea strada cu o totală indiferență, aproape că nu-i băga în seamă pe cei ce pășeau prin fața ușii restaurantului în grupuri de câte douăzeci. Aceștia apucau paharele, le ridicau, închinând în cinstea candidatului – care însă își vedea de treabă – îi scandau în cor salutul partidului, goleau paharele și le trânteau cu un pocnet la loc, pe tava de lemn – de sus, toate gesturile astea păreau lipsite de zgomot – și, în sfârșit, făceau loc unui alt grup, ațâțat de nerăbdare. Orchestra care cântase în restaurant din ordinul șefilor ieși deodată în stradă – instrumentele mari de suflat păreau și mai strălucitoare în mijlocul mulțimii întunecate – însă toate sunetele se pierdeau în vacarmul general. Strada era acum și mai întesată de lume, cât vedeai cu ochii, mai ales pe partea restaurantului. Unii se urneau în josul străzii, coborând panta pe care o străbătuse și Karl dimineața, venind cu automobilul, în timp ce alții urcau la deal, venind de jos, dinspre pod. Chiar oamenii care se aflau la casa lor nu putuseră rezista tentației de a se amesteca direct în acest tumult; în balcoane și pe la ferestre aproape că nu mai rămăseseră decât femei și copii, bărbații se năpusteau cu toții în jos, pe scări, ieșeau valvârtej pe porțile caselor. Când muzica și băutura își făcuseră efectul, iar lume se strânsese destulă, unul din șefi, flancat de două faruri, făcu semn orchestrei să tacă, fluieră strident și, de undeva, rămas în urmă, apăru uriașul care îl căra pe candidat. Câțiva simpatizanți ai acestuia îi deschideau drum prin mijlocul mulțimii.

De cum ajunse în dreptul ușii restaurantului, candidatul începu un nou discurs, în lumina acelorași faruri de automobil, grupate în cerc în jurul lui. Acum totul mergea însă mai greu decât înainte. Uriașul nu mai putea să facă nici o mișcare, atât de cumplit era înghesuit. Grupul din imediata apropiere a oratorului, care se străduise adineaori să-i susțină spusele în fel și chip, de astă dată abia reușea să se mențină în preajma vorbitorului; doar vreo douăzeci de inși izbuteau, cu prețul unui mare efort, să se țină agățați de uriaș. Chiar și acest om puternic era acum la discreția mulțimii, nu mai avea nici o posibilitate de a influența manifestația, așa cum fusese învățat, prin întoarceri precise, înaintări calculate și retrageri spectaculoase. Mulțimea se revărsa anarhic, unul se pomenea căzut peste celălalt, nimeni nu izbutea să se țină drept pe picioare; afluxul de public părea să fi sporit considerabil numărul adversarilor. Uriașul care făcea hamalâc se menținuse mult timp în fața ușii restaurantului, după care nu mai opuse vreo rezistență, se lăsă împins pe stradă, în sus și în jos, în timp ce candidatul nu încetă să vorbească, fără a se ști precis dacă își expune mai departe programul ori strigă după ajutor. Se părea – dacă nu era cumva o impresie înșelătoare – că mai apăruse un contracandidat, sau poate chiar mai mulți în diverse locuri apărea brusc, în câte o dâră de lumină, un alt om ridicat deasupra mulțimii. Palid la față și cu pumnii strânși, acesta ținea un discurs aclamat de numeroase voci.

„Dar ce se întâmplă aici?" întrebă Karl și se întoarse tulburat spre păzitorii săi.

„Micuțul nostru e grozav de emoționat!" îi spuse Brunelda lui Delamarche după care îl apucă pe Karl de bărbie și îi întoarse capul către ea. Năucit de cele ce se petreceau jos, gestul îi displăcu lui Karl și, nemaiținând seama de nimic, se scutură atât de tare, încât Brunelda nu numai că îl eliberă, dar se dădu instinctiv un pas înapoi, făcându-i loc. „Acum te-ai uitat destul. Du-te înăuntru, aranjează paturile și pregătește totul pentru noapte", spuse ea, evident nemulțumită de purtarea lui Karl și arătând cu degetul în direcția odăii. Era tocmai direcția în care Karl voia s-o zbughească de câteva ore, așa că nu protestă în nici un fel. Tocmai în clipa aceea, din stradă se auzi un puternic zgomot de sticlă spartă, făcută țăndări. Karl nu se putu stăpâni și, dintr-un salt, fu din nou lângă balustradă, să mai arunce o privire acolo jos. Adversarii reușiseră un atac, poate chiar unul decisiv. Farurile de automobile ale simpatizanților, care controlau cu lumina lor orbitoare întreaga asistență, reușind să mențină astfel ordinea în limite oarecum normale, se sparseră într-o singură clipă; fură distruse toate deodată, încât până și candidatul cu hamalul său rămaseră în lumina aceea tulbure, care se distribuia uniform de-a lungul întregii străzi, dându-ți impresia de întuneric beznă. Nu s-ar fi putut spune, nici măcar cu aproximație, pe unde se găsea în acel moment candidatul, iar confuzia stârnită de întuneric spori și mai mult, până când se auzi dinspre pod un cântec grav și prelung, ce se apropia mereu, într-o cadență de unison.

„Nu ți-am spus ce ai de făcut acum?" spuse Brunelda. „Grăbește-te, sunt obosită", adăugă ea și își întinse brațele, iar pieptul bombat i se rotunji mai mult ca de obicei. Delamarche, care o ținea de talie încă de la început, se retrase cu ea într-un colț al balconului. Robinson îi urmă ca să dea la o parte resturile aperitivelor sale, care rămăseseră acolo.

Nu era cazul să se mai uite jos, odată ce – profitând de această ocazie favorabilă – el avea să ajungă în stradă unde avea posibilitatea să vadă totul mai pe îndelete decât din balcon. Din două salturi traversă camera luminată de o zare roșietică; din păcate însă ușa era încuiată și cheia nu se afla la locul ei. Se punea problema să fie găsită, dar cine să dea peste o cheie în harababura din cameră și în numai câteva secunde pe care le avea la îndemână! Ar fi trebuit să fi și ajuns pe scară, coborând în goană, cât îi țineau picioarele, și când colo el era pus în situația să caute cheia! O căută prin toate sertarele pe care le avea la îndemână, răscoli pe masă, printre farfuriile îngrămădite lângă o broderie începută, îi atrase apoi atenția un fotoliu pe care se înălța un morman de haine vechi, însă chiar dacă s-ar fi aflat cumva cheia aici, era imposibil de găsit; în cele din urmă, se sui pe canapea, care într-adevăr mirosea urât și o pipăi prin toate colțurile și cutele. Se lăsă, în cele din urmă, păgubaș și se opri descumpănit în mijlocul camerei. „Poate că Brunelda poartă cheia cu ea, prinsă de cordon – își spuse Karl – are obiceiul să-și atârne de cordon o mulțime de lucruri". Oricum, în cameră era inutil să mai caute.

Apucă orbește două cuțite și le implântă în canatul ușii, cu o răsucitură, unul sus și altul jos, pentru a obține două puncte de atac, distanțate între ele. De îndată ce smuci de cuțite, lamele acestora se rupseră în două. De fapt, era tocmai ce-i trebuia: cioturile mai scurte și mai tari se puteau înșuruba mai bine. Le răsuci deci, trăgând cu toată puterea, cu brațele larg deschise și cu picioarele mult depărtate, icnind și pândind ușa cu o privire fixă. Ușa nu putea să reziste la infinit, iar încuietoarea, după cum tocmai observa Karl cu bucurie, ceda întrucâtva; nici nu prea era de dorit, de altfel, ca treaba să meargă foarte repede, întrucât broasca ar fi sărit prea dintr-odată și zgomotul i-ar fi făcut atenți pe cei din balcon. Broasca trebuia să se deschidă normal, așa încât Karl lucră cu migală, privind tot mai îndeaproape lucrarea.

„Ia te uită!" se auzi vocea lui Delamarche. Toți trei se aflau în cameră, perdeaua se și lăsase în urma lor. Luat pe neașteptate, lui Karl îi căzură brațele moi. N-apucă să deschidă gura, să se explice cumva, pentru că Delamarche se năpusti asupra lui într-un acces de furie, cu mult mai cumplit decât merita situația dată; șnurul desfăcut al halatului său descrise prin aer o curbă amplă. Karl reuși să se ferească la timp. Ar fi putut scoate cuțitele din ușă, spre a se apăra cu ele, dar nu o făcu; în schimb, se aplecă scurt, sări imediat în sus, îi apucă lui Delamarche gulerul lat al halatului și, cu o singură smucitură, îl ridică în aer, ținându-l parcă agățat de creștet; halatul fiind, cum se știe, prea mare pentru Delamarche, i se îngrămădi tot în cap. Uluit, Delamarche își agită mâinile prin aer în fel și chip, și abia după ce-și mai reveni se apucă să-l izbească pe Karl cu pumnii în spate, fără să-l lovească însă cum ar fi vrut, deoarece Karl se ținea lipit de pieptul lui, ca să-și ferească fața. Cu toate că se zbătea de durere, Karl suportă loviturile, deși acestea deveneau din ce în ce mai puternice; cum să nu le suporte, din moment ce victoria lui se apropia văzând cu ochii?! Ținându-l de cap pe Delamarche, vârându-și degetele mari în ochii acestuia, Karl se pregătea să-l împingă înainte, către mormanul de mobile din colțul camerei, să-l înghesuie acolo și, adunând cu vârful piciorului șnurul halatului, să-l încolăcească în jurul gleznelor lui Delamarche.

Întrucât trebuia să se ocupe exclusiv de Delamarche – mai ales că simțea împotrivirea crescândă a corpului vânjos ce se opintea tot mai tare pentru a scăpa – Karl uitase că nu sunt singuri în odaie. Curând însă avu prilejul să-și amintească, întrucât se trezi cu picioarele imobilizate; Robinson se aruncase pe dușumea chiar în spatele lui, îl țintuise locului, țipând. Oftând, Karl îl eliberă pe Delamarche, care mai lunecă un pas îndărăt. În mijlocul camerei,

Brunelda se ridicase în picioare, în toată masivitatea ei, cu genunchii îndoiți și mult depărtați, poziție în care urmărea, cu ochi sclipitori, scena. Ca și cum ea însăși ar fi luat parte la luptă, respira adânc, ochind și aruncându-și pumnii înainte. Delamarche își dezbrăcă halatul cu un gest smucit, și, având câmp liber de acțiune, își calculă șansele, desigur nu atât de a continua lupta, ci de a-l pedepsi pe celălalt. Îl apucă pe Karl de pieptii cămășii, îl ridică și îl izbi de dulapul din apropiere cu forță și dispreț, după care nici măcar nu se mai uită la el. La început Karl crezu că junghiurile pe care le simțea în spate și în cap se datorează pumnilor lui Delamarche; în realitate, se datorau izbiturii de dulap. Totul i se întunecă în fața ochilor și nu mai apucă să audă decât exclamația furibundă a lui Delamarche: „Canalie!“ și se prăbuși lângă dulap; jos, i se păru că mai aude, de undeva, de departe: „Îți arăt eu ție!“.

Când își veni în fire, văzu că în jur e întuneric. Era desigur noapte târzie; dinspre balcon, pe sub perdea, se strecura în cameră o palidă rază de lună. Se auzea respirația calmă a celor trei care dormeau. Mai ales Brunelda răsufla șuierat, cum se întâmplă, de altfel, și când era trează și vorbea. După ureche, nu prea puteai să-ți dai seama cam pe unde se aflau cei care dormeau. Zgomotoasa lor răsuflare umplea toată camera. Abia după ce își făcu o idee de felul cum sunt așezate obiectele din jur, Karl se ocupă și de sine; se înspăimântă, deoarece, deși se simțea țeapăn și încovrigat de durere, nu bănuise că are și răni sângerânde. Simțea în moalele capului ceva ca o continuă apăsare și tot obrazul, gâtul, pieptul și cămașa păreau a fi ude de sânge. Trebuia să iasă negreșit la lumină, trebuia să-și dea seama exact în ce stare se află, poate că l-au lăsat infirm pe viață; în acest caz, cu siguranță că Delamarche i-ar da drumul, însă la ce i-ar mai folosi libertatea? Se închideau toate porțile visurilor sale. Își aduse aminte de băiatul din poartă, cu nasul ciupit de vărsat, și imediat își ascunse fața în palme.

Dintr-o pornire lăuntrică se întoarse către ușă și merse spre ea în patru labe, bâjbâind prin întuneric. Dădu curând, cu vârful degetelor, peste o cizmă, apoi peste un picior; cine altul putea dormi încălțat decât Robinson?! I se poruncise, probabil, să se culce de-a curmezișul ușii, ca să-l împiedice pe Karl să iasă, în cazul când acesta ar încerca să fugă. Dar cum de nu-și dăduseră seama în ce stare se afla el? Așa cum era, nici prin minte nu-i putea trece să fugă. Voia doar puțină lumină. Cum pe ușă nu era chip să iasă, trebuia să iasă pe balcon. Masa era în cu totul alt loc decât fusese seara, iar canapeaua, de care el se apropie, bineînțeles, cu multă prudență, o găsi, spre surprinderea lui, neocupată; în mijlocul camerei dădu, în schimb, peste un morman de haine, cuverturi, perdele, perne și covoare, așezate straturi-straturi. Crezu întâi că nu e decât o grămadă de vechituri, asemenea aceleia peste care dăduse pe canapea, și care; între timp, se rostogolise, pesemne pe dușumea; târându-se mai departe, observă însă cu mirare că aici se afla un întreg depozit de lucruri. Probabil că ziua se păstrau în dulapuri, iar noaptea erau anume scoase afară. Se târî împrejurul grămezii și înțelese curând că nu era altceva decât un culcuș în care dormeau Delamarche și Brunelda, pe care tot pipăind cu precauție, îi descoperi de îndată.

Știind acum pe unde dormea fiecare, se grăbi să ajungă pe balcon. Dincolo de perdea era acum altă situație. Aer proaspăt, clar de lună, încât Karl nu se mai sătura să se plimbe pe balcon încoace și încolo. Privi strada și o găsi calmă. Din restaurant continua să se audă muzica, dar foarte vag. În fața ușii, un om mătura trotuarul. Pe aceeași stradă, unde seara fusese atâta vacarm, încât până și discursul țipat al candidatului în alegeri nu se putea distinge printre celelalte voci, acum se auzea clar foșnetul măturii pe caldarâm.

Zgomotul unei mese mișcate îl făcu pe Karl să se uite în balconul vecin; cineva se afla acolo și învăța. Era un tânăr cu o barbă mică, ascuțită; citind și bolborosind, nu înceta să și-o tot răsucească. Stătea lângă o măsuță acoperită cu cărți, față-n față cu Karl. Coborâse becul de pe zid și-l sprijinise între două cărți mari, încât era scăldat într-o baie de lumină.

„Bună seara", zise Karl, părându-i-se că tânărul se uitase la el.

Dar se convinse imediat de contrariu, căci tânărul era orbit de lumină și, chiar după ce se uită de câteva ori, cu mâna streașină la ochi, să afle cine l-a salutat, nu reuși să vadă nimic; ridică, de aceea, becul, luminând întrucâtva și balconul învecinat.

„Bună seara", răspunse el în cele din urmă; poposi o clipă cu privirea asupra balconului vecin și mai zise: „Ei ce este?".

„Vă deranjez?" întrebă Karl.

„Bineînțeles, bineînțeles", spuse omul, punând din nou becul pe măsuță.

Deși aceste cuvinte erau de natură să-i reteze de la început orice posibilitate de comunicare, Karl rămase totuși în acel colț al balconului, aflat la distanța cea mai mică de vecinul său. Îl urmărea în tăcere, cum își citește cartea, cum întoarce filele, căutând uneori, repede-repede, câte ceva într-o altă carte și făcându-și însemnări într-un caiet, asupra căruia întârzia întotdeauna surprinzător de mult.

Oare tânărul era student? Aveai într-adevăr impresia că studiază. Cândva – Doamne, cât timp trecuse de atunci! – la fel stătuse și Karl, la o masă, în casa părinților săi, scriindu-și temele, în timp ce tatăl citea ziarul sau aducea la zi corespondența și fișele contabile ale unei asociații, iar mama ridica și cobora acul cu o mișcare largă, aplecată peste o broderie. Pentru a nu-l incomoda pe tatăl său, Karl își așeza pe masă doar caietul și călimara, iar cărțile de care avea nevoie și le punea, teancuri-teancuri, pe scaune, în dreapta și în stânga lui. Cât de liniștit era acolo! Cât de rar intrau în camera aceea oamenii străini! Încă de când era mic de tot, lui Karl îi plăcuse s-o privească mai ales pe mama lui, anume când lua cheia și, înainte de culcare, se ducea să încuie ușa casei. Sărmana, nici nu visa că va veni o zi când Karl al ei va fi în situația de a încerca să spargă cu cuțitul o ușă străină.

De fapt, ce rost avusese toată învățătura lui?! Uitase aproape tot și, dacă aici ar fi trebuit să-și continue studiile, lucrul l-ar fi îngreunat foarte tare. Își aminti că acasă s-a întâmplat o dată să fie bolnav timp de o lună; ce efort a trebuit să depună pentru a se pune din nou la punct cu învățătura! Și uite, trecuse atâta timp de când nu mai deschisese o carte, afară de acel manual de corespondență comercială.

„Ascultă, tinere", se pomeni Karl strigat. „N-ai putea să te instalezi în altă parte? Privirea dumitale fixă mă deranjează cumplit. La orele două din noapte, cred că oricine poate pretinde să lucreze nestingherit pe balconul său. Ori poate vrei să mă întrebi ceva?"

„Studiați?" întrebă Karl.

„Da, da“, spuse tânărul și folosi clipa, și așa sustrasă studiului, pentru a-și face puțină ordine între cărți.

„În acest caz, n-aș vrea să vă deranjez“, zise Karl. „De altfel, e și timpul să mă întorc în odaie: noapte bună.“

Celălalt nici nu răspunse; auzind că nu va mai fi deranjat se cufundă din nou în studiul său, cu fruntea sprijinită în palma dreaptă.

Ajungând în fața perdelei, Karl își aminti imediat pentru ce ieșise pe balcon; nu știa încă nimic despre gravitatea stării în care se afla de pe urma loviturilor primite. Ce-l apăsa oare atât de tare în creștetul capului? Ridică mâna și pipăi; spre surprinderea lui, nu găsi rana sângerândă, lucru de care se temuse în întunericul odăii, ci un simplu bandaj, încă ud, legat în formă de turban. Judecând după resturile de dantelă care mai spânzurau pe ici pe colo, bandajul părea o fâșie dintr-o lenjerie veche a Bruneldei, cu care – după toate probabilitățile – Robinson îl înfășurase în grabă. Numai că uitase să-l stoarcă, și în timp ce Karl zăcea fără cunoștință, apa se scursese șiroaie pe față și pe sub cămașă. Când se trezise, îl cuprinsese o spaimă cumplită.

„Tot mai ești aici?“ întrebă tânărul aruncând o privire spre Karl.

„Acuma plec de-a binelea“, spuse Karl. „N-am vrut decât să văd ceva aici, la lumină, căci în cameră e întuneric beznă.“

„Dar cine ești dumneata?“ întrebă tânărul. Își lăsă tocul pe cartea rămasă deschisă și păși spre balustradă. „Cum te cheamă? Și cum de ai nimerit la ei? Ești aici mai de mult? Ce ziceai că ai vrut să vezi? Aprinde și dumneata becul de pe balcon, așa nu te zăresc deloc.“

Karl îi făcu pe plac, nu însă înainte de a mai trage până în capăt draperia din ușă, ca nu cumva să fie văzut din cameră.

„Scuzați-mă că vorbesc atât de încet", spuse el aproape în șoaptă. „Dacă mă aud cei dinlăuntru, iar o să am parte de-un scandal."

„Iar?" întrebă tânărul.

„Da", spuse Karl. „În noaptea asta am mai avut cu ei o ceartă serioasă. Aici mai am, cred, un cucui de toată frumusețea." Și își pipăi creștetul capului.

„De ce v-ați certat?" întrebă tânărul, și fiindcă nu i se răspunse îndată, adăugă: „Mie poți să-mi spui cu încredere tot ce ai pe suflet în legătură cu ei, fiindcă nu pot să-i sufăr pe nici unul, și mai ales pe cucoana voastră. M-ar mira să știu că încă nu te-au ațâțat contra mea. Mă numesc Josef Mendel și sunt student."

„Da", spuse Karl. Mi-au vorbit de dumneavoastră, dar nu de rău. Se pare că ați doftoricit-o, o dată, pe doamna Brunelda, nu-i așa?"

„Întocmai", spuse studentul și râse. „Mai miroase canapeaua?"

„O, da", spuse Karl.

„Asta mă bucură", spuse studentul și-și trecu mâna prin păr. „Și de ce-ți fac dumnealor cucuie?"

„Ne-am certat", zise Karl, gândindu-se cum ar putea să explice studentului întreaga pățanie. Apoi, întrerupându-și șirul gândurilor, întrebă: „Poate vă deranjez?".

„În primul rând – spuse studentul – m-ai și deranjat și cum sunt, din păcate, foarte nervos, îmi trebuie mult timp ca să-mi pot reveni. De când ai început să te plimbi pe balcon mi-a fost imposibil să mai învăț ceva. În al doilea rând, pe la orele trei, fac întotdeauna o pauză. Așa că, povestește mai departe. Mă interesează."

„E foarte simplu", spuse Karl. „Delamarche vrea să-i devin servitor, iar eu mă opun. Am vrut să plec de aseară. El însă n-a vrut să-mi dea drumul, a încuiat ușa; atunci eu am încercat s-o sparg și uite așa am început să ne batem. Sunt tare amărât că n-am reușit să plec de aici."

„Ai cumva vreun serviciu în altă parte?"

„Nu", spuse Karl. „Dar nu-mi pasă mie acuma de asta; principalul e să scap de aici."

„Cum să nu-ți pese?" întrebă studentul, după care tăcură amândoi câteva clipe. „Și de ce nu vrei să rămâi la ei?"

„Delamarche e un om rău", spuse Karl. „Îl cunosc de mult. Cândva am bătut drumurile împreună, timp de o zi, și am fost fericit când am putut să mă despart de el. Cum să accept acuma să-i fiu servitor?"

„Dacă toți servitorii ar fi atât de pretențioși în alegerea stăpânilor", spuse studentul cu o urmă de zâmbet. „Vezi, eu, de pildă, ziua sunt un vânzător oarecare sau, mai exact, un om de alergătură la magazinul Montly. Acest Montly este, desigur, un ticălos, dar pe mine asta mă lasă rece. Singurul meu necaz e că sunt plătit mizerabil. Ai putea să-mi urmezi exemplul."

„Cum adică, ziua sunteți vânzător și noaptea studiați?"

„Da, n-am încotro. Am încercat diferite soluții, dar până în prezent alta mai bună n-am găsit. Cu ani în urmă, eram numai student – noapte, zi – numai că atunci crăpam de foame, dormeam într-un bârlog infect și cu hainele pe care le aveam mi-era rușine să mă prezint la cursuri. Din fericire, toate astea s-au terminat".

„În cazul acesta, când dormiți?" întrebă Karl, privindu-l pe student cu mirare.

„Să dorm! O să dorm după terminarea studiilor. Deocamdată beau cafea neagră."

Întorcându-se la măsuța sa, scoase de dedesubt o sticlă mare, turnă cafeaua într-o ceșcuță și o dădu pe gât dintr-o înghițitură, ca pe un medicament al cărui gust voia să-l simtă cât mai puțin.

„Grozav lucru, cafeaua", spuse studentul. „Păcat că ești tocmai acolo, altfel ți-aș oferi și dumitale."

„Mie nu-mi place cafeaua", spuse Karl.

„Nici mie", preciză studentul și râse. „Dar ce m-aș face fără ea? Fără cafea, Montly nu m-ar mai ține nici o clipă în serviciu, cu toate că, deocamdată, nici nu știe că exist. Nu pot să-mi închipui cum m-aș comporta, dacă n-aș avea mereu sub tejghea o sticlă la fel ca asta. Încă n-am avut curajul să pun capăt obiceiului de a bea o cafea; îmi închipui însă că aș cădea pe sub tejghea și aș dormi dus. Din păcate, la magazin a început să se cam știe; mulți îmi spun acolo «Schwarzkaffee». E o glumă de prost gust, care, sunt sigur m-a împiedicat la avansare."

„Și când vă terminați studiile?"

„Merge încet", spuse studentul cu capul plecat. Se depărtă de balustradă și se așeză din nou la masa lui, sprijinindu-și coatele pe cartea deschisă și trecându-și mâinile prin păr, adăugă: „Cred că o să mai dureze un an-doi!".

„Și eu am vrut să studiez", spuse Karl, ca și cum asta i-ar da dreptul să ceară din partea studentului mai multă încredere decât până acum.

„Așa!" spuse studentul. Nu se înțelegea bine dacă-și reluase lectura sau își privea doar cartea distrat. După o clipă însă, i se adresă din nou: „Să nu regreți că ai renunțat. Uite eu – au trecut de acum câțiva ani – studiez numai prin consecvența pe care mi-o impun. Am prea puține satisfacții și încă mai puține perspective. Ce pot spera? America e plină de medici escroci!"

„Eu voiam să devin inginer", se grăbi Karl să explice studentului, care părea absent.

„Și acum vor să te facă servitorul lor", spuse studentul ridicându-și o clipă ochii de pe carte. „Sigur, asta te necăjește."

Această constatare a studentului dovedea, fără îndoială, o greșită înțelegere a situației; Karl se gândi însă că și din asta ar putea să tragă unele foloase, așa încât întrebă: „N-aș putea obține și eu un post la magazin?".

Întrebarea îl făcu atent pe student, care își întrerupse îndată lectura; nici nu-i trecuse prin minte că l-ar putea ajuta pe Karl pentru a găsi un serviciu.

„Încearcă", spuse el. „Sau mai bine, lasă-te păgubaș! Când am reușit să obțin postul de la Montly, mie mi s-a părut cel mai mare succes al vieții mele. Dacă aș avea de ales între studii și acest serviciu, aș alege, bineînțeles, serviciul. Fac însă tot ce pot ca să evit asemenea alegere."

„E chiar așa de greu să obții o slujbă acolo?" zise Karl, mai mult pentru sine,

„Mai întrebi?! E mai ușor să ajungi judecător districtual decât portar la Montly."

Karl rămase pe gânduri. Acest student, cu mai multă experiență decât el, care n-avea de ce să-i dorească răul, care-l ura pe Delamarche – din motive pe care Karl încă nu le cunoștea – iată că nu găsea nici un cuvânt spre a-l încuraja să părăsească această casă. Și încă studentul nu cunoștea pericolul care-l amenința pe Karl din partea poliției; pericol de care se putea apăra – chiar dacă numai într-o măsură redusă – doar în casa lui Delamarche.

„Ai văzut demonstrația de aseară, nu-i așa? Cine nu știe cum stau lucrurile ar putea să creadă că acest candidat – se numește Lobter – are perspective serioase.“

„Eu nu mă pricep de loc la politică“, zise Karl.

„Asta nu e bine; oricum, totuși ai ochi și urechi, ai putut să-ți dai seama că acest om are și dușmani, însă și mulți prieteni. Sunt sigur că asta ai observat-o și dumneata. Ei bine, închipuie-ți că acest om nu are, după părerea mea, nici o șansă să fie ales. Din întâmplare, cunosc toată situația lui. Unul din amicii lui locuiește la noi. Nu este un incapabil și, cu opiniile sale politice, cu trecutul său militant, ar fi un foarte potrivit judecător de district. Dar nimeni nu se gândește că ar putea fi ales. O să cadă mai mult ca sigur; bineînțeles după ce campania sa electorală îi va fi înghițit până și ultimul dolar. Asta-i tot ce se va întâmpla.“

Karl și studentul se priviră o clipă în tăcere. Studentul dădu din cap, zâmbind, și își trecu mâna peste ochii obosiți.

„Încă nu mergi să te culci?“ întrebă el. „Eu o să mă așez să citesc mai departe. Vezi ce mult mai am de parcurs?“ Și răsfoi în grabă jumătate din carte, pentru a-l face pe Karl să-și dea seama ce muncă îl aștepta în continuare.

„Atunci noapte bună“, îi ură Karl înclinându-se ușor.

„Treci pe la mine într-o zi“, spuse studentul. Se și așezase din nou la măsuța sa. „Bineînțeles, dacă-ți face plăcere“, adăugă el. „La noi o să găsești întotdeauna lume destulă. Între orele nouă și zece seara pot să-mi fac timp și pentru dumneata.“

„Mă sfătuiți, așadar, să rămân la Delamarche?“ întrebă Karl.

„Neapărat", zise studentul și-și aplecă îndată privirea asupra cărților sale.

Părea a nu fi fost el cel care rostise acest ultim cuvânt. Cuvântul continua să răsune în urechile lui Karl, venind parcă de departe și vibrând într-un timbru mai grav decât cel al vocii studentului. Îl mai privi o dată pe student, care încremenise din nou în câmpul său de lumină, înconjurat de noapte, după care porni cu pași rari către perdea și se strecură în cameră, și întâmpină tripla răsuflare a celor care dormeau. Merse de-a lungul peretelui, căutând canapeaua; după ce o găsi, se întinse pe ea, comod, ca și cum ar fi fost în patul său din totdeauna. Studentul îl cunoștea bine atât pe Delamarche, cât și ambianța generală a vieții americane și, pe deasupra, mai era și un om cultivat; din moment ce el îi dădea sfatul să rămân pe loc, nu era cazul ca, cel puțin deocamdată, să-și mai facă gânduri negre. El nu avea, la urma urmei, țeluri atât de înalte ca vecinul său, studentul, și cine știe dacă ar fi reușit să-și termine vreodată studiile, chiar dacă ar fi rămas în patria lui; iar dacă acolo, acasă, ar fi avut dificultăți în această privință, nimeni nu-i putea cere să reușească aici, într-o țară străină. Poate că, într-adevăr, ar avea mai multe posibilități să-și găsească un serviciu onorabil primind oferta lui Delamarche și stând locului, cu situația pentru moment asigurată, până se vor ivi ocazii mai fericite. Părea că se aflau pe această stradă destule birouri de categorie medie și inferioară care nu aveau, probabil, prea multe pretenții la alegerea personalului. În lipsă de ceva mai bun, ar accepta și un post de curier. La urma urmelor, de ce n-ar fi angajat exclusiv pentru lucrări de birou, ca să se poată și el așeza, într-o zi, la masa lui de scris și să privească, din când în când, afară, prin fereastra deschisă, ca acel funcționar pe care-l zărise dimineață, pe când traversa curtea. Închise ochii și se liniști definitiv, gândindu-se că, înainte de orice, e tânăr, iar în ceea ce-l privește pe Delamarche, va veni și ziua când acesta îi va îngădui să plece; menajul lui tot nu promitea să dureze o veșnicie. Dacă va izbuti să obțină vreodată un serviciu de birou, medita Karl, nu s-ar ocupa cu nimic altceva decât cu lucrările sale; nu și-ar risipi forțele, așa cum făcea studentul. La nevoie ar lucra și noaptea, dar tot pentru birou, și nu încape îndoială că, măcar la început, asta ar fi chiar foarte necesar, date fiind lacunele cunoștințelor sale în materie comercială. Nu dorea decât să servească interesele acelei întreprinderi; ar îndeplini toate lucrările, chiar și pe cele refuzate de alți funcționari, ca fiind nedemne de ei. În capul lui Karl roiau bunele intenții, ca și cum viitorul său șef ar fi fost acolo și l-ar fi privit, dorind să-i citească totul pe chip.

Cu aceste gânduri, Karl adormi și nimic nu-i mai tulbură somnul. Doar un scâncet al Bruneldei îi atrase atenția; aceasta era chinuită, pesemne, de vise urâte și se zvârcolea în culcușul ei.

Teatrul în aer liber din Oklahoma

La un colț de stradă, Karl văzu un afiș cu următorul conținut: „Azi, pe hipodromul de la Clyton se angajează personal pentru teatrul din Oklahoma, începând de la orele șase dimineața și până la miezul nopții! Marele teatru din

Oklahoma vă cheamă! Vă cheamă numai astăzi și numai o singură dată! Cine pierde această ocazie o pierde pentru totdeauna! Acela care se gândește la viitorul său este omul nostru! Oricine este binevenit! Toți cei ce doresc să devină artiști să se prezinte! Suntem teatrul care are nevoie de oricine, oferind fiecăruia un loc potrivit! Pe cei care au îmbrățișat ideea de a veni în mijlocul nostru îi felicităm chiar pe această cale! Dar grăbiți-vă, pentru a putea fi primiți până la miezul nopții! La orele douăsprezece totul se închide și nu se mai redeschide! Blestemați să fie acei care nu ne dau crezare! Pornim cu toții spre Clyton!".

Acest afiș, în fața căruia se afla multă lume, nu prea părea să aibă un succes deosebit. Afișe se găseau la tot pasul și nimeni nu le mai dădea crezare. Acesta părea și mai puțin verosimil decât altele. Avea, înainte de toate, un mare cusur: nu pomenea un cuvânt despre retribuție. Dacă acestea ar fi fost cât de cât în măsură de a fi pomenită, afișul ar fi dat-o în vileag negreșit, neuitând tocmai ceea ce era mai atrăgător. Nimeni nu dorea cu tot dinadinsul să devină artist, însă fiecare voia să fie plătit pentru munca sa. Afișul era foarte atrăgător pentru Karl deoarece pe el scria clar: „oricine e binevenit!". „Oricine", prin urmare și Karl. Toate întâmplările de până acum vor fi, așadar, date uitării, nimeni nu avea să-i reproșeze ceva. Era în drept să solicite o muncă ce n-avea nimic înjositor, dimpotrivă, era oferită în mod public. Și tot în mod public se formula și asigurarea că va fi primit și el. Karl nici nu dorea altceva; voia să găsească, în sfârșit, un punct de pornire pentru o carieră onorabilă și tocmai acest lucru i se oferea acum. Chiar dacă vorbăria din afiș n-ar fi fost decât o minciună, chiar dacă marele teatru din Oklahoma n-ar fi fost, în realitate, decât un mic circ ambulant, el era gata să se angajeze pe loc și cu asta basta. Karl nu mai reciti întregul afiș, căută doar fraza aceea: „oricine este binevenit!". Se gândi în primul moment să pornească pe jos până la Glyton, dar asta ar fi însemnat să facă un marș epuizant de trei ore, riscând să ajungă tocmai în clipa în care s-ar fi anunțat că toate posturile au fost ocupate. Afișul lăsa să se înțeleagă, ce-i drept, că numărul posturilor era nelimitat, dar ofertele de serviciu de acest tip erau întotdeauna redactate în maniera asta. Karl înțelese că trebuia să aleagă una din două – fie să renunțe la serviciu, fie să ajungă cu metroul acolo, își mai numără o dată banii; dacă nu s-ar fi ivit această cheltuială, banii i-ar fi ajuns pentru vreo opt zile. Preocupat, înșira micile monede pe palma întinsă, făcând mici grămăjoare. Un domn care-l urmărise, îl bătu pe umăr și-i ură: „Mult noroc în călătoria spre Clyton!". Karl mulțumi dând din cap, nu scoase nici un cuvânt și continuă să-și numere banii. Se decise repede, puse de o parte banii pentru călătorie și fugi spre metrou. Coborî la Clyton și îl lovi deodată larma multor trompete. Era o gălăgie confuză, trompetele sunau alandala, fără vreo regulă. Asta nu-l deranja pe Karl, dimpotrivă, îl convinse că teatrul din Oklahoma era instituție mare. În clipa în care ieși din stația de metrou își aruncă privirile asupra peisajului și își dădu seama că totul era de mai mare amploare decât și-ar fi putut închipui; nu înțelese, în schimb, de ce o instituție de asemenea anvergură făcea astfel de eforturi pentru a-și angaja personalul. La intrarea în hipodrom era o tribună lungă și joasă, pe care se aflau sute de femei îmbrăcate în costume de îngeri, înfășurate în voaluri lungi, albe și purtând aripi mari; femeile-înger suflau din trompete aurii, lucitoare. Nu ședeau direct în tribună, ci fiecare stătea pe câte un piedestal invizibil, mascat de voalurile lungi ale costumului de înger care, căzând în falduri largi, acopereau totul. Aceste piedestale fiind foarte înalte (ajungeau până la doi metri înălțime), staturile femeilor păreau uriașe. Capetele mici ale femeilor și părul lor, prea scurt, despletit, care atârna ridicol în ambele părți, între aripile larg deschise, stricau întrucâtva măreția priveliștii. Pentru a evita monotonia, femeile se instalaseră pe piedestale de cele mai diferite mărimi. Puteai vedea femei a căror înălțime nu întrecea cu mult mărimea naturală, dar se înălțau, în schimb, altele în preajma lor atât de sus, încât aveai impresia că cea mai mică adiere de vânt le-ar putea prăbuși. Și toate femeile acestea suflau în trompete.

Publicul nu era numeros. Circa zece tineri, scunzi în raport cu staturile înalte de pe tribună, se plimbau încoace și încolo, privind femeile cocoțate sus; schimbând impresii, tinerii arătau când spre una, când spre alta, fără să pară hotărâți să intre pentru angajare. Un bărbat mai în vârstă se ținea mai la o parte. Adusese cu el soția și copilul în cărucior. Femeia ținea o mână pe cărucior și cu cealaltă se sprijinea de umărul bărbatului. Deși cei doi priveau spectacolul cu admirație, păreau totuși decepționați. Căutau și ei un serviciu, însă acest zgomot de trompete îi zăpăcise complet. Karl era în aceeași situație. Se apropie de bărbat și, după ce ascultă o vreme trompetele, îl întrebă: „Aici se fac angajări pentru teatrul Oklahoma?“.

„Așa credeam și eu, zise omul. Dar stăm aici de o oră și nu auzim altceva decât trompete.

Nicăieri nu vezi un afiș, nicăieri un om care să anunțe ceva, care să dea o informație!“

„Poate că așteaptă să se strângă mai multă lume“, zise Karl. „Până acum s-au adunat foarte puțini oameni aici.“

„Tot ce se poate“, zise omul, după care tăcură amândoi.

De altfel, din pricina zgomotului de trompetă, era și greu să te faci înțeles. Femeia spuse ceva soțului ei, la ureche, acesta dădu din cap și îi strigă, la rândul său, lui Karl: „N-ai vrea să mergi până pe hipodrom și să întrebi unde se fac angajările?“.

„Ba da“, spuse Karl. „Trebuie însă să mă cațăr în tribună și să mă strecor printre îngeri.“

„Vezi vreo dificultate în asta?“ întrebă femeia.

Aceasta găsea că în cazul lui Karl nu exista nici un fel de dificultate, dar pe bărbatul ei nu voia să-l trimită acolo.

„E în regulă, mă voi duce“, zise Karl.

„Ești foarte amabil“, spuse femeia și atât ea cât și soțul, îi strânseră mâna.

Tinerii veniră în fugă să vadă de aproape cum se cațără Karl pe tribună. Femeile păreau că suflă acum mai cumplit din trompete, salutând pe primii solicitanți. Cele de pe piedestalele pe lângă care trecea Karl se opriseră din suflat și, uitând de trompetele lor, se tot aplecau într-o parte și alta, să vadă încotro o apucă solicitantul. La celălalt capăt al tribunei, Karl zări un om ce părea că îi așteaptă pe solicitanți, gata să le dea toate informațiile. Karl se decise să se îndrepte într-acolo, dar în aceeași clipă se auzi strigat pe nume, de undeva de sus.

„Karl!“ strigă un înger. Karl își ridică privirile. Era Fanny.

„Fanny!“ exclamă el la rându-i, și salută, fluturându-și mâna în direcția de unde fusese strigat.

„Hai, urcă-aici!“ zise Fanny. „Doar n-ai să mă ocolești?“ și, desfăcând voalurile, dezveli piedestalul și, totodată scara îngustă care ducea până sus la ea.

„Pot urca? E voie?“ întrebă Karl.

„Cine ne-ar putea opri să ne strângem mâna!“ îi strigă Fanny și privi cu atenție în jur, parcă să se convingă dacă este cineva care n-ar îngădui acest lucru. Dar Karl se și cățărase deja, în fugă, pe scări.

„Mai încet!“ strigă Fanny. „Altminteri ne prăbușim amândoi cu piedestal cu tot! Nu se întâmplă însă nimic și Karl ajunse cu până pe ultima treaptă. „Acum te uită“, îi spuse Fanny, după ce se salutară. „Să vezi și tu ce fel de serviciu am primit!“

„Frumos“, zise Karl și privi jur împrejur. Toate femeile din apropiere îl observaseră pe Karl și chicoteau.

„Ești cea mai înaltă cred“, spuse Karl și întinse mâna să măsoare înălțimea celorlalte.

„Te-am zărit de cum ai ieșit din stație“, vorbi Fanny. „Dar cum mă aflu, din păcate, în ultimul rând, nu pot fi zărită și nici nu am avut cum să strig. Cu toate că am suflat foarte tare, tot nu m-ai recunoscut.“

„Toate suflați prost“, zise Karl. „Lasă-mă să suflu și eu o dată.“

„Cu plăcere“, spuse Fanny și îi întinse trompeta. „Dar să nu sufli brambura, neținând cont de ansamblu, că mă concediază.“

Karl își dădu drumul, suflă din trompetă; cândva avusese impresia că aceasta nu era altceva decât un instrument grosolan, bun doar de stârnit zgomote. Acum avea însă ocazia să se convingă că din trompetă poți scoate sunete foarte delicate. Dacă toate instrumentele aflate aici erau de aceeași calitate, atunci tot ceea ce se întâmplă acolo nu era decât o irosire de forțe. Fără a-i păsa de gălăgia din jur, Karl suflă din toți bojocii, lansându-se într-un cântec pe care îl auzise cândva într-o cârciumă. Era fericit că regăsește aici o prietenă de demult, că are ocazia să cânte din trompetă și, pe deasupra, că va obține curând un post bun. Destule femei încetaseră să mai sufle și îl ascultau acum; Karl își întrerupse brusc cântecul, când văzu că aproximativ jumătate din numărul total al trompetelor nu mai cântau. După un timp, treptat, vacarmul general reîncepu.

„Ești un adevărat artist!" spuse Fanny pe când Karl îi restitui trompeta. „Ai putea cere un post de trompetist."

„Se primesc oare și bărbați?" întrebă Karl.

„Desigur spuse Fanny. Noi suflăm timp de două ore, după care ne iau locul băieți îmbrăcați în haine de draci. Parte din ei suflă din trompete, parte bat tobele. Totul este foarte frumos, ca și de altfel întreaga punere în scenă care este foarte costisitoare. Cum îți plac rochiile noastre? Dar aripile?" și Fanny își cobori privirile, contemplându-se.

„Crezi că aș putea primi și eu un post pe aici?" întrebă Karl.

„Sigur că da", spuse Fanny. „Doar este cel mai mare teatru din lume. Ce întâmplare fericită că ne-am reîntâlnit! Chiar în cazul că am fi amândoi angajații acestui teatru, s-ar putea întâmplă să nu ne vedem deloc. Asta depinde însă de postul pe care îl vei primi."

„Să fie oare totul atât de măreț pe aici?" întrebă Karl.

„Este cel mai mare teatru din lume", zise Fanny din nou. „E drept că încă nu am avut ocazia să-l văd, dar unele colege de-ale mele, care au mai fost la Oklahoma, spun că este atât de mare, încât aproape ca nu are limite."

„Și totuși au venit atât de puțini solicitanți", spuse Karl și arătă cu mâna spre tinerii aflați la picioarele lor și spre mica familie.

„Asta-i adevărat", zise Fanny. Gândește-te însă că angajăm oameni în toate orașele, că echipa noastră care recrutează personal este mereu pe drumuri și că mai există multe alte echipe de acest fel."

„Dar teatrul nu s-a deschis încă?"

„Ba da", zise Fanny. „Este un teatru vechi, dar se extinde necontenit."

„Mă miră că nu se îmbulzesc mai mulți solicitanți", spuse Karl.

„Într-adevăr, este ciudat", zise Fanny.

„S-ar putea ca vânzoleala asta de îngeri și draci să îndepărteze mai degrabă lumea decât să o atragă."

„Cum de îți dă prin cap așa ceva?" întrebă Fanny. „Dar să știi că s-ar putea să ai dreptate. Adu-i la cunoștință conducătorului nostru părerea ta; poate că îl ajuți în felul acesta."

„Unde îl găsesc?" întrebă Karl.

„Pe hipodrom, în tribuna arbitrilor", spuse Fanny.

„Și lucrul ăsta mă miră", zise Karl. „De ce se fac angajările tocmai pe hipodrom?"

„Uite care-i situația", spuse Fanny. Preparative facem peste tot, preparative dintre cele mai mari și ne așteptăm la o îmbulzeală nemaipomenită, iar pe hipodrom e spațiu mult. De asemenea, în toate orașele unde se fac pariuri sunt amenajate agenții pentru angajare de personal. Se pare că există vreo două sute de asemenea agenții."

„Are teatrul ăsta din Oklahoma încasări atât de mari ca să-și permită luxul de a întreține o asemenea echipă de recrutare?“ întrebă Karl intrigat.

„Ce ne pasă nouă?“ zise Fanny cu indiferență. „Dar acum, du-te, Karl, să nu pierzi ocazia, iar eu trebuie să mă apuc din nou de suflat. În orice caz, încearcă să obții un serviciu în această echipă și vino imediat să-mi dai de veste. Să știi că aștept vestea asta cu cea mai mare nerăbdare.“

Ea îi strânse mâna, îl făcu atent să coboare cu grijă, puse din nou trompeta la gură, însă nu suflă până nu-l văzu pe Karl ajuns jos. Karl aranjă din nou voalurile în jurul piedestalului așa cum fuseseră. Fanny îi mulțumi printr-o mișcare a capului și Karl, meditând în fel și chip asupra celor auzite, se îndreptă acum spre omul pe care-l ochise încă de acolo de sus, pe când stătea de vorbă cu Fanny; omul acela se apropiase de piedestal și îl aștepta.

„Doriți să vă angajați la noi?“ întrebă omul. „Sunt șeful personalului acestei trupe și, în această calitate, vă urez bun venit.“ Avea obiceiul să stea ușor înclinat, în semn de politețe, dar se juca, totodată, cu lanțul ceasului său și se tot foia, fără să se miște de la locul său.

„Mulțumesc, zise Karl. Am citit, afișul dumneavoastră, și mă voi prezenta conform precizărilor de acolo.“

„Aveți perfectă dreptate“, spuse omul, impresionat de atitudinea lui Karl. „Din păcate nu sunt toți oamenii atât de corecți.“

Karl se gândi că era momentul potrivit să-i atragă acestui om atenția că reclama de care făcea uz echipa de recrutare nu-și atinge scopul tocmai din pricina extravaganței textului. Se abținu însă, gândindu-se că omul respectiv nici nu era conducătorul trupei; pe de altă parte, nu era recomandabil ca tocmai el, care nici măcar angajat nu e, să se grăbească cu sugestii de îmbunătățire. În consecință, se mulțumi să spună aceste cuvinte: „Afară mai așteaptă un om care solicită și el un post; el m-a trimis în recunoaștere. Pot să-l chem?".

„Desigur", spuse omul. „Cu cât se prezintă mai multă lume, cu atât este mai bine."

„A venit cu o femeie și un copil în cărucior. Să-i aducă și pe aceștia cu el?"

„Se înțelege", zise omul pe care precauțiunea lui Karl îl făcu să zâmbească. „Avem nevoie de oricine!"

„Mă întorc imediat", spuse Karl. Se duse în fugă până la marginea tribunei. Făcu un semn celor doi, chemându-i astfel să vină împreună. Karl ajută la urcarea căruciorului pe tribună, apoi o porniră cu toții. Observând acest lucru, tinerii se sfătuiră între ei, își înfundară mâinile în buzunare și, încă mai păstrând în ei nehotărârea, se urcară în sfârșit pe tribună, umblând agale pe urmele lui Karl și ale familiei. Mai veniră și alți clienți care, ieșind din clădirea stației de metro, își agitau mâinile, uimiți de priveliștea tribunei cu îngeri. În orice caz, părea că cererile de posturi vor spori. Karl era foarte fericit că venise devreme, poate chiar primul. Perechea era plină de curiozitate, punea diverse întrebări, se interesa dacă îndeletnicirile urmau să fie deosebit de grele. Karl le răspunse că nu știe încă nimic precis, dar că n-avea îndoieli în privința angajării tuturor, fără nici o excepție. Părerea lui era că puteau fi liniștiți. Îi întâmpină chiar șeful personalului care, părând foarte satisfăcut, îi salută pe fiecare în parte, înclinându-se ușor, după care îi așeză pe toți pe un singur rând. Karl era primul, fiind urmat de soț-soție și, abia după aceea, veneau la rând ceilalți. După ce se făcu ordine (la început tinerii s-au îmbulzit și a mai trecut un timp până s-au liniștit), șeful personalului le vorbi așa, în vreme ce trompetele amuțiră: „În numele teatrului din Oklahoma, vă salut pe toți. Ați venit devreme (era totuși aproape de ora prânzului), înghesuiala încă nu este prea mare, așa că formalitățile de angajare vor decurge repede. Aveți, desigur, cu toții, actele asupra dumneavoastră“.

Tinerii scoaseră de îndată niște acte din buzunare, pe care le fluturau înspre șeful personalului; soțul își ghionti soția care scoase, la rândul său, de sub pilota căruciorului un pachet întreg de acte. Karl nu avea nici un act asupra lui. Știa din experiență că asemenea cerințe puteau fi ușor ocolite dacă erai întrucâtva hotărât s-o faci. Era o chestiune care nu îți punea cine știe ce probleme. Șeful personalului măsură cu privirea șirul solicitanților și, asigurându-se că toți aveau acte asupra lor, inclusiv Karl (care ridicase mâna goală), trase concluzia că hârtiile sunt în regulă.

„În ordine“, zise apoi șeful personalului, și făcu cu mâna un semn de refuz către tinerii care voiau ca actele lor să fie pe loc controlate. „Hârtiile vor fi văzute la birourile de primire. Cum ați văzut de altfel și din afișele noastre, avem nevoie de oricine. Trebuie să știm însă, bineînțeles, ce serviciu a ocupat fiecare înainte, pentru a-i putea găsi un loc potrivit unde să-și poată valorifica priceperea.“

„Este doar un teatru și nimic altceva“, își zise Karl nedumerit și ascultă cu atenție încordată cuvintele șefului de personal.

„Am orânduit, deci, în barăcile agenților de pariuri câte un birou pentru fiecare meserie în parte“, spuse în continuare șeful personalului. „Rog pe fiecare să-mi spună ce meserie are;

membrii de familie îl vor însoţi pe solicitantul principal la biroul de primire desemnat acestuia. Vă voi conduce imediat la birourile unde vor fi controlate mai întâi actele dumneavoastră şi unde specialiştii vă vor verifica, în continuare, cunoştinţele. Examenul va fi sumar şi nimeni nu trebuie să se îngrijoreze în această privinţă. Angajările se vor face pe loc şi veţi primi neîntârziat toate îndrumările necesare. Să începem, deci. Acest prim birou este destinat inginerilor, cum se vede, de altminteri, şi după firmă. Tocmai pentru că nu avea acte, Karl îşi zise că trebuie să treacă cât mai repede prin ciurul tuturor formalităţilor, iar faptul că intenţionase cândva, pe vremuri, să devină inginer, îi dădu un fel de curaj şi ridică mâna. Văzându-l pe Karl cu mâna ridicată, tinerii fură cuprinşi de invidie, drept care ridicară şi ei mâinile cu toţii. Şeful personalului se înălţă în vârful picioarelor şi îi întrebă pe tineri: „Sunteţi ingineri?". Mâinile acestora coborâră încet; Karl însă rămase cu mâna ridicată. Şeful personalului îl privi cu îndoială, deoarece Karl îi părea prea prost îmbrăcat şi prea tânăr pentru titlul de inginer; totuşi nu obiectă nimic, poate din recunoştinţă, întrucât – după toate aparenţele – Karl era acela care-i adusese acolo pe ceilalţi solicitanţi. Făcu un semn, invitându-l să intre în birou, ceea ce Karl făcu imediat, în timp ce şeful personalului se ocupă de ceilalţi.

În biroul de primire a inginerilor, de ambele părţi ale unei mese dreptunghiulare, se aflau doi domni care confruntau două borderouri mari, aflate în faţa lor. Unul dintre ei citea, iar celălalt sublinia în borderoul său numele rostite de primul. În clipa în care îşi făcu apariţia Karl şi îi salută, cei doi se grăbiră să aşeze borderourile deoparte; puseră mâna pe alte catastife și le desfășurară.

Unul dintre ei, care era cu siguranță copist, zise: „Actele dumneavoastră, vă rog".

„Din păcate nu le am asupra mea", spuse Karl.

„Nu le are asupra sa", comunică copistul celuilalt demn, notând imediat acest răspuns în catastiful său.

„Sunteți inginer?" întrebă, la rândul său, celălalt domn, care părea a fi șeful biroului respectiv.

„Încă nu sunt inginer", zise Karl. „Dar trebuie să vă..."

„Ajunge", spuse domnul, hotărât și repede. „Nu țineți de noi; vă rog să citiți firma."

Karl își mușcă buzele, gest pe care acest domn părea a-l fi observat, pentru că spuse în continuare:

„Acesta nu este motiv de îngrijorare. Avem nevoie de oricine." Făcu semn unuia dintre oamenii de serviciu care se plimbau fără treabă printre barăci. „Condu-l pe acest domn la biroul pentru cunoștințe tehnice."

Omul de serviciu înțelese ordinul și-l apucă pe Karl de mână. Merseră printre multe barăci. Într-una din ele Karl descoperi pe unul dintre tineri, care fusese deja angajat și strângea mâna domnilor de acolo, în semn de mulțumire. Fu introdus într-un birou unde procedura era asemănătoare aceleia folosită în primul, fapt pe care Karl îl prevăzuse. Numai că aici se află că frecventase gimnaziul și Karl fu trimis la biroul foștilor elevi de gimnaziu. Aici declară că frecventase un gimnaziu din Europa și i se spuse imediat că nu ține nici de acest birou; fu îndrumat către biroul celor care au studiat în gimnaziile din Europa. Acest birou era instalat într-o baracă situată la marginea extremă a stabilimentului; nu numai că era cea mai mică dintre barăci, dar era și mai joasă. Omul de serviciu care-l condusese aici era furios din cauza lungilor peregrinări și a numeroaselor refuzuri de care, după părerea sa, Karl era singurul vinovat. Nu mai așteptă să fie supus întrebărilor, că omul de serviciu plecă. Acest birou era, nu încape îndoială, și ultimul refugiu al lui Karl; zărindu-l pe șeful de birou, își dădu seama cu spaimă că acesta semăna foarte mult cu un profesor de la liceul real din orașul său natal, unde respectivul mai preda și acum, după toate probabilitățile. Cei doi se asemănau, de fapt, doar prin câteva amănunte cum se și văzu de îndată; ochelarii de pe nasul turtit al acelui om, barba blondă, îngrijită, ca un obiect de expoziție, spatele ușor curbat și vocea puternică, vibrând tunător, îl umplură pe Karl de uimire pentru multă vreme. Din fericire, aici Karl nu mai fu nevoit să se concentreze prea mult, deoarece procedura era mai simplă decât în celelalte birouri. Se trecu în scripte că nu avea acte asupra sa, iar șeful biroului califică acest lucru drept o neglijență de neînțeles; copistul, în schimb, care avea aici cuvântul hotărâtor, nu dădu importanță faptului și, după câteva scurte întrebări ale șefului (acesta se și pregătise să-l chestioneze mai îndelung), același copist îl declară pe Karl angajat. Șeful biroului se întoarse spre copist, deschise gura să zică ceva, însă celălalt făcu un gest că totul s-a încheiat și rosti: „Angajat“ și trecu imediat această hotărâre în catastif. Copistul era de părere, după toate probabilitățile, că situația de a fi fost elev într-un gimnaziu din Europa e în sine atât de degradantă, încât oricine declara așa ceva trebuia crezut fără nici o tevatură. Karl nu avu nimic de obiectat și se duse la el pentru a-i mulțumi. Dar chestiunea se mai lungi, și anume în momentul când fu întrebat cum îl cheamă. Karl nu răspunse imediat, era prea timid pentru a-și pronunța propriul nume, care urma să fie trecut în scripte. Dar de îndată ce va fi angajat, fie și în postul cel mai neînsemnat, unde să poată mulțumi pe toată lumea, Karl era dispus să-și dea la iveală propriul nume; deocamdată nu sosise încă acel moment. Îi tăinuise de prea mult timp ca să-l dea în vileag dintr-odată. Până una-alta, nevenindu-i în minte altceva, spuse numele sub care lucrase în ultimele servicii pe care le avusese: „Negro".

„Negro?" întrebă șeful biroului întorcând capul și făcând o grimasă, ca și cum prin aceasta Karl ar fi spus cea mai gogonată minciună.

Pe Karl îl examină și copistul, la rândul său, aruncându-i o privire; se mulțumi să repete:

„Negro", după care trecu acest nume în scriptele sale.

„Doar n-o să te apuci să scrii «Negro»?!" îi strigă șeful.

„Da am scris «Negro»", zise copistul liniștit și făcu un semn cu mâna prin care îl invită pe șef să dea, în continuare, dispozițiile de rigoare. Șeful de birou fu pus astfel în situația de a se stăpâni; se sculă și spuse: „Pentru teatrul din Oklahoma, ați fost așadar", se opri însă și nu mai putu scoate o vorbă, neputând trece peste convingerile sale; se așeză la loc, zicând: „Nu se numește Negro".

Copistul își ridică sprâncenele, se sculă, la rândul său, și vorbi astfel: „Atunci să vă comunic eu: ați fost angajat pentru teatrul din Oklahoma și veți fi prezentat de îndată conducătorului nostru."

Fu iar chemat un om de serviciu, care-l conduse pe Karl în tribuna arbitrilor.

Jos, la capătul scării, Karl zări căruciorul, apoi zări și perechea coborând; femeia își purta copilul în brațe.

„Ați fost angajat?" întrebă omul care se mai înviorase. Soția privea bine dispusă peste umărul lui. Karl îi spuse că a fost angajat și că urmează să fie prezentat undeva; omul zise: „Atunci vă felicit. Și noi am fost angajați. Pare să fie o instituție serioasă, deși e firesc să nu te poți obișnui imediat cu toate. Așa se întâmplă peste tot."

Își mai spuseră o dată „La revedere", după care Karl urcă spre tribună. Umbla încet, deoarece sus, spațiul restrâns al tribunei părea înțesat de lume și, cum nu intenționa să se vâre cu forța, se opri; cuprinse cu privirile hipodromul care se întindea în toate direcțiile, până la pădurile care se profilau la orizont. Simți cum i se trezește dorința de a asista la o cursă de cai. De când se afla în America încă nu avusese ocazia asta. În Europa fusese dus o dată la curse, însă fiind încă pe atunci un puști, nu-și amintea nimic altceva decât că mama sa îl târâse prin mulțime, printre oamenii care se îngrămădiseră și care nu voiau să le facă loc. Așa că, la drept vorbind, nici nu putea afirma că văzuse vreodată curse de cai. În spatele său începu să huruie o mașinărie, se întoarse și pe panoul aparatului pe oare se înscriu de obicei câștigătorii de curse, apăru următorul text: „Comerciantul Kalla cu soția și copilul." Din acest loc se transmiteau, așadar, înspre birouri, numele noi lor angajați.

Câțiva domni coborâră imediat scările în fugă, discutând aprins, folosindu-se de creioane și hârtii cu adnotări. Karl se lipi de balustradă pentru a-i lăsa să treacă și, pentru că se făcu astfel un culoar, urcă și el. Într-un colț al tribunei înconjurate cu balustrade de lemn (totul semăna cu acoperișul teșit al unui turn îngust) stătea un domn care sprijinea cu brațele balustrada de lemn și care purta peste piept, în diagonală, o panglică lată de mătase albă, pe care scria: „Conducătorul echipei a zecea de recrutare a teatrului din Oklahoma". Lângă el, pe o măsuță, se afla un telefon, întrebuințat probabil în zilele de curse, cu ajutorul căruia se pare că erau transmise conducătorului datele personale ale fiecărui solicitant în parte, încă înainte de a fi fost angajat; așa se explica faptul că, deocamdată, lui Karl acesta nu-i puse nici un fel de întrebare. Se adresă doar unui domn care stătea în preajma lui cu picioarele puse cruce și cu brațul sprijinit în bărbie: „Negro este elevul unui gimnaziu din Europa".

Cu asta problema lui Karl era încheiată; după ce se înclină adânc în fața acelor domni, conducătorul se uită de-a lungul scărilor, să se convingă dacă nu mai vine cineva. Pentru că nu mai urca nimeni, mai ascultă câte un crâmpei din conversația dintre domnul celălalt și Karl; era însă mult mai preocupat să observe hipodromul și își jucă degetele pe balustrada de lemn. Erau degete fine și totuși puternice, lungi și totodată agile; îi atraseră atenția lui Karl, cu toate că celălalt domn începuse a-i acorda, între timp, destul de mult interes:

„Ați rămas fără serviciu?" îl întrebă înainte de toate acest domn. Întrebarea era foarte simplă, cum erau, de altfel, toate celelalte întrebări care i se puseseră și care nu urmăreau să-l pună în încurcătură; răspunsurile, de asemenea, nu erau verificate prin alte întrebări, cu toate acestea, prin modul deschis în care erau puse aceste întrebări și felul în care erau așteptate răspunsurile, cu corpul ușor înclinat înainte, uneori întrebând din nou și studiind apoi cu capul aplecat în piept reacțiile lui Karl, acest domn părea să acorde convorbirii o importanță deosebită, pe care nu o puteai pătrunde, dar care te făcea prudent și sfios. În câteva rânduri, Karl își stăpâni cu greu dorința de a reveni asupra răspunsului dat, pentru a-l înlocui cu altul, cu șanse mai mari de succes, însă tot de atâtea ori se abținu; își da seama că o asemenea nesiguranță nu putea să facă decât o impresie proastă, pentru că, de cele mai multe ori, nu puteai să prevezi înțelesul secret al acestor întrebări. De altfel, angajarea părea a fi un fapt împlinit și conștiința acestui lucru îi dădu o stare de calm.

Întrebat dacă era fără serviciu, Karl răspunse simplu: „Da."

„Unde ați fost angajat ultima oară?" întrebă apoi domnul acela.

Karl era pe punctul de a răspunde, când acest domn, mai repetă o dată întrebarea și, spre a-l face atent, ridică degetul arătător: „Ultima oară!".

Karl înțelesese de prima dată această întrebare și, indispus din cauza acestei sublinieri, clătină din cap scurt, zicând: „La un birou".

Răspunsul corespundea întrucâtva adevărului, dar în cazul în care domnul i-ar fi cerut amănunte despre acest birou, Karl ar fi fost nevoit să mintă. Domnul se abținu însă și nu mai puse decât următoarea întrebare, la care se putea răspunde ușor, potrivit adevărului: „Ați fost mulțumit acolo?"

„Nu!", strigă Karl și aproape că-l întrerupse.

Uitându-se pe furiș, Karl observă o umbră de zâmbet pe buzele conducătorului; se căi de modul nechibzuit în care răspunsese, dar nu fusese în stare să reziste tentației de striga: „Nu!". Cât timp durase ultimul său serviciu nu avusese altă dorință decât să întâlnească într-o bună zi pe șeful unei alte întreprinderi care să-i pună această întrebare. Răspunsul său avea totuși un dezavantaj, întrucât acest domn îl putea chestiona în continuare asupra cauzei nemulțumirii sale. Domnul însă nu-l mai întrebă decât atât: „Ce post credeți că vi s-ar potrivi cel mai bine?".

S-ar fi putut ca această întrebare să fie totuși o cursă; ce sens mai avea să întrebi așa ceva din moment ce Karl fusese deja angajat în calitate de actor? Deși acest lucru îi părea limpede, Karl nu avu totuși curajul să spună că se consideră indicat pentru meseria de actor. Ocoli, așadar, întrebarea și răspunse, cu tot riscul de a părea încăpățânat: „Am văzut în oraș afișul și citind că oricine este binevenit, m-am prezentat".

„Acesta nu-i un lucru nou", spuse domnul, lăsând a se înțelege că vrea cu tot dinadinsul un răspuns la întrebare.

„Am fost angajat ca actor", spuse Karl în treacăt, spre a-l face pe acest domn să înțeleagă greutatea de a da un răspuns la ultima lui întrebare.

„Ei da", spuse domnul, și amuți din nou.

„Nu", zise Karl și toată speranța lui de a găsi un post începu să se clatine. „Nu știu dacă am talent actoricesc. Vreau să fac, totuși, un efort, voi încerca să îndeplinesc orice misiune."

Domnul se întoarse spre conducător și amândoi dădură din cap aprobator; Karl, după cât își putea da seama, răspunsese bine la întrebare. Băiatul prinse din nou curaj și așteptă întrebarea următoare. Aceasta sună astfel: „Ce ați dorit să studiați inițial?". Pentru a preciza și mai mult sensul întrebării (domnul ăsta ținea foarte mult la precizări), mai adăugă: „În Europa, bineînțeles".

Luându-și mâna de la bărbie, schiță o mișcare ușoară, părând că vrea să sugereze depărtarea la care se situa Europa și cât de lipsite de însemnătate erau planurile ticluite pe vremuri, pe acele meleaguri.

Karl spuse: „Doream să devin inginer".

Acest răspuns îl stânjenea, pentru că era ridicol să readucă pe tapet vechea lui dorință de a deveni inginer, ținând cont de felul în care îi merseseră afacerile în America – dar în Europa el ar fi devenit oare, într-adevăr, inginer? – rosti, deci, cuvintele acelea doar în lipsa unui alt răspuns mai de Doamne ajută.

Interlocutorul luă însă cuvintele sale în serios, cum părea acel domn să ia toate în serios. „Ei! inginer nu puteți deveni dintr-odată; dar poate că v-ar conveni să vă ocupați, deocamdată, cu unele lucrări tehnice mai simple".

„Desigur", zise Karl și era foarte mulțumit, deși acceptând această ofertă, însemna să fie radiat din rândul actorilor și introdus printre tehnicieni; credința sa era însă că în această din urmă meserie se putea descurca mai bine, fără doar și poate. De altfel, își spunea mereu unul și același lucru, și anume că pentru el esențialul era nu felul muncii care i se încredința, ci angajarea lui definitivă undeva, într-un post oarecare.

„Vă simțiți destul de puternic pentru a putea îndeplini o muncă grea?" întrebă domnul.

„O, da!" spuse Karl.

Auzind aceste cuvinte, domnul îl invită pe Karl să se apropie și-i pipăi brațul. „E băiat vânjos", spuse acesta și îl duse pe Karl de braț înspre conducător.

Conducătorul zâmbi și, dând aprobator din cap, îi strânse mâna lui Karl; fără a se clinti din poziția sa relaxată, zise: „Am rezolvat, așadar, totul. La Oklahoma se va mai reexamina totul. Vă urez să faceți cinste echipei noastre de recrutare!".

Karl se înclină, în semn de rămas bun; vru să-l salute și pe celălalt domn, dar acesta se plimba pe platformă, încolo și-ncoace, considerându-și atribuțiile încheiate. În timp ce Karl cobora, pe panoul cu anunțuri apărură următoarele cuvinte: „Negro, tehnician".

Deoarece aici toate erau la locul lor și decurgeau cât se poate de normal, Karl nu s-ar mai fi opus ca pe panoul de anunțuri să apară chiar numele său adevărat. Totul era organizat cu multă precizie pentru că, în cele din urmă, la piciorul scării, Karl fu așteptat de un om de serviciu care îi prinse pe braț o banderolă. Ridicând brațul să vadă ce scrie, citi: tehnician.

Indiferent de direcția în care urma să fie îndreptat, Karl voi să-i spună înainte de toate lui Fanny cât de fericit se desfășurase totul. Spre regretul lui însă, un om de serviciu îi aduse la cunoștință că îngerii, ca și dracii, de altfel, plecaseră spre următorul punct de oprire ai echipei de recrutare; aveau să vestească în acel loc sosirea trupei pentru ziua următoare.

„Îmi pare rău", zise Karl, posomorât; era prima decepție pe care o avea în această instituție. „Aveam o cunoștință printre îngeri."

„O veți revedea la Oklahoma", îi spuse omul de serviciu. „Dar veniți odată cu mine, că ați rămas ultimul."

Îl conduse pe Karl prin spatele tribunei pe care stătuseră îngerii; acum nu mai rămăseseră acolo decât piedestalele goale. Presupunerea lui Karl că fără muzica îngerilor s-ar fi prezentat mai multă lume să solicite posturi nu se adeveri; nu se mai afla nimeni în fața tribunei, în afara câtorva copilași care se luptau să pună mâna pe o pană lungă, albă, căzută, pare-se, dintr-o aripă de înger. Un băiețel o ridică, pe când ceilalți copii îl apucară cu câte o mână de chică, încercând cu cealaltă să înșface pana.

Karl arătă spre copii, însă omul de serviciu, fără să privească într-acolo, îi zise: „Grăbiți-vă, a durat foarte mult până ați fost primit. A fost oare vreo neclaritate?"

„Nu știu", spuse Karl mirat, însă fără a fi prea convins de acest lucru.

Chiar și în situațiile cele mai limpezi, mereu se găsește câte unul care să-i facă griji altuia. Ajunseră în fața marii tribune rezervate spectatorilor; aceasta se înfățișa ca o plăcută panoramă și Karl uită de îndată observația omului de serviciu. În tribună se afla o masă mare și lungă, acoperită cu o țesătură albă; proaspeții angajați stăteau cu spatele spre hipodrom, pe banca alăturată, ceva mai jos, și li se dădea să mănânce. Toți erau veseli și emoționați; când apăru Karl și, neobservat, se așeză ultimul pe bancă, mulți se ridicară în picioare închinând paharele. Unul dintre ei ținu un toast dedicat conducătorului echipei a zecea de recrutare, numindu-l „părintele solicitanților de posturi". Cineva atrase atenția că amintitul „părinte" putea fi zărit chiar de acolo de unde se aflau și avea dreptate, deoarece tribuna arbitrilor, în care se aflau cei doi domni nu era la depărtare prea mare și se putea vedea până acolo. Își îndreptară cu toții paharele în acea direcție; Karl ridică și el paharul, dar oricât de tare țipau și oricât de mult doreau să se facă văzuți, în tribuna arbitrilor nu se observa nimic din care să bănuiești că ovația fusese remarcată sau măcar că cei de acolo ar fi voit s-o remarce. Conducătorul stătea rezemat într-un colț, iar cel de-al doilea domn se afla lângă el, rezemat în bărbie. Oarecum decepționați, oamenii se așezară la loc; din când în când se mai întorcea câte unul înspre tribuna arbitrilor. Curând atenția le fu atrasă exclusiv de ospățul copios. Se aduseră la masă păsări mari, așa cum nu mai văzuse Karl, și în carnea rumenă erau împlântate o mulțime de furculițe, iar oamenii de serviciu umpleau mereu paharele cu vin; stând aplecat deasupra farfuriei, nici nu băgai de seamă când și cum cădea vinul roșu în pahare. Comesenii care nu doreau să participe la discuția generală puteau privi în voie ilustratele care înfățișau teatrul din Oklahoma; acestea erau puse teanc la un capăt al mesei spre a circula din mână în mână. Dar nimeni nu se prea sinchisea de ele. Din acest motiv, până la Karl, care era la celălalt cap al mesei, ajunse o singură poză. Judecând după această unică ilustrată, îți puteai da ușor seama că toate celelalte trebuie să fi fost foarte interesante. Ilustrata respectivă înfățișa loja președintelui Statelor Unite ale Americii. La prima vedere, aveai impresia că nu e o simplă lojă, ci însăși scena; îți dădea această impresie balustrada, care înainta arcuindu-se foarte mult în spațiu. Această balustradă era aurită de sus până jos. Între coloanele mici și subțiri, părând decupate cu foarfeca cea mai fină, erau orânduite un șir de medalioane reprezentând chipurile foștilor președinți. Unul dintre aceștia avea un nas deosebit de drept, buze cărnoase și ochi care priveau fix, în jos, pe sub pleoape îngroșate. În jurul lojii, din părți și din înălțime, se cerneau raze luminase. O lumină albă și totuși blândă dezvăluia fațada lojii prezidențiale, în timp ce adâncimea acesteia, încadrată în catifea roșie, căzând în falduri variat nuanțate, puse în mișcare cu ajutorul unor șnururi, părea un gol umbros, învăluit de o lumină roșietică. Loja era atât de grandioasă, încât cu greu îți puteai închipui că în ea ședeau oameni. Fără a uita de mâncare, Karl privi totuși atent această poză pe care o așeză alături de farfurie.

Ar fi vrut, desigur, să mai vadă măcar încă o ilustrată, dar nu voi să se ducă să și-o ia singur, deoarece unul dintre oamenii de serviciu își așezase palma peste teancul de ilustrate și ordinea trebuia respectată. Își plimbă privirile pe deasupra mesei spre a se convinge dacă nu cumva avea șansa ca una dintre ilustrate să ajungă până la el. Printre capetele aplecate deasupra mâncării desluși atunci, cu uimire (în primul moment nici nu-i veni să creadă) o figură cunoscută: era Giacomo. Fugi îndată spre el și îl strigă: „Giacomo!".

Timid ca întotdeauna, băiatul se ridică de la masă, se răsuci în spațiul îngust dintre bănci, își șterse gura cu mâna și fu atât de bucuros că îl revede pe Karl, încât îl rugă să se așeze lângă el sau se oferi el să vină acolo unde ședea Karl; voiau să-și povestească totul, de-a fir-a-păr, și să rămână de acum încolo mereu împreună. Nu voiau să-i deranjeze pe ceilalți și Karl hotărî să rămână, deocamdată, fiecare la locul său; masa fiind pe terminate, aveau să se întâlnească curând, spre a nu se mai despărți niciodată. Karl mai zăbovi totuși puțin în preajma lui Giacomo spre a-l mai privi în amănunțime. Câte amintiri îi evoca acesta! Unde era bucătăreasa-șefă? Ce mai făcea Tereza? Giacomo aproape că nu se schimbase; prezicerea bucătăresei-șefe, că în șase luni avea să devină un american vânjos, nu se adeverise. Era tot atât de slăbănog ca înainte, avea aceiași obraji supți, deși acum întrucâtva mai rotunjiți din pricina bucății mari de carne care-i umplea gura și de unde scotea alene câte un os, spre a-l arunca în farfurie. După cele scrise pe banderolă, Karl înțelese că nici Giacomo nu fusese angajat ca actor, ci ca liftier. Teatrul din Oklahoma părea să aibă într-adevăr nevoie de oricine. Studiindu-l pe Giacomo, Karl lipsi o bună bucată de vreme de la locul său. Când hotărî să se așeze înapoi, sosi șeful personalului care, suind pe una dintre băncile aflate în partea de sus a tribunei, bătu din palme și ținu un mic discurs în timpul căruia majoritatea celor de față se ridicară în picioare; cei care nu se putură despărți de mâncare rămaseră un timp așezați, dar fură nevoiți să se ridice pentru că îi înghiontiră ceilalți.

„Sper", vorbi acel domn (între timp și Karl își ocupase repede locul, fugind în vârful picioarelor), „sper că sunteți cu toții mulțumiți de ospățul nostru inaugural. Bucatele echipei noastre de recrutare sunt, în general, lăudate. Din păcate, trebuie să anunț că masa s-a isprăvit, întrucât trenul cu care veți pleca la Oklahoma pornește peste cinci minute. În ciuda faptului că este o călătorie lungă, veți avea ocazia să vă convingeți de susținuta grijă pe care v-o arătăm. Vă prezint acum pe domnul care vă va conduce în această călătorie și căruia trebuie să-i dați ascultare."

Pe banca pe care se afla șeful personalului se urcă un domn mic, slab, care se înclină în treacăt, după care începu să explice cu gesturi nervoase cum trebuiau să se adune cu toții și cum urmau să se pună în mișcare. Vorbele acestuia nu erau însă ascultate, pentru că angajatul care rostise discursul inițial izbi cu palma în masă și începu să dea drumul unui lung discurs de mulțumire, fără să țină cont că trenul pleacă peste puțină vreme, lucru care îl neliniștea pe Karl. Fără a ține cont că șeful personalului, în loc să-l asculte, dădea o serie de dispoziții șefului transportului, oratorul se avântă într-un discurs de mari proporții, enumerând toate felurile de mâncare servite, apreciind pe fiecare în parte și încheie cu cuvintele: „Stimați domni, în felul acesta reușiți să câștigați întreaga noastră simpatie".

Afară de cei cărora le erau adresate aceste cuvinte, toată lumea râdea, deși cele spuse trebuiau luate oricum în serios și nu în glumă.

Neajunsurile acestui discurs nu întârziară a se arăta; drumul până la gară fu străbătut în pas alergător, lucru deloc greu, deoarece nici unul dintre angajați nu avea de cărat vreun bagaj; Karl abia acum observă asta cu surprindere. Singurul bagaj era căruciorul acela pe oare îl împingea tatăl copilului; omul se afla în fruntea coloanei și căruciorul sălta în mâinile lui, sus-jos, de parcă ar fi luat-o singur razna, pe străzi. Era o adunătură de oameni sărmani, un fel de golănime la urma urmei, care era totuși atât de bine primită și se bucura de toate îngrijirile! Păreau a fi cu toții recomandați călduros șefului transportului. Pe acesta îl puteau vedea cum apucă cu o mână ghidonul căruciorului și cu cealaltă îmbărbătează trupa, gesticulând; apărea apoi între cei din rândul ultim al coloanei, încurajându-i să înainteze, ori fugea de-a lungul șirurilor, să-i descopere cu privirea pe cei care înaintau prea încet și, aruncându-și brațele ritmic, le arăta acestora cum ar trebui să alerge.

Când ajunseră în gară, trenul era gata de plecare. Oamenii de pe peron arătau coloana cu degetul și discutau, încât se auzeau fraze ca acestea: „Toți ăștia sunt ai teatrului din Oklahoma!". Teatrul acesta părea să fie mult mai cunoscut decât își închipuise Karl; de fapt, el nu avusese până acum ocazia să se familiarizeze cu lumea teatrului. Un vagon întreg era destinat exclusiv trupei și conducătorul transportului era mai grăbit să încheie îmbarcarea decât însuși conductorul. Înainte de plecare, inspectă fiecare compartiment, dădu câte o dispoziție și abia după aceea se instală și el. Întâmplător, Karl primise un loc lângă fereastră și îl invită pe Giacomo lângă el. Stăteau strâns lipiți unul lângă celălalt și se bucurau grozav de această călătorie. Nici unul nu întreprinsese încă pe pământul american o călătorie atât de lipsită de griji. Trenul se puse în mișcare și ei fluturară mâinile pe fereastră, în semn de rămas-bun, în vreme ce tinerii așezați în fața lor își dădură coate, găsind că cei doi sunt ridicoli.

Călătoria dură două zile și două nopți. Abia acum își dădu seama Karl de adevăratele dimensiuni ale continentului american. Privea neobosit pe fereastră și Giacomo, vrând să se uite și el, se îndesa atât de tare în Karl, încât tinerii de vizavi, antrenați în jocul de cărți, se plictisiră până la urmă și-i oferiră cel de-al doilea loc de lângă fereastră. Karl fu acela care le mulțumi, deoarece Giacomo vorbea o englezească aproape de neînțeles. Tinerii deveniră mult mai prietenoși în cursul călătoriei; era de altfel și normal să fie așa între niște colegi de compartiment. Amabilitatea lor era însă uneori dezmințită, pentru că de fiecare dată când le cădea – să zicem – câte o carte de joc, o căutau pe sub banchete și nu uitau să-i tragă câte o ciupitură la picior, fie lui Karl, fie lui Giacomo. Luat mereu prin surprindere, Giacomo țipa, smucindu-și piciorul. Karl încercase o dată să riposteze printr-o lovitură cu piciorul, dar se resemnă, suportând până la urmă totul în tăcere. Aceste pățanii din micul compartiment înecat în fum, deși avea fereastra deschisă, n-aveau însă vreo importanță în fața măreței priveliști de afară.

În prima zi de călătorie trecură printre munți înalți. Pereți de stâncărie neagră-albăstruie își aruncau înspre tren colțurile ascuțite. Scoțând capul pe fereastră, căutai în zadar vârfurile acestor masive. Prin fața ochilor se derulau văi întunecate, strâmte și rupte, care se pierdeau în direcții pe care le căutai urmărind orizontul cu degetul. Aveai sub ochi râuri largi de munte, care se rostogoleau unduitor pe solul bolovănos, spărgându-se în mii de valuri spumegoase, ca să se prăbușească apoi bolborosind pe sub poduri și viaducte, deasupra cărora treceau trenuri; râurile acestea se aflau atât de aproape, încât răceala apei îți răcorea fața.

....

FRAGMENTE

I

„Scoală, scoală!“ strigă Robinson și Karl deschise ochii; era dimineață. Draperia de la ușă încă nu fusese dată la o parte, însă după dârele de lumină care se strecurau pe la margini, îți dădeai seama că nu-i departe ora prânzului. Robinson alerga grăbit încoace și încolo, arunca priviri îngrijorate în jur, căra ba un prosop, ba o căldare cu apă, ba lucruri de lenjerie sau îmbrăcăminte și, ori de câte ori trecea pe lângă Karl, îl îndemna prin fel de fel de semne să se scoale odată, agitând într-una lucrul pe oare îl avea în mână; îi da a înțelege că, de astă dată, trudește pentru ultima oară în locul lui Karl, care n-avea cum să știe din prima zi toate amănuntele serviciului lui.

Karl înțelese repede pe cine anume servea Robinson. Într-un spațiu despărțit de restul odăii prin două dulapuri, se desfășura un spălat în toată regula. Pe deasupra dulapului se zărea capul Bruneldei, gâtul și ceafa dezgolite ale acesteia – părul și-l coborâse în față, răsfirat. Din când în când se zărea mâna lui Delamarche, care se ridica ritmic; o spăla și o freca pe Brunelda cu un burete de baie care împroșca apa în toate părțile. Se auzeau comenzile scurte, pe care Delamarche i le adresa lui Robinson. Obiectele pe care le cerea nu ajungeau pe cale firească în spațiul acela îngrădit din toate părțile, ci printr-o despărțitură mică dintre dulap și un paravan; Robinson era nevoit astfel să-și vâre mâna mult înlăuntru și își întorcea capul ori de câte ori oferea câte un obiect.

„Prosopul! Prosopul!" ceru Delamarche. Trebuind să găsească altceva pe sub masă, Robinson nici nu avu timp să tresară: când își scoase capul de sub masă, îi fu dat să audă altele: „La dracu! De ce întârzii cu apa?!" și mutra încruntată a lui Delamarche apăru în același timp deasupra dulapului. Karl băgă de seamă că lucrurile de spălat și îmbrăcat, de care – în mod obișnuit – ai nevoie o singură dată, aici erau cerute și purtate de ici-colo, de mai multe ori fără vreo cauză întemeiată. Pe un reșou electric se afla într-una o căldare cu apă pusă la încălzit și Robinson căra neîncetat povara asta grea, umblând crăcănat către locul de toaletă. Din pricina multelor lui însărcinări, nu era de mirare că Robinson era incapabil să îndeplinească întotdeauna și întocmai ordinele primite; s-a întâmplat o dată că i s-a cerut un prosop și el a apucat – nici mai mult, nici mai puțin – o cămașă din culcușul întins în mijlocul odăii și, făcând-o ghem, a aruncat-o dincolo de dulap.

Delamarche, la rândul său, muncea și el din greu; se pare că tocmai de aceea era atât de furios pe Robinson (în furia lui, uitase cu totul de prezența lui Karl), iar de unul singur nu prididea s-o servească pe Brunelda. „Ah!" țipa aceasta, smulgându-l din visare pe Karl, care fusese nepăsător până acum. „Doamne, cât ești de brutal! Pleacă de aici! Prefer să mă spăl singură, decât să sufăr în halul ăsta! Iar nu mai pot mișca brațul! De atâta lipsă de îndemânare mi s-a făcut lehamite. Spatele cred că mi s-a umplut de vânătăi. Bineînțeles că n-ai să-ți recunoști vina. Dar, ia stai nițel! Am să mă arăt lui Robinson sau puștiului ăstuia al nostru. Nu! Calmează-te, n-am s-o fac, dar fii, te rog, puțin mai delicat. Menajează-mă, Delamarche. E ceea ce îți repet zilnic, dar tu nu mă menajezi și nici nu vrei să mă menajezi! Hei, Robinson!“ începu ea să strige și, agitând pe deasupra capului un chilot de dantelă, vorbi astfel: „Vino-mi în ajutor, nu auzi cât sufăr! Poftim, pentru Delamarche o asemenea tortură înseamnă spălat! Hei, Robinson, unde ești? Oare n-ai pic de inimă?“ Karl se înțelese pe tăcute cu Robinson; îi făcu un semn cu degetul și îl îndemnă să treacă dincolo. Dar Robinson, care reflectase în prealabil asupra situației, dădu din cap că nu și plecă ochii, deoarece cunoștea cât se poate de bine aceste toane. „Ei, asta-i bună! Ce-s prost?!“ vorbi Robinson în șoaptă, aplecat spre urechea lui Karl. „Află că n-o spune în serios. O singură dată am intrat și, gata, mi-a fost de ajuns; n-am să mai intru niciodată. Stai să vezi; m-au apucat amândoi, m-au scufundat în cadă și era cât pe aici să mă înec. Zile în șir m-a dojenit Brunelda, m-a făcut nerușinat și, de atunci, îmi aduce aminte mereu: «A trecut cam multișor de când n-ai mai fost la mine în baie!» sau «Când mai poftești pe la mine în baie să te chiorăști?» Abia după ce am implorat-o de câteva ori la rând și m-am aruncat în genunchi, s-a mai potolit. Asta n-am s-o uit niciodată!“

În timp ce Robinson povestea toate acestea, Brunelda striga neobosit: „Robinson! Hei, Robinson! De ce nu vine Robinson ăsta?“.

Deși nu-i sări nimeni în ajutor și nu primi vreun răspuns (Robinson se tupilase lângă Karl și, tăcuți, priveau amândoi spre dulap, deasupra căruia apăreau fie capul Bruneldei, fie al lui Delamarche), Brunelda continua să-l certe pe Delamarche, strigându-i cu voce tare: „Dar, pentru numele lui Dumnezeu, Delamarche, nu simt cât de cât că mă speli! Unde-i buretele? Apucă-te odată de treabă! Ce n-aș da să mă pot apleca, să mă pot mișca în voie! Ți-aș arăta eu cum trebuie spălat un om! Unde-i adolescența mea, când mă aflam pe proprietatea părinților mei și înotam în fluviul Colorado! Eram mai sprintenă decât toate prietenele mele! Dar acum... Când ai să înveți să mă speli ca lumea, Delamarche!? Dai cu buretele, trudești, iar eu tot nu simt nimic. Dacă ți-am cerut să nu mă iriți apăsând prea tare, nu înseamnă că sunt gata să vin, să stau aici de pomană și să răcesc! O să te pomenești cu mine că o zbughesc pur și simplu din cadă, goală pușcă, și o iau razna, exact cum mă aflu acum!"

Brunelda nu făcu ceea ce spusese; ar fi fost, de altfel, incapabilă să facă așa ceva. Probabil de teamă de a nu răci, Delamarche o apucă pe Brunelda și o vârî iute în cadă, căci se auzi imediat un pleoscăit în toată regula.

„Ei da, la asta te pricepi, Delamarche!" spuse Brunelda cu voce mică. „Știi să mă lingușești, grozav știi să mă lingușești ori de câte ori ai greșit cu ceva față de mine."

După aceea nu se mai auzi nimic.

„Acum se sărută", spuse Robinson și ridică din sprâncene.

„Și noi ce avem de făcut?" întrebă Karl. Era decis să rămână și dorea să se apuce imediat de lucru. Plecă de lângă Robinson, care nu-i răspunse și care stătea înțepenit pe canapea; începu să desfacă culcușul enorm, încă răscolit de tăvăleala celor doi care dormiseră acolo. Puse apoi fiecare obiect la locul său, treabă care părea să nu fi fost făcută de mai multe săptămâni.

„Delamarche, ia du-te și vezi ce-i acolo“, spuse Brunelda. „Mi se pare că ne răvășesc culcușul. Eu trebuie să mă gândesc la toate, o clipă de liniște nu găsesc! Trebuie să te porți mai aspru cu cei doi, altminteri fac tot ce le trăsnește prin minte!“

„Te pomenești că-i puștiul ăla; l-o fi apucat hărnicia!“ strigă Delamarche, gata să se năpustească din spălător.

Karl lepădă tot ce avea în mână dar, spre norocul său, interveni Brunelda: „Nu pleca, Delamarche, hai, nu pleca! Vai, ce caldă-i apa! Simt cum mă moleșește. Rămâi cu mine, Delamarche!“.

Abia atunci observă Karl cum se ridicau aburii de după dulap. Speriat, Robinson duse mâna la obraz, ca și cum Karl ar fi făcut ceva nepermis.

„Nu mișcați nimic de la loc“, se auzi vocea lui Delamarche. „Voi nu știți că Brunelda se odihnește întotdeauna o oră după baie? Ce harababură! Las' că vă învăț eu minte pe amândoi! Hei, tu, Robinson, te pomenești că iar te-ai apucat să visezi. Află că, la urma urmei, pe tine, numai pe tine te iau la rost pentru tot ce se întâmplă. Pe băiatul ăsta trebuie să-l ții din scurt; noi nu gospodărim aici după bunul lui plac. Când vi se cere să faceți ceva, nimic nu se poate scoate de la voi; din contră, când nu e nici o treabă de făcut, vă apucă pe loc hărnicia. Ei, gata, acum luați-vă tălpășița și așteptați până veți fi chemați!“

Nu trecu mult și toate fură date uitării, deoarece Brunelda șopti moleșită, ca și cum apa fierbinte ar fi istovit-o de-a binelea: „Parfumul! Aduceți-mi parfumul!“.

„Parfumul!“ țipă Delamarche. „Hei, mișcați-vă!“

Dar unde putea fi oare parfumul? Karl îl privi pe Robinson, Robinson îl privi pe Karl. Karl înțelese că va trebui să se ocupe singur de toate, deoarece Robinson habar n-avea unde se află parfumul. Se trânti, pur și simplu, pe jos și scotoci nerăbdător, cu ambele brațe, pe sub canapea; nu izbuti să scoată de acolo decât ghemotoace de gunoi și păr de femeie. Karl fugi întâi la scrin. Acesta se afla undeva lângă ușă, dar în sertare nu găsi decât vechi romane în limba engleză, reviste și partituri; totul era atât de înghesuit acolo, încât o dată trase în afară sertarele, nu mai puteau fi închise la loc. „Parfumul!“ suspina fără încetare Brunelda. „Vai ce mult durează! Mai capăt eu oare astăzi parfumul?!“ Brunelda fiind nerăbdătoare, Karl nu avu răgazul să caute pe nicăieri temeinic, trebui să facă totul în fugă și după cum îl tăia capul. Sticla nu se afla în scrin, iar deasupra nu se găseau decât cutii vechi cu medicamente și alifii; restul fusese îngrămădit probabil în colțul acela retras care purta numele de baie. Sticla cu parfum putea fi în sertarul mesei de sufragerie. Fugi într-acolo, cu gândul numai și numai la sticlă, când se ciocni cumplit cu Robinson. Acesta din urmă își aduse aminte, ca prin vis, unde se ține de obicei parfumul; renunță imediat la căutatul sub canapea și o luă ca un bezmetic înspre Karl. Se auzi clar cum se izbesc tigvele lor. Karl nu scoase o vorbă, în schimb Robinson, fără a se opri din alergătură, țipă în gura mare și cam prea din cale afară, voind să-și aline astfel durerea.

„În loc să caute parfumul, cei doi s-au luat la harță“, zise Brunelda. „Conviețuirea asta o să mă bage în mormânt. Delamarche, voi muri pe loc în brațele tale. Trebuie să mi se aducă imediat parfumul! Nu ies din cadă până nu mi se aduce, chiar dacă ar fi să stau aici până seara."

În clipa aceea lovi cu pumnul în apă și se auzi un pleoscăit.

Parfumul nu se găsi nici în sertarul mesei de sufragerie, deși acolo se țineau toate lucrurile de toaletă, pufuri vechi de pudră, cutiuțe cu fard, perii de cap, buclițe și fel de fel de nimicuri, încâlcite și înghemoșate; de parfum însă nici pomeneală. Robinson, care tot mai țipa, se vârî în cele din urmă într-un colț și deschise, rând pe rând, aproape o sută de cutii și casete, scotoci prin ele și cam jumătate din lucrurile aflate înlăuntru (mai ales lucruri de cusătură și hârtii) se risipiră pe dușumea, rămânând acolo pentru totdeauna. Nu găsi nimic. Da nedumerit din cap și ridica din umeri, dându-i a înțelege lui Karl că el, unul, este dezolat de ceea ce se întâmplă.

Atunci Delamarche se năpusti din spălătoria improvizată; era sumar îmbrăcat și în urma lui se revărsa plânsul spasmodic al Bruneldei. Karl și Robinson își întrerupseră căutatul și îl priviră pe Delamarche care, ud leoarcă – apa-i șiroia pe obraz și din chică –, începu să strige: „E timpul să binevoiți a căuta! Aici!" îi ordonă el lui Karl și, după aceea spuse: „Acolo!" adresându-i-se lui Robinson. Karl căută cu de-amănuntul, scotoci și prin locurile ce-i fuseseră date în seama lui Robinson, însă nu dădu nicăieri de parfum, cum nu dădu, de altfel, nici Robinson, care nu încetă să se uite pieziș la Delamarche. Umblând apăsat încoace și încolo în lungul odăii, Delamarche i-ar fi cotonogit, se înțelege, pe amândoi cu cea mai mare plăcere.

„Delamarche!" strigă Brunelda. „Vino să mă ștergi cel puțin! Ei nu găsesc parfumul și nu-s buni de altceva decât să răvășească totul. Să înceteze imediat! Să lase totul baltă și să nu mai pună mâna pe nimic. Ar fi gata, se înțelege, să transforme odaia într-un grajd. Delamarche, ia-i de guler, dacă nu încetează odată! Dar îi mai aud scotocind, poftim, chiar acum a căzut pe jos o cutie. Să n-o mai ridice, să lase totul așa cum e, și să iasă din odaie. Pune zăvorul după ce pleacă și vino la mine. Stau de prea mult timp în apă și picioarele mi s-au răcit de-a binelea!"

„Vin numaidecât, Brunelda, numaidecât!" strigă Delamarche, târându-i pe Karl și pe Robinson spre ușă. Înainte de a-i azvârli afară, le mai dădu dispoziția să aducă micul dejun și să împrumute de la cineva parfum pentru Brunelda.

„Vă înecați în dezordine și murdărie", spuse Karl ajuns pe coridor. „De îndată ce ne întoarcem cu micul dejun, trebuie să ne apucăm să facem ordine."

„Păcat că sunt atât de bolnav", se plânse Robinson. „Și, Doamne, cum se mai poartă cu mine!" Se simțea, desigur, jignit, deoarece Brunelda nu făcea vreo deosebire între el, care o slujea de luni de zile, și Karl, care abia intrase de o zi în slujbă. Dar, la urma urmei, nici nu merita o soartă mai bună, iar Karl îi vorbi astfel: „Nu trebuie să-ți pierzi curajul". Pentru a-l îmbărbăta și mai mult, adăugă: „Ne înhămăm la treabă o singură dată și dăm gata ce-i mai important. Îți aștern un culcuș în dosul dulapului și, după ce vom fi făcut ordine peste tot, ai să poți sta culcat toată ziua, nu te vei mai ocupa de nimic și te vei însănătoși foarte repede."

„Acum îți dai și tu seama cât de rău mă simt", vorbi Robinson și își ascunse fața spre a rămâne singur cu durerea sa. „Crezi oare că mă vor lăsa să stau culcat, în liniște?"

„Dacă vrei, promit să vorbesc eu cu Delamarche și cu Brunelda."

„O crezi pe Brunelda în stare să cruțe pe cineva?!" țipă Robinson, pierzîndu-și firea și, cu o lovitură de pumn, deschise ușa în dreptul căreia ajunseseră; nici prin gând nu-i trecea lui Karl că ținta lor era să ajungă tocmai în locul acela.

Pătrunseră într-o bucătărie cu o sobă care trebuia reparată și din care se înălța un fuior de fum. La ușița sobei stătea îngenuncheată una din femeile pe care le văzuse Karl cu o zi înainte pe coridor; cu mâinile goale, vâra bucăți mari de cărbune în focul pe care-l stârnea din cele mai diferite poziții. Stând în această poziție incomodă pentru vârsta ei, bătrâna se văicărea.

„Asta-i bună!" zise ea când îl zări pe Robinson, și se ridică anevoie, sprijinindu-se de lada de cărbuni; închise ușița sobei, al cărei mâner îl apucă cu poala șorțului. „La zi, la orele patru după-amiază vă mai arde de micul dejun?" (Karl privi cu uimire ceasul din bucătărie.)

„Așezați-vă!" mai spuse femeia. Veți aștepta până voi avea timp să mă ocup de voi."

Robinson îl trase pe Karl pe o băncuță de lângă ușă, spunându-i la ureche: „N-avem încotro, trebuie s-o ascultăm. De ea depindem. Ea ne-a închiriat camera și tot ea ne poate da afară când poftește. N-avem cum să ne mutăm și să ne cărăbănim iar, cu toate lucrurile după noi, mai ales că Brunelda este netransportabilă."

„Dar aici, pe coridor, nu există altă cameră de închiriat?" întrebă Karl.

„Nu ne primește nimeni", răspunse Robinson. „În toată casa asta nu ne primește nimeni."

Amândoi stăteau liniștiți pe băncuța lor și așteptau. Femeia alerga încoace și încolo, învârtindu-se între două mese, o chiuvetă plină de vase și sobă. Din văicărelile femeii aflară că fata acesteia era bolnavă, motiv pentru care trebuia să se ocupe singură de pensiune și de toată îngrijirea celor treizeci de chiriași. Pe deasupra se mai și stricase acum soba. Gătitul nu se mai isprăvea. În cele două oale uriașe fierbea o supă groasă, pe care o tot cerceta, vârând în ea polonicul și lăsând-o să curgă de sus înapoi în oală; femeia se plângea că nu-i reușește supa, probabil din pricina focului prost. Se lăsă atunci pe vine, deschise ușița sobei și scotoci cu vătraiul prin jăratic. Tuși din pricina fumului care umplu bucătăria, o tuse care se stârnea uneori atât de tare, încât femeia era obligată să se așeze pe un scaun; atunci tușea mult timp, minute în șir, fără să mai fie capabilă de ceva. De câteva ori spuse că nici nu mai e în stare să servească micul dejun, neavând nici timp, nici chef. Ce-i drept, Karl și Robinson primiseră dispoziția să aducă micul dejun, dar nici nu aveau cum să o silească pe femeie; fără a-i lua în seamă vorbele, rămaseră nemișcați pe locurile lor, ca și cum nimic nu s-ar fi întâmplat.

Vesela nespălată, în care se servise locatarilor micul dejun, era împrăștiată pe scaune și taburete, pe mese și sub mese, ba chiar îngrămădită într-un colț, pe dușumea. În niște căni mai rămăsese puțină cafea sau lapte, pe unele farfurioare se mai aflau resturi de unt, dintr-o cutie mare de metal, răsturnată, căzură niște biscuiți. S-ar fi putut alcătui un mic dejun care să o mulțumească pe Brunelda, desigur, cu condiția ca aceasta să nu afle în ce chip făcuseră rost de ei. Asemenea gânduri îi umblau prin minte lui Karl pe când, uitându-se iar la ceas, își dădu seama că trecuse mai bine de o jumătate de oră de când așteptau, răstimp în care – nu încape îndoială – Brunelda s-a înfuriat foc și l-a ațâțat pe Delamarche contra servitorimii. Într-un acces de tuse, femeia, care nu-și lua ochii de la Karl, spuse: „Oricât ați pierde vremea, tot nu mai primiți micul dejun. Peste două ore vă pot servi, în schimb, cina."

„Hai, Robinson, zise Karl, alcătuim singuri un mic dejun."

„Ce?" strigă femeia, extrem de mirată.

„Fiți vă rog înțelegătoare", spuse Karl. „De ce refuzați să ne dați micul dejun? Așteptăm de jumătate de oră și cred că e de ajuns. Vi se plătește, doar; ba vă plătim ceva mai bine decât alții. Faptul că luăm micul dejun atât de târziu este desigur foarte supărător pentru dumneavoastră. Dar cum suntem chiriașii dumneavoastră și ne-am deprins să dejunăm târziu, trebuie să veniți întrucâtva în întâmpinarea doleanțelor noastre. Astăzi, da, acest lucru vă incomodează mult, deoarece fiica dumneavoastră este bolnavă; în schimb suntem gata să ne alcătuim singuri micul dejun din resturile de aici, în caz că nu vreți să ne oferiți mâncare proaspătă."

Femeia nu avea chef să lungească vorba: de altfel, pentru astfel de chiriași și resturile acelea de mâncare puteau fi socotite drept foarte bune. Pe de altă parte, enervată de stăruința celor doi servitori, puse mâna pe o tavă cu care-l izbi pe Robinson; acesta se strâmbă de durere și nu pricepu decât ceva mai târziu că trebuia să ridice tava, ca să aibă pe ce așeza mâncarea pe care femeia tocmai urma s-o aducă. Proprietăreasa puse pe tavă, în mare fugă, o mulțime de lucruri, care laolaltă păreau mai degrabă niște resturi decât un mic dejun de o anumită prospețime. Deoarece erau zoriți să iasă pe ușă, înghiontiți de femeie și cu spatele încovoiat, ca și cum s-ar fi ferit de cuvinte de ocară sau lovituri, Karl smulse tava din mâinile lui Robinson, pentru ca bucatele să fie mai în siguranță.

După ce se depărtaseră de ușa proprietăresei și străbătuseră o bucată de coridor, Karl se așeză pe jos și, înainte de toate, curăță tava, mai aranjă nițel lucrurile, strânse laptele într-o singură cană, puse untul pe o singură farfurie și șterse toate urmele din care se putea deduce că vesela fusese întrebuințată; cu alte cuvinte, curăță cuțitele și lingurile, ajustă pâinișoarele din care se mai mușcase, dând tăvii o formă acceptabilă. Robinson socoti că o asemenea muncă e inutilă și spuse că micul dejun avusese în multe alte ocazii o înfățișare mai deplorabilă; Karl își văzu însă de treabă, fiind pe deasupra și foarte mulțumit că Robinson, care avea mâinile murdare, nu se oferea să-l ajute. Spre a-i da de lucru, Karl îi întinse, pentru prima și ultima oară – cum, de altfel, și ținu să precizeze –, niște biscuiți și ceva rămășițe de pe fundul unei căni în care fusese ciocolată.

Ajunși în fața ușii lor, Robinson puse mâna pe clanță, însă Karl îl reținu, neștiind dacă aveau sau nu voie să intre. „Ei, ba bine că nu", spuse Robinson. „Acum o piaptănă, dacă vrei să știi." Pe Brunelda o găsiră într-adevăr șezând într-un fotoliu, într-o poziție neglijentă, în camera aceea cu aer stătut și cu perdelele lăsate. Delamarche se afla în spatele ei și, aplecat mult asupră-i, îi pieptăna părul scurt, care părea foarte încâlcit. Brunelda purta de astă dată o rochie foarte largă, roz-bombon, care părea a fi mai scurtă decât cea de ieri, căci ciorapii albi, de o împletitură groasă, se vedeau până aproape de genunchi. Nerăbdătoare din pricina pieptănatului care dura, Brunelda își tot umezea buzele, arătându-și limba cărnoasă și roșie, apoi sărea brusc în picioare, exclamând: „Ei, Delamarche!". Acesta aștepta calm, eu pieptenele ridicat, ca Brunelda să se reașeze la locul ei.

„A durat cam mult", zise Brunelda către cei doi, apoi se adresă, în mod special, lui Karl: „Trebuie să fii mai sprinten dacă vrei să ne fii pe plac. Să nu te iei după leneșul și mincinosul ăsta de Robinson! Nu mă îndoiesc că între timp ați dejunat pe undeva; vă previn însă că altădată nu voi mai îngădui o asemenea situație!"

Dojana era tare nedreaptă și Robinson nu se putu abține să scuture din cap mușcându-și buzele de ciudă. Karl însă înțelese că nu-și putea înfrunta stăpânii decât prin trudă. Scoase, deci, dintr-un colț, o măsuță joasă, japoneză, o acoperi cu o față de masă și orândui pe ea bucatele aduse. Cine nu știa cum a fost alcătuit acest mic dejun putea fi pe deplin mulțumit, deși multe nu erau în regulă, lucru pe care prea bine îl știa însuși Karl.

Noroc că Bruneldei îi era foame. Dădu din cap mulțumită, se uită la Karl care se ostenea ca toate să fie la locul lor, îi mai ceru acestuia câte ceva de câteva ori, înșfăcând totul lacom, în timp ce alimentele se fărâmau în mâna ei grasă. „Ai făcut o treabă bună", vorbi ea plescăind, și-l trase pe Delamarche pe scaun lângă ea; acesta îi lăsă pieptenele în păr, ca să-și poată continua munca mai târziu. Delamarche se însenină de îndată ce văzu mâncarea; erau amândoi înfometați, mâinile lor grăbeau, se agitau, încrucișându-se mereu deasupra măsuței. Dându-și seama că trebuie să care tot mai multă mâncare spre a fi pe placul acestor stăpâni și aducându-și aminte că în bucătărie, pe dușumea, se aflau de obicei o mulțime de resturi care puteau fi de folos, Karl spuse: „E pentru prima dată, și nu m-am priceput să le aranjez pe toate; data viitoare, însă, am să le potrivesc mai bine". Absorbit numai și numai de munca în sine, pierdu din vedere că se adresează, de fapt, unor oameni de nimic. Brunelda dădu aprobator din cap și-l privi cu înțeles pe Delamarche, întinzându-i, totodată, lui Karl, drept răsplată niște biscuiți.

II
Plecarea Bruneldei

Într-o dimineață Karl ieși pe poarta casei cu cărucioruI de invalid în care se instalase Brunelda. Nu era atât de devreme cum ar fi voit. Se înțeleseseră ca plecarea asta să aibă loc încă de cu noapte, spre a nu atrage atenția oamenilor de pe stradă, lucru de neevitat în plină zi, chiar dacă Brunelda, grijulie, se înfășură într-un șal gri, pentru a se ascunde privirilor curioase. Coborâtul pe scări durase prea mult, cu tot ajutorul plin de amabilitate al studentului, care era mult mai slab decât Karl, fapt ce ieși în evidență în această împrejurare. Brunelda își făcu mult curaj, aproape că nu suspina, căutând – în limita puterilor ei – să ușureze truda celor care o purtau pe brațe. Aceștia însă nu avură încotro și fură nevoiți să o așeze jos din cinci în cinci trepte, spre' a-i da posibilitatea să-și mai tragă sufletul și, desigur, pentru a se putea odihni, la rândul lor. Cu toate că dimineața era răcoroasă și pe coridoare trăgea un curent tăios, ca în subterane, Karl și studentul erau uzi de sudoare; în clipele de scurtă odihnă erau nevoiți să apuce câte un colț al șalului Bruneldei – pe care de altfel aceasta îl oferea cu amiciție – ca să-și șteargă fața de sudoare. Trecură astfel două ore până ajunseră jos, unde-i aștepta cărucioral așezat acolo încă de cu seară. Instalarea Bruneldei în cărucior mai ceru un efort, după care, odată așezată, operația putea fi socotită ca reușită, deoarece mânuirea căruciorului, ce rula pe roți mari, nu prezenta nici o dificultate; rămânea doar teama ca vehiculul să nu cedeze cumva din cauza greutății Bruneldei. Acest risc însă nu putea fi ocolit, dar era de-a dreptul imposibil să mai care după ei și un al doilea cărucior, unul de rezervă, pe care studentul se și oferise – mai în glumă, mai în serios – să li-l pună la dispoziție și să-l manevreze. Urmă despărțirea de student, scenă dintre cele mai cordiale. Toate neînțelegerile păreau acum uitate; studentul se scuză chiar pentru că o insultase pe Brunelda pe vremuri, și anume când aceasta fusese bolnavă, însă ea îi spuse că totul era dat uitării și îndreptat cum nu se poate mai bine. În cele din urmă, îl rugă pe student să ia, ca amintire, un dolar, pe care îl dibui cu greu în multele-i fuste. Gestul avea un înțeles aparte, dacă ținem cont de zgârcenia ei cunoscută; studentul se bucură într-adevăr foarte mult de această monedă, pe care o aruncă cu un gest larg în aer, ca să recadă la pământ și să fie obligat apoi s-o caute pe jos. Karl îi dădu o mână de ajutor și o găsiră în ele din urmă, sub căruciorul Bruneldei. Despărțirea dintre student și Karl avu loc, se înțelege, mult mai firesc; cei doi își strânseră mâinile zicându-și, se înțelege, că speră să se revadă când cel puțin unul dintre ei – studentul îl avea în vedere pe Karl și Karl pe student – va fi atins un țel înalt în viață, ceea ce, din nefericire, nu li se întâmplase până acum. Bine dispus, Karl apucă apoi ghidonul cărucioruluі și trecu astfel dincolo de pragul porții. Studentul îi urmări cu privirea cât timp îi mai putu zări și își flutură batista. La rândul său, Karl îi răspunse salutându-l cu scurte înclinări ale capului; Brunelda s-ar fi întors de asemenea să-l salute dacă asemenea mișcări n-ar fi obosit-o prea tare. Karl îi dădu totuși posibilitatea să-și ia un ultim bun rămas, manevrând în așa fel căruciorul încât în capul străzii descriseră un cerc, mod de a-i permite Bruneldei să-l mai vadă și ea pe student; prilejul ce i se oferea îl făcu pe acesta să-și fluture batista cu un zel sporit.

După toate acestea, Karl spuse că nu-și pot îngădui să mai zăbovească, deoarece au de parcurs un drum lung și mai adăugă, apoi, că plecaseră mai târziu decât plănuiseră inițial. Pe străzi începură să apară căruțe și, din loc în loc, câte un pieton care se ducea la serviciu. Vorbind astfel, Karl nu voia să spună decât ceea ce spusese efectiv, însă Brunelda, sensibilă cum era, înțelese aceste cuvinte altminteri și se încotoșmăni de tot în șalul ei gri. Karl nu mai zise nimic; deși atrăgea atenția, căruciorul acoperit cu șalul gri era totuși mai puțin bătător la ochi decât în cazul că Brunelda ar fi voit să fie cărată în văzul lumii. Karl manevra căruciorul cu multă grijă. Înainte de a coti, examina cu privirea strada pe care urma să o apuce și, la nevoie, părăsea nițel căruciorul, înaintând astfel câțiva pași, să vadă care-i mișcarea; când întrezărea vreun obstacol oarecare, aștepta puțin ca să-l evite sau o apuca pe o cu totul altă arteră de circulație. Dat fiind că în prealabil studiase toate drumurile posibile, merse peste tot la sigur și, în consecință, nu-i fusese dat să facă un ocol prea mare. Se iviră desigur piedici care, la urma urmei, erau de așteptat și pe care n-aveai cum să le prevezi în amănunt. Se întâmplă astfel că, dintr-o stradă care suia în pantă lină, ușor de controlat cu privirea și pe deasupra pustie – avantaj de care Karl se folosi pentru a iuți pasul – apăru de sub un portal întunecos un polițist; acesta întrebă ce duce în căruciorul acoperit cu atâta grijă. Deși îi aruncă o privire severă lui Karl, nu se putu abține să zâmbească în clipa când, dând la o parte cuvertura, zări fața îmbujorată și înfricoșată a Bruneldei. „Cum?" se miră polițistul. „Ziceam că ai acolo vreo zece saci de cartofi și, când colo, poftim! nu-i decât o femeie! Încotro ați apucat-o? Cine sunteți!" Brunelda nici nu îndrăzni să-l privească pe polițist, se uită numai și numai la Karl; se îndoia vădit că acesta o va putea salva din penibila situație. Lui Karl, care câștigase de acum destulă experiență în materie de polițiști, toată situația nu-i păru periculoasă. „Domnișoară, arătați, vă rog, actele pe care le aveți asupra dumneavoastră", spuse acesta.

„A, da, desigur", spuse Brunelda grăbită să fie de acord, și începu să caute cu atâta înfrigurare, încât risca prea de tot să pară suspectă. „Sunt sigur că domnișoara nu va găsi vreun act", spuse polițistul cu vădită ironie. „O, nici o grijă", interveni Karl liniștit. „Le are cu siguranță, dar se vede că le-a rătăcit." Se apucă să le caute el însuși. Le scoase la iveală de undeva de după spatele Bruneldei. Polițistul privi actele fugitiv. „Carevasăzică asta e!" zise polițistul zâmbind. „Așadar, domnișoara este una din acele domnișoare? Și dumneata, puștiule, ești după câte văz, mijlocitorul și o cari de colo-colo! Nu ești capabil să-ți găsești o ocupație mai onorabilă?"

Karl dădu din umeri, socotind că, în cazul dat, poliția intervenise în chip nepotrivit. Neprimind un răspuns, polițistul spuse: „Atunci vă urez drum bun". Cuvintele polițistului păreau a fi fost rostite cu dispreț și Karl o luă din loc fără a-l saluta; socotea că-i de preferat disprețul poliției decât atenția acestei instituții.

Incidentul fu urmat, la puțină vreme după aceea, de o întâlnire mai neplăcută. Un om care împingea un cărucior cu bidoane mari de lapte se apropie de el, arătându-se foarte curios să știe ce se află ascuns sub șalul gri din căruciorul lui Karl. Omul, deși nu părea să aibă același drum, înainta alături de Karl, nu reuși să scape de el nici atunci când încercă să cotească, în mod neașteptat, pe alt drum. La început omul se mulțumi să vorbească așa: „Grea povară pentru dumneata!". Sau: „N-au făcut bine încărcătura, o să se desprindă de deasupra!". În cele din urmă, întrebă direct: „Ce duci ascuns acolo, sub pătură?". Karl răspunse: „Ce te privește?". Observând că în acest mod îi stârnește mai mult curiozitatea, Karl adăugă: Niște mere".

„Ce de mere!" spuse omul mirat și repetă de câteva ori aceste cuvinte. „Pare să fie vorba de o întreagă recoltă!" mai adăugă el în cele din urmă.

„Cam așa ceva", mormăi Karl.

Dar, fie că nu-l credea pe Karl, fie că dorea să-l ațâțe, nu se mulțumi cu atâta; mai în glumă, mai în serios, întinse mâna spre pătură și avu chiar îndrăzneala să tragă de ea. Cât trebuie să fi suferit Brunelda! Pentru a o ocroti, Karl nu voi să înceapă o ceartă cu omul acesta și intră pe prima poartă deschisă, ca și cum aici ar fi țintit să ajungă. „Iată-mă acasă și mulțumesc pentru însoțire", spuse el.

Omul se opri mirat în fața porții și îl urmări cu privirea pe Karl. La nevoie acesta era hotărât să traverseze întreaga curte. Omul nu mai avu nici un dubiu, dar pentru a-și plasa și ultima răutate, își lăsă cărucioru1 în drum, se apropie în fugă, umblând în vârful picioarelor, prin spatele lui Karl, și smulse cu atâta forță șalul, încât o descoperi aproape de tot pe Brunelda. „Asta ca să-ți aerisesc merele!" zise el, după care plecă. Karl suportă și incidentul acesta, voind să scape definitiv de om. Trase căruciorul într-un colț al curții, unde se găseau câteva lăzi goale; în dosul acestora avea de gând să-i șoptească Bruneldei, pe sub cuvertură, câteva cuvinte liniștitoare. Trebui să insiste lungă vreme, deoarece pe acestea o podidiseră lacrimile și îl implora cu cea mai mare seriozitate să rămână toată ziua acolo, în dosul lăzilor, și să o pornească la drum abia după ce va cădea noaptea. Era aproape sigur că n-ar fi reușit s-o convingă să plece dacă dincolo de stivele acelea n-ar fi fost cineva care să răstoarne o ladă goală, stârnind o gălăgie infernală, care a cuprins curtea pustie. Brunelda se sperie atât de tare, încât își trase pătura peste dânsa, fără să mai scoată un cuvințel; fu, se înțelege, în culmea fericirii atunci când Karl, fără să mai stea pe gânduri, o porni.

Străzile prinseră treptat viață, iar căruciorul nu mai atrase atenția pe măsura temerii lor, fapt care lui Karl îi inspiră îndoieli. Poate că ar fi fost mai bine să fi ales de la bun început altă oră pentru această deplasare. Dacă i-ar fi fost dat să se mai apuce vreodată de o asemenea treabă, Karl avea siguranță că putea fi îndeplinită în bune condiții numai și numai către orele amiezii. Karl nu dădu peste alte obstacole mai grave și o coti, în cele din urmă, pe strada îngustă și întunecoasă, unde se afla clădirea numărul 25. În fața ușii stătea administratorul sașiu, care ținea un ceas în mână. „Întotdeauna ești atât de nepunctual?" întrebă acesta. „Am avut o serie de neplăceri" spuse Karl.

„Neplăcerile sunt de neînlăturat" zise administratorul. „Această casă, în schimb, nu ține cont de așa ceva. Ține minte!" Astfel de vorbe nu-l mai impresionau pe Karl; fiecare abuza de puterea pe care o avea pentru a-și ocărî inferiorul. Odată deprins cu realitățile, vorbele de acest gen sunau asemeni bătăilor monotone de ceasornic. Împinse căruciorul într-un gang și se sperie de murdăria peste care dădu, deși Karl se așteptase, la urma urmei, să găsească murdărie. Privind mai atent, îți puteai da seama că nu era o murdărie în înțelesul obișnuit al cuvântului. Pardoseala de piatră a coridorului era măturată și aproape curată, zugrăveala pereților nu era veche, palmierii artificiali erau doar ușor prăfuiți; orice s-ar zice însă, locul avea un aspect soios și respingător, de parcă totul fusese aici întrebuințat anapoda și aveai impresia că orice curățenie din lume n-ar mai putea schimba situația. În orice loc ar fi nimerit Karl, întâiul lucru în stare să-i dea bătaie de cap erau modificările ce trebuiau făcute; se bucură la gândul că se va apuca imediat de treabă, fără să se dea înapoi de la munca neistovită de care avea să dea dovadă. Nu-și dădea însă defel seama ce anume se putea face în acest loc. Ridică încet învelitoarea care o acoperea pe Brunelda. „Fiți binevenită, domnișoară!" zise administratorul pe un ton afectat. Brunelda părea să-i fi făcut o impresie bună, ceea ce nu-i scăpă acesteia și nici lui Karl; Brunelda își zise că-i bine să profite imediat de această situație. Toată spaima adunată în ultimele ore dispăruse.

....

Cuprins

În colecția TOP 10+

au apărut:

40. Giovanni Papini, *Un om sfârșit*
41. Edgar Allan Poe, *Cărăbușul de aur și alte povestiri*
42. Ismail Kadare, *Generalul armatei moarte*
43. Daniela Zeca, *Istoria romanțată a unui safari*
44. John Fowles, *Iubita locotenentului francez*
45. F.M. Dostoievski, *Frații Karamazov*
46. Ian McEwan, *Amsterdam*
47. Petru Cimpoeșu, *Simion liftnicul*
48. George Orwell, *Ferma Animalelor*
49. Ilf și Petrov, *America fără etaje*
50. Haruki Murakami, *La capătul lumii și în țara aspră a minunilor*
51. Cătălin Dorian Florescu, *Zaira*
52. Charles Bukowski, *Femei*
53. Jack Kerouac, *Pe drum*
54. N.V. Gogol, *Mantaua • Nasul • Însemnările unui nebun*
55. Nora Iuga, *Sexagenara și tânărul*
56. José Saramago, *Evanghelia după Isus Cristos*
57. Marguerite Yourcenar, *Ca o apă care curge*
58. John Kennedy Toole, *Conjurația imbecililor*
59. Filip Florian, Matei Florian, *Băiuțeii*
60. Michel Houellebecq, *Particulele elementare*
61. P.G. Wodehouse, *Greșeala lordului Emsworth*
62. Cezar Paul-Bădescu, *Tinerețile lui Daniel Abagiu*
63. F.M. Dostoievski, *Însemnări din subterană*
64. Iris Murdoch, *Marea, marea*
65. Günter Grass, *Toba de tinichea*
66. Oscar Wilde, *Portretul lui Dorian Gray*
67. Horia Ursu, *Asediul Vienei*
68. Elfriede Jelinek, *Pianista*
69. Jonathan Coe, *Clubul putregaiurilor*
70. Paul Auster, *Sunset Park*
71. F.M. Dostoievski, *Demonii*

72. Haruki Murakami, *Dans dans dans*
73. Radu Aldulescu, *Proorocii Ierusalimului*
74. Jorge Luis Borges, *Istoria universală a infamiei*
75. Daniel Pennac, *La căpcăunii veseli*
76. Chuck Palahniuk, *Fight Club*
77. Elif Shafak, *Bastarda Istanbulului*
78. F. Scott Fitzgerald, *Cei frumoși și blestemați*
79. Ștefan Agopian, *Tache de catifea*
80. Lev Tolstoi, *Anna Karenina*
81. Sylvia Plath, *Clopotul de sticlă*
82. Matei Vișniec, *Sindromul de panică în Orașul Luminilor*
83. Franz Kafka, *Metamorfoza și alte povestiri*
84. Tracy Chevalier, *Fata cu cercel de perlă*
85. Arturo Pérez-Reverte, *Tabloul flamand*
86. Kazuo Ishiguro, *Rămășițele zilei*
87. Varujan Vosganian, *Cartea șoaptelor*
88. Jorge Luis Borges, *Relatarea lui Brodie*
89. Ioan Groșan, *O sută de ani de zile la Porțile Orientului*
91. Naghib Mahfuz, *Băieții de pe strada noastră*
92. N.V. Gogol, *Suflete moarte*
93. Zeruya Shalev, *Soț și soție*
94. Dan Lungu, *Raiul găinilor*
95. Irving Stone, *Bucuria vieții*
96. Ryū Murakami, *Albastru nemărginit, aproape transparent*
97. Giovanni Papini, *Gog*
98. Cristian Teodorescu, *Medgidia, orașul de apoi*
99. Honoré de Balzac, *Femeia la treizeci de ani*
100. George Orwell, *O mie nouă sute optzeci și patru*
101. Umberto Eco, *Pendulul lui Foucault*
102. Octavian Soviany, *Viața lui Kostas Venetis*
103. José Saramago, *Eseu despre orbire*
104. Arthur Miller, *Moartea unui comis-voiajor*
105. Anchee Min, *Împărăteasa Orhidee*
106. Andreï Makine, *Testamentul francez*
107. Ioan T. Morar, *Lindenfeld*
108. Aldous Huxley, *Geniul și zeița*
109. Lev Tolstoi, *Sonata Kreutzer* • *Moartea lui Ivan Ilici*
110. Margaret Mazzantini, *Nu te mișca*
111. Daniela Zeca, *Demonii vântului*

112. W. Somerset Maugham, *Luna și doi bani jumate*
113. Kazuo Ishiguro, *Un artist al lumii trecătoare*
114. Lucian Dan Teodorovici, *Celelalte povești de dragoste*
115. Michael Ondaatje, *Pacientul englez*
116. Edgar Allan Poe, *Povestea lui Arthur Gordon Pym*
117. Dan Lungu, *Băieți de gașcă*
118. Haruki Murakami, *În noapte*
119. Elfriede Jelinek, *Amantele*
120. John Fowles, *Magicianul*
121. Ioan Petru Culianu, *Pergamentul diafan • Ultimele povestiri*
122. Ken Kesey, *Zbor deasupra unui cuib de cuci*
123. Gabriela Adameșteanu, *Provizorat*
124. Dino Buzzati, *O dragoste*
125. Boris Pasternak, *Doctor Jivago*
126. Tatiana Niculescu Bran, *Spovedanie la Tanacu*
127. Charles Frazier, *Cold Mountain*
128. Graham Greene, *Sfârșitul unei iubiri*
129. I.S. Turgheniev, *Povestirile unui vânător*
130. José Saramago, *Intermitențele morții*
131. F. Scott Fitzgerald, *Dincoace de Paradis*
132. Philippa Gregory, *Surorile Boleyn*
133. Thomas Mann, *Iosif și frații săi* (vol. I)
134. Thomas Mann, *Iosif și frații săi* (vol. II)
135. Thomas Mann, *Iosif și frații săi* (vol. III)
136. Johann Wolfgang von Goethe, *Afinitățile elective*
137. A.P. Cehov, *Logodnica. Schițe și povestiri*
138. Guy de Maupassant, *Un caz de divorț. Povestiri fantastice*
139. Eugene O'Neill, *Lungul drum al zilei către noapte*
140. Gustave Flaubert, *Un suflet curat • Legenda sfântului Iulian Ospitalierul • Irodiada*
141. Filip Florian, *Zilele regelui*
142. Maxim Gorki, *Copilăria*
143. Dino Buzzati, *Cele mai frumoase povestiri*
144. Graham Greene, *La drum cu mătușă-mea*
145. Amy Tan, *Clubul Norocoaselor*
146. Doina Ruști, *Zogru*
147. Alain-Fournier, *Cărarea pierdută*
148. Günter Grass, *În mers de rac*
149. Eiji Yoshikawa, *Musashi* (vol. I)
150. Eiji Yoshikawa, *Musashi* (vol. II)

151. A.S. Pușkin, *Dama de pică și alte povestiri*
152. Radu Aldulescu, *Amantul Colivăresei*
153. F. Scott Fitzgerald, *Un diamant cât Hotelul Ritz și alte povestiri*
154. José Saramago, *Peștera*
155. Saul Bellow, *Trăiește-ți clipa*
156. Simona Sora, *Hotel Universal*
157. Virginia Woolf, *Doamna Dalloway*
158. Franz Kafka, *America*

în pregătire:

Raymond Radiguet, *Neastâmpăr*
Ilf și Petrov, *Atitudine nepăsătoare față de stomac și alte povestiri*

www.polirom.ro

Coperta: Carmen Parii
Tehnoredactor: Vasilica Zevoi

Bun de tipar: noiembrie 2013. Apărut: 2013
Editura Polirom, B-dul Carol I nr. 4 • P.O. BOX 266
700506, Iași, Tel. & Fax: (0232) 21.41.00; (0232) 21.41.11;
(0232) 21.74.40 (difuzare); E-mail: office@polirom.ro
București, Splaiul Unirii nr. 6, bl. B3A, sc. 1, et. 1,
sector 4, 040031, O.P. 53 • C.P. 15-728
Tel.: (021) 313.89.78; E-mail: office.bucuresti@polirom.ro

Tiparul executat la S.C. LUMINA TIPO s.r.l.
str. Luigi Galvani nr. 20 bis, sect. 2, București
Tel./Fax: 211.32.60, 212.29.27, E-mail: office@luminatipo.com

---

Contravaloarea timbrului literar se depune în contul
Uniunii Scriitorilor din România
Nr. RO44RNCB5101000001710001 BCR UNIREA